Jo's truth

Johanna Schließer

Flammenhetzerwut

Die ersten Funken

Impressum

Bibliografische Information der Deutschen Nationalbibliothek:
Die Deutsche Nationalbibliothek verzeichnet diese Publikation in der Deutschen
Nationalbibliografie; detaillierte bibliografische Daten sind im Internet über
http://dnb.dnb.de abrufbar.

Die automatisierte Analyse des Werkes, um daraus Informationen insbesondere
über Muster, Trends und Korrelationen gemäß §44b UrhG („Text und Data Mi-
ning") zu gewinnen, ist untersagt.

3. Auflage

Kontakt Autorin:
Johanna Schließer
Rotenwaldstraße 159
70197 Stuttgart
kontakt@jos-truth.de
www.jos-truth.de

Korrektorat: Anna Leyk
Covergestaltung: Marie Graßhoff
Illustration Landkarte: Jacob Müller, arrsome illustration

Verlag: BoD · Books on Demand GmbH, Überseering 33,
22297 Hamburg, bod@bod.de
Druck: Libri Plureos GmbH, Friedensallee 273, 22763 Hamburg

ISBN: 978-3-7693-5311-2

Für J.A.S.

Danke!

Inhaltsverzeichnis

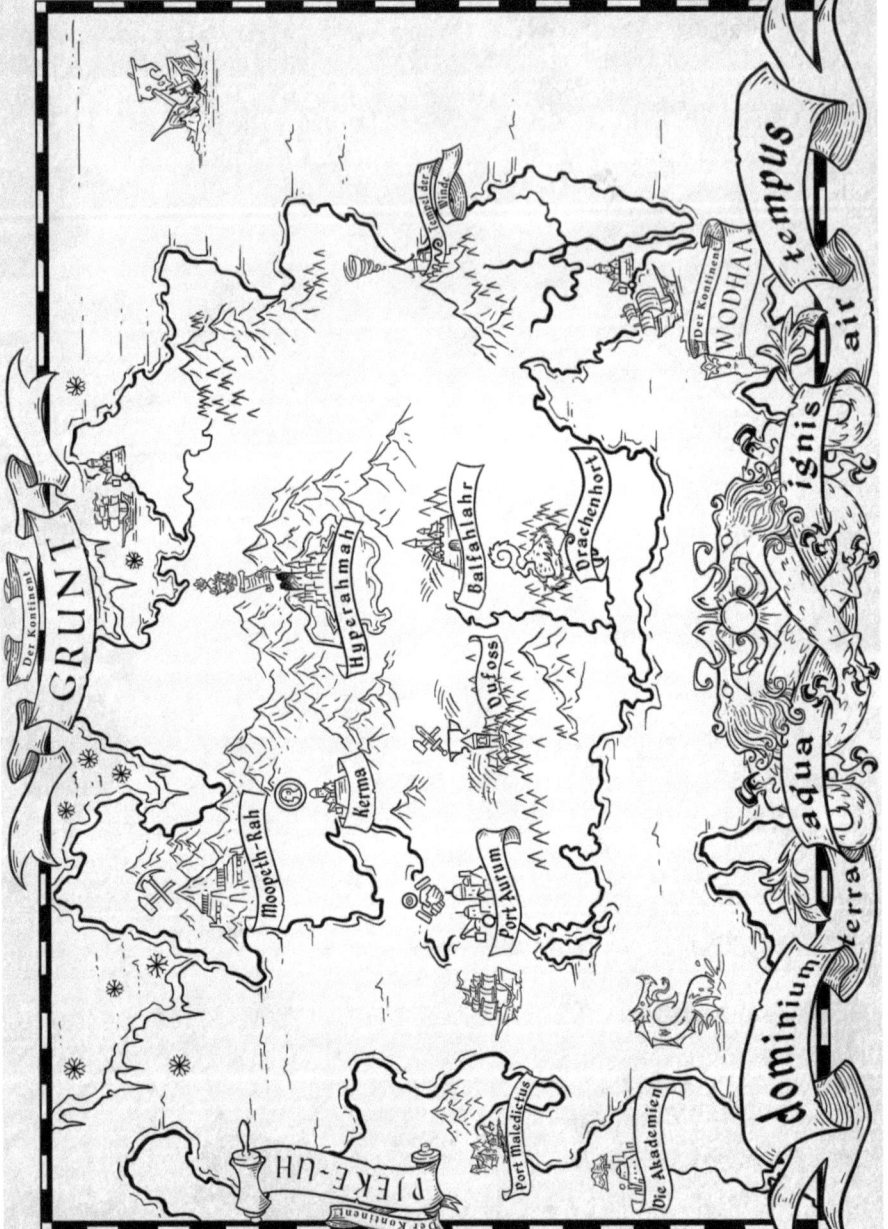

An die, die überleben

Zehn Sonnenwenden sind vergangen, seitdem sich unsere Wege an den Ufern der Inselstadt Hyperahmah getrennt haben. Noch immer wacht Vaticine, die Seherin, über die Drachen Kallestrus und Selestria, die zu einer Kugel Energie verschmolzen sind. Tief in den Katakomben der Stadt sind sie verborgen. Mit dem Tod Plutarchs, des Obersten Kirchenführers, ist die Magie der Zeitschleifen für uns alle beendet worden. Wir dürfen altern. Das ist zumindest unsere Hoffnung.

Nadala hat die zwei Feuerjungen Atiro und Titus mitgenommen. Sie wird sie alles über das Feuer lehren, was sie weiß. Vielleicht hat sie Lehrer für die beiden gefunden.

Den Sohn der Seherin, diesen Merranas, hat man zusammen mit Firim zur Linie der Herrschaft entsandt. Mit ihm will ich nicht tauschen. Wer weiß, ob er je gutmachen kann, was seine Mutter am eigenen Blut verbrochen hat. Doch wer bin ich, sie zu richten? Blut klebt an unser aller Händen, das von Drachen und Sterblichen, und ja, unser eigenes auch.

Und der Drache? Manchmal würde ich gerne wissen, was dieses Wesen vorhat mit all der naturgegebenen Magie und Macht, die ihm bisher nichts eingebracht haben außer Einsamkeit. Das Schicksal will wohl, dass er in diesem Punkt seinem Vater nachfolgt. Doch ich hörte, er suche die Waffe seiner Mutter, das Schwert, das selbst ihn töten kann.

Hier in den Bergen habe ich die letzten unserer Linie gefunden. Sie sind Mischlinge aus Erde und Feuer, aber wem sonst soll ich das Wissen um unser Sein anvertrauen? Der Foliant der Erde ist in Moohpet-Rah bestens verwahrt. Denn die Welt wird den Frieden nicht schätzen.

Zu mir ist die Zeit endlich gnädig. Die Bäche fließen die Berge hinab, der Schnee fällt im Winter sanft zu Boden. Die Alten dürfen gehen. Genug Schritte habe ich auf die Erde gesetzt, genug Worte haben meinen Mund verlassen, genug Wein ist die Kehle hinuntergelaufen. Nach all den Jahren darf auch ich zu dem werden, aus dem ich vor so vielen Sonnenwenden erschaffen wurde.

Regulus

Wir sind das kleinste Sandkorn,
wir sind der höchste Berg.
Aus der Erde kommen wir,
zur Erde gehen wir.

Aus den privaten Aufzeichnungen von Regulus
Bewahrer des Folianten der Erde

ENTSCHEIDUNGEN

A ls das Mädchen nach der Flamme griff, ballte Titus die Faust. Das Feuer verschwand zwischen seinen Fingern. Schon sperrte sie den Mund auf, bereit zu protestieren, überlegte und griff nach dem Stück glühender Kohle, das gerade aus der Esse gefallen war. Titus beobachtete ruhig ihr Treiben. Er hatte sich längst daran gewöhnt, dass in der Linie des Feuers Verbrennungen eher die Ausnahme als eine Regel darstellten. Das war einer der Gründe, warum er bei Nadala geblieben war, als sie die Inselstadt vor nunmehr fünf Jahren verlassen hatten. Hier war er sicher. Keiner ihrer Sippe hatte Angst vor ihm, zudem lehrten sie ihn alles, was an altem Wissen gerettet worden war. Selbst Lesen und Schreiben hatten sie ihm beigebracht, etwas, das seine Eltern nie vermocht hätten. Das zumindest glaubte er. Mittlerweile verblassten die Erinnerungen an ihre Gesichter. Doch die Morde und den Anblick ihrer toten Körper würde er nie vergessen. Er und Atiro mussten damals rasch feststellen, dass Nadala zwar eine gute, aber gnadenlose Lehrmeisterin war. Neben dem Lernen ließ sie beide in der Schmiede arbeiten. Nicht selten so lange, bis ihnen die Arme lahm wurden und sie ohne Abendessen auf ihren Lagern einschliefen. Nicht, weil sie sie besonders kurzhielt, sondern vor Erschöpfung.

Seit dem letzten Frühling war Titus allerdings insgeheim dankbar für den Drill. Mit Freude hatte er bemerkt, wie die älteren Mädchen ihn beim Arbeiten in der Schmiede beobachteten, und Nadalas Söhne hatten ihm erst vor wenigen Monden das erste Mal einen Humpen Bier angeboten, jetzt, da er das fünfzehnte Lebensjahr schon längst vollendet hatte. Carl meinte dabei lachend: »Die

Mädchen werden vom Feuer fasziniert sein, Titus, lieben hingegen werden sie deine Oberarme.«

Carl und Gerald waren mittlerweile wie Onkel für ihn. Mit Atiro hingegen, der etwa acht Jahre älter war als er, gerieten sie oft aneinander. Andauernd gab es Auseinandersetzungen wegen der Arbeit. Dieser hatte sich geweigert, das Feuer zu schüren, den Blasebalg zu betätigen oder den Schmiedehammer zu schwingen. Er sei kein Knecht, sondern Gelehrter, hatte er oft verlauten lassen. Erst recht beim Holzhacken und Putzen ließ er seinem Unmut freien Lauf, nicht selten beleidigend. Im letzten Streit hatte Atiro die Beherrschung verloren und Nadala geohrfeigt. Danach war er mit seiner wenigen Habe verschwunden. Sie hatte nicht zurückgeschlagen, auch nicht nach ihm suchen lassen, verlor kein Wort über sein Verschwinden. Titus wusste, dass sie Briefe ausgesandt hatte, aber nicht an wen. Das war beinahe einen Vollmond her.

»Du solltest doch auf Lissi aufpassen. Schau sie dir an! Die zarten Händchen ganz schwarz.« Geralds Lachen holte Titus aus den Gedanken. Freudig strahlte ihn das Mädchen an und zwinkerte. Hände und Kleid waren über und über mit Kohle verschmiert. Den Boden der Schmiede, eines Steingebäudes mit zwei Räumen und einem riesigen Tor, das den Tag über weit offenstand, zierten auf einmal Kohlezeichnungen von Tieren und Pflanzen. Die knapp Elfjährige brachte sich selbst und andere auf wundersame Weise stets in Schwierigkeiten.

»Oh, verdammt! Deine Frau macht mich einen Kopf kürzer«, jammerte Titus. »Komm, Lissi. Zum Brunnen mit dir.«

Unter schallendem Gelächter packte er das Mädchen, das in das Lachen einstimmte und zog es Richtung der zwischen Bäumen und Sträuchern gut versteckten Straße, die nach Dufoss führte. Im Dorf war ein Brunnen. Dort konnten sie ihr Kleid reinigen und die Hände, das Gesicht waschen, bevor ihre Mutter es sah.

»Titus, nimm die Sichel für den Apotheker mit«, rief ihnen Carl hinterher.

Der Junge machte schnell kehrt, griff nach dem Werkzeug mit der blankpolierten, gekonnt geformten Schneide, peinlich darauf achtend, dass das Mädchen nicht danach schnappte. Feuer konnte ihr nichts anhaben, aber ansonsten war sie wie er: verwundbar und sterblich.

UM DIE MITTAGSZEIT war das Dorf wie ausgestorben. Die Sommerhitze vertrieb die Bewohner nach den Marktzeiten von den Straßen. Viele hielten sich im Schatten des Waldes auf, lediglich die, die mussten, gingen auf die Felder. Erst wenn die Händler für die Nacht ins Gasthaus einkehrten, würde Dufoss aus seiner Ruhe erwachen. Bis dahin war es noch eine Weile hin. Katzen lagen faul in der Sonne und schauten sich nach ihnen um. Aus einem Hinterhof drang wütendes Geschrei, kurz darauf flog eine Tür hart ins Schloss, gefolgt von lautem, protestierendem Hundegebell.

Der Brunnen befand sich auf einem für Dorfverhältnisse großen Platz, der mit Kopfsteinen gepflastert war, umringt von den Häusern, deren Alter Titus nicht zu schätzen wagte. Dennoch waren alle in gutem Zustand, genau wie die kleine Kirche mit ihrem Turm und der viel zu großen silbernen Glocke. Dufoss war ein größeres, zudem wohlhabendes Dorf. Dies lag an den Handwerkern, die sich hier angesiedelt hatten. Es gab den Apotheker, ein Schneider und ein Sattler hatten sich niedergelassen, da die Hauptstraße sowohl nach Hyperahmah als auch Port Aurum führte. Auch wenn die beiden großen Städte weit entfernt waren, kamen die Händler trotzdem, um Geschäfte zu machen. Es gab sogar eine Bäckerei, und ein Bader hatte aus Nadalas alter Schmiede ein gut besuchtes Haus gemacht, das vor allem von reichen Geschäftsleuten geschätzt wurde.

Von Weitem fiel ihm die Gestalt an der Wasserstelle auf. Schon die Kleidung passte nicht zur Jahreszeit. Der lange Mantel und eine tief ins Gesicht fallende Kapuze ließen nicht erkennen, ob es sich um einen Mann oder eine Frau handelte. Als sie näherkamen, bemerkte er die festen, wenn auch dreckigen Stiefel, der Mantelsaum hatte ebenfalls lange keinen Waschzuber gesehen. *Ein Reisender*, dachte Titus. Er nahm Lissi an die Hand, zog sie näher an sich heran. Artig und still lief das Mädchen neben ihm her.

Während sie auf den Brunnen zugingen, drehte sich der Fremde um. Ein rotes langes Lederwams und rote Lederhosen kleideten die Person. Die Kapuze umrandete das feine Gesicht einer Frau. Sie nahm die Kopfbedeckung ab und lächelte, als sie den plätschernden Brunnen erreichten. Kurzes orangenes Haar, Sommersprossen und hellbraune Augen. Sie hielt einen langen, dünnen Stab aus silbernem Metall in der Hand, der zu einer Schraube gedreht worden war.

»Feuerhaare. Schau nur, Titus, sie hat Feuerhaare«, flüsterte Lissi. Sie hatte sich auf Zehenspitzen gestellt, um näher an sein Ohr zu kommen, zeigte schnell mit dem Finger auf den Schopf der Frau.

»Sei still, Lissi!« Titus zog sie auf seine andere Seite und senkte den Kopf. Nadala hatte ihnen eingebläut, wie sie sich Fremden gegenüber verhalten mussten. *Nicht auffallen. Wir dürfen niemals auffallen, wir geben uns niemandem zu erkennen. Habt ihr verstanden?*

Wie sollten sie nicht auffallen? Lissi sah nach ihren Kohlezeichnungen aus, als habe man sie durch einen Schornstein gejagt, er selbst trug eine teure und glänzende Sichel. *Verdammt!*

»Verzeihen Sie bitte«, nuschelte er vor sich hin, stierte zu Boden und trieb das Mädchen an, weiterzugehen. Beim Apotheker würden sie warten, bis die Fremde weg war.

Lissi kicherte laut vor Freude, als sie vorbeiliefen. Ohne nachzudenken, drehte er sich nach der Fremden um. Deren Haare standen in Flammen, die braunen Augen fixierten ihn.

Titus starrte den brennenden Haarschopf an, dann rannte er los. Dabei schleifte er die überraschte Lissi hinter sich her, die vor Schreck aufschrie und nach vorne stolperte, hinfiel und sofort das Schimpfen anfing.

»Komm, Lissi!«, zischte er. »Wir liefern die Sichel ab, dann laufen wir über den Friedhof nach Hause. Wir müssen Nadala erzählen, was hier passiert ist. Die Haare der Frau, das ist nicht wie bei uns. Hast du das gesehen?«

»Ja. Mein Knie, Titus. Warte, mein Knie.« Schnaufend versuchte sie mit ihm Schritt zu halten.

»Verrate es niemandem.« Er war stehen geblieben, schaute streng in das erschrockene Gesicht. »Sage es niemandem, bis wir wieder bei Nadala sind. Ja? Versprichst du es mir?« Tränen hatten sich eine Bahn entlang der schwarzen Wangen gesucht. Lissi schluchzte, nickte aber. Das rechte Knie war aufgeschürft. Er lächelte und streichelte ihr den Arm.

»Ist alles in Ordnung?«, fragte der Apotheker, als Titus mit dem verweinten Mädchen an der Hand vor der Tür stand.

»Gewiss, sie ist nur unglücklich gestolpert und hat geweint.«

»Brauchst 'ne Salbe oder ein Mittelchen gegen den Schmerz?« Der alte Mann lächelte Lissi freundlich an.

»Nein, nein. Das geht schon. Beste Grüße von den Schmieden darf ich zudem ausrichten.« Titus überreichte die Sichel, verneigte sich und winkte dem Apotheker beim Gehen. Das Mädchen hob ebenfalls die Hand und ließ sich von dem Jungen mitreißen.

»Die Schmiedekinder sind einfach hart im Nehmen«, murmelte die Apothekersfrau.

»Müssen sie auch. Aber schau die Sichel! Solche Arbeit sieht man nicht oft. Wie neu.« Zufrieden betrachtete er die reparierte und geschliffene Klinge. »Vielleicht zeige ich mich mit einem duftenden Stück Seife erkenntlich. Ja! Die brauchen sie. Hast du die schwarzen Hände und Wangen gesehen?« Er verschwand hinter der Theke, um sein Werkzeug auszuprobieren.

»SCHNELL, LISSI. NACH HAUSE.« Er packte das Mädchen an den Hüften, setzte es auf die Friedhofsmauer, sprang selbst hinüber, um sie auf der anderen Seite herunterzuheben. Sie eilten sich, einen Weg zwischen den teils schiefen Grabsteinen und dem wuchernden Unkraut zu finden. Er wollte Nadala unbedingt berichten, was sie gesehen hatten. In den letzten Monaten waren immer wieder Männer und Frauen gekommen, die nach Personen wie ihm und Nadalas Familie gefragt hatten. Seltsame Angebote wurden an die Pfähle geschlagen. „Kopfgeld" stand auf den meisten, und die Summen waren hoch. Als er Atiro eines der Pergamente gezeigt hatte, verriet dieser ihm nicht, was und wer genau damit gemeint war, sondern hatte das Schriftstück wortlos zerrissen. Dennoch erkannte Titus Furcht im Gesicht des anderen. Sie waren nie Freunde geworden. Ihre Talente, die identische Abstammung aus der Linie des Feuers hatte sie trotz des Altersunterschiedes und der unterschiedlichen Herkunft verbunden und in vielen Lagen zusammenhalten lassen. Bis zu jenem Tag, als Atiro Nadala geohrfeigt hatte.

Die letzten Meter zur Schmiede liefen sie gemächlicher. Gerald und Carl waren an der Arbeit, Nadala nirgends zu sehen.

»Geh, Lissi.« Er ließ sie los, hielt auf die Schmiede zu. »Wo ist Nadala?«

»Im Haus, aber dort solltest du lieber nicht rein. Sie hat Besuch bekommen«, meinte Carl, ohne vom Amboss aufzusehen.

Titus zögerte, kratzte sich an der Stirn, schaute zum Haus. Doch, hier war er in Sicherheit. »Eine Frau mit Mantel, Kapuze, in roter Kluft?«

Der Schmied schaute nicht auf. »Genau die.«

»Die haben wir am Brunnen gesehen.« Er kam zu den Männern, die abwechselnd auf ein Stück Eisen schlugen. »Ihre Haare. Ihr hättet ihr Haar sehen sollen. Weiß Nadala, wer sie ist?«

»Sie heißt Anima. Und ja, wir wissen, was mit ihren Haaren ist. Beruhige dich und warte ab«, gab Gerald zu verstehen, ließ den Hammer erneut auf das glühende Metall krachen.

»Ich habe Lissi gesagt, sie darf es niemanden verraten. Sie war brav, als wir beim Apotheker waren«, erzählte er.

»Das ist gut.«

Titus wandte sich besorgt zu Carl. Für gewöhnlich waren die Brüder eher gesprächig, wenn es um diese Art von Dingen ging. Natürlich nur, wenn die Familie unter sich war. Wer mochte diese Frau sein? Wie war sie so schnell hierher gelangt? Sie hatten doch beim Apotheker gar nicht getrödelt. Kannte sie etwa die Abkürzungen und alten Wege?

»Wenn dir die Zeit lang wird, geh raus, Holz hacken«, schnaufte Gerald. »Das bringt dich auf andere Gedanken. Die jungen Mägde kommen bestimmt bald zurück von den Feldern.«

Titus blickte die beiden verwirrt an.

Gerald grinste bei der Arbeit.

Als der andere nichts weiter sagte, trat der Junge vor die Schmiede, krempelte die Ärmel hoch. Holzhacken war eine hervorragende Beschäftigung. Sie lenkte vom Warten ab, und die Farbe stieg einem schon wegen der Anstrengung ins Gesicht. Sollte er je mit den Mädels reden müssen, würde denen gar nicht auffallen, wie rot sein Kopf werden konnte. Selbst wenn er nicht mit ihnen sprach, passierte es. So wie früher mit dem Feuer, das plötzlich ohne sein Zutun auf seinen Händen erschienen war und nicht erlosch. Er schämte sich ein bisschen, wenn die Mädels ihm verstohlene Blicke zuwarfen und tuschelten. Vor allem kicherten sie, er wusste nie warum. Er zog die Axt aus dem massiven Hackklotz. Mit geübten Bewegungen machte er sich an die Arbeit. Nach einigen Holzstücken hatte er die flammende Frau vergessen, dachte stattdessen an Atiro. *Wo der wohl steckt? Hat er herausgefunden, welche Nachrichten Nadala erhielt?* Hätte er selbst mit ihm gehen sollen? Er hielt mitten in der Bewegung inne. Nein, der Gutshof mit der Schmiede war sein neues Zuhause. Nadala hatte sie gewarnt, dass die Zeiten unruhig geworden waren. Immer mehr Personen bekannten sich zu ihren Fähigkeiten und Elementen. Feuer und Luft, sogar Gerüchte über eine Linie der Erde machten mittlerweile die Runde. Wie sie erfuhren, waren manche Talente bemerkenswert, andere eher beängstigend. Nicht selten verschwanden diese Leute so schnell, wie man von ihnen Kunde erhalten hatte. Nadala wusste sie bisher gut zu schützen. Doch seit einiger Zeit ging sie, wenn sie Briefe erhielt, immer öfter ins Haus, um sie allein zu lesen. Wenn sie wieder bei ihnen saß, waren ihre Blicke ernst und sie wies sie an, noch vorsichtiger zu sein. Allerdings erzählte sie nie, warum.

»Wer nichts weiß, kann nichts verraten«, wiederholte sie unaufhörlich.

Titus leuchtete das ein. Atiro hingegen hatte sie deswegen kritisiert. Maulte, sie wolle ihn und die anderen nur dumm halten.

Er habe ein Recht zu erfahren, was vor sich gehe. Auch das war in den letzten Wochen ein Streitpunkt gewesen.

Im letzten Winter hatte sich Atiro stark verändert. Beleidigte sie, nannte sie ungebildet, sprach von seinem Vater, dem Würdenträger, und seiner eigenen Ausbildung. Er sei kein Bauer und Handwerker, sondern Gelehrter. Ein Magier, der nach Hyperahmah gehöre, ins Zentrum der Macht und nicht aufs Land zu Kühen und Schafen.

Für Titus war die Inselstadt ein geborstener Turm in einem riesigen See umgeben von hohen Bergen. Was damals auf der Insel geschehen war, wusste er nur aus Erzählungen. Er hatte sich zu diesem Zeitpunkt am Ufer versteckt gehalten und auf die Rückkehr der anderen gehofft, die alles waren, was er noch an menschlichen Kontakten hatte. Damals, als seine Eltern von Schergen der Inquisition brutal ermordet worden waren. Die ganze Siedlung war auf Befehl des Obersten Kirchenführers Plutarch niedergemetzelt worden. Der Zufall wollte es, dass ausgerechnet zu dem Zeitpunkt das Feuer in ihm erwacht war und er verzweifelt versucht hatte, am Bach seine Hände von den Flammen zu befreien. Das war der einzige Grund, warum er damals mit seinen zehn Jahren den Mördern entkommen war. Beinahe hätten Kiromin, Kallestrus' Sohn, und Merranas, der Kopfgeldjäger, ihn getötet. Sie hatten ihn im Wald gefunden, nahe des verlassenen Heimatdorfes. Kiromin fürchtete, er würde sie an Plutarch oder die Schergen verraten. Und obwohl sie ihn zurückließen, wusste er, dass das Feuer in seinen Händen ein Geschenk war. Er erinnerte sich, wie er versucht hatte, den mächtigen Drachen Kallestrus mit der damals in ihm erwachten Feuermagie zu töten. Kurz lachte er auf, als er jetzt daran dachte. Ein kleiner Junge, der mit Feuer gegen einen Drachen kämpfte. Heute wusste er um seine Fähigkeiten, und dass seine Mutter oder sein Vater ebenfalls Träger der Feuerlinie gewesen sein mussten. Atiro war damals auf der Insel gewesen, hatte ebenfalls seinen Vater verloren. *Ist er in die Hauptstadt, nach Hyperahmah zurückgekehrt? Oder hatte er sich womöglich jemanden offenbart?*

»Titus, ich will dir jemanden vorstellen.« Plötzlich stand Nadala hinter ihm. Bedächtig ließ er die Axt in den Klotz fallen. Das Metall versank mühelos im Holz. Seine Lehrmeisterin war in Begleitung der Fremden. Diesmal standen weder deren Haare noch ein anderes Körperteil in Flammen. Sie hatte den Mantel abgelegt. Sie war zierlich gebaut, kleiner als er.

»Sei gegrüßt, Titus. Ich heiße Anima. Nadala hat mir von deinen Fähigkeiten erzählt.«

Verwirrt schaute er die Lehrmeisterin an. War das eine Prüfung? Stellte Nadala seine Loyalität auf die Probe? Er schwieg betreten.

»Wir gehen ins Haus. Dort seid ihr ungestört.« Nadala fasste ihn am Arm. Er folgte wie befohlen.

In der geräumigen Gutsküche setzte sich Anima an den Tisch und wies ihn an, ihr gegenüber Platz zu nehmen. Nadala ging die Fenster ab und spähte hinaus. »Ihr könnt beginnen.«

»Womit?«, fragte Titus verwirrt.

Anima blinzelte und ihre Haare fingen Flammen, ohne zu verbrennen. Erschrocken sprang Titus vom Tisch auf, der Hocker schrammte laut über den Holzboden. Er spürte, wie das Gesicht heiß wurde, rot anlief, während Anima lachte. »Für einen Feuermagier bist du sehr schreckhaft. Da liegen noch viele Lehrstunden der Gelassenheit vor dir.«

»Ich weiß nicht, was Sie meinen«, gab Titus kleinlaut zurück. Er wollte diese Prüfung bestehen. Nadala nicht enttäuschen.

»Du bist vorsichtig. Das ist vollkommen in Ordnung. Wir sind hier unter unsersgleichen.« Sie schnippte mit den Fingern und die Haare erloschen, dafür tanzte eine kleine Flamme auf ihrer Nase, die sie anschielte.

Er konnte sich das Lachen nicht verkneifen. »Wie machen Sie das?« Er schlug sich mit der Hand auf den Mund. Das war's. Durchgefallen! Diese Frage hätte er nicht stellen dürfen.

Nadala bewegte sich nicht vom Fenster weg. »Du hast nichts zu fürchten. Anima und ich kennen uns schon seit langer Zeit. Deine Neugier wird dich noch das Leben kosten, Titus.« Sie grinste.

»Sei nicht so streng. Er ist noch ein halber Junge.« Anima pustete mit einem Schnaufer die Flamme auf der Nase aus und lachte. »Ich habe Durst. Gibt's Bier?«

»Erst die Arbeit.«

Anima verdrehte die Augen. »Sie ist so streng.«

Titus senkte den Blick, nickte unmerklich.

»Zeig, was du kannst, Titus. Nur zu«, munterte Anima ihn auf. »Wir sind vom gleichen Schlag.«

Der Junge vergewisserte sich, dass er Nadalas Zustimmung hatte und ließ zwei kleine Flammen auf seinen Handflächen entstehen, schloss diese und schnippte mit den Fingern, so dass Funken wie kleine Glühwürmchen durch die Luft stoben.

»Forme einen Feuerball.«

Er kam ihrer Aufforderung nach.

»Einen Flammenstoß in den Kamin.«

Ein dünner Lichtstrahl schoss aus seiner Hand und traf das Ziel, wo er eine kleine Feuersbrunst entfachte.

»Sehr gut!« Anima nickte zufrieden. »Wie alt bist du, Titus?«

»Ich bin fünfzehn, aber bald werde ich sechzehn sein.«

»Das trifft sich gut. Du bist alt genug, um mit mir zu reisen. Morgen früh geht es los. So hast du noch Zeit, deine Sachen zu packen, dich zu verabschieden. Und ich kann etwas Zeit mit einer alten Freundin verbringen.«

Titus zögerte. »Verreisen? Wohin? Ich will gar nicht weg.«

»Oh, doch. Du willst. Du weißt es nur noch nicht«, meinte Nadala. »Geh deine Sachen packen! Ich habe dir einen Lederbeutel aufs Nachtlager gelegt. Vergiss nichts, ihr werdet lange unterwegs sein. Heute Abend essen wir alle zusammen. Auf!« Sie scheuchte ihn raus.

»Aber, Nadala…«, begann er, während er versuchte, standhaft zu bleiben. Ihr Gesicht verschwamm vor seinen Augen. Sie drängte ihn bestimmt zum Ausgang. Seit diesem Sommer überragte er sie um einen Kopf, doch sie war ihm in allem überlegen. Er hatte lange nicht begriffen, dass in dem Körper einer nun siebzehnjährigen der Geist einer erfahrenen alten Frau steckte. Alles Auswirkungen von Plutarchs und Kallestrus' Magie, die die

Zeitverläufe für bestimmte Personen veränderte. Für Nadala war die Zeit rückwärts gelaufen. Die damals erfahrene Kopfgeldjägerin hatte aufgehört zu altern, wurde bis Plutarchs Fall jünger, beinahe wieder Kind. Danach alterte sie erneut.

Er schluchzte leise, stemmte sich gegen sie, sogleich fühlte er den starken Griff am Arm, sie fasste fester zu. »Du bist kein Kind mehr.« Sie klang nicht verärgert, aber bestimmt. »Hier bist du bald nicht mehr sicher.«

»Nadala, bitte, ich will nicht gehen. Schick mich bitte nicht weg. Hier ist mein …« Sie öffnete die Tür, die Helligkeit des Nachmittags blendete ihn und noch während sie ihn hinauswies, faltete er flehend die Hände, damit sie zuhören möge. Die Tür schloss sich hinter ihm. Er lehnte mit der Stirn gegen das sonnenerwärmte Holz, schluckte. »Zuhause«, beendete er den Satz unter Tränen. Er konnte noch hören, wie sich Anima nach Atiro erkundigte, verstand Nadalas Antwort nicht. Schnell wischte er mit der Hand übers Gesicht, zog die Nase hoch. Ratlos stand er vor dem Haus, wusste nicht, was er zuerst machen sollte. Die Entscheidung nahmen ihm erneut die Schmiede ab. Gerald pfiff durch die Finger, um ihn zu rufen. Womöglich brauchten sie mehr Holz.

Er lief über den Hof, hinüber zur Schmiede. »Ich muss packen.« Ein Kloß bildete sich in seinem Hals, als er sprach.

»Besser ist es, ja.« Gerald ging in den hinteren Teil der Schmiede in den anderen Raum, wo sie spezielles Werkzeug in alten Truhen aufbewahrten.

»Du musst weg, oder?« Carl hatte seinen Hammer weggelegt, die Esse war leer. Er putzte sich die Hände an einem Lappen ab.

»Mmh.« Mehr bekam Titus nicht heraus. Er wollte berichten, was geschehen war und seinen Unwillen klagen. Wieso schickte man ihn fort und wohin? Er hatte doch nichts falsch gemacht. War es wegen Atiro? Weil der fortgegangen war? Hatte der sie alle in Gefahr gebracht und er musste deswegen gehen? Titus merkte, wie der Kloß im Hals dicker wurde. Er holte einige Male tief Luft. Es half nicht.

Carl kam zu ihm, legte ihm die Hand auf die Schulter. »Neue Zeiten, Titus. Alles, was wir über das Feuer wissen, weißt du bereits. Für jemanden wie dich heißt es, mehr zu lernen. Auch wir mussten die Familie verlassen, um das Handwerk zu verbessern. Die Kindertage sind für dich vorbei.« Er blickte milde auf den Jungen hinab. »Anima weiß, was zu tun ist. Sonst wäre sie nicht gekommen, um dich zu sehen. Dass du mitgehen kannst, ist ein Glück und eine Ehre.«

Titus holte tief Luft, senkte den Kopf. »Woher willst du das wissen? Wer ist sie?«

Gerald kam aus der Dunkelheit der Schmiede, hielt ein sauberes Leinentuch in den Händen. Schnell wechselte er mit Carl Blicke, bevor er das Bündel Titus reichte. »Für dich«, meinte er knapp.

Verwundert griff Titus nach dem Tuch. Fast ließ er es fallen, staunte über das Gewicht.

»Vorsichtig!«, warnte Carl.

Titus ahnte, was in das Tuch gewickelt war. Sorgsam faltete er es auseinander. Der Inhalt blitzte im Licht. Zaghaft drehte er das Messer hin und her, betrachtete den sorgfältig gearbeiteten Griff. Er bemerkte die Initialen im Metall. Der Mund blieb ihm offen stehen, während die Augen sich weiteten. »Für mich?«

»Sieht so aus«, brummte Gerald.

»Das sind die Initialen eurer Linie und Familie«, flüsterte Titus. Er kannte die Waffen, die Nadala und ihre Söhne trugen, wenn es brenzlig wurde.

»Und diese ist ab dem heutigen Tag deine«, erklärte Carl. »Dreh sie um.«

Ohne das Messer mit der bloßen Hand zu ergreifen, drehte er es in dem Tuch um. Auf der anderen Seite war ein verschnörkeltes T deutlich erkennbar. Selbst nach all der Zeit wusste er nicht, wie sie diese Prägungen einarbeiten.

»Aber dann …«, begann er.

»Bist du einer von uns«, beendete Gerald den Satz. »Du gehörst zu uns, Titus. Hier ist dein Platz, wenn du ihn willst.«

Der Junge schwieg. Wenn er dieses Geschenk ergriff, wäre er ein

Teil von Nadalas Sippe. Nadala, die ihn morgen fortschickte.

Gerald räusperte sich. »Es ist selbstverständlich deine Entscheidung. Wenn deine Wurzeln woanders bleiben sollen, ist es, wie es ist.« Titus schluckte ein weiteres Mal. Vorsichtig nahm er die Waffe in die Hand. Sie lag darin, als sei sie schon immer dort gewesen, und ohne sein Zutun flammte die Klinge hell auf. Verblüfft fasste er noch fester zu und das Metall erstrahlte in einer dünnen, weißen Flamme.

»Bei allen Feuern, Titus«, brachte Carl heraus. »Wie machst du das? Wenn uns jemand sieht, bricht ein Donnerwetter los.«

»In diesem Jungen steckt mehr, als ihm selbst bewusst ist«, sagte eine Frauenstimme.

Überrascht fuhren sie herum, die Waffe erlosch, noch während Titus sie losließ. Mit einem feinen Klirren blieb sie auf dem Steinboden liegen.

»Die Klingen von Feuerelementaren sind besonders und nur wenige können ihren Kern erwecken. Die Brüder sind Meister ihrer Kunst, solche zu schmieden«, fuhr Anima ruhig fort. »Hebe es auf. Es ist für immer dein.«

Titus konnte sich nicht rühren. Seine Hand fühlte sich wohlig warm an. Nur zu gern hätte er nach dem Messer gegriffen. Was würde dann passieren?

»Nimm es, Titus.« Carl gab ihm einen freundschaftlichen Schubs.

Der Junge blickte auf das Geschenk. Als Mitglied der Sippe teilte er alle Geheimnisse und Lehren, ihre Feinde waren nun seine, gleiches galt für die Verbündeten. Er war ein Teil der Feuerlinie, egal wo er war. Er bückte sich rasch. Der Griff lag gut in der Hand. Das Messer leuchtete in einem sanften Gelb. »Es ist mir eine Ehre, diese Waffe tragen zu dürfen«, flüsterte er.

»Das wollen wir auch hoffen.« Ein fester Schlag auf den Rücken ließ ihn einen Schritt vorwärts stolpern. Die Brüder lachten laut auf. »Wenn du zurückkommst, wirst du Haare am Sack und im Gesicht tragen.« Gerald legte ihm den Arm um den Hals, verstrubbelte ihm die dunkelbraunen kurzen Haare. Die Röte stand

Titus im Gesicht, als er Animas Lachen über die Bemerkung hörte. Sie hatte einen Humpen Bier in der Hand und prostete den Schmieden zu, bevor sie zum Wohnhaus zurückging.

SIE BRACHEN AM nächsten Morgen auf. Nadala umarmte Titus zum Abschied und drückte ihm einen kleinen Beutel in die Hand, den er nur bei Bedarf öffnen sollte. Carl und Gerald waren bereits wach und verabschiedeten sich mit seltsamen Bemerkungen über den Umgang mit jungen Mädchen. Lissi hatte mitbekommen, dass er zeitig losziehen musste. Bereits am Vorabend war sie nicht von seiner Seite gewichen, bis Geralds Frau sie zum Schlaflager gescheucht hatte. Unbeholfen stand sie vor ihm.

»Jetzt musst du selbst auf dich aufpassen, Lissi«, lächelte er sie an und drückte sie. Sie schlang die Arme um seinen Hals, küsste ihn auf die Wange und lief davon.

Auf den ersten Metern drehte er sich um. Er wollte den Gutshof mit der Schmiede, sogar die riesige Linde in sein Gedächtnis aufnehmen. Die Gesichter seiner Sippe, die dort stand und ihnen nachsah. Er berührte die Wange, auf die Lissi ihren unbeholfenen Abschiedskuss gedrückt hatte. Er hatte wieder eine Familie und einen Namen, einen Ort, an den er gehörte, an den er zurückkehren konnte.

Anima betrachtete ihn von der Seite. Sie hatte den Mantel um und die Kapuze aufgezogen, obwohl die Sonne einen neuen warmen Tag ankündigte.

»Kannst du mir erklären, was es mit der flammenden Klinge auf sich hat?«, fragte er, nachdem Dufoss endgültig aus seinem Sichtfeld verschwunden war, als er sich nochmals umschaute.

»Wir werden viel Zeit für Erklärungen haben, wenn wir reisen. Die heutige Lektion heißt laufen und schweigen.« Sie zog das Tempo des Marsches an. Er folgte ihren schnellen Schritten ohne weitere Fragen, mit den Gedanken war er bei der Schmiede.

ANIMA HATTE DIE Hauptstraßen gemieden, und erst nach einigen Stunden legten sie Rast ein, an einem kleinen Bach, der sich seinen Weg quer über eine Lichtung bahnte. Das Gras und die Wildblumen standen hoch, hier und da von Rehen angefressen und Wildschweinen niedergetrampelt, der Boden von den Rüsseln aufgewühlt. Sie tranken und füllten ihre Flaschen.

»Für heute brauchen wir uns ums Essen nicht zu kümmern. Nadalas Mädchen haben genug Proviant eingepackt. Bis zur Dämmerung werden wir noch weiterlaufen, dann suchen wir einen sicheren Unterschlupf«, erklärte Anima freudig.

Titus blickte auf. »Wollen wir nicht einen Gasthof aufsuchen?«

Anima schaute sich um. Der Bach gluckerte leise. Hier und da flogen Insekten umher. »Für Leute wie uns ist es in den jetzigen Zeiten besser, nicht gesehen zu werden. Zumindest in diesem Landesteil.«

»Was meinst du damit?« Titus verstand nicht. Zur Vorsicht war er erzogen worden, aber das schien ihm übertrieben. Anima sah über ihn hinweg in Richtung Straße, die sie verlassen hatten. Aus dem Büschen brachen drei Männer hervor.

»Wen haben wir denn hier? Fremde, die sich in unseren Wäldern rumtreiben und das Wild aufscheuchen. Ihr seid bestimmt Fallensteller«, brummte ein stämmige Kerl.

Anima hatte Titus am Handgelenk gefasst und zu sich gezogen, damit sie nebeneinanderstanden.

»Ach, das Jungchen an Mutters Hand«, witzelte ein anderer, leicht untersetzter Typ. Ihm fehlte ein Schneidezahn und seine Nase war so platt, dass sie kaum aus dem Gesicht ragte. Dafür war er in dunkelblaues Leder gekleidet, viel edler als die anderen beiden.

»Wir haben unsere Flaschen aufgefüllt. Wasser ist frei für jeden Reisenden.« erklärte Anima ruhig. »Wir ziehen nach der Rast weiter.«

Titus spürte ihren Händedruck.

»Nicht so schnell, meine Liebe, nicht so schnell. Die Quelle des Baches liegt auf unserem Grund. Wer nimmt, der zahlt.« Der Stämmige kam näher.

Anima blieb gelassen. »Wie schon gesagt, Wasser ist ein freies Gut.«

»Schaut, schaut. Ein Weib, das sich mit Gesetzen auskennt. Nur dumm, dass hier kein Gesetzeshüter ist.« Die Männer lachten. »Keine Sorge, wir finden einen Weg, wie du uns leicht entlohnen kannst, dafür, dass wir dir und deinem Jungchen nichts tun.« Der Stämmige griff nach Animas Schritt. Seine Hand ging ins Leere, die Frau war schneller, hob ihren Stab auf, vollführte eine flinke Parade, wehrte ihn gekonnt ab.

»Was fällt dir ein, Miststück?« Die Miene des Mannes verfinsterte sich. »Denkst du, du kannst einfach so durch die Wälder streifen und dich an allem bedienen? Ihr Hexen gehört zugeritten und verbrannt.«

Titus wurde unruhig. »Wir bezahlen.«

Der Stämmige ließ von Anima ab, betrachtete Titus abschätzig. »Ach, das Söhnchen will der Mutter helfen. Ein gut erzogenes Kind.«

»Ruhig jetzt«, zischte Anima und Titus wusste sofort, dass dies ihm galt, nicht dem Mann.

Der packte Anima am Hals und drückte zu.

Als Titus ihr helfen wollte, kam schon der Untersetzte auf ihn zu. Ein Messer blitzte in seiner Hand.

Titus griff an seinen Gürtel, das Geschenk legte sich zum Angriff bereit in seine Hand und flammte auf.

Der Kerl mit der Zahnlücke zögerte, sah auf die Waffe. »Bei allen Göttern. Das sind diese Flammenleute.« Er erbleichte beim Anblick der Klinge. »Schau Sigi, das Messer des Kleinen. Deswegen ist das Weib so rot gekleidet. Es ist keine Hexe. Das sind Flammenhetzer!«

Bevor der Stämmige etwas sagen konnte, hatte Anima einen ihrer Handschuhe ausgezogen und drückte ihm die Hand auf die Brust. Unter lautem Geheul ließ er von ihr ab, bevor er zusammenbrach.

Fassungslos starrte die Zahnlücke auf den leblosen Körper, während der Dritte bereits die Flucht ergriff. Anima setzte ihm nach.

»Na wartet!«, brüllte die Zahnlücke und ging auf Titus los. »Rache für Plutarch! Sieg für Wynfreth!«

Anima blieb stehen, machte kehrt.

Während der Mann Titus ansprang, machte der Junge einen Schritt zurück, umklammerte unbeholfen die Waffe mit beiden Händen, hielt sie vor sich. Panisch starrte Titus auf den Mann, der nach ihm ausholte. Er duckte sich unter dem Hieb hinweg, ließ das eigene Messer nach vorne schnellen, sah in das wutverzerrte Gesicht. Der weit aufgerissene Mund beherbergte weitere faulige Zähne. Das Metall verschwand bis zum Schaft im Bauch des Gegners. Mit einem verdutzten Schrei ging der Dunkelblaue in die Knie. Er hob sein dünnes Messer. Titus spürte etwas Warmes an den Händen, feucht und klebrig.

Anima erreichte sie, ergriff den Dunkelblauen am Kopf. Mit einem kräftigen Ruck zerrte sie seinen Kopf zurück. Mit Knacken brach ein Genick. Sie ließ los.

Entsetzt starrte Titus sie an, zog wie in Trance das eigene Messer aus dem Bauch des Mannes, bevor der vorne überkippte. Er spürte, wie der Inhalt seines Magens einen Weg aus dem Körper suchte, kotzte in einem weiten Strahl über den leblosen Leib. Würgte laut, bis nichts mehr kam, die Augen voller Tränen. Mit weichen Knien entfernte er sich von der Stelle.

»Verflucht sollen sie sein, der Dritte ist weg. Wir müssen weiter. Spül das Messer ab und mach dich sauber.«

Der befehlende Ton riss Titus aus dem Gedanken, soeben einen Mann abgestochen zu haben. Die Frau hatte mit leichter Hand dem Halunken das Genick gebrochen. Er würgte trocken.

»Auf, wir gehen weiter. Wenn der Idiot Verstärkung holt, sind wir bald von Kopfgeldjägern und anderen Schergen umringt, die Feuermagier an Wynfreth und andere Statthalter ausliefern.«

»Was?«

»Mach hin!« Sie hielt ihn fest. »Eine Erklärung gibt es später.«

Notdürftig putzte er das Blut vom Messer, wobei er sich nochmals trocken erbrach. Dann wusch er sich Gesicht und Hände, trank. Die Säure blieb dennoch als warnender Geschmack im Mund, der Geruch wich nicht.

»Seit Plutarchs Tod erheben gleich mehrere Herrscher und

Herrscherinnen den Regierungsanspruch über diesen Erdteil. Grunt ist für Menschen wie uns nicht sicher. Der Rat in Hyperahmah ist nicht stark genug, diesen riesigen Kontinent zu regieren.« Sie zog ihn weiter.

Titus steckte im Lauf das Messer ein, folgte schweigend. Vor dem inneren Auge sah er das Gesicht des Mannes und das Blut an seinen Händen. Das soeben getrunkene Wasser wollte den Magen wieder verlassen. Diesmal schluckte er es runter, während Tränen sich Bahn brachen. Zum Glück drehte Anima sich nicht nach ihm um. Und das Wasser blieb, wo es sollte.

SIE LIEFEN AUF kleinen Pfaden und verschlungenen Wegen, an den Rändern von Waldlichtungen entlang und durchs Dickicht. Titus konnte gut mit Anima Schritt halten. Erst als sie in der anbrechenden Nacht kaum noch etwas erkannten, suchte die Frau an einem Felsvorsprung Platz für das Lager. Sie ließ ihn ein kleines Feuer machen und teilte die Vorräte auf, wobei sie etwas für den darauffolgenden Tag aufhob. Seit dem Vorfall am Bach hatte sie nichts mehr gesagt. Titus kaute auf seinem Käse, schluckte schwer und räusperte sich, ohne sie anzuschauen. »Das mit dem Messer. Das tut mir leid. Ich wusste nicht …«

»Schon gut. Es wäre zu viel verlangt. Gerne hätte ich dir diese Erfahrung am ersten Tag unserer Reise erspart. Verstehst du nach diesen Geschehnissen besser, warum Nadala euch immer zum Schweigen und zur Vorsicht angetrieben hat?«

Er nickte, auch wenn er nur einen Teil verstand. »Hassen uns alle?«

Anima schaute ihn an. »Hass ist wünschenswert. Sie fürchten uns. Wer Angst hat, der handelt wie ein verletztes Tier. Schnell, ohne nachzudenken.«

»Mich hat bisher niemand gefürchtet«, erklärte Titus.

»Ach nein? Wie lange brannten bei euch die Feuer. Damals, als deine Eltern noch lebten?«

Er wandte sich von ihr ab. Nadala hatte ihr also von ihm erzählt. Schon lange hatte er nicht an seine Mutter gedacht, den

Vater auch nicht. Er schluckte, wischte mit dem Handrücken über die Augen. Er erinnerte sich an damals. Die Feuer gingen eins nach dem anderen aus. Plutarch und seine Inquisitoren jagten alle, die anders waren. Alle, die angezeigt wurden von Nachbarn und Neidern. Vor allem hatte die Jagd Drachen gegolten, und wie er mittlerweile verstanden hatte, auch den Angehörigen der Feuerlinie. Als seine Eltern noch lebten, kamen Menschen in ihr Dorf, um Glut zu holen. Bei ihnen brannte sehr lange ein schwaches Feuer, sogar bis zum Schluss glomm es mit kleinen Flammen, als in den Ländereien längst alle erloschen waren. Er sah Anima an. Sie nickte, als habe sie seine Gedanken erraten.

»Meine Eltern hatten immer eine Kochstelle«, flüsterte er, dabei straffte er die Schultern. »Sie haben aber nie solche Sachen gemacht wie du. Oder ich.«

»Sie konnten es genauso wenig wie wir. Plutarchs Zauber oder ein anderes Ereignis haben die Feuer erlöschen lassen, und mit ihnen verschwand unsere Fähigkeit, dieses Element zu nutzen und formen. Nadala und ich vermuten, dass deine Eltern aus einer sehr alten Feuerlinie stammten. Wir werden es herausfinden, wenn wir unser Ziel erreicht haben. Dort gibt es Aufzeichnungen der ersten Familien und ihrer Abkömmlinge. Plutarch hat über Jahrzehnte, vielleicht waren es sogar Jahrhunderte, Leute wie uns verfolgt. Egal ob Feuer oder Wind, selbst die Erdlinien, das Wasser.« Sie machte eine Pause, starrte in die Dunkelheit.

Titus folgte ihrem Blick, konnte nichts erkennen. Vor ihnen lag schwarzer Wald, darüber standen lediglich Sterne, nach und nach wurden es mehr am Nachthimmel. Der Mond würde erst später auftauchen.

»Alle Elemente waren ihm zuwider. Er wollte herrschen, allein. Dafür hat er mit einem Element gespielt, das ihm selbst den Tod einbrachte«, sagte sie ruhig an ihn gewandt.

»Welches denn?«

»Du weißt bestimmt, dass er die Zeit manipulierte. Ich dachte, du seist dabei gewesen und erzählst mir davon.«

Titus ließ die Schultern hängen. »Damals befahlen Nadala und

Regulus, dass ich am Ufer bleibe. Ich war nicht in Hyperahmah. Atiro ist dabei gewesen.«

Anima biss ein Stück Brot ab und kaute. »Atiro, ja? Erzähl mir von ihm.«

Der Junge überlegte eine Weile. »Eigentlich ist Atiro ein kluger Kerl.« Titus zog kurz die Nase hoch, obwohl er keinen Schnupfen hatte. »Er regt sich furchtbar schnell auf, will immer recht haben. Weil er den Folianten des Feuers auswendig kennt, auch die anderen. Er kann gut lesen und schreiben, weiß sehr viel. Mathematik und das Wissen um die Natur beherrscht er ebenfalls. Sein Vater war ein hoher Würdenträger, hat ihn viel gelehrt.«

Anima schwieg. Titus zögerte, sprach nach einer Weile weiter. »Er hat sich mit Gerald und Carl nicht verstanden. Hat immer gesagt, dass er nicht zum Arbeiten mitgekommen sei. Sein Vater ist in Hyperahmah nicht gestorben, damit er als Knecht von Schmieden ende.«

»Verstehe. Weißt du, wie Atiros Vater gestorben ist?«

Titus nickte. »Ja, er hat es mir erzählt. Er ist von Plutarchs Wachen umgebracht worden, in seinem Studierzimmer. Er vermutet, Vaticine hat seinen Vater an Plutarch verraten, um von sich selbst abzulenken. Atiro hasst sie alle.«

»Wen?«

»Na, alle, die damals dabei waren. Nadala, Regulus, Vaticine, Merranas, Kiromin und wahrscheinlich auch Firim und mich.«

»Ah. Und warum?«

Titus zuckte mit den Schultern.

Offenbar reichte ihr diese Antwort.

»Für den ersten Tag haben wir genug erlebt.« Anima streckte sich. »Vor uns liegt eine lange Reise zu einem abgelegenen Teil von Grunt.« Sie schaute zu den Sternen. »Wynfreth, ja? Nadala hatte diesen Namen auch erwähnt, genau wie der zahnlose Häscher heute Mittag. Was hat es mit dieser Person auf sich?«, murmelte sie. »Zeit schlafen zu gehen. Vielleicht werden wir unangenehme Umwege machen.«

Im Feuer brennt,
wer sich erkennt.
Die Glut ist meine Seele,
der Funken nie fehle.
Wir entzünden die Welt.

Aus dem Folianten des Feuers

WILLKOMMEN

S ie hatten ihm den Mund geknebelt, die Hände waren unter Stricken und Ketten versteckt und vorne zusätzlich mit einem Gürtel an der Hüfte fixiert. Es sah aus, als würde er in dicken Handschuhen seine Gürtelschnalle halten. Das Gesicht des jungen Mannes zeigte Spuren harter Schläge, das glatte blonde Haar fiel ihm in Strähnen über die Schultern. Selbst über den Schreibtisch hinweg konnte Wynfreth Schweiß, Dreck, Pisse und vor allem Verbranntes riechen.

»Öffne die Fenster! Er stinkt erbärmlich«, befahl er seinem Schreiber, der dankbar aufsprang und die kleinen, mit buntem Glas verzierten Fenster aufriss. Wynfreth stand auf und ging um den Schreibtisch herum zu seinen Gefolgsleuten. Sie hatten Fangstricke um den Hals des Gefangenen gelegt und hielten ihn mit den daran befestigten Eisenstangen auf Abstand.

»Wozu dieser Aufwand?«, wollte er wissen.

Die Männer wechselten Blicke. »Er kann diese Feuersachen mit seinen Händen machen«, brachte schließlich einer hervor.

Wynfreth hob eine Augenbraue, während er die Hände im Rücken faltete. »Feuersachen? Könntet ihr womöglich etwas präziser werden?«

»Er macht Feuerbälle und schleudert sie mit seinen Händen auf andere«, erklärte der Häscher. »So hat er drei von uns schwer verletzt, sie sind kaum noch am Leben. Hans hat nur kurz geschrien, weil sein Gesicht brannte, den Fiedler hat er von hinten getroffen. Der leidet jetzt noch. Wie ein Kaninchen nach dem Häuten, so sieht sein Rücken aus.

Der andere mischte sich ein: »Das ist so ein Feuerbastard, wie sie wieder in allen Städten und Ländereien auftauchen. Von hinten haben wir ihn überwältigt und ihm die Hände verbunden, damit er nicht mehr hexen kann.«

»Den Markus hat er lediglich an der Hand erwischt«, bellte der erste. Der Besagte streckte seinem Herrn die in einem dicken Verband steckende Hand entgegen.

»Ja, schon gut. Ich glaube euch.« Wynfreth hob beschwichtigend die Hand. »Ich weiß, dass es diese Flammenhetzer gibt. Anders als der Rest der Welt leugne ich nicht ihre Existenz. Schließlich hieß es unter Plutarchs Herrschaft, man habe alle Flammenhetzer getötet oder unschädlich gemacht. Anscheinend waren Plutarchs Inquisitoren nicht gründlich genug gewesen.« Sein Blick richtete sich auf den Mann. »Die Brut hat also überlebt, obwohl die Feuer damals erloschen sind.«

Der Gefangene stierte ihn an. Seine braunen Augen gefielen Wynfreth. Sie zeigten Wut, großen Hass. Eine gute Mischung, wie er fand. Wahrscheinlich war dieser Magier recht ansehnlich, wenn er denn mal sauber und gekämmt wäre. »Wo genau habt ihr ihn aufgegriffen?«

»Im Gasthof *Zur dicken Erle* an der Hauptstraße nach Hyperahmah. Er hat mit dem Wirt einen Streit um die Zeche angefangen, dabei seine Tricks gezeigt«, berichtete der Bandagierte. »Wir haben uns seiner angenommen. Zwar ist der Gastraum etwas in Mitleidenschaft gezogen worden, aber am Schluss war der Wirt dankbar für unser Eingreifen.«

»Sehr gut! Es ist gut, dass die Bevölkerung uns als Retter und Helfer sieht. Vertrauen ist ein kostbares Gut.« Wynfreth ging um die drei herum, schließlich blieb er hinter dem Gefangenen stehen und löste den Knebel. Der junge Mann spie aus, als der Lappen von seinen Lippen fiel. »Ihr habt kein Recht, mich gefangen zu nehmen«, keifte er los.

»Du hast die Erlaubnis mir deinen Namen zu nennen, bevor ich entscheide, an wen ich dich ausliefere.« Wynfreth grinste.

»Ich habe nichts Unrechtes getan!«

»Oh, da sind der Wirt und ich ganz anderer Meinung. Und eigentlich hast du Glück, dass ausgerechnet wir dich erwischt haben und nicht irgendwelche Schergen, die für so Ausgeburten wie dich jede Menge Geld bei den neuen Herrschern des Landes kassieren. Solche wie du sind nur bei einer bestimmten Klientel gern gesehen.«

Der junge Mann schwieg, die Lippen zu einem dünnen Strich zusammengepresst, die gefesselten Hände zitterten. »Der Wirt hat mir altes Bier eingeschenkt und das Essen war schlecht. Ich habe lediglich die Zeche gekürzt. Als er mir Schläge androhte, habe ich gehandelt. Es ist nichts Verwerfliches an diesem Tun.«

Gelächter erklang von allen Seiten.

Die Gesichtsfarbe des jungen Mannes wechselte in ein tiefes Rot. »Was lacht ihr so dämlich?«, presste er durch die Lippen hervor.

Wynfreth wurde schlagartig ernst. »Wie ist dein Name?«

Schweigen.

»Einmal frage ich noch, danach tut es weh.« Wynfreth war zu den offenen Fenstern getreten, rümpfte die Nase.

»Ich heiße Atiro.«

ATIRO DREHTE SICH zu dem Mann, der hier das Sagen hatte, betrachtete das schmale Gesicht. Er mochte Anfang der Fünfzig sein. Die Haare waren kurz und präzise geschnitten. Über den Augen trug er ein Sehgerät, Glas in einer feingeschmiedeten Halterung, soweit er es auf die Entfernung erkennen konnte. Er hatte sowas schon bei einem Würdenträger in Hyperahmah gesehen. Damals, als sein Vater noch gelebt hatte.

Der Mann lächelte ihn an, kam näher. »Nun gut, Atiro. Wer ist dein Herr? Und wohin genau ging deine Reise?«

Er antwortete nicht, starrte den älteren Mann an.

Die Mundwinkel seines Gegenübers zuckten wie zu einem Lächeln, dann traf ihn der harte Schlag mit flacher Hand. Für einen Moment wurde ihm schwarz vor Augen, in seinem linken Ohr klingelte es.

»Ich habe dich gewarnt, dass es weh tun würde. Warum hört man mir nie zu?«, hörte er die Stimme dumpf durch die Geräusche in seinem Kopf. Er keuchte. Nach und nach nahm der Raum vor seinen Augen wieder Konturen und Farben an. »Ich habe keinen Herren. Ich bin niemandes Knecht, stehe in keinem anderen Dienst.« Seine Stimme zitterte, mehr als es ihm lieb war, er räusperte sich.

»Oh, ein Freiherr und erfahrener Flammenhetzer. Ich habe die Ehre.« Wynfreth verbeugte sich tief. »Für einen Mann von Stand seht Ihr erbärmlich aus, mein Herr. Was ist Euch widerfahren? Kann ich helfen?« Der Mann grinste breit, zeigte seine gepflegten Zähne.

Atiro wollte nicht antworten, Schweigen würde jedoch nicht helfen, also straffte er die Schultern. »Ich bin auf der Reise nach Hyperahmah.«

»Ach? Das ist interessant. Erzählt uns etwas mehr. Was ist der Zweck Eurer Reise?«

»Das Studium.«

Der Mann wandte sich von ihm ab. Atiro erkannte einen Ring an dessen Finger. Ein silbernes Siegel, wie es die Statthalter trugen, schon damals zu Plutarchs Zeiten.

Wo haben die mich hingebracht?, dachte er, schaute dabei zu den Fenstern. Durch die kleinen Öffnungen war nichts zu erkennen. Der Weg hierher war nur eine vage Erinnerung. Ein pochender Schmerz am Hinterkopf erinnerte ihn an den heftigen Schlag, der ihn hatte im Gasthaus zu Boden gehen lassen, nachdem er einige seiner Angreifer hatte abwehren können. Er musste sich Antworten einfallen lassen. Er kannte niemanden mehr auf Hyperahmah, nicht namentlich. Außer Vaticine.

Der Machthaber dieses Ortes trat auf ihn zu. »Ein Flammenhetzer, der sich in einem Gasthaus zu erkennen gibt, ohne Herr und Dienst. Auf dem Weg nach Hyperahmah, um zu studieren. Eine schöne Geschichte.« Der Mann blieb ruhig vor ihm stehen, ergriff ihn am Hals.

Zu Atiros Entsetzen riss er an einem der Stränge um seinen Hals. Nein, das war ein Irrtum. Atiro spürte, als die Kette riss.

»Nein, das ist meine!«, rief er wütend.

Triumphierend betrachtete der andere die kleine Sonnenuhr. »Jetzt kommen wir der Sache etwas näher.«

»Das ist mein Eigentum. Die Kette gehört mir.« Atiros Atem ging schnell, Schweiß trat auf seine Stirn.

Der Mann kniff ein Auge zu, ließ die Kette vor seinem Gesicht hin und her baumeln. »Nun denn! Wir finden bestimmt eine Lösung, wie du sie wiedererlagen kannst.« Er rümpfte die Nase. »Führt ihn weg in die mittleren Verließe, die mit den Metalltüren. Lasst seine Hände gefesselt. Jemand soll ihn füttern, und wenn er pissen muss, setzt ihn auf einen Eimer. Weder brecht ihr ihm die Arme, Hände noch die Finger. Aber wascht ihn. Er stinkt.«

Noch bevor Atiro etwas entgegnen konnte, zerrten die beiden Männer an den Halsschlingen, dass ihm die Luft wegblieb. Er taumelte zurück und schnappte nach Atem. Der Machthaber verschwand hinter einer sich schließenden Holztür. Sie schleiften und schoben ihn durch Gänge, an einigen Schießscharten und Fenstern konnte er Wälder erkennen. Sie mussten auf einer Burg sein. Irgendwann ging es eine Wendeltreppe hinunter. Sie stießen ihn in eine kleine Zelle, die Schlingen wurden von seinem Hals genommen, stattdessen spürte er eine Schwertspitze im Rücken. Einen Augenblick später fiel die massive Eisentür ins Schloss. Er eilte an das winzige Fenster, das in die Mauer eingelassen war. Kein Gitter! Wozu auch? Ein Kleinkind passte allenfalls knapp durch diese Öffnung. Die Mauer war so dick wie sein Arm lang. Hier kam niemand in erwachsener Größe rein oder raus, außer durch die Tür.

WYNFRETH STAND AM offenen Fenster. Der Geruch nach Verbranntem hielt sich hartnäckig in seinem Audienzzimmer. »Was denkst du, Friedhelm? Ist der Junge ein Idiot oder hat er überhaupt keine Vorstellung, was seit Plutarchs Fall und der Wiederkehr des Feuers in Grunt und Pjeke-Uh vor sich geht?«

»Ich würde auf das zweite wetten. Welcher Feuermagier geht freiwillig nach Hyperahmah, wenn er auf den eigenen Kontinent reisen und dort mit seinesgleichen studieren kann? Die Akademien von Pjeke-Uh haben vor vier Sonnenwenden geöffnet und rekrutieren auf der ganzen Welt. Dies gilt ebenso für die Tempel der Winde, wenn man unserem Informanten Glauben schenken mag.« Der Schreiber des Statthalters von Kerma hielt ihm ein Pergament entgegen.

Wynfreth lehnte mit einer Handbewegung ab. »Da haben wir wieder den Beweis. Entweder dumm und hübsch oder eben klug und hässlich. Beide guten Eigenschaften in einer Person sind Laune der Natur, und die ist selten gut.«

»Bei Ihnen hat sie ein hervorragendes Werk vollbracht, Herr.«

Wynfreth grinste. »Ich liebe deine Handschrift, Friedhelm. Schau zu, dass sie sich niemals ändert.«

»Gewiss, Herr.«

»Und jetzt zurück zu dem Jungen. Was können wir über ihn herausfinden? Glaubst du, er wird in Hyperahmah erwartet? Das wäre eine interessante Neuentwicklung der Dinge.« Wynfreth zupfte an seinem Ärmel, als sei dieser plötzlich zu kurz. »Setze doch ein unverfängliches Schreiben an Vaticine auf. Vielleicht kann sie Licht in dieses Dunkel bringen. Schließlich ist sie weiterhin die Seherin, nicht wahr? Bis heute ist es mir ein Rätsel, wie sie sich nach Plutarchs Fall an der Macht halten konnte, dieses seltsame Weib.« Er zupfte einen Faden von seinem Ärmel und legte ihn in einen kleinen Eimer am Schreibtisch. »Ausgerechnet eine Seherin und eine einfache Händlerin im Rat. Als ob Frauen jemals die Welt regieren könnten. Überhaupt, dass dieser Rat schon so lange Bestand hat, ist seit Plutarchs Niedergang eine Schande für ganz Grunt. Sei's drum. Wir müssen auf alles vorbereitet sein, Friedhelm.«

»Sicher, Herr.«

Wynfreth betrachtete die Kette und die goldene Sonnenuhr. Vorsichtig drehte er sie in den Fingern hin und her. Für einen kurzen Augenblick blitzte etwas im Metall auf.

»Friedhelm!«

»Herr?«

»Deine Augen. Ich brauche deine Augen. Komm her!«

Der Schreiber beeilte sich erneut, an die Fenster zu treten. Wynfreth hielt ihm die Sonnenuhr hin. »Dreh sie im Licht hin und her!«

Vorsichtig ergriff der Mann den Zeitmesser und betrachtete ihn genau. Bereits am Gesichtsausdruck seines Gehilfen erkannte Wynfreth, dass er sich nicht verguckt hatte.

»Die Initialen und das Zeichen...«

»Plutarchs«, vollendete Wynfreth den Satz. »Nun erkläre mir, wie so ein Jüngling von knapp zwanzig Jahren an diesen Schmuck kommt?«

»Ich leite alles in die Wege, Herr.«

»Gewiss, Friedhelm. Gewiss. Ich kümmere ich mich um unseren neuen Gefangenen. Womöglich tut ihm die Mahlzeit und etwas Schlaf ganz gut und er wird redseliger werden.«

Der Schreiber gab das Schmuckstück zurück und machte sich an die Arbeit.

ATIRO HATTE GESCHRIEN, bis er heiser war. Schließlich rutschte er an die Eisentür gelehnt zu Boden. Das kühle Metall verschaffte etwas Linderung gegen den pochenden Schmerz an der Wange und am Hinterkopf. Er wusste nicht mehr, wie lange er an die Tür geklopft und dagegengetreten hatte. Niemand war gekommen. Nicht ein Geräusch war zu vernehmen, außer dem eigenen Atem. Die Gefolgsleute seines Entführers hatten die Stricke so festgezogen, dass er die Hände nicht bewegen konnte, langsam wich jedes Gefühl aus ihnen. Was sollte er ohne seine Hände tun? Sie waren seine stärkste Waffe. Wo hatten diese Männer seinen Beutel gelassen? In dem war sein wichtigster Besitz: Die Abschriften des Folianten des Feuers. Er musste sie wiederbekommen, genau wie die Sonnenuhr. Sonst wäre die Plackerei der letzten Jahre völlig umsonst gewesen. Seine Pläne zunichte, noch bevor er angefangen hatte, sie in die Tat umzusetzen. Er schluchzte laut auf. Ein weiteres Schluchzen kam unvermittelt hintendrein. Dann flennte er wie ein kleines Kind mit weit aufgerissenem Mund und zugekniffenen Augen. Lallte unverständlich vor sich hin, legte sich zur Seite, zog die Beine an den Bauch und ließ den Tränen freien Lauf, bis sie sich mit seinem Rotz mischten. Nach einer Weile hörte er abrupt auf, wischte sich mit dem dreckigen Ärmel übers Gesicht. Umständlich rappelte sich Atiro auf die Beine und versuchte, seinen Atem zu beruhigen. Als er das Ohr ans kalte Metall legte, hörte er sie deutlich. Stimmen. Schnell wischte er den restlichen Rotz von der Nase und die Tränen aus den Augen.

Blechern und leise klang die Stimme durch das Metall: »Tritt von der Tür weg, und stell dich in die Mitte des Raums! Wir sehen dich.«

»Ja, gewiss«, gab er laut zurück.

Ein Schlüssel wurde ins Schloss geschoben, ein deutlich hörbares Klicken begleitete die Umdrehungen des Schließmechanismus. Fünfmal, danach schwang die Tür nach außen auf. Drei Vermummte standen in dem Durchgang. Alle in schweres Leder gekleidet. Selbst die Gesichter waren mit festen Masken verhüllt, deren Augenöffnungen mit Glas verschlossen waren. Das Leder war mit Wasser getränkt worden. Es musste unglaublich schwer zu tragen sein. Verwundert betrachtete Atiro die Aufmachung seiner Bewacher, bis er endlich begriff. Sie trugen Feuerschutz.

Der erste stellte einen Eimer aus Eisen an die Tür, der andere hielt eine Schüssel mit Holzlöffel. Der dritte trug etwas, das wie Handschellen aussah.

»Ich tue euch nichts. Ich will nur mit eurem Herren sprechen.« Atiro hatte versucht seine Stimme freundlich klingen zu lassen, doch sie war eher kläglich.

»Mund auf!« Der mit der Schale kam auf ihn zu. »Du sollst essen.«

»Ich habe keinen Hunger.«

»Der Junge hat keinen Hunger? Das wird dem Herrn nicht gefallen.« Der Eimerträger versuchte, die Arme vor der Brust zu verschränken, was anhand des harten Leders nicht richtig gelang. »Anscheinend hat er noch keine der guten Behandlungen genießen dürfen, die unser Herr Wynfreth seinen besonderen Gästen angedeihen lässt.«

»Iss, Junge. Sonst kann es sein, dass du tagelang wirst nicht essen können, und das nicht, weil dir die Zähne fehlen«, meinte der mit der Schale.

»Vom Laufen ganz zu schweigen und wir meinen nicht, dass dir die Beine gebrochen werden«, ergänzte der Eimerträger.

Alle drei lachten.

Atiro betrachtete den Löffel. Wahrscheinlich Haferbrei. Er drehte sich weg.

»Wäre auch zu einfach gewesen. Los, haltet ihn fest, ich schaufle es in ihn rein.« Der Schüsselträger gab den anderen ein Zeichen.

Sie ergriffen ihn, als sei er ein Kalb, das zum Schlachten gebracht wurde. Noch bevor er etwas sagen oder machen konnte, hatte der eine seinen Handschuh ausgezogen und hielt ihm die Nase zu. Im eisernen Griff blieb Atiro nach einigen Sekunden die Luft weg, er öffnete unfreiwillig den Mund. Ein gehäufter Löffel Brei landete darin, so dass er nicht mehr atmen konnte. Er schluckte unter Tränen und Schluchzen. Einige Male musste er würgen, aber sie ließen nicht von ihm ab. Zwischen zwei Löffeln ließen sie ihn Luft holen. Nach kurzer Zeit war das Mahl beendet.

Sofort zerrten sie ihn zum Eimer, rissen seine Hosen runter und setzten ihn drauf. Atiro erlaubte sich nicht zu heulen. Er erlaubte es sich nicht, die Hitze in seinen Handflächen zu spüren, er erlaubte sich nur an die Menschen zu denken, die für diese Demütigungen verantwortlich waren. Allen voran Nadala! Sie würde für all das hier bezahlen. Sie und ihre ganze Sippschaft, Titus eingeschlossen. Er würde zu Ende bringen, was Plutarch angefangen hatte. Die ganzen missratenen Geschöpfe dieser Welt vernichten. Einzig sein Feuer würde regieren. *Durchhalten! Überleben!*, dachte er.

Als die Handschellen angelegt waren, fühlte er sich beinahe dankbar, die Stricke und Ketten los zu sein. Jetzt steckten seine Hände in zwei länglichen Eisenhandschuhen, die an den Gelenken mit kleinen Schlössern gesichert waren. Sie verband eine viergliedrige dicke Kette aus einem Metall, das er nie zuvor gesehen hatte. Man konnte sie lösen und wieder zusammenfügen. Sie hatten ihm die Kleidung vom Leib geschnitten, mit nassen Lappen hatten sie ihn abgeschrubbt, selbst seinen intimsten Bereich. Als er gezittert hatte, waren sie zurückgewichen. Selbst als er versucht hatte, die Prozedur schneller vonstatten gehen zu lassen und die Arme hilfsbereit den Wächtern entgegenhielt, sprangen sie zur Seite. Er hatte sich nicht mehr unaufgefordert bewegt. Danach hatten sie ihn angekleidet, waren gegangen. Atiro starrte in die Dunkelheit. Die Männer hatten ihn weder geschlagen noch anderweitig Schaden zugefügt. Ihn beunruhigten ihre Bemerkungen, besonders die letzten des Eimerträgers und dessen, der ihn zwangsgefüttert hatte. Vermutlich hatten sie gedacht, er höre sie nicht, als sie die Tür hinter sich geschlossen hatten. »Da hat sich Wynfreth ein schönes Spielzeug fangen lassen. Einen Flammenhetzer als Schoßhündchen zu haben, ist nicht ohne.«

»Wartet's ab. Den reitet er schnell zu und spätestens dann weiß der Kleine, wer hier die Guten sind.« Sie hatten nicht gelacht.

Wer war Wynfreth, und was wollte er von ihm? Was hatten diese Bemerkungen der Wärter zu bedeuten? Wieso wurden wieder die Feuermagier gejagt? Was hatte Nadala ihnen all die Zeit verheimlicht? Zu Plutarchs Zeiten hatte ganz Grunt unter den erlöschenden Feuern, der Kälte und Dunkelheit gelitten. Selbst die Feuermagie war aus der Welt gewichen. Weder sein Vater noch andere, die dieses Element beherrschen konnten, waren zum Wirken von Magie fähig gewesen. Er selbst hatte erst nach der Rückkehr des Elements herausgefunden, was er war. Viel zu spät, um seinen Vater retten, geschweige denn ihn etwas fragen zu können.

Nichtsahnend war er ein weiteres Mal in sein Unglück gestolpert. So wie damals, als Vater ihn vollkommen unwissend zurückließ mit dem einen Satz auf den Lippen, den er fast jede Nacht für sich selbst wiederholte: *Finde einen Lehrer, Atiro.'* – Er hasste diesen Satz. Er hasste seinen Vater für die vielen Geheimnisse, die er mit in seinen freiwilligen Feuertod genommen hatte. Ausgerechnet sein Vater war zur Rettung der anderen gestorben, ließ ihn als unwissenden Jüngling zurück. Und er hasste alle, die damals dabei gewesen waren, als Plutarch endlich zu Fall gebracht wurde, von den anderen, die dank seines Vaters eine Chance erhielten. Gnädig hatten sie ihn danach in die Riege der Halbwesen, Linien und Magier aufgenommen. Als Funkenfänger oder Flammenhetzer. Wenigstens wusste er, was er war und um die Kraft der Folianten, der mächtigsten Werke dieser Welt. Dieses Wissen musste er endlich zu seinem Vorteil nutzen.

»Denk nach, Atiro. Denk nach!«, ermahnte er sich leise.

SIE HATTEN IHN ein weiteres Mal gewaschen und angezogen, danach sogar gekämmt. Die Seile um den Hals schnitten in die Haut, als sie ihn durch die Gänge schoben, wie einen tollwütigen Hund. Er wehrte sich nicht, ging aufrecht und schwieg. Nach drei Tagen in der Zelle hatte er aufgehört, ihnen Fragen zu stellen.

Jetzt saß er auf einem Hocker im Audienzzimmer seines Entführers und wartete. Die Hände steckten weiterhin in den seltsamen Ketten, der Rücken und Hintern begannen zu schmerzen. Sonnenlicht fiel durch die kleinen Fenster, als man ihn hierherbrachte. Er wagte nicht aufzustehen, betrachtete das Mobiliar. Die Schreibfeder auf dem Tisch warf einen langen Schatten. Sein Mund war trocken, in der Stille des Raumes hörte er den Magen knurren. Eine Fliege drehte über ihm ihre Runden, ihr Summen wurde abwechselnd lauter und leiser. Nachdem die erste Spannung verflogen war, machte sich Ungeduld breit. Jeder Atemzug zog sich in die Länge. Er konnte sich nicht mehr konzentrieren. Wozu hatte man ihn hergebracht? Warteten sie auf eine Gelegenheit, ihm etwas anzuhängen, wenn er aufstand und sich umsah? Vielleicht Diebstahl. Oder vermuteten sie, er würde versuchen zu fliehen? Atiro riskierte einen Blick nach hinten. Seine Wächter standen stumm an der Tür. Allmählich kam Müdigkeit über ihn. Am liebsten hätte er sich hingelegt und geschlafen. Wahrscheinlich war genau das das Ziel. Ihn unvorsichtig werden lassen, träge und leichtsinnig. Damit er Fehler machte.

Er starrte wieder auf den Tisch, der bis auf Feder und Tintenfass aufgeräumt war wie das gesamte Zimmer. Die Stuhllehne ragte genau mittig hinter dem Schreibtisch hervor. Beide standen zentral auf dem dünnen Teppich positioniert. Das kleine Schreibpult dahinter war in einem rechten Winkel zum Bücherregal und diagonal zum Tisch aufgestellt. Atiro fielen nach und nach Details auf. Selbst die Bücher, in den hohen in die Wand eingelassenen Regalen, waren akkurat sortiert. Er begann sie zu zählen, damit ihm nicht die Augen zufielen.

Mit einem deutlichen Klacken des Schlosses ging die Tür schließlich auf. Atiro blieb sitzen.

»Einen wunderschönen Tag, Atiro. Wie geht es dir?« Die Stimme des Mannes war wie Honig.

»Gut, danke«, antwortete er leise, ohne den Blick zu heben.

»Ich hoffe, meine Leute haben dich gut behandelt. Lass dich ansehen. Ach ja, du stinkst nicht mehr. Das ist angenehm. So können wir uns gleich besser unterhalten.« Wynfreth kam von der Seite an ihn heran und Atiro zuckte zusammen, als die Nase des Mannes sein Ohr streifte. Er bekam Gänsehaut bei dieser unerwarteten Nähe. Vor allem, weil der Statthalter keine Anstalten machte, wieder von ihm abzulassen. Er spürte dessen Atem in seinem Ohr.

»Naaa, wie ist es meinem Feuermagier ergangen? Haben sie dir auch das Schwänzchen geputzt?«

Atiro spürte, wie die Hand des Mannes zwischen seine Beine glitt. Er kniff sie zusammen und zog die Knie an, um sich zu schützen.

Wynfreth lachte laut auf. »Oh, unser Magierlein ist schüchtern.«

Hinter ihm ertönte ein Lachen, das sehr einstudiert klang, die Rüstungen der Wachen schepperten dazu. Der Mann rückte endlich von ihm ab. Atiro blieb in der Haltung, bis Wynfreth sich auf seinem Stuhl niedergelassen hatte. Zögerlich entspannten sich die Muskeln des jungen Mannes, die Scham wich. Er schluckte einige Male schnell, während ein kalter Schauer seinen Rücken hinunterlief. Er unterdrückte den Reiz, sich zu schütteln. Noch nie war ihm ein Mensch auf diese Art nahegekommen.

»Nun gut. Wir sind schließlich nicht zum Spaß hier. Bestimmt möchte Atiro heute erzählen, warum er tatsächlich auf dem Weg nach Hyperahmah war und ob dem überhaupt so war.«

Der Feuermagier saß reglos auf dem Hocker. Er musste daran denken, wie Wynfreth sein Ohr berührt hatte, der Atem des Mannes und dieser Griff in seinen Schritt. Säure stieg ihm die Speiseröhre hoch. Er schluckte schwer.

Wynfreth beobachtete ihn, dabei grinste er.

Alle Fassungen, der in der Zelle eingeübten Geschichte wirbelten in Atiros Kopf umher. Fetzen erschienen und verschwanden. *Konzentrier dich! Überleben und hier rauskommen!*

»Ich bin auf dem Weg nach Hyperahmah, um dort den Folianten des Feuers zu studieren«, sagte er schließlich leise.

Wynfreth betrachtete seinen Gefangenen. »Den Folianten des Feuers?«

»Ja.«

Wynfreth zog die Luft laut hörbar durch die Nase ein. Er tippte sich mit dem Zeigefinger an die Nasenspitze. Gemächlich stand er auf, kam um den Tisch herum, trat zum Regal, setzte sein Monokel auf und fuhr mit dem Zeigefinger an den Buchrücken entlang. Irgendwann zog er ein dickes Buch heraus, schlug es auf und blätterte.

Atiro schaute verwirrt zu. Als Wynfreth zu ihm kam, lehnte er sich zurück. Er wollte den Mann nicht in seiner Nähe haben. Wynfreth blieb vor ihm stehen. Seine Gesichtszüge zeigten ein mildes Lächeln. Das Buch traf Atiro mit voller Wucht an der Schläfe, riss seinen Kopf zur Seite und er kippte vom Hocker. Der Schlag kam so unerwartet, dass er nicht einmal Gelegenheit hatte zu schreien, stattdessen sah er Lichter vor seinen Augen blitzen, der Kopf dröhnte und Schmerz machte sich im Schädel breit. Arme ergriffen ihn und er wurde wieder auf den Hocker gesetzt. Benommen blieb er in der Position.

»Aus dem Folianten des Feuers studieren? Und deswegen nach Hyperahmah. Das ist eine schlechte Geschichte. Hier ist ein Exemplar. Bitte!« Wynfreths Stimme war scharf wie ein Messer. »Mit welchem Kapitel willst du beginnen? Eins oder bist du bereit für das zweite?«

Allmählich verschwanden die Lichtblitze vor seinen Augen. Atiro erkannte, dass Wynfreth ihm das aufgeschlagene Buch vors Gesicht hielt. Es waren tatsächlich die Texte des Folianten. Er kannte sie auswendig. »Das kann nicht das echte Buch sein«, brachte er heraus.

Wynfreth neigte den Kopf zur Seite. »Ach?« Er richtete sich auf. »Der echte Foliant befindet sich auf Hyperahmah.«

»Und woher weißt du, dass dies hier nicht das Original ist?«

Atiro schwieg. In seinem Schädel dröhnte es, die Schläfe brannte von dem Schlag. »Weil ich bereits in ihm gelesen habe.«

Wynfreth ging zum Regal. »Du willst doch nicht etwa behaupten, dass diese Folianten der Erde, des Wassers und der Luft billige Abschriften sind?«

Atiro schüttelte vorsichtig den Kopf. »Das kann ich natürlich so nicht beurteilen.«

»Und hier, der Foliant der Zeit? Was ist mit dem?« Wynfreth zog ein weiteres, recht dünnes Buch aus dem Regal.

Der junge Mann zuckte mit den Achseln. Fragen mehrten sich in Atiros Kopf, wie dieser Mann an Kopien der Folianten gekommen war. Beim Anblick des schmächtigen Heftchens erkannte Atiro allmählich, dass es nicht das echte Werk war. Er räusperte sich. »Es ist sehr wahrscheinlich, dass es sich dabei auch um eine Kopie handelt.«

Der Statthalter kam nahe an Atiro heran. Sein eng geschnittener Gehrock saß perfekt. Der junge Mann roch das Duftwasser, und nur der Stoff und etwas Luft trennten seine Lippen vom Geschlechtsteil des anderen. Er war versucht, von dieser Widerlichkeit abzurücken, aber beherrschte sich. Stattdessen schluckte er schwer und hob den Blick. Ein Lächeln umspielte den Mund seines Entführers.

Er begriff. »Wenn Ihr wünscht, kontrolliere ich für Euch die Schriften«, sagt er leise.

Wynfreth blieb stehen und bewegte die Hüfte hin und her. Er lachte. »Oh, sicher wünsche ich das. Und noch einiges mehr.

46

Bringt ihn weg! Und gebt ihm einen der Folianten. Er soll ihn anschauen.«

EIN KLEINES EISENPULT und ein niedriger Hocker standen in seiner Zelle, als sie ihn wieder dorthin brachten, allerdings war das Tischchen leer. Erst mit der abendlichen Mahlzeit brachte sein Wärter zwei der Folianten. Es waren die des Wassers und der Erde. Er betrachtete die schlichten Einbände. Sie hatten nichts mit den Originalen auf Hyperahmah gemein, die er zusammen mit dem Vater unzählige Stunden studiert hatte, bis sich jedes Zeichen in sein Gedächtnis eingebrannt hatte. Er kannte auch den Inhalt dieser beiden auswendig. Als Atiro nach seiner Fütterung auf seine Fesseln an den Händen zeigte, zuckte der Wärter mit den Achseln und verließ den Raum.

Atiro stand vor dem Hocker und überlegte. Er hatte bemerkt, dass der Wärter das Guckloch an der Tür seit einigen Tagen nicht mehr verschloss. Jemand beobachtete ihn, doch hatte er bisher nicht herausfinden können, wer. Ihm ekelte es vor dem Gedanken, dass Wynfreth vor der Tür stand und zuschaute, wenn einer der Wärter ihn grob mit nassen Tüchern abwusch, wenn er nackt und hilflos in der Zelle stand. Die Hitze in seinen Handflächen wurde unerträglich bei diesen Gedanken. Er musste zum Fenster, Luft holen, den Himmel sehen. Wynfreth hatte wohl Macht und Geld, gewiss viel Einfluss. Was störte ihn an seiner Erzählung, dass er nach Hyperahmah wollte? Was hatte Nadala alles verheimlicht? Er biss die Zähne zusammen. Alle hatten Geheimnisse. Sein Vater, Vaticine, Plutarch und Nadala auch. Geheimnisse waren die Währung, mit der es zu handeln galt. Er holte tief Luft und setzte sich auf den Hocker. Er brauchte eine Weile, dann beugte er sich herab und hob den dicken Umschlag mit den Zähnen an. *Terra vitae – die Erde lebt.* Das Original hatte Regulus nach dem Kampf gegen Plutarch mitgenommen. Das hier war eine Kopie. Wie sollte er es beweisen, ohne die versteckten Formeln zu verraten? Mit der Zungenspitze berührte er das Pergament. Es schmeckte leicht salzig. Nach drei Seiten war er irritiert. Nach der fünften, mit den

47

Zähnen umgeblätterten Seite, hatte er Gewissheit, war um ein Geheimnis reicher, dafür wütender. Er begriff allmählich, wieso die Schrift, in der dieses Buch verfasst war, ihm schrecklich vertraut war, warum der Inhalt teils fremd.

Auf der anderen Seite der Tür amüsierte sich Wynfreth über das ungeschickte Umblättern seines Gefangenen. Wenn der Junge keinen Beweis fand, würde er ihm eine Lektion erteilen, die dieser sein Leben lang nicht vergaß. Keiner log ihn an. Und wenn, dann nur einmal. Die Freude auf das bevorstehende Verhör und seine persönlichen Spielzeuge verursachten ein angenehmes Pochen in seinen Lenden. Er würde dem Kleinen noch zwei Tage Zeit geben. Auf die Ausflüchte und den Einfallsreichtum bei den Lügen war er gespannt. Gewiss könnte er das Spiel sehr gut in die Länge ziehen. Mehr Leid für den Jungen, mehr Freud für den Alten.

***

FRIEDHELM TRAT ZU dem Reiter. Es war einer von Wynfreths besten Männern. Sie kannten sich seit den ersten Tagen, als Wynfreth beschlossen hatte, den Platz seines verstorbenen Bruders einzunehmen, dem an Altersschwäche verstorbenen Statthalter von Balfahlahr. Der Reiter zwinkerte dem Schreiber zu.

»Hier, die beiden Botschaften, die schnellstens nach Hyperahmah müssen«, erklärte Friedhelm, ohne auf das Zwinkern zu reagieren.

Der Bote stutzte: »Zwei? Der Herr Statthalter hat von einer gesprochen.«

Friedhelm tat es mit einem Winken ab. »Du kennst ihn. Im letzten Moment fällt ihm noch ein Handel ein oder etwas anderes Wichtiges, das es zu erledigen gilt. Bringe es zur Ratsherrin Morgane. Diskret.«

Der Mann grinste, worauf Friedhelm ihm ein kleines Ledersäckchen zusteckte. »Sehr diskret«, flüsterte er und behielt die Geldbörse noch in der Hand, als der andere zugegriffen hatte. Sie verstanden sich ohne weitere Erklärungen.

»Gute Reise! Und lass dich nicht erwischen.«

»Ich passe schon auf.«

Friedhelm hatte nicht gewartet, bis der andere antwortete, doch winkte er ihm zu. »Tu das. Schon bald wird es hier sehr ungemütlich.« Er sprach so leise, dass ihn keiner hören konnte.

Der junge Gefangene hatte alle Pläne durchkreuzt. Friedhelm konnte sich glücklich schätzen, dass sein Herr so schlechte Augen besaß. Er hatte es sofort bemerkt. Was würde passieren, wenn Wynfreth es herausfand? Die Lage war durchaus prekär, die Umstände unsicher.

***

ES WAR IMMER die gleiche Prozedur, bevor man ihn hochbrachte. Er hatte sich damit abgefunden, dass sie ihn wie ein Kind behandelten. Wieder saß er im Audienzzimmer seines Kerkermeisters. Atiro wartete still, während Wynfreth am Schreibtisch ein Dokument studierte. Sein Monokel hatte er zum Lesen aufgesetzt, dennoch kniff er die Augen zusammen. Atiro beobachtete ihn, wie er das Schriftstück wie nebenbei etwas weiter weghielt, dann wie selbstverständlich etwas näher.

»Nun, Atiro. Erzähl mal. Was hast du über meine Folianten herausgefunden?« Wynfreth ließ das Pergament fallen und stand auf, wobei er das Monokel in eine kleine Tasche seines Gehrocks verschwinden ließ.

Atiro blickte auf seine Knie. Bloß nicht diesem Mann in die Augen schauen. »Wie ich schon sagte, es sind Kopien, die nicht die vollständigen Schriften beinhalten. Es fehlen wichtige Sätze oder Worte. Teilweise ganze Passagen.«

Wynfreth schmunzelte. »Ja, ach ja. Du erwähntest das bereits. Das hieße, das mich jemand betrogen hat. Denn sie wurden mir als echte Abschrift verkauft. Was im Umkehrschluss bedeutet, dass jemand eine Straftat begangen hat. Du weißt sicherlich, dass Betrug eine solche darstellt?«

»Ja, Herr!«

»Gut. Die Rufschädigung ist auch eine. Man sollte solch eine Anschuldigung nur äußern, wenn man sie beweisen kann. Kannst du das?«

Atiro stellten sich in Gegenwart dieses Mannes die Nackenhaare auf. Die Stimme, die Haltung und selbst dessen Geruch verursachten bei ihm einen Ekel.

»Als ich gefangen genommen wurde, trug ich einen Beutel bei mir. In dem sind Abschriften aus dem Original des Folianten des Feuers. Ihr vergleicht die Schriften und werdet die Unterschiede sehen.«

Wynfreth streckte sich zur vollen Größe, rümpfte die Nase, wobei er an seinem Ärmel zupfte. Atiro schaute sich das Gesicht seines Gegenübers an. Die Mundwinkel heruntergezogen, sah er noch boshafter aus als sonst.

»Bringt die Sachen des Mannes. Schnell!«, bellte er den Wachen zu. »Wenn das ein Spielchen von dir ist, Magier, spiele ich es gerne mit. Danach spielen wir meines, ja?«

Atiro roch seinen Atem. Wieder war er ihm unangenehm nah.

Wynfreth sprach nicht, sondern studierte sein Gesicht. »Es wäre doch zu schade, wenn ich diesen hübschen Augen und Wangen etwas Schlimmes antun muss, weil du ein paar Tricks probierst, um mich in die Irre zu führen. Weißt du, ich kann da sehr nachtragend sein.« Er streichelte ihm die Wange und ein kalter Schauer lief Atiro den Rücken runter. Er hielt die Berührung aus, unterdrückte den Zwang zurückzuweichen. Die Zeit schien nicht vergehen zu wollen. Wann kamen endlich die Wachen mit seinem Beutel? Er hoffte inständig, dass sie ihn mitgenommen hatten und keiner der Schergen Interesse an den Pergamenten gehabt hatte, sonst war sein ganzer Plan dahin.

»Und weißt du, ich kann dir noch viele andere schmerzliche Sachen antun, wenn du so dreist bist, auch nur zu denken, ich würde mich auf ein Geschichtchen mit dir einlassen.« Wynfreth hatte Atiro an den Haaren gepackt und riss seinen Kopf nach hinten, bis dessen Halswirbel knackten. Der junge Mann bekam unter dem Schmerz einen kehligen Laut heraus.

»Lass dir das einen Vorgeschmack sein«, flüsterte Wynfreth zuckersüß, als wolle er ihm schmeicheln.

Atiro beschlich das Gefühl, dass sein Peiniger seine Panik geradezu als Genuss, wenn nicht sogar als erregend empfand.

»Ich weiß gerade nicht, was mir lieber wäre.« Das Grinsen im Gesicht seines Peinigers wurde zur Grimasse. Atiro schloss die Augen, die Haut am Adamsapfel spannte, als müsse sie gleich reißen, er bekam kaum Luft. Nach einer gefühlten Ewigkeit klopfte es an die Tür des Audienzzimmers. Es waren die Wachen mit seinem Beutel. Endlich ließ Wynfreth von ihm ab. Die Schriftstücke, seine Schätze waren noch drin. Ob sie ihn retten würden, bezweifelte er. Er musste es versuchen.

»Was sollen diese Papiere beweisen?«, witzelte Wynfreth. »Ist das dein Gekritzel? Schau dir nur diese Sauklaue an, Friedhelm. Das kann man kaum lesen.«

Atiro spürte für einen Augenblick die Hitze in seinen Handflächen. »Herr, lasst mich Euch die Abweichungen zeigen. Eins der Pergamente zeigt zwei Kerzen, deren Flammen sich zu einer vereinen. Darunter ein Text, der über die Verbindung der Flammen referiert.«

Wynfreth warf Friedhelm die Pergamente hin. »Such!«

Der Schreiber sortierte die Schriftstücke, bis er das Besagte fand. Er reichte es Wynfreth. »Und?«

»Bitte nehmt Euren Folianten des Feuers zur Hand und schlagt Seite 37 auf.« In diesem Moment dankte Atiro seinem Vater, der ihn gezwungen hatte, den Folianten immer wieder aufs Neue zu studieren, bis er das Werk auswendig kannte. »Ihr seht in der Mitte die Abbildung. Darunter den Text. Bitte, vergleicht ihn.« Der Schweiß war Atiro auf die Stirn getreten. Wenn dieses Buch des Feuers genauso aufgebaut war, wie die der Erde und des Wassers, dann durfte kein Spruch vollständig sein. Er verließ sich auf das System der Werke und hoffte, dass seine Vermutung zutraf.

Wynfreth schlug den Folianten auf und reichte ihn seinem Schreiber.

Bereits an dessen Blick erriet Atiro, dass sein Plan aufgegangen war.

»Kann ich ein weiteres Pergament prüfen, Herr? Friedhelms Stimme war leise.

Wynfreth winkte.

»Der Zauber der Funken. Auf welcher Seite befindet er sich.«

»Seite 121«, meldete sich Atiro. Er musste noch eine dritte Seite zu einem Pergament benennen.

»Der Magier hat recht. Es fehlen bestimmte Worte, sogar ganze Sätze. Seine Aufzeichnungen sind umfangreicher. Machen Sinn. Vervollständigen das Werk plausibel.«

»Was machen wir jetzt mit ihm?« Wynfreth seufzte. »Bringt ihn in die Zelle zurück.«

Atiro fasste Mut. »Nein, wartet. Ich habe doch bewiesen, dass ich kein Schwindler bin. Lasst mich frei. Ich will meiner Wege ziehen. Ich werde über meinen Aufenthalt hier Stillschweigen bewahren. Ich schwöre es Euch.«

Wynfreth beachtete ihn nicht weiter und winkte den Wachen, die ihn zurück zur Zelle brachten. Alles Betteln und das Flehen blieben ungehört.

»Was habt Ihr vor, Herr?«, wollte Friedhelm wissen, als der Gefangene aus dem Raum war.

»Herausfinden, woher er die Abschriften hat.« Wynfreth schob Tintenfass und Feder auf seinem Schreibtisch hin und her, bis sie so standen wie zuvor. »Vielleicht sogar, wo sich die Originale der Folianten befinden. Stell dir vor, was die wert sind! Was für eine Macht, in den richtigen Händen, im richtigen Geist.«

»Ihr findet bestimmt einen Weg, um es aus dem Jungen herauszukitzeln.«

»Deine Wortgewandtheit ist wirklich eine Gabe, Friedhelm. Wie deine Schrift.« Wynfreth warf Friedhelm einen inquisitorischen Blick zu.

»Danke, Herr.«

»Nun, lasst mein Zimmer vorbereiten und meine Werkzeuge. Der Junge soll heute schon etwas Freude erfahren.« Bei dem Gedanken mit dem wehrlosen jungen Mann allein zu sein, spürte er dieses angenehme Pulsieren in den Lenden.

»Gewiss, Herr. Gewiss.« Friedhelm nickte einmal und verließ den Raum.

DIE EISKALTE BERÜHRUNG des nassen Schwamms im Gesicht holte ihn wieder in diese abscheuliche Kammer zurück. Auf einem thronartigen Stuhl saß sein Peiniger und grinste. Atiro spürte nur noch Schmerz. In den Knien, auf denen er bereits den dritten Tag verbrachte, sein Gesäß brannte wie Feuer von den Peitschenhieben, und die Haut auf seiner Brust war vom heißen Wachs verbrannt, das Wynfreth immerzu auf dieselbe Stelle tropfte. Er konnte nicht ohne Schmerzen pissen und schon gar nicht an sich hinabschauen. Er hatte die Augen geschlossen, als Wynfreth sein Glied mit seinen widerwärtigen Instrumenten bearbeitet hatte. Das Schlimmste war gewesen, dabei zuzusehen, dass dem Mann dies alles körperliches Vergnügen bereitete und er sich selbst anfasste oder sich von einem anderen bedienen ließ, während er ihn quälte. Längst wusste er, was die Wachen am ersten Tag gemeint hatten. Er schluchzte trocken, nicht wissend ob vor Schmerz oder Wut.

»Deine Zähigkeit ehrt dich, Atiro«, witzelte sein Peiniger. »Ich hätte gar nicht gedacht, dass du so leidensfähig bist.«

Diese Komplimente waren es, die Atiro die letzten Stunden davon abgehalten hatten, diesem Scheusal das zu geben, was es begehrte: Flehen um Gnade. Er schwieg beharrlich.

»Weißt du, Friedhelm ist ein riesiger Langweiler, aber er ist ein ausgesprochen kluger Mann, zudem sehr loyal. Er ist der Meinung, dass du lebendig und wohlbehalten mehr wert bist als kaputtgefoltert und gebrochen.« Wynfreth stand auf und kam auf ihn zu.

Die Fesseln an Atiros Handgelenken schnitten ins Fleisch, er hatte keine Kraft mehr, irgendetwas zu entgegnen, geschweige denn sich zu rühren. Ein harter Schlag ins Gesicht beförderte ihn zurück in die Dunkelheit.

ALS ATIRO WIEDER zu sich kam, lag er in seiner Zelle. Seine Handgelenke steckten wieder in den bekannten Fesseln, der restliche Körper schmerzte. Doch er war allein. An der Tür der Zelle stand eine Schüssel mit Wasser. Er kroch auf allen Vieren dort hin und schaute hinein. Seine Zunge klebte am Gaumen. Sein Versuch die Schüssel anzuheben misslang, die Handgelenke versagten ihm den Dienst. Also beugte er sich hinab und trank, wie es die Tiere tun.

»Braves Hündchen.« Wynfreth lächelte auf der anderen Seite und drehte sich von der Zellentür weg.

***

VATICINE LIEß DAS Pergament auf den kleinen Schreibtisch fallen. »Hab dank für die Nachricht und das schnelle Überbringen. Dein Pferd hat es in den Stallungen am Ufer gut und du kannst die Nacht in unserer Herberge verbringen. Speisen und Getränke sind frei, Hyperahmah steht dir offen. Ich werde noch heute eine Antwort an den Statthalter von Kerma verfassen, die du morgen mitnehmen kannst.«

Der Bote verbeugte sich vor der ganz in Grau gekleideten Frau, deren Gewänder aus so leichtem Stoff waren, dass sie sich beim zartesten Windhauch bewegten, genau wie der filigrane Ohrschmuck, der dabei ein leises Klingen hören ließ. Zügig verließ er den Raum. Als die Tür hinter ihm ins Schloss gefallen war, fluchte sie leise. »Dieser naive Vollidiot! Ausgerechnet Wynfreth musste er in die Arme laufen. Diesem Jungen folgt das Pech, wohin auch immer er sich wendet.«

Noch immer war sie die Seherin von Hyperahmah, auch wenn nicht mehr im Dienste Plutarchs oder eines anderen Obersten Kirchenführers, sondern als Beraterin eines Rates, der nach dessen Sturz eingesetzt worden war. Drei Männer und drei Frauen herrschten über den Kontinent Grunt und hatten die Inselstadt als Hauptsitz belassen. Alle gehörten Adelsfamilien an, die vor Plutarchs Herrschaft über die Ländereien und große Gebiete

Grunts geherrscht hatten. Dieser hatte alle zu seiner Zeit entmachtet. Heute beharrten sie auf ihrem alten Geburtsrecht. Wodhaa hatte sich sogleich Grunt angeschlossen und galt als freier Staat. Der kleine Kontinent war im Moment das Protektorat von Grunt. Die Feuermagier hatten sich und ihren Ursprung, die Landmasse Pjeke-Uh, für autonom erklärt, nachdem die Magie nach Plutarchs Tod in die Welt zurückgekehrt war. Nur ein kleiner Kreis wusste, dass die Rückkehr der alten Kräfte einer anderen Ursache zu verdanken war. Sie hatten damals in der Kürze der Zeit entschieden, das Wissen und die Folianten in der Welt zu verteilen. Selbst Vaticine kannte nicht den Aufbewahrungsort zweier Folianten, und das war ihr nicht einmal unrecht.

Dass Atiro ein Risiko für den Folianten des Feuers sein würde, wusste sie von Anfang an. Er hatte damals Hyperahmah voller Wut und Neid verlassen. Stolz und nach Anerkennung heischend war er bereits als Kind gewesen, erinnerte sie sich, aber auch fleißig und klug. Das war eine gefährliche Kombination von Eigenschaften. Gerne hätte sie Nadala vor dem Schicksal des jungen Mannes gewarnt. Doch auf die Seherin waren die wenigen Überlebenden einiger Linien nicht gut zu sprechen. Sie verübelte es ihnen nicht. Der Preis für die Argwohn war angemessen und sie bereute keine Tat. Sie hatte dafür ihren eigenen Sohn wiedergefunden, Merranas.

Es klopfte an der Tür. Sie wusste, wer eintreten würde.

»Seid gegrüßt, Seherin. Wie ich erfahren habe, ist ein Bote des Statthalters von Kerma angekommen. Gibt es Neuigkeiten?«

Vaticine lächelte. Sie mochte Morgane, aber traute ihr nicht. Die Verbündete war eine gute Ratgeberin und erfahrene Strategin. Zudem hatte sie beste Beziehungen in alle Linien. Hervorragende Voraussetzungen, um im Rat eines großen Reichs zu sitzen. Sie war direkt, schlagfertig und schlau. Es war gut, dass diese Frau im Rat und damit an der Macht saß. Sie sprach für die Linie der Herrschaft, und Herrschaft und Macht waren, was durch ihre Adern floss. Vaticine war auf der Hut. Auch Morganes Linie hatte unter Plutarch sowie Vaticines Intrigen gelitten und Blut gelassen.

Morgane vergaß nicht, rechnete immer ab.

»Ja, Wynfreth hat wieder einen der Feuermagier in die Finger bekommen. Das wäre der Dritte.«

Morgane verzog das Gesicht. »Der Herr Statthalter ist fleißig. Das muss man ihm lassen.«

»Das wäre auch das einzige.«

»Er ist tüchtig und bezahlt seine Leute gut. Außerdem weiß er um die Wirkung von Angst.«

Vaticine schnaubte. »Dir brauche ich nicht zu erklären, was Wynfreths Ziele sind. Mit dem Tod seines Bruders, des Statthalters von Balfahlahr, begann er seinen politischen Aufstieg. Jetzt steht sein Name für die zweitgrößte Stadt Grunts.« Sie legte den Kopf schief. »Es ist kein Zufall, dass er mit Kerma und den dort ansässigen Münzstätten einen wichtigen Handelspunkt des Kontinents unter seinen Fittichen hat. Nach Port Aurum streckt er als nächstes die Finger aus. Damit hätte er den Seeweg gen Pjeke-Uh unter seiner Kontrolle. Er wird zu mächtig, wenn du mich fragst. Wir sollten aufpassen.«

»Die Feuermagier hassen ihn. Und mit jedem Funkenfänger, den er nicht besonders gastfreundlich behandelt, tun sie es noch mehr.« Morgane machte eine abschätzige Geste mit der Hand. »Mit ihm lässt es sich hervorragend verhandeln. Man sollte nur stets vorsichtig sein.«

»Das muss man immer bleiben, Morgane. Selbst bei dir.«

Die Frauen lachten.

Die Rätin betrachtete das Pergament auf dem kleinen Schreibtisch. »Was ist an diesem Feuermagier so besonders, dass Wynfreth dir schreibt?«

Vaticine verschränkte die Arme vor der Brust und schnaubte. »Der junge Mann behauptet, er wäre auf dem Weg nach Hyperahmah, um zu studieren.«

Morgane legte die Stirn in Falten. In solchen Momenten sah man ihr das mittlere Alter an, nicht jedoch, wenn sie lächelte, obwohl die ersten grauen Strähnen das helle Blond ihrer Haare durchzogen. »Ein Feuermagier, der nicht an die Akademien will?«

Die Seherin ließ sich Zeit mit der Antwort. »Ein Feuermagier voller Ungeduld und Hochmut.«

»Hört sich an, als würdest du ihn kennen.«

»Es ist Preaktans Sohn, Atiro. Wynfreth hat Preaktans Sohn festgesetzt.«

Morgane straffte sich. »Du meinst, den Preaktan, mit dem du damals gegen Plutarch vorgegangen bist?«

Vaticine nickte. »Seinen Sohn haben wir damals mit Nadala weggeschickt. Er sollte wenigstens von der Linie des Feuers lernen, solange wir nicht wissen, wer sonst noch die alten Kräfte beherrscht. Sie hatte ihn über die Zeiten versteckt gehalten.«

»Wieso ist er dann nicht bei dieser Nadala?«

»Eine gute Frage. Wie ich diesen Jungen kenne, hat er bereits alle Geheimnisse verraten und sich auf irgendeinen Handel mit Wynfreth geeinigt.« Sie schob einen Ring am Finger mit dem Daumen hin und her. »Was wir noch machen können, ist den Schaden zu begrenzen.«

Morgane griff nach dem Pergament und las. »Unter Umständen hat er in der Zeit etwas hinzugelernt.«

»Möglich. Habt ihr Nachrichten aus Pjeke-Uh?«

»Die Clans verhalten sich friedlich, allerdings gehen unsere Abgesandten davon aus, dass nur der Schein gewahrt wird. Es gibt Bestrebungen die Schwarze Festung neu zu errichten. Sie rekrutieren im Verborgenen alles, was ohne Hilfe ein Streichholz entzünden kann.«

»Sie sammeln die Reste ihrer eigenen Leute ein.« Vaticine zuckte mit den Achseln.

»Wer kann es ihnen nach Plutarchs Inquisition verübeln? Sie waren die gefundenen Opfer für seine Schreckensherrschaft, und dass ausgerechnet die Feuer erloschen und mit ihnen die dazugehörige Magie, rettete vielen Kindern das Leben. Sie wussten nicht einmal, dass sie dieses Element beherrschen könnten.«

Die Seherin nickte zustimmend. »Nicht mehr lange, bis der Frieden kippt.«

»Das kann uns bis zu einem gewissen Punkt egal sein. Pjeke-Uh hat sich losgesagt.« Morgane legte den Kopf schief. »Solange sie uns nicht den Krieg erklären, können sie ihren Boden so oft und so lange in Schutt und Asche legen, wie es ihnen beliebt. Magierkriege führen, so viele sie wollen.« Die Rätin lachte. »Hauptsache sie liefern weiterhin Gerätschaften und Instrumente aus den Glashütten, Metalle aus den Schmieden, Schwefel und was die teuflischen Vulkane ihrer Erde sonst so ausspucken.«

Vaticine musterte ihre Gesprächspartnerin. »Mit dir möchte ich nicht verhandeln.«

Die Rätin wurde ernst. »Eines Tages wirst du das müssen. Deine Schuld an meiner Linie ist nicht beglichen, Seherin.« Sie wartete keine Antwort ab, sondern ging.

Vor einigen Jahren hätte Vaticine es als Drohung empfunden. Mittlerweile wusste sie, dass die Rätin oft sagte, was sie dachte, und Diplomatie für andere Gelegenheiten aufsparte. Die Unbesorgtheit Morganes gefiel ihr nicht, aber so war das Oberhaupt dieser Linie. Es gab Gerüchte, dass Wynfreth einen Sitz im Rat forderte, seine Machenschaften hinterließen bereits Spuren. Zwei Mitglieder waren käuflich, doch dank Morganes Arbeit stets ihnen zugewandt. Ein anderes würde bald sein Amt niederlegen, des Alters wegen. Was dann? Vaticine hatte seit Kallestrus' selbstgewählter Verbannung keine Visionen gehabt. Der Weltenwächter war gemeinsam mit seiner Geliebten in einer Kammer unter der Inselstadt gefangen, um das Gefüge zweier Welten nicht weiter aus dem Gleichgewicht zu bringen. Dem Schicksal schien dieses Arrangement der Drachen nicht zu gefallen. Als sei die Zukunft selbst unentschlossen darüber, was geschehen möge. Es war wie ein Tasten im Nebel, den Weg eher erahnend. Wynfreth war ein Sadist, ein Fanatiker und er gehörte dem Schlag Menschen an, die abgesehen von einem scharfen Verstand keine weiteren Gaben besaßen. Das jedoch reichte, um Einfluss zu üben und an Mittel zu kommen. Schon unter Plutarch hatte er mit seinen Schergen geholfen, alle Linien zu dezimieren. Dafür gab es Privilegien, die er sich selbst nach Plutarchs Fall bewahrte. Es war Glück, dass noch genügend andere lebten, die zu Wynfreths Feinden zählten.

Gemeinsam vereitelten sie bisher seine Pläne, in den Rat aufzurücken. Wie oft würde das noch gelingen? Menschen starben und es gab zu wenige, die von den endenden magischen Zeitschleifen, die Plutarchs Tod hinterlassen hatte, profitierten. Sie setzte sich an den kleinen Schreibtisch und griff nach einem frischen Pergament.

Verehrter Statthalter von Kerma,
tatsächlich ist mir der Name Atiro bekannt. Es handelt sich um den Sohn eines Würdenträgers von Hyperahmah, der auf unglückliche Weise auf der Inselstadt sein Ende fand. Mehr weiß ich nicht zu berichten.

Es grüßt Euch achtungsvoll
Seherin Vaticine
Ratsmitglied

Sie biss auf die Zähne, während sie das Wort *achtungsvoll* schrieb. Dieser Mann war alles, nur nicht achtenswert, stattdessen eilte ihm sein Ruf voraus. Er war eitel und machtbesessen, hatte eine Schwäche für junge Männer.

Vaticine schüttelte diese Gedanken ab, versiegelte das Pergament, sodass es für den Boten vorbereitet war. Sie würde es ihm morgen persönlich übergeben. Heute galt es, noch andere über diesen Umstand in Kenntnis zu setzen und zu warnen. Sie trat an die Fenster und pfiff. Kurze Zeit später schwebte ein grauer Nebel in das Zimmer, nahm die Form eines jungen Mannes an und grüßte. Vaticine flüsterte ihm etwas ins Ohr. Der Mann nickte und verschwand auf die gleiche Weise, wie er erschienen war. Der Tempel der Winde hatte ihr zwei Lehrlinge gestellt, die sie bei der hiesigen Aufgabe unterstützten. Der Junge und das Mädchen waren begabt, zudem treu. Was waren schon fünf Menschenjahre? Die Sterblichen ohne Gaben gewöhnten sich nur umständlich an die alten Kräfte. Wenige fanden die Wege zur Natur und ihren Ursprüngen. Fünf Jahre reichten nicht aus, um einen Frieden zu festigen und alle Anhänger Plutarchs unschädlich zu machen. Diese Personen schürten Ängste in der Bevölkerung, flüsterten Schauermärchen und erfanden grausame Taten. Als Angehörige der Linie der Luft war sie sowieso ungern gesehen, aber immerhin geduldet.

VOR DER TÜR von Vaticines Zimmer wartete der Bote des Statthalters. Morgane versicherte sich, dass sie niemand beobachtete und gab dem Mann ein Zeichen. Er überreichte ihr ein mit Ruß geschwärztes Glasröhrchen. Sie zerbrach das filigrane Gebilde und zum Vorschein kam ein kleines Stück Pergament. TAUSCH DAS GOLD – mehr war nicht zu lesen.

Morgane drückte dem Boten ein Goldstück in die Hand. »Richte dem Schreiber aus, dass es vor dem Neumond zu hiesiger Jahreszeit gar ansehnlich ist.«

Ein weiteres Mal verbeugte sich der junge Mann und ging. Morgane warf das Glasröhrchen auf den Boden, trat mit dem Stiefelabsatz drauf. Unter einem leisen Knirschen wurden die Scherben zu Asche. Das Pergament steckte sie ein und machte sich auf den Weg zu den Stallungen. Die Verhandlungen hatten begonnen und ihr Geschäftspartner war kein angenehmer Zeitgenosse. Sie bereitete sich besser auf alles vor.

VATICINE HATTE NIE ein gutes Gefühl, wenn sie an Nadala dachte. Selbst nach dem gemeinsamen Kampf gegen Plutarch hatte diese Kopfgeldjägerin ihr die Hand verweigert, als sich ihr die Gelegenheit bot, in die Zukunft zu schauen. Nadala hütete ihre Geheimnisse und Söhne. Wahrscheinlich war das insgeheim der Grund, warum Vaticine fürchtete, bei der Linie des Feuers etwas zu übersehen. Auch wenn sie sich nicht besonders sympathisch waren, gab es an Nadalas Loyalität keine Zweifel. Dass Atiro verschwunden war, hatte sie sogleich berichtet, dass Titus mit Anima Richtung Port Aurum unterwegs war und sie hoffentlich unbeschadet die Hafenstadt erreichen würden, um nach Pjeke-Uh überzusetzen. Es galt, alle Verbündeten zu warnen. Wenn Atiro zu Wynfreth überlief, verkomplizierte dies viele Angelegenheiten mehr denn nötig. Solange ihr eigener Sohn bei Firim in der Ausbildung war, wollte sie sein Leben nicht grundlos in Gefahr sehen. Sie verstand Nadala und warum sie so handelte. Vielleicht war genau das der Grund für das ungute Gefühl.

Die Mechanismen der Uhren in den Siegelringen sind beeindruckende Konstrukte, deren Entwicklung viel Können und Erfahrung voraussetzt. Es ist eine Kunst, die Zeit zu manipulieren.
Zuweilen beschleicht mich aber das Gefühl, dies Werk ist eher von Idioten, denn von echten Meistern ihrer Zunft verfasst worden. Komplizierte Formeln und Anweisungen werden von infantilen Reimen begleitet. Zauberei oder Gauklertricks?

Erinnere mich, erinnere mich,
erzähle von alten Tagen.
Doch habe etwas zu sagen,
ansonsten schweig grabesgleich.
Ob arm, ob reich.
Für alle gleich.

Lachhaft!

Notizen zum Folianten der Zeit
Gefunden in den Trümmern des geborstenen Turms
auf Hyperahmah

ZWILLINGE

K iromin saß gelangweilt am Tisch. Um ihn herum unterhielten sich die Reisenden, die meisten von ihnen waren Kaufleute. Hier wurden Geschäfte nach reichlich Bier und Wein per Handschlag besiegelt. Es roch nach Schweiß, Pferden und fettigem, gut gewürztem Essen. Irgend jemand spielte Fidel, in der tischfreien Mitte des Raums tanzten Mädchen mit willigen Freiern. Der Gasthof war sauber, die Stube gemütlich beleuchtet, dafür laut und voll. Sie waren den ganzen Tag geritten. Es war dem Drachen ein Rätsel, warum die Menschen gerne auf diese Art reisten. Der Arsch tat ihm weh, die Schenkel auch. Überall war Dreck und man selbst stank nach Gaul. Er fuhr sich ein weiteres Mal durch das tiefschwarze Haar, das einen ungewöhnlichen silbernen Glanz hatte, wenn das Licht aus bestimmten Winkeln darauf fiel. Noch immer rieselte Staub der Straße heraus. Mit Schuppen passierte einem sowas nicht, dieser Körper strengte an. Im Gegensatz zu Firim und Merranas fühlte er sich müde.

Seine Begleiter spielten neben ihm Fünf-Finger-Filet mit ihren Messern, und das in einem Tempo, dass einem normal Sterblichen schwindelig wurde. In den letzten Jahren hatten die beiden ihre Regeln verschärft: Entweder musste man zwischendrin trinken, das Messer zusätzlich in die Luft werfen oder die Augen jede zweite Runde geschlossen halten, meistens sogar eine Kombination aus den drei Sachen. Kiromin war froh, dass die anderen Gäste mit sich selbst beschäftigt waren, sonst wäre ihnen das Spiel aufgefallen. Vermutlich auch, dass an ihrem Tisch bisher kein Wort gefallen war, obwohl sie sich rege miteinander unterhielten.

Mittlerweile beherrschte Merranas die Gedankensprache so gut, dass es durchaus Tage gab, an denen sie nicht ein lautes Wort sprachen. Hin und wieder kamen Mädchen an ihren Tisch, wollten sich entweder auf die Bank drücken oder ihm auf den Schoß setzen. Junge und offensichtlich gut betuchte Männer waren bei den Mädchen stets die erste Wahl. Es war nicht das erste Mal, dass sie zu Beginn der Abende für schüchtern oder Männerliebhaber gehalten wurden. Für gewöhnlich holte sich Merranas gegen später eine der Hübschen aufs Zimmer. Keine hatte bisher seinem Charme widerstehen können. Kiromin bestaunte die Menschenfrauen nicht mehr. Die jüngeren suchten das Abenteuer, die älteren das Gold. Selten eine, die andere Absichten hegte, die aber mied der Drache wissentlich. Sie stellten Fragen, suchten Wege und verstanden zu gut, andere Menschen zu beeinflussen. Nicht selten roch er an ihnen uraltes Blut seiner selbst, versteckt hinter unzähligen Generationen. Er und Firim blieben allein. Der Halbdrache verschwand gerne des Nachts, um am Morgen wieder gutgelaunt aufzutauchen. Kiromin war sich sicher, dass er auf eine besondere Art von Mädchen aus war. Jeder von ihnen hatte seine kleinen Geheimnisse bewahrt.

Als Firim im Spiel innehielt und sich umwandte, blickten Merranas und Kiromin auf. Ein junger Mann trat an sie heran. Er beugte sich zu Firim runter.

»Brüderlein, komm, tanz mit mir, beide Hände reich ich dir«, sang er.

Kiromin bemerkte, wie Merranas' Messer vom Tisch verschwand. Firim drehte sich auf der Bank um und stand schwerfällig auf. Die Männer beäugten sich. Merranas berührte ihn beschwichtigend am Arm. Keiner von ihnen hatte Lust auf eine Schlägerei, geschweige denn aufzufallen. Das Lied des Fremden klang nicht nach einer herzlichen Begrüßung.

»Junge, du kannst einfach nicht singen«, blaffte Firim den viel jüngeren Mann an und begann zu lachen. Schon lagen sich die beiden in den Armen. Firim fuhr dem anderen über das kurzgeschorene blonde Haar, bis der Jüngere seine Hand wegschlug.

»Beruhigt euch, kein Grund zur Sorge«, erklärte Firim.»Das ist mein kleiner Bruder, Neko.«

Beim näheren Hinsehen erkannten sie die Ähnlichkeiten der Gesichter, die Nasen, Lippen, die Form der Augen, deren gleiches helle Grün. Ab diesem Moment schwiegen vier Männer am Tisch. Nur von Zeit zu Zeit hörte man sie lachen. Nach einer Weile überreichte Neko Firim ein von Ruß geschwärztes Glasröhrchen, grüßte die anderen beiden und ging zur Tanzfläche, fasste ein Mädchen an der Taille und fügte sich in den Reigen ein. Zuerst wollte sie protestieren. Als sie den jungen, recht ansehnlichen Mann erblickte, lachte sie fröhlich auf und folgte seinen Schritten.

Die am Tisch Verbliebenen schauten sich an. Firim zerbrach das Röhrchen. Hinaus fiel ein gerolltes Pergament. HOLT DAS GOLD – REISE BEGINNT.

Merranas fuhr sich durch das braune, leicht gelockte Haar und pfiff.»Das sind ja Nachrichten.«

Kiromin zog die Augenbrauen zusammen.»Sie wissen um das geheime Versteck des Statthalters?«

»Da bin ich sicher. Morgane plant sowas sehr genau«, raunte Firim.»Nicht umsonst hat sie uns so lange warten lassen.«

»Wir warten seit drei Jahren darauf, diese Waffe zu holen. Das Schwert meiner Mutter gehört in die Hände eines Drachen. Es ist eine der wenigen Klingen, die mir etwas anhaben können.« Kiromin wandte sich von ihnen ab. Zwei Gräber seiner Geschwister hatten sie gefunden. Selestrias Schwert hatte nicht nur die menschliche Hülle getötet, sondern auch das Wesen des Drachen. Beide Male hatte es sehr lange gedauert, bis er seine Trauer ablegen konnte. Als sie das Schwert das erste Mal ausgemacht hatten und wussten, dass es in Wynfreths Besitz gelangt war, musste Firims Mutter all ihr Verhandlungsgeschick und ihre Überredungskunst gegenüber Kiromin spielen lassen, damit es im Besitz des Statthalters verblieb. Der Drache blieb dennoch unzufrieden. Zumindest wusste Wynfreth nichts über die Eigenschaften des Schwertes, und in seinen Verstecken war es vor anderen Feinden sicher. Im westlichen Teil von Grunt war Wynfreth für seine

sadistische Ader und seine unbarmherzigen Reiter bekannt, gefürchtet, aber auch bei sehr einflussreichen Persönlichkeiten
beliebt. Das war letztendlich der Grund gewesen, der Kiromin
hatte nachgeben lassen. Die Waffe sollte erst wieder den Besitzer
wechseln, wenn die Zeiten unruhig wurden. Womöglich war das
genau dieser Tage der Fall. Oder es geschahen andere Dinge, vor
denen Kiromin schon damals seine eigene Linie gewarnt hatte.
Macht ist etwas, wonach jeder greift, dem sich eine gute Gelegenheit bietet.

»Wir reisen also nach Dufoss?«, fragte Merranas und trank sein
Bier mit einem Zug leer.

»Wir fliegen.« Kiromin starrte in seinen Bierkrug.

Merranas' Freudenschrei zog die Blicke der Nachbartische auf
sie, doch wandten sich die Gäste schnell ab, als sie Firims und
Kiromins Mienen sahen. Mit eingezogenen Köpfen nahmen sie
zügig ihre eigenen Gespräche auf, tranken.

»Das eine Mal spiele ich den Maulesel für euch, damit es
schneller geht. Von hier aus sind es ein paar Tagesreisen. Im Flug
sind wir morgen früh dort.« Er verlagerte sein Gewicht beim
Sitzen. »Außerdem brauchen meine Arschbacken eine Pause von
diesem Pferderücken.«

»Als Gegenleistung kann ich dich ein Stück Huckepack tragen«,
witzelte Merranas und stand mit geschwellter Brust von der Bank auf.

Kiromin verzog das Gesicht. »Was du nicht sagst? Hoffentlich
bist du bequemer als der Gaul da draußen.« Er erhob sich umständlich, packte Merranas hinten an den Schultern, sprang auf seinen
Rücken. »Hüha, mein Eselchen!«, rief er, als der andere unter
seinem Gewicht in die Knie ging. Es war einer der seltenen
Momente, an denen er ausgelassen lachte. Sein Freund war der
Einzige, der es schaffte, ihn dazu zu bringen, für wenige Momente
zu vergessen, dass er der letzte Drache in dieser Welt war, wenn
er nicht einen Weg fand, seine verschollenen oder für tot erklärten
Geschwister zu finden.

Merranas stimmte ein und rannte mit dem Freund auf dem
Rücken los. Wenigstens in Gesellschaft dieses Windlings fühlte

sich Kiromin nicht ganz allein. Merranas hatte miterlebt, was sein Vater getan und wie sie alle unter seinen Entscheidungen gelitten hatten. Kiromin musste zugeben, dass er für Merranas Freundschaft und eine gewisse Verbundenheit empfand. Für den Windling waren die fünf Jahre lang, für ihn ein Wimpernschlag.

»Ich hasse es, wenn sie das machen.« Firim beobachtete die Leute im Raum. Die Späße der Gefährten belustigten das halbe Gasthaus. Nach zwei Runden um die Tanzfläche reihten sich die beiden in den Tanz ein. So zumindest schöpfte niemand Verdacht.

Nach Plutarchs Untergang hatten sie gedacht, es würde für Halbdrachen, Halblinge und andere Mischwesen aus allen Linien leichter werden. Genau das Gegenteil war eingetreten. Die Feuermagier hatten sich erhoben, als seien sie niemals gejagt und vernichtet worden. Unter Plutarch waren viele von ihnen und der Linie des Feuers ermordet worden. Wie sich herausstellte, noch mehr einfache Sterbliche. Die Inquisitoren hatten auf Verdacht, nicht aus Wissen gehandelt. Die Linie des Feuers war schon immer stark gewesen. Dass Magie damals ihre Talente verbarg, stellte sich heute mehr als Segen, denn Fluch heraus. Wer nicht mit den Elementen umzugehen wusste, hatte damals die größte Chance, ungeschoren davon zu kommen. Ähnlich erging es weiteren Linien der Elemente Luft und Erde. Über das Wasser wussten sie nichts. So als hätte diese Linie nie existiert. Die Linie der Herrschaft hatte mit Kallestrus und Vaticine den Feind in den eigenen Reihen besessen. Und ob jemand aus der Linie der Zeit im Hier und Jetzt lebte, wusste bisher niemand zu beantworten.

Kiromin bemerkte Firims abwesenden Blick und das Lächeln auf dessen Gesicht. Wahrscheinlich freute er sich auf das Wiedersehen mit Nadala.

Als das Gasthaus an der Wegkreuzung in den frühen Morgenstunden friedlich schlief, verließen sie zu viert die Wärme der Betten, die sie mit den Mädchen geteilt hatten. Firims Bruder Neko, bestieg ein Pferd, war nach stillem Abschied verschwunden. Die anderen entfernten sich zu einer in der Nähe gelegenen Waldlichtung. Nur ein genauer Beobachter oder Wissende hätten die

Schemen des Drachen erkannt, der sich auf leisen Schwingen in die Lüfte erhob und bald nicht mehr zu sehen war.

SIE KAMEN ZUR Mittagszeit an. Licht fiel durch das weit offenstehende Tor in die Schmiede, in der zwei Männer und eine junge Frau an den Ambossen arbeiteten. Mit einem regelmäßigen Rhythmus prallten die Hämmer auf das glühende Metall, ließen kein weiteres Geräusch ihren Takt stören. So traten sie unbemerkt heran.

Nadala erkannte sie als erste, legte den Hammer weg, wischte die schwitzigen Hände an einem schon recht dreckigen Tuch ab, ging ihnen entgegen. Herzlich begrüßte sie alle drei. Kiromin fiel auf, dass sie Firim etwas inniger um den Hals fiel. »Was verschafft uns die Ehre dieses hohen Besuches in unserem Dorf?«

»Das ist ein Kaff«, entgegnete Firim.

Nadala schenkte seiner Bemerkung keine Beachtung. Sie drehte sich zu Kiromin und wies ihnen den Weg zum Wohnhaus. »Wie geht es dir? Du siehst müde aus. Selbst für einen Drachen.«

»Gut, gut. Danke.«

»Habt ihr weitere Hinweise auf deine Geschwister?«

Er wandte den Kopf ab, worauf Merranas das Wort ergriff. »Nein. Allerdings sind wir wegen der anderen Sache hier.«

Nadala blieb unvermittelt stehen. »Ach? Das sind alles sehr seltsame Zufälle.«

»Wieso?«

Nadala stemmte die Hände in die Hüften, schaute von einem zum anderen. »Tut ihr so unwissend oder seid ihr es?«

Merranas zuckte die Schultern.

»Von dir habe ich nichts anderes erwartet.« Sie lachte und versetzt ihm einen Schlag gegen die Rippen, dem er gekonnt auswich, nur um kurz darauf an ihrer anderen Seite aufzutauchen.

»Schnell wie der Wind, der Kleine«, kommentierte Firim.

Nadala lachte. »Er lernt.«

»Ja, durchaus. Es überrascht mich manchmal selbst.«

Merranas schnaubte übertrieben laut. »Ihr, die Mächtigen eurer

Linien, furzt des nachts auch unter den Decken und stinkt unter den Achseln, alte Frau.«

»Unwissend und geschwätzig. Alt war ich zudem, als du noch nicht einmal ahntest, was du bist«, gab Nadala zurück. Sie war seit Plutarchs Tod gealtert. Der Oberste Kirchenführer hatte mit Magie die Zeit manipuliert, so viel hatten sie damals herausfinden können. Jetzt, nach fünf Jahren, sah diese betagte Frau aus wie eine siebzehnjährige, dabei ging sie auf die neunzig zu. Die Zauber aus dem Folianten der Zeit wichen träge und unkontrolliert aus der Welt. Damals, als sie in Kallestrus' Auftrag unterwegs waren, war jeder Kopfgeldjäger in einer Zeitschleife gefangen. Bei Nadala hatte der Effekt verjüngend gewirkt. Aus einer gestandenen Kämpferin war ein Mädchen geworden, zu guter Letzt wäre sie als Säugling geendet und womöglich irgendwann verschwunden. Und als Mädchen, auf dem Weg zur Frau, hatte sie damals an ihrer Seite gekämpft.

»Wir können uns gern in einem Kämpfchen messen, alte Frau.« Merranas klang eingeschnappt.

Nadala verschränkte die Arme. »Gut, da ich davon ausgehe, dass ihr über Nacht bleibt und auch etwas essen und trinken wollt, werde ich dir die Gunst erweisen und mich nach dem Essen einem kleinen Scharmützel stellen.«

Merranas grinste und verbeugte sich. »Ein Abend mit der Feuerlinie. Das wird unterhaltsam. Wo sind denn Titus und unser verklemmter Magier?«

»Ihr wisst es also wirklich nicht?«

»Was?« Firim hielt sie fest.

Nadala beschwichtigte ihn. »Ich erzähle alles heute Abend. Lasst uns die Arbeit fertigbringen und die Dinge vorbereiten, dann können wir sprechen. Da die Schmiede außerhalb des Dorfes steht, bleiben wir ungestört. Geht ins Haus. Die Knechte zeigen euch, wo ihr euch waschen und ausruhen könnt, wenn ihr denn mögt.«

GEGEN SPÄTER STELLTE Nadalas Sippe Tische und Bänke in den Hof. Die Wärme des Tages wich nicht, nur das Licht verriet, dass der Abend näherkam. Die Grillen wurden lauter. Schon zogen Schwalben Kreise über den weitläufigen Hof, verschwanden unter den Dächern, um bald wieder aufzutauchen. Lang zogen sich die Sonnenstrahlen zwischen Bäumen und Gebäuden, färbten die Umgebung in ein sattes Gold. Der Geruch von brennendem Holz mischte sich mit Speisen und frisch geschnittenem Gras. Es gab Brot, Wein, Schafskäse und Früchte, am Dreibein hing ein Topf, aus dem es köstlich duftete. Eintopf mit Fleisch vermutete Kiromin und freute sich auf das Essen. Nadala kam aus dem Haus und trug vier Humpen Bier. Endlich würde sie erzählen.

»Hier, das ist Vaticines letzte Nachricht.« Sie warf die Rolle auf den Tisch. Instinktiv griffen sie alle drei danach. Kiromin bekam das Schriftstück zu fassen. »Atiro ist von Wynfreth festgesetzt worden. Wie ist das passiert?«

Nadala verschränkte die Arme. »Was denkst du? Der Holzkopf ist wie ein aufgescheuchtes Huhn davongerannt. Er war der Meinung, dass ich ihn wie einen Leibeigenen behandle, weil er mithelfen musste am Hof und in der Schmiede.« Sie fluchte leise. »Dummerweise ging er, bevor Anima angereist war, um die Jungs abzuholen. So hat sie nur Titus mitgenommen. Sie sind schon vor Tagen aufgebrochen.«

Nadala verkniff sich die Bemerkung, dass es ihr eigentlich ganz recht gewesen war, dass Atiro fort war. Firim grinste und musterte ihre Gesichtszüge. So wie er den Blick über ihren Oberkörper schweifen ließ, dachte er gerade bestimmt nicht über ihr freches Mundwerk oder ihre starke Schwerthand nach. Sie fing seinen Blick auf. »Der Tölpel ist Wynfreths Schergen in die Arme gelaufen. Wir vermuten, er hat sich als Feuermagier zu erkennen gegeben.«

Kiromin wurde ernst. »Es war keine gute Idee, den Jungen zu verheimlichen, was auf dem Kontinent los ist.«

Nadala schaute in sein Gesicht. Jedes Mal, wenn sie sich trafen, war der Jungdrache in sich gekehrt und lachte selten. »Damit er

70

noch früher aufbricht und den falschen Leuten in die Arme läuft?«

»Aber genau das ist jetzt passiert«, fauchte Kiromin.

Nadala erhob sich. »Ich bin nicht seine Mutter. Lediglich eine Lehrerin und das nur, weil wir es damals so beschlossen haben.« Kiromins Gesichtszüge veränderten sich, Wangen und Nase wurden länger, die Stirn breiter, Hörner bildeten sich unter dem dichten Haar.

»Deine Nase. Achte auf deine Nase«, warnte Merranas und machte eine Handbewegung, die eine langgezogene Schnauze andeutete.

Kiromin atmete tief ein. Die zuvor erschienenen Nüstern bildeten sich zurück, die Hörner verschwanden, gleich darauf sahen alle wieder in das attraktive Gesicht eines jungen Mannes.

Nadala setzte sich. »Vergiss nicht, wo du bist, Echse! Das hier ist mein Land. Ich nehme keine Gefangenen. Atiro wollte gehen, also haben wir ihn gelassen. Was denkt ihr euch?«

Die anderen gaben keine Antwort.

»Lasst uns lieber anstoßen«, durchbrach Merranas das Schweigen und griff zum Bier. Firim folgte seinem Beispiel, ebenso wie die anderen.

Nadala erzählte ihnen alles, was sich zugetragen hatte und was sie wusste.

»Das sind keine guten Neuigkeiten«, antwortete Kiromin, als sie geendet hatte.

Nadala zuckte mit den Achseln, nickte dennoch. »Und jetzt kommt ihr und wollt den Zwilling, nehme ich an.«

Firim nickte. »Genau deswegen sind wir hier.«

»Und ich dachte, auf ein Tänzchen.« Nadala stand auf und schlug einen Dolch in das harte Holz des Eichentisches. Es verfehlte knapp Firims kleinen Finger der rechten Hand. Er hatte nicht gezuckt. Stattdessen erhob er sich, überragte sie um mehr als einen Kopf.

Mit einem Satz war Nadala auf den Tisch gesprungen, ein zweiter Dolch blitzte im Schwung auf, unter dem sich Firim hinwegduckte. Schnell war er von der Bank weg, um mehr Raum zwischen der ehemaligen Kriegerin und sich zu schaffen. Zugleich zog er ein Kurzschwert aus dem Gürtel, um ihre Angriffe zu parieren.

Die Zuschauer klatschten und jubelten, Wettschreie, und Münzen landeten auf dem Tisch. Während Merranas Firim anfeuerte, blieb Kiromin ruhig sitzen und beobachtete die fließenden Bewegungen der beiden Kämpfenden. Obwohl Nadala klein war, hatte sie etliche Jahre Erfahrung. Der junge Körper, der mittlerweile weit über Achtzigjährigen, war durchtrainiert und kräftig.

Der Jubel der anderen holte auch Kiromin aus seiner Starre. Nadala kniete auf Firims Brust und hielt ihm den Dolch an die Kehle, er hatte verloren. Kiromin zweifelte allerdings an einer höflichen Geste des Halbdrachen, Firim. Die Linie der Herrschaft war zwar bekannt für die Kunst der Diplomatie und des Handels, dies verschonte sie keineswegs vor eigenen Narren und Einfaltspinseln. In seinen Augen war Nadala eine der besten Kämpferinnen, die er in seinem Leben kennengelernt hatte.

Sie stand auf, reichte ihrem Gegner die Hand.

Firim rührte sich nicht.

Kiromin erhob sich.

Endlich schlug der andere ein, ließ sich aufhelfen.

»Auf dein Kampfgeschick«, prostete Nadala Firim zu.

Er verbeugt sich und leerte seinen Bierkrug in einem Zug.

Als Merranas es ihm gleichtun wollte, fuhr etwas Spitzes an seine Rippen. Ein junges Mädchen, kaum elf Jahre, stand neben ihm mit dem Messer in der Hand. »Meine Nana sagt, du hast eine schnelle Waffenhand.« Sie schaute ihn frech an.

Merranas stutzte, hob die Hände wehrlos in die Höhe.

»Das ist meine Enkelin, Lissi. Sie übt mit den Messern. Ich habe ihr erzählt, wie du Plutarch das Messer in den Bauch gerammt hast«, erklärte Nadala an Merranas gewandt. »Das Mindeste, was du hattest tun können nach all dem, was deine Mutter, die große Seherin von Hyperahmah, an unserer Linie verbrochen hat.« Ihr Ton war rau.

Merranas grinste schief. Sie standen in der Schuld vieler, wie jeder hier am Tisch wusste.»Ach ja? Das ist eine schöne Gute-Nacht-Geschichte für so ein süßes Kind.«

Das Mädchen verzog den Mund.»Wir sind die Linie des Feuers. Wir schmieden und kämpfen. Bei uns lernt jeder, eine Waffe zu halten und zu führen, damit er weiß, wie sie herzustellen ist.« Merranas sah die Kleine ernst an. Als sie blinzelte, war er verschwunden und tippte ihr von hinten an die Schulter.

Mit offenem Mund starrte sie ihn an.»Wie kann das sein?«

»Na, dann wollen wir mal«, forderte er sie auf.»Auf ein Tänzchen, meine Liebe.«

Elegant drehte sich Lissi um und führte einen Stoß gegen Merranas, doch war dieser schon längst zur Seite gesprungen und hatte eins seiner Messer aus dem Stiefel gezogen, ließ den Knauf zwischen den Fingern tanzen.

Die Aufmerksamkeit der Anwesenden konzentrierte sich nun auf die beiden. Als Lissi von allen Seiten Tipps zugerufen wurden, gab Nadala Firim ein Zeichen. Unbemerkt entfernten sie sich von den Feiernden Richtung großer Scheune.

Nadala blieb an der Scheunentür stehen. Firim war direkt hinter ihr. Sie spürte seinen Atem auf ihrem Nacken und es bereitete ihr eine Gänsehaut. Schon war sie dabei die Scheunentür zu öffnen, da fasste er sie am Arm, drehte sie zu sich.»Auf ein Tänzchen«, raunte er. Sie grinste und zog ihn um die Ecke des Holzbaus, wo sie von den anderen nicht gesehen werden konnten. Schon hatte er sie an den Hüften gefasst und hochgehoben. Sachte drückte er sie gegen die Scheunenwand, während seine Hände ihre Pobacken hielten. Sein Atem ging schneller.

Nadala schlang die Arme um seinen Hals. Ihre Lippen berührten sich. Er schmeckte nach Lust, Kraft und Bier.

Während seine Hand unter ihr Hemd glitt und sanft nach ihren Brüsten griff, presste sie ihren Unterleib an seinen. Er wurde hart, sie fühlte es durch den Stoff und das Leder, die sie noch trennten. Sie griff nach der Gürtelschnalle und öffnete sie, als er ihren Hals küsste.

»Lass mich runter«, forderte sie, öffnete ihre Leinenhosen, die an den schlanken Beinen hinabrutschten. Er lachte und ging auf die Knie. Kurz darauf spürte sie seine Zunge zwischen den Beinen und das Pochen in ihrem Unterleib wurde stärker. Als sie leise aufstöhnte, stand er auf, hob sie erneut hoch. Sie fühlte seine Hitze und ihre Lust machte ihn noch härter. Sie schauten sich an, als er ihr näher kam. Schon hatte sie die Beine um seine Hüften geschlungen und forderte ihn auf, tiefer zu kommen. Es fühlte sich gut an, als er sich in sie drängte, für einen Augenblick ruhig blieb. Sie küssten sich, sie spannte die Muskeln an, während seine Finger ihre Pobacken etwas mehr auseinanderzogen. Sie fanden sofort in einen gemeinsamen Rhythmus, der von langsamen Tiefen zu einem schnellen Lauf wechselte. Sie genoss seine Bewegungen. Spannung baute sich in ihr auf, sie grub ihre Fingernägel in seinen Rücken. Kräftig kam er in sie, bis sie den Höhepunkt erreichte, dann verschaffte er sich mit wenigen Stößen Erleichterung.

»Nochmal«, flüsterte sie leise in sein Ohr.

Lachend küsste Firim ihre Stirn. »Im Gegensatz zu dir, bin ich ein alter Mann.«

»Für einen alten Mann bist du noch gut in Form.« Sie ließ von ihm ab und zog sich an. »So kommt nach dem Vergnügen wohl die Arbeit.« Ohne auf ihn zu warten, ging sie zur Scheunentür zurück.

Kopfschüttelnd machte er die Hosen zu und kam ihr hinterher. »Du gehörst zu den wenigen Frauen, denen ich gerne für alles zu Diensten bin.«

Die Scheune war wie Scheunen eben sind, etwas grob gebaut, dunkel, trocken und staubig. Eine Katze verließ mit vorwurfsvollem Miauen das Gebäude, als sie eintraten. Nadala lief in den hinteren Teil des Gebäudes, zog und schob Heuballen zur Seite und machte in der linken Ecke den Boden frei. Eine Falltür kam zum Vorschein, Nadala öffnete ein kleines Schloss. Gemeinsam gingen sie die wenigen dunklen Stufen nach unten. Funken sprühten, als Nadala einen Dolch an der Wand entlang zog. Einige fanden ihr Ziel und entzündeten eine Fackel. Sie gab genug Licht, um den kleinen Raum mit Regalen zu zeigen. Eins schob Nadala zur Seite, es verschwand hinter dem danebenstehenden. Dahinter lag eine massive Wand. Mit geübten Handgriffen drückte sie auf mehrere, kleine Steine, woraufhin sich die Steinkonstruktion stockend auseinander bewegte und den Blick in eine Waffenkammer freigab.

»Raffiniert«, meinte Firim.

»Ja, Regulus' Erben haben hier hervorragende Arbeit geleistet.«

»Er hat sie gefunden?«

»Einen. Doch der wusste von weiteren, die gemeinsam mit unserer Linie überlebt haben. Sie vereinen sich im Untergrund.«

»Wo sonst? Wusste gar nicht, dass du so wortgewandt bist«, lachte Firim auf.

Sie griff ihm zwischen die Beine und drückte zu, bis er das Gesicht verzog. »Falls du auf ein weiteres Vereinen aus bist, hör lieber aufmerksam zu.«

»Wenn du ein zweites Tänzchen willst, lässt du ihn schnellstens los, sonst passiert da gar nichts mehr«, presste er hervor.

Nadala schnaubte und ging zu den Waffen, die akkurat an den Wänden angebracht waren. Aus einer Halterung nahm sie ein Schwert. »Hier!«

Firim betrachtete es. »Das also ist Selestrias Drachentöter.«

»Sein Zwilling.«

Er besah die Klinge, wog das Schwert in der Hand. Es war meisterlich gearbeitet und ausbalanciert. »Es hält sich sehr gut. Führt sich bestimmt geschmeidig und gerade.«

»Meine Söhne wissen, was sie tun.«

»Und das andere?«

Nadala schaute ihn nicht an. »Welches andere?«

Er kam nahe an sie heran. »Schwesterchen, komm, tanz mit mir. Beide Hände reich ich dir.«

»Es ist schon seit Längerem dort, wo es sein soll.«

»Wo genau?«

»Wenn du es nicht weißt, wer sonst?« Sie verschränkte die Arme vor der Brust.

»Lust auf ein Tänzchen?«

»Nein, ich denke, ich bin zu alt.«

»So? Sieht man dir nicht an.« Firim lächelte.

»Lass uns zurückgehen, wir sind schon viel zu lange weg.«

»Schämst du dich?«

Sie schloss die Kammer hinter ihm und schob das Regal an seinen Platz. »Sei nicht albern.«

Er war als erster wieder in der Scheune und hielt ihr die Hand hin. »Du schämst dich unserer.«

»Ich bin vorsichtig.«

Firim musterte ihr Gesicht im Halbdunkeln, die schulterlangen hellbraunen Haare, den kleinen festen Busen, der sich durch das Hemd abzeichnete.

Sie ergriff sanft sein Kinn. »Du gefällst mir. Seit Hyperahmah gefällst du mir. Aber ich riskiere weder das Leben meiner Sippe noch das eigene für einen guten Fick.« Sie hauchte einen Kuss auf seine Lippen.

Er lächelte gequält und verbeugte sich. »Stets zu Diensten.«

Sie band das Schwert in Leinen und weiches Leder ein, bevor sie das Versteck verschloss und zu den anderen zurückkehrte.

Lissi saß bei Merranas und ließ sich Messertricks beibringen.

»Wie macht er sich?«, wollte Nadala wissen.

»Besser als mir lieb ist. Er ist sehr loyal, wenn auch etwas leichtsinnig«, erklärte Firim.

»Du magst ihn nicht.«

»Ich kann nicht vergessen, was seine Mutter unseren Linien angetan hat, um ihn wiederzusehen. Und Blut ist Blut. Was denkst du, welche Wahl die Seherin trifft, wenn die Machtverhältnisse wieder kippen.«

»Aber er ist einer von euch. Wir sind sowieso zu wenige.« Sie stemmte die Hände in die Hüften. »Die Linien müssen wieder erstarken. Mit Plutarch haben wir lediglich einen unserer Feinde besiegt. Die Zeitschleifen sind weiterhin aktiv.«

Firim hielt sie fest. »Wenn Merranas' Mutter nicht gewesen wäre, lebten heute mehr von meiner Sippe und deiner. Sie hat uns abschlachten lassen.«

»Ich mag Vaticine genauso wenig wie du, aber als Mutter kann ich verstehen, warum sie diese Dinge getan hat.« Sie machte sich los. »Versteh mich nicht falsch, das soll ihre Taten nicht entschuldigen. Es sind weiterhin ihre, nicht seine.«

Firim ging ohne sie weiter. »Lass das!«

Kopfschüttelnd blieb sie zurück. Sie war zu alt für Männer. Selbst mit diesen aufgezwungenen siebzehn Jahren.

»DU RIECHST NACH Paarung«, kommentierte Kiromin Firims Rückkehr.

»Wäre gut, wenn du auch mal danach riechen würdest. Das würde deine trüben Gedanken für einige Zeit vertreiben.« Firim griff nach einem Bierkrug, trank und wischte sich den Mund am Ärmel.

»Auf einen Tanz, Kopfgeldjäger«, rief Firim Merranas zu, der sofort aufsprang.

»Stets zu Diensten«, antwortete er und zog seine Waffen.

Nadala setze sich zu Kiromin, der ihren Blick mied.

»Was ist los? Amüsierst du dich nicht?«, fragte sie geradeheraus.

Er schüttelte lediglich den Kopf.

Sie seufzte leise. »Du wirst deine Rache bekommen.«

»Während du dich mit Firim vergnügst?«

Nadalas Miene zeigte keine Regung. »Ihr mit eurem Drachengeschnüffel. Rechenschaft bin ich dir nicht schuldig. Ich will helfen.«

Kiromin senkte den Kopf. Er spürte ihre Hand über sein Haar streichen. Kurz zuckte er unter ihrer Berührung zusammen. Sie fühlte sich an wie eine warme Umarmung. Seine Muskeln entspannten sich für einen Moment, bevor er sich ihr entzog. Eine Liebkosung seiner Mutter hätte sich anders angefühlt, wie kühle Morgenluft auf seiner Haut. »Wir werden die Waffen tauschen, damit Selestrias Schwert endlich zerstört werden kann. Nie wieder soll ein Drachentöter geschmiedet werden.«

Nadala lächelte. »Ich wünsche dir, dass du in diesem Plan deinen Frieden findest.«

»Frieden? Das ist ein Wort für Sterbliche.«

Sie lachte bitter. »Du bist ebenfalls vergänglich.«

»Im Gegensatz zu euch stimmt das nicht wirklich.«

»Das mag sein, aber dennoch gibt es mehr in dieser Welt als ein Stück Metall, das euch Echsen den Garaus macht.« Nadala verschränkte die Arme vor der Brust. »Was ist mit dir, Kiromin?«

»Ach, nichts.« Er stand auf und ging.

»Er ist eifersüchtig.« Es war Merranas, der wie aus dem Nichts hinter ihr stand.

»Mach das nie wieder.« Sie versetzte ihm einen Schlag in die Magengrube.

»Was denn?«, fragte er vor Schmerz hustend.

»Dieses Anschleichen. Ich kann das nicht leiden.« Sie stand auf und ging Kiromin hinterher, ohne die anderen weiter zu beachten.

»Du weißt doch, was Kiromin für Nadala empfindet.« Merranas musterte Firim, als der an den Tisch kam.

»Das geht dich nichts an.« Firim griff zum nächsten Humpen Bier. »Schau lieber zu, dass deine Ausfallschritte sauberer werden. Du verlierst noch hier und da zu viel Raum.« Die Stimme seines Mentors war drohend.

Merranas nickte und nahm den eigenen Krug. Sie tranken schweigend.

SIE TRAFEN SICH bei Sonnenaufgang. Erste Vogelstimmen mischten sich in das Gespräch der Gruppe. Nadala hatte einen Weg in den Sand vor der Schmiede gezeichnet. »Ab da schaut ihr selbst, wie ihr das Versteck findet. Hier verlieren sich die Spuren. Mehr geben unsere Verbündeten nicht preis. Sie haben Angst vor Wynfreth und seinen Schergen.« Sie zeichnete versonnen Kreise in den Sand. »Er wird immer einflussreicher in den Gebieten um Kerma. Von ersten Morden und niedergebrannten Siedlungen wird gemunkelt. Anscheinend haben auch unsere Freunde Leute verloren. Zudem vertrauen die Leute immer weniger in einen starken Rat, Hyperahmah wird mittlerweile Korruption nachgesagt. Beunruhigende Nachrichten kommen aus dem Osten. Wodhaa ist weit weg, aber es tut sich etwas an den Küsten im

Süden, bei den alten Häfen. Hier verschwinden Menschen wie wir, Flüsse treten nur an bestimmten Stellen über die Ufer, Seen verschlingen Dörfer.«

»Das kann ich mir gar nicht vorstellen«, murrte Firim. Er hatte sich einen Grashalm zwischen die Lippen geschoben und kaute darauf herum.

Nadala zuckte die Achseln. »Wer weiß, was die Linie des Wassers die letzten Jahre durchlebt hat, glaubwürdige Händler, die aus jenen Gegenden zurückkehren, berichten von Männern und Frauen in dunkelblauem Leder, die nach anderen Linien fragen. Sie sind gut ausgerüstet, bewaffnet und suchen gezielt.«

Kiromin runzelte die Stirn. »Auf wen haben die es abgesehen?«

»Niemand weiß etwas Genaues, und die, die etwas wissen, reden nicht. Alle Fraktionen sind unter den Toten vertreten. Halblinge, Druiden, Hexen, harmlose Bauern, reiche Kaufleute. Handwerker wie wir.« Sie schüttelte leicht den Kopf. »Leute verschwinden, werden zum Schweigen gebracht oder schlagen sich auf Wynfreths Seite. Grundlos passieren solche Dinge nicht.«

»Da will jemand Plutarchs Erbe antreten. Wynfreth? Noch nie von diesem Mann gehört.« Merranas kratzte sich am Hinterkopf.

Nadala verdrehte die Augen. »Fang endlich an, ordentlich zuzuhören, Windling.«

Er sah sie betreten an.

Die Männer nickten zum Abschied. Nur einer drehte sich nach ihr um, als sie gingen. Sie lächelte Kiromin zu und winkte. Die Truppe verschwand hinter den Bäumen, wenige Augenblicke später konnte sie den Drachenschatten am Himmel erkennen. Er leuchtete silbergolden im noch schwachen Licht des anbrechenden Tages.

»Ein Drache«, staunte Lissi.

Nadala nahm ihre Enkelin bei den Schultern. »Ja, womöglich einer der letzten. Wir passen gut auf ihn auf. Und er auf uns. Wer weiß, was uns allen bevorsteht.«

»Nana, wann kommt Titus wieder?«

Sie küsste dem Mädchen den Scheitel. »Ich weiß es nicht,

aber einige Zeit wird es dauern.« *Wer weiß, ob er überhaupt wiederkommen will,* dachte sie.

Lissi schaute traurig drein. »Ich vermisse ihn sehr.«

»Ach ja?« Nadala lächelte. Lissi war erst elf, aber die ersten Veränderungen an dem Mädchen waren bereits zu erkennen, wie sich
das Kindliche allmählich verlor, das Frauliche Gesichtszüge und
Körper formte.

»Ja, so richtig.«

»Dann wollen wir hoffen, dass er auch uns vermisst. Und bis
zu seiner Rückkehr vertreiben wir uns die Zeit mit Schmiedekunst
und Kämpfen, Lesen, Schreiben und Rechnen.«

»Schreiben? Wie langweilig!«, motzte Lissi.

»Wir müssen alles können, damit uns keiner im Leben etwas
vormachen kann. Glaube niemandem, traue nur dir selbst und
dem Feuer!«

Was die meisten Wesen jedoch vergessen, ist die Tatsache, dass die Zeit erfunden wurde, um ihr eigenes Dasein besser zu begreifen. Um unterscheiden zu können zwischen etwas Erlebtem und Dingen, die noch geschehen werden.

Eine Abfolge von dem Anschein nach logisch angeordneten Ereignissen, an die wir uns erinnern, nennen wir Zeit.

Aus dem Folianten der Zeit

KONZENTRATION

Titus stand auf dem umgefallenen Stamm einer riesigen Tanne. Mittlerweile senkte sich die Sonne hinter den Bäumen, aber Anima hieß ihn stehen zu bleiben. Abwechselnd musste er den einen oder anderen Arm ausstrecken, auf den Spitzen von Daumen und Zeigefinger kleine Flammen erscheinen lassen und diese krümmen, damit sie einen Bogen bildeten. Als sie ihm die Übung beim Mittagsmahl erklärt hatte, lachte er sie aus. »Flammen lassen sich nicht krümmen. Einen Feuerring kann man nur mit Brennmaterial erschaffen.«

»Es sind wir, die dem Feuer Leben einhauchen. Vergiss das nie.« Mit diesen Worten hatte sie ihn eines Besseren belehrt.

Seine Flammen krümmten sich nicht. Jedes Mal, wenn er dachte, sie würden zueinander finden, war es der Wind, seine Unerfahrenheit oder schlichtweg die Ungeduld, die ihm einen Streich spielten. Es gelang nicht.

Anima war gegangen. Das tat sie immer und ließ ihn mit den Übungen allein. Irgendwann tauchte sie wieder auf, hatte Lebensmittel und Nachrichten dabei. Die Tage vergingen in einem festen Rhythmus. Sie liefen ausdauernd bis Mittag, danach gab es eine kleine Mahlzeit, der sich eine kurze Pause anschloss, später trainierte Anima abwechselnd seine Konzentration oder Magiefertigkeit. Wohin sie gingen, wusste er bisher nicht. Seine Fragen nach ihrem Ziel, hatte sie unbeantwortet gelassen, mit weiteren wollte er nicht ihren Unmut auf sich ziehen.

»Du glaubst nicht, dass es machbar ist.« Vor Schreck verlor er das Gleichgewicht. Mit rudernden Armen konnte er sich gerade noch abfangen, ohne schmerzhaft auf den Waldboden zu fallen. Geschickt rollte er zur Seite, Tannennadeln und kleine Äste piksten in Arme und Hände. Er blieb auf dem Rücken liegen und seufzte. Sie stand über ihm, hielt einen Bund Fische in der Hand. »Der Abgang vom Stamm sah sehr akrobatisch aus. Hast du etwa das die ganze Zeit geübt?« Ihr Lachen war herzlich. »Heute gibt's Forelle mit Kräutern.« Kalte Wassertropfen mit leichtem Fischgeruch landeten auf seinem Gesicht. Schnell war Titus auf den Beinen, klopfte Tannennadeln und Erde von seiner Hose. »Wo hast du die her?«

»Aus dem Fluss.«

Titus überlegte. »Wir sind an keinem Fluss vorbeigekommen.«

Sie lächelte. »Gut beobachtet. Mach uns ein Feuer. Wir gehen heute nicht weiter. Hier in den dichten Wäldern sollten wir sicher sein.«

»Ich weiß, dass es geht. Du hast es mir gezeigt.«

»Aber du glaubst nicht. Nicht an dich und nicht an die Möglichkeit, dem Element eine Eigenschaft zu geben, die es von Natur aus nicht besitzt. Wenn du doch einen Feuerball auf der Handfläche formen kannst.« Sie wandte sich ihm zu, ihr Gesicht war streng. »Wann hast du je ein kugelrundes Lagerfeuer gesehen?«

Sie hatte recht, und es lag daran, dass seine Gedanken nicht beim Element waren. »Wo gehst du hin, während ich die täglichen Übungen mache?« Titus merkte, dass seine Wangen glühten.

Anima musterte ihn. »Ich sehe mich um. Beobachte und suche.«

Titus beäugte die Fische.

»Du denkst, ich hätte sie gestohlen? Oder andere Dinge dafür getan?« Sie grinste.

Beschämt sah er zu Boden. Das hatte er mit seiner Frage nicht gemeint. »Nein. Selbstverständlich nicht.«

Sie schaute sich um. »Geh jetzt Holz sammeln. Wir wollen essen. Später zeige ich dir etwas.«

Er nickte und ging. Ob sie ihn bestrafen würde für die Fragerei?

Beim Ausnehmen musste sie ihm zeigen, wie man den Fisch am Bauch aufschneidet, ohne die Innereien zu verletzen. Selbst das war eine weitere Lektion. Anima hatte danach die leeren Leiber mit verschiedenen Kräutern gefüllt und geschickt mit einem dicken Faden um Stöcke gebunden. Sie schwieg seitdem er das Feuer entzündet hatte, und er wagte keine Ansprache. Ein herrlicher Duft stieg auf, als die Forellen über dem Feuer brieten. Endlich streckte sie ihm eine hin. »Iss!«

Die Haut des Fisches war knusprig, das Fleisch saftig, als er hineinbiss. Die Kräuter gaben im Fleisch ihre Aromen ab und der Rauch veredelte diese Kombination.

»Das schmeckt herrlich.« Er schmatzte.

Anima lachte leise. »Sehr gut.« Sie betrachtete seine Gesichtszüge beim Essen. »Mach dir keine Sorgen. Wir leiden keine Not, um stehlen zu müssen.« Sie fasste an ihren Gürtel und warf ihm zwei kleine Lederbeutel hin. »Schau rein.«

Titus biss nochmals in den Fisch, dann legte er ihn vorsichtig beiseite. Bevor er die Beutel anfasste, wischte er die Finger an der Hose ab. Beide Behältnisse waren sorgsam verschnürt. Mit Bedacht öffnete er den ersten. Kleine weiße Kristalle kamen zum Vorschein. »Salz?«

»Ah, du kennst es.«

Er nickte. »Nadala und ihre Schwiegertöchter würzten zu Festen die Speisen damit.«

Die Lehrmeisterin schmunzelte. »Nadala war schon immer geizig.«

Der andere Beutel enthielt spitze Steine von grauer Farbe. Sie wirkten weniger wertvoll. »Die kenne ich nicht.«

»Feuersteine. Die sind hier kaum verbreitet und daher ordentlich was wert.«

»Was macht man damit?« Der Junge nahm einen Stein heraus.

Anima zog die Augenbrauen zusammen. »Na, was würdest du damit machen?«

Er drehte den Stein zwischen den Fingern, hob ihn an die Flammen. Der wurde heiß, brannte nicht. »Verstehe ich nicht.«

Animas Mundwinkel verzogen sich, bevor sie laut losprustete. »Ich vergaß. Hier ist so viel Wissen verloren gegangen. Gib schon her.« Sie nahm ihm den Beutel ab, ergriff zwei Steine und schlug sie gegeneinander. Kleine Funken sprühten.

Titus' Miene hellte sich auf. »Das ist wie in der Schmiede, wenn Metall auf Metall trifft.« Er wurde ernst. »Du sagtest, die Menschen hier fürchten uns. Wie kannst du dann mit ihnen handeln?«

Sie räumte die Beutel ordentlich zusammen und befestigte sie wieder am Gürtel. »Nicht alle sind feindlich gesinnt oder verängstigt, viele sind eher vorsichtig. Da gibt es noch andere wie uns, deren Fähigkeiten aus dem Blut gewaschen wurden. Trotzdem kennen sie die Geschichte ihrer Linien. Oder welche, die gut und gerne Handel treiben. Alchimisten, Heiler. Magier, die keine sind, sondern Scharlatane, die leichtgläubigen Leuten ewiges Leben oder viele Kinder versprechen. Giftmischer, Waffenschmiede, Auftragsmörder, Kopfgeldjäger, Schmuggler und Dirnen. Sie alle haben ihre Mittel und Waffen. Da sind Feuersteine und Salz sehr begehrt und ein hervorragendes Tauschmittel.«

»Darf ich das nächste Mal mit?«

Sie schaute ihn durchdringend an. »Wenn du gelernt hast, dein Feuer im Zaum zu halten. Nochmals können wir die Sache mit der brennenden Klinge nicht riskieren.«

Titus nagte an seinem Fisch, bis die Gräten übrigblieben. Er wusste, was sie meinte, war erleichtert, dass sie wegen seiner Fragen nicht aufgebracht oder gar wütend war.

»Du musst wieder unter Menschen, Titus. Das ist richtig, aber du brauchst Übung. Außerdem holen wir jemanden ab. Unsere Gruppe ist noch nicht komplett.«

Er setzte zu einer Frage an, doch sie winkte ab. »Bald! Erst wenn du das Feuer krümmen kannst. Erzähle mir heute, wie du erfahren hast, dass du ein Feuermagier bist.«

Sein Blick ging zum Himmel. Die ersten Sterne waren durch die dunklen Baumwipfel zu erkennen. Er wollte Anima nicht anschauen. Ihr Vertrauen fühlte sich genauso seltsam an wie die Erinnerung an jene Nacht, als Merranas und Kiromin ihn gefunden hatten. Die Dunkelheit kam über ihn als Trauer, wenn er an die Erlebnisse zurückdenken musste. Ein Scheit im Feuer fing an zu pfeifen wie ein Wasserkessel, ein anderer knackste laut. Er liebte diese Geräusche so sehr und den Duft, wenn das Feuer Holz zu Asche wandelte. Er senkte den Kopf. »Es fing kurz vor dem Tod meiner Eltern an und hörte gar nicht mehr auf. Ich glaube, der Mord an meinen Eltern schürte dieses innere Feuer stärker als die Furcht vor dem, was mit mir passierte«, begann er.

»Wer ermordete sie?«, fragte Anima leise.

Das Gesicht des heranwachsenden Jugendlichen wirkte versteinert. Die Flammen warfen Licht und Schatten auf seine Haut. Die Wangen wurden rot von der Hitze, die Augen glasig. Er atmete tief ein. »Wynfreths Schergen.«

»Du kennst diesen Mann?«

»Jeder von uns kennt ihn. Nadala hat uns direkt nach unserer Ankunft in Dufoss gelehrt, wer er ist, was er treibt und dass wir uns vor ihm in Acht zu nehmen haben. Das wusste ich längst. Er hasst solche, wie wir es sind, nicht wahr?«

»Sprich weiter.«

Titus war froh, dass Anima nicht mehr über ihn und seine Eltern sprechen wollte. Es war einfacher, über jemand anderen zu reden. »Wynfreth ist der Bruder des verstorbenen Statthalters von Balfahlahr, Bartholomäus.« Titus überlegte, bevor er weitersprach. »Unter Bartholomäus wurde Selestria getötet, die letzte Drachentöterin und Tochter von Plutarch, dem Obersten Kirchenführer. Gemeinsam mit Nadala und Kiromin und noch anderen konnte Merranas Plutarch töten.« Er kratzte sich am Hinterkopf. »Hoffentlich habe ich nichts durcheinandergebracht.«

Anima machte eine Geste, damit er fortfuhr.

»Seit Bartholomäus' Tod erhebt Wynfreth einen Anspruch auf die Herrschaft über die westlichen Gebiete von Grunt. Seine Schergen helfen ihm weiterhin.« Titus' Stimme wurde heiser. Er schluckte, machte eine Pause. »Er wurde zum Statthalter von Kerma ernannt und kontrolliert seitdem einen großen Teil des Handels an der Westküste. Das hat Nadala uns erklärt. Es heißt, er besitzt Selestrias legendäre Waffe, die sie führte, als sie den letzten Drachen tötete.«

»Dann weißt du ziemlich viel.« Sie klang überrascht, kramte in ihrem Gepäck, holte einen kleinen Schlauch heraus, zog den Stöpsel und trank einen Schluck. Dann reichte sie ihn an Titus. »Nur zu. Probier' mal.«

Er nahm den Schlauch und schnupperte. Es roch scharf aus dem Behältnis. »Das ist Rum.«

»Du bist bald ein Mann.«

Titus nahm einen winzigen Schluck. Sofort brannte sein Hals, und er musste husten. Die Flüssigkeit wanderte beinahe träge sein Inneres hinab und gelangte in den Magen, wo sie sich wie heißes Öl ausbreitete. Er nahm einen tiefen Schluck aus seiner Wasserflasche.

Anima grinste. »Feuerwasser für den Feuermagier. Gut, das üben wir auch noch.«

Titus wischte sich die Tränen aus den Augen. Ein wohliges Gefühl stellte sich nach dem Brennen in seinem Körper ein, die Gedanken wurden leicht, die Zunge locker. Er atmete tief durch. »Selestria hat nicht alle Drachen getötet.«

»Wie meinst du das, Titus?« Animas Gesicht hatte sich verändert. Es sah weich aus und schwankte plötzlich hin und her. Titus räusperte sich. Er musste nach dem Rum aufstoßen, eine Mischung aus Alkohol und Fisch. »Ich weiß, dass Kallestrus in Hyperahmah ist, dass er ein Drache ist und Selestria auch.«

Eigentlich hatte er das gar nicht sagen wollen, aber gerade fühlte er sich stark und mutig. Endlich wusste er etwas, das Anima beeindruckte. Er erkannte es an ihrem Gesichtsausdruck, obwohl der weiterhin stark schwankte. Wieso bewegte sie sich auf einmal so seltsam?

»Kallestrus. Der Weltenwächter?«

Titus lächelte schief. »Du hascht won ihm geschört?«

ANIMA BEOBACHTETE, WIE sich die Augen des jungen Mannes nach hinten drehten. Er kippte wie ein frisch gefällter Baum langsam zur Seite auf sein Lager und begann zu schnarchen.

Sie seufzte leise. »Der erste Schluck Feuerwasser haut sie immer gleich um. Er hat zumindest einige Zeit durchgehalten. Jungs, Jungs, Jungs!« Gemächlich stand sie auf, nahm seine Weste und deckte ihn zu. Im Schlaf sah man ihm sein Alter an, die ersten Bartstoppeln auf den Wangen sprießten. Es würde noch zwei oder drei Sommer dauern, bis er ein Mann würde. Sie nahm einen kleinen Schluck aus dem Schlauch. »Teufel auch. Das Zeug ist echt stark und gut.« Einen weiteren Schluck nahm sie, bevor sie sich zum Schlafen legte. Eulen riefen durch die Nacht, hier und da knackste es leise. Viel zu leise für menschliche Schritte. Fuchs oder Wölfe, die waren kaum eine Gefahr. Mit dem Finger beschrieb sie einen Kreis um sich, den schlafenden Titus und die Feuerstelle. Kurz wurden Flammen sichtbar, die sofort wieder verschwanden. *Sicher ist sicher. Wir müssen noch eine von uns finden, dann diesen Atiro, und wir verschwinden zügig von diesem Kontinent.*

DER SCHÄDEL BRUMMTE und in seinen Schläfen pochte es, als würden Carl und Gerald darauf mit ihren Hämmern einhauen. Wo war er eigentlich, und wo waren Lissi und die anderen? Erst als er die Augen öffnete, erinnerte er sich wieder. Der Wald lag in einem Dämmerlicht, das Feuer war hinuntergebrannt. Er rappelte sich schwerfällig auf. Anima schlief noch. Kühle Luft ließ ihn die Weste überziehen. Erstes Vogelgezwitscher kündigte den Sonnenaufgang an. Bald würde es hell. Umständlich stand er auf und schnippte mit den Fingern. Die kleine Flamme sprang in die Feuerstelle, tanzte. Titus hielt sich den Kopf und griff zur Wasserflasche. Der Mund war trocken und die Zunge fühlte sich riesig darin an. Wahrscheinlich hatte er geschnarcht.

»Nie wieder«, stöhnte er leise.

»Das sagen sie alle. Es wird von Mal zu Mal besser. Feuerwasser ist ein Teufelszeug, aber genauso gute Medizin.« Anima streckte sich auf ihrem Lager.

Titus schüttelte den Kopf und bereute es augenblicklich.

»Die Kopfschmerzen vergehen nach dem Frühstück. Es ist Selbstgebrannter aus Pjeke-Uh, der ist gut verträglich«, sagte sie gähnend.

»Ich will gar nicht wissen, wie anderes Zeug wirkt.«

Sie lachte und richtete ihre Sachen zum Aufbruch. »Ich habe unsere Pläne etwas geändert. Wir suchen heute einen Gasthof, mit warmer Küche und mit Boten.«

Der junge Mann war direkt auf den Beinen. Vielleicht gäbe es heute ein würziges Bier und einen guten Eintopf, vor allem hoffte er auf ein weiches Bett für die Nacht, im Stroh oder gar in einem Schlafraum. Es wäre eine willkommene Abwechslung zum harten Waldboden. Er nickte, bereute es erneut, packte seine Sachen und nagte an der letzten kalten Forelle vom Vorabend. Seine Lehrmeisterin behielt auch dieses Mal recht, das Pochen im Kopf und an den Schläfen verzog sich allmählich.

***

NADALA WARF DAS kleine Pergament ins Feuer der Schmiede. Dem Boten hatte sie eine Goldmünze gegeben, damit er vergaß, wo er die Nachricht abgeholt hatte und wo er die nächste hinbrachte. Anima gab Atiro nicht auf. Unbedingt hielt sie an jedem fest, der ihr Element beherrschte. Selbst an diesen hochnäsigen Kerl verschwendete sie ihre Zeit.

»Ich wusste, dass dieser Junge nichts als Ärger machen wird«, schimpfte sie laut.

»Titus macht keinen Ärger«, brummte Carl und schlug auf das Hufeisen ein.

»Von dem ist nicht die Rede.«

»Den anderen soll der Teufel holen«, rief Gerald von der Esse.

»Hat er bereits«, lachte Carl.

Selbst Nadala konnte sich ein Grinsen nicht verkneifen. Zumute war ihr nicht danach, wenn sie daran dachte, was über den Statthalter berichtet wurde. Wer weiß, was Wynfreth aus dem jungen Mann herauspressen würde. Auf seine Loyalität vertraute sie nicht. Sie hoffte, dass es sich in dieser Lage auszahlen würde, ihnen wichtige Dinge verheimlicht zu haben. Was man nicht weiß, kann man nicht verraten. Sie waren trotzdem in Gefahr.

***

ANIMA LIEß IHN weiter auf Baumstämmen balancieren, er musste Fingerübungen machen, Blumen anstarren und seinen Atem kontrollieren. Er sprang über Bäche, lernte mit dem Stab zu kämpfen und nebenher Formeln und Sprüche zur Beschwörung von Funken oder Feuer. Nur das Krümmen der Flammen gelang ihm nicht.

»In deinem Geist herrscht Unordnung, Titus.« Anima stand mit verschränkten Armen vor ihm. »Nochmal!«

Er stöhnte leise. »In meinem Geist herrscht Leere. Ich habe schrecklichen Hunger und Durst.« Sie waren wieder den ganzen Tag gelaufen, kurze Pausen hatte sie gestattet, und die Wege führten alle nach oben in den Norden. Die Berge waren am Nachmittag am Horizont erschienen. Tage voller Fußmärsche standen ihnen bevor, um die ersten Täler zu erreichen. Erst danach kam der beschwerlichste Teil der Reise. Moohpet-Rah lag im Nichts, mitten in den Bergen, hinter denen sich das Eismeer befand. Eine See, die kaum befahren wurde. Genau eine Landstraße führte zu diesem Handelspunkt am letzten Nordwest-Zipfel von Grunt, und dieselbe führte zurück in die Zivilisation. Händler, die sich dorthin aufmachten, waren stets mit Helfern und Wachen unterwegs, die Pferde stark, die Wagen leicht gebaut.

»Wenn du heute die Flamme krümmst, verspreche ich dir ein Dach über dem Kopf für die Nacht und zwei Bier zum warmen Essen«, forderte Anima ihn heraus. »Es ist dein Wille, der die Flamme krümmt. Es geht nicht darum, das Feuer zu beugen und zu manipulieren. Eine Bitte, gar ein Wunsch wird gerne gewährt, wenn es dem Zweck dient.«

Titus begriff nicht, was sie meinte. Es grauste ihm bereits vor dem Schreibunterricht, der seit einer Woche hinzugekommen war. Anima war niemals müde, sie ließ keine Lektion aus.

Dunkle Wolken schoben sich von Westen heran, Wind kam auf, bald würde es regnen. Titus beschwor eine Flamme in seiner

Handfläche, ließ sie zum Zeigefinger wandern und betrachtete das Feuer. *Bitte, bitte, bitte,* flehte er. Die Flamme bog sich ein wenig zur rechten Seite. Erfreut schaute er zur Lehrmeisterin. »Der Wind. Nicht du!«

Uff, sie hat es bemerkt. Titus starrte auf die Flamme. Sie tanzte im leichten Wind, war eine gute Tänzerin, vollführte die schönsten Bewegungen, leicht und geschmeidig. *Würdest du doch nur stillstehen,* dachte er.

Wind zerzauste ihm die Haare, zog an seinem Umhang. Die Flamme auf seiner Fingerspitze rührte sich nicht, als sei die Zeit selbst stehengeblieben.

Anima grinste. »Das ist nicht gekrümmt, das ist angehalten.«

»Das habe ich noch nie geschafft.«

»Dann wird es ein Leichtes sein, sie zu krümmen.«

Titus überlegte angestrengt. Wind zerrte an der Flamme, ein schnelles Flackern auf seinem Finger, ein wirbelnder Tanz. Er ließ die Schultern hängen.

»Nochmal«, ermahnte Anima.

Bitte, steh! – Auf ein Neues blieb die Flamme still, mehr jedoch nicht. Ein dicker Tropfen traf ihn an der Wange, der nächste folgte. Die Böen wurden stärker, trieben Tränen in die Augen, der Regen setzte mit mächtigem Platschen ein. Anima rührte sich nicht, schaute auf die Flamme. Titus wusste nicht, was er weiter tun sollte. Die Tropfen wurden immer größer, er spürte die Nässe in seine Kleidung sickern, kaltes Wasser rann seinen Nacken hinab ins Hemd. Die Haare legten sich feucht und schwer an die Haut, klebten an der Stirn, und die Flamme blieb wie ein Nagel auf seinem Finger, ging nicht aus, krümmte sich nicht. Er versuchte sich vorzustellen, wie sie sich bog, fokussierte den Blick auf das innere Blau des Feuers, konzentrierte sich auf seine Bewegung. Nichts half und Anima lachte hämisch. »Hör auf! Du schielst wie ein alter Truthahn.«

Er musste selbst lachen. Die Flamme krümmte sich. Titus zuckte zurück, sie erlosch. »Hast du das gesehen?«

Anima nickte. »Nochmal, sonst war es ein Zufall.«

Titus beschwor die Flamme direkt auf den Finger. *Still, mein Flämmchen.* Das Feuer hielt in der Bewegung inne. *Tanz mit mir.* Er verbeugte sich leicht, die Flamme tat es ihm gleich. »Schau!«

Die Lehrmeisterin klatschte in die Hände, Wasser rann ihre Kapuze hinunter, lief in ihr Gesicht, aber sie lächelte. »Das hat gedauert.«

»Ich muss mit dem Element sprechen?«

»Wenn das deinem Geist hilft, das Element so zu manifestieren, wie es nötig ist.«

Titus wusste nicht, was manifestieren bedeutete. Er würde ein anderes Mal die Bedeutung des fremden Wortes erfragen. Schließlich hatte er die Lektion endlich gemeistert. Probierte es nochmals aus. Die Flamme bewegte sich in die Richtung, die er im Geiste ansprach.

»Probiere es ruhig mit mehreren Flammen aus«, ermutigte sie ihn. »Bis zum Essen ist es noch eine Weile und Übung schadet nicht. Sehr gut!«

Ihr Lob trieb ihn an, er lauschte ihren kurzen Erklärungen, bis sie den Weg zum Gasthof erreichten. Ab da zogen sie die Kapuzen tiefer in die Gesichter. Durchnässt kamen sie an und mieteten das letzte freie Zimmer, direkt unterm Dach. Es war zugig, aber trocken, sogar mit zwei Betten. Anima trocknete ihre Kleidung auf eine Art, die sie ihn noch nicht gelehrt hatte. Eine Hitzewelle, die den Raum gemütlicher machte, wohl dosiert.

Im Schankraum bestellte sie gebratenes Fleisch und Bier. »Heute ist es verdient.« Sie zwinkerte und Titus griff zu. Nach dem zweiten Bier wurde er still.

»Was ist los?«, fragte Anima.

Er überlegte eine Weile. »Vielleicht würden meine Eltern noch leben, wenn das Geschick früher erwacht wäre.«

Anima sah sich um. Nadala hatte an dem Jungen ganze Arbeit geleistet. Selbst unter Einfluss von Bier verriet er sich nicht. »Dieses Geschick schützt nicht vor dem, was in unserer Welt passiert.«

»Wir hätten uns besser verteidigen können.«

Sie musterte ihren Schüler. »Oder ihr wärt allesamt früher umgebracht worden.«

Tränen standen in seinen Augen. Er wischte sie mit dem Hemdärmel weg. »Manchmal träume ich von ihnen, dann vermisse ich unser Haus und die Felder, die Spiele am Bach. Ihr Lachen und ihre Stimmen, wenn wir gemeinsam beim Dorffest waren. Nur ihre Gesichter…«, er brach ab.

Anima schwieg, legte die behandschuhte Hand auf seinen Arm. Ein verwirrendes Alter im Leben. Vor ihr saß ein halber Mann, der innerlich noch Kind war. Sie ergriff seine Hand, er drückte kurz zu. »Wir werden herausfinden, wer deine Eltern wirklich waren. Ich verspreche es dir.«

Er nickte. Sie hatte bisher all ihre Versprechen gehalten.

AM NÄCHSTEN TAG brach die Sonne durch die Wolken. Sie verließen den Gasthof früh. Titus berichtete von den Erlebnissen nach dem Tod seiner Eltern. Von den Männern, die ihn gefunden hatten, von der gemeinsamen Nacht und dem Vorhaben des einen ihn umzubringen.

»Gut für dich, dass er es nicht getan hat«, entgegnete Anima, als er seine Erzählung beendet hatte. Sie waren den Bergen näher gekommen.

»Gut für mich, dass der andere da war. Merranas heißt er, hat Kiromin überredet, es sein zu lassen.« Das Vertrauen zu seiner Lehrmeisterin war gewachsen.

Anima blieb stehen. »Kiromin?«

»Ja, Kallestrus' letzter Sohn.«

Titus lief weiter, seine Meisterin blieb auf dem Weg stehen. »Du meinst, es gibt einen letzten lebenden Drachen?«

»Wenn ich Nadala ordentlich zugehört habe, gibt es noch mehr. Keiner weiß, wo und wer überlebt hat. Nicht alle sind von Selestrias Waffe berührt worden.«

Anima wusste, was der Junge meinte. »Selestria war die letzte von Plutarchs Drachentötern und nur sie besaß eine entsprechende Waffe, nicht wahr?«

»Kiromin versucht, diese Waffe wiederzufinden und sie zu zerstören«, erklärte Titus.

»Solche Waffen lassen sich nicht so leicht zerstören.«

Titus nickte. »Er hat Nadala erklärt, wie es geht.«

»Ach?« Die Frau stützte sich auf ihren Stab und wartete. Wind zupfte an ihren Gewändern.

»Du weißt es bereits, oder?«, fragte er.

»Ich möchte wissen, ob du es auch weißt.« Titus runzelte die Stirn. »Diese Waffe kann in den Feuern eines aktiven Vulkans eingeschmolzen werden. In den Vulkanfeldern von Pjeke-Uh.«

Anima hob eine Augenbraue. »Dein Wissen kann dir zum Verhängnis werden. Wie viele Personen wissen noch über diese Dinge Bescheid?«

Er schaute verstohlen zu Boden, mit dem Stiefel kickte er einige Steinchen weg. Sie kullerten zwischen die dicken Grasbüschel, die den Weg säumten. »Ich vertraue dir. Du bist meine Lehrmeisterin.«

Sie wies ihn an, weiterzugehen. »Weiß der andere von all diesen Dingen?«

Titus spürte, wie ihm trotz der immer kälter werdenden Luft Hitze in die Wangen stieg. Wahrscheinlich leuchteten sie schon rot. Verschämt schüttelte er den Kopf.

»Du hast gelauscht«, stellte sie fest, nachdem er nicht weitererzählte.

Ein stummes Nicken bestätigte ihre Vermutung.

»Sie haben dich nicht erwischt?«

Kopfschütteln.

»Wir haben noch eine lange Strecke vor uns. Heute werden wir einen Unterschlupf suchen.«

SCHWEIGEND MARSCHIERTEN SIE weiter. Titus grübelte darüber nach, ob er etwas Falsches gesagt hatte, womöglich zu viel verraten. Mit gesenktem Kopf folgte er dem leicht ansteigenden Weg, der sie Schritt für Schritt näher an die Berge führte. Die Handelsroute war wichtig, zu bestimmten Jahreszeiten stark befahren. Die

Luft wurde zunehmend kühler, die Berge wuchsen am Horizont, zeigten ihre weißen Spitzen und immer deutlicher die grauen Strukturen. Die ersten kleinen Wäldchen breiteten sich an den Hängen aus, die zu steil für nutzbaren Acker waren.

»Danke für dein Vertrauen«, sagte Anima nach einer Weile.

Sie bemerkte, wie sich die Schultern des Jungen entspannten. Titus wusste mehr, als sie erwartet hatte. Wie stand es um den anderen, diesen Atiro?

Zuerst würden sie in Moohpet-Rah eine weitere Schülerin suchen. »Wir müssen so viele wie möglich von den unseren finden. Plutarchs Gefolgsleute und Getreuen nutzen selbst nach so langer Zeit jede Gelegenheit, damit die Elemente nicht erstarken. Was bringt es, den Anführer zu töten, ohne seine Ideologien und Überzeugungen zu vernichten?«, erklärte sie. »Nicht umsonst war der Oberste Kirchenführer die viele Zeit an der Macht geblieben. Magie ist das eine, Vetternwirtschaft das andere. Nutznießer und Profiteure gibt es immer.«

Er nickte.

Sogar die Elemente selbst rüsteten sich jetzt gegen einen Angriff, von wem auch immer er kommen mochte. Und Drachen? Drachen waren schon immer eine Gefahr und ein Glück für alle Lebenden. Man muss nur rechtzeitig auf der richtigen Seite stehen. Diese Gedanken sprach sie nicht laut aus, zeigte nur bergauf, wo der Weg sich bis zu den Wolken wand.

»Glaubst du, wir können eine Nachricht an Nadala schicken?«, fragte Titus nach einer Weile. »Ich möchte wissen, ob es ihnen gut geht.«

Sie betrachtete ihren Schüler. »Wir werden sehen, ob sich eine Gelegenheit bietet. Vorsicht ist unser erstes Gebot.«

Er nickte erneut.

Der Aufstieg begann. Schon bald war ihnen warm vor Anstrengung. Vögel mit großen Schwingen kreisten weiter oben in den Lüften, schrien im Wind. Titus hatte solche Tiere noch nie zuvor gesehen. Er betrachtete die Pflanzen mit ihren kleinen kräftig gelben Blüten, andere mit weißen. Wagen und Wanderer teilten sich meist die schmale Straße. Manchmal gab es auch weitere, noch steilere Pfade entlang der Route. Anima nahm stets diese Abkürzungen. Sie kamen gut voran, schwitzten, sprachen nicht. Wind und Luft veränderten sich, trieben ihm unbekannte Gerüche und Laute zu. Selbst das Licht in dieser Gegend war ein anderes. Als ob die Berge eine eigene Macht darüber hätten. Es würde ein langer und anstrengender Weg.

***

SIE LANDETEN AUF einer einsamen Lichtung, die Nadala ihnen tags zuvor beschrieben hatte. Es war einfach für die beiden Halblinge und den Drachen, das Versteck zu erkennen. Für vorbeikommende Reisende sah diese Felsenformation und der Baumbewuchs natürlich aus. Man musste sehr genau hinschauen, um die hervorragend platzierten Öffnungen zu entdecken. Dieses Versteck war in den Stein getrieben worden und nach außen naturbelassen. Verglaste Fenster waren so gewählt eingelassen worden, dass sie zwischen Wurzeln oder Vorsprüngen nicht auffielen. Trampelpfade führten in den Wald und verloren sich im Schatten der Bäume.

»Raffiniert«, murmelte Firim. »Hat jemand einen Plan?«

Merranas betrachtete den Felsen, an den sich eine sanfte Bergkette anschloss. Alte Bäume säumten die Spitzen der Felsen und des Plateaus, das sich dort oben befand. Mit ziemlicher Sicherheit gab es zwei Eingänge. »Ich gehe mal klettern.«

»Ich rieche viele Menschen«, meinte Kiromin. »Das Versteck ist gut besetzt.«

»Wenn du nicht Drache wärst, würdest du gut als Bluthund durchgehen.« Firim grinste.

Kiromin schwieg, Merranas war in Windeseile verschwunden. Auf die Entfernung konnte der Drache ihn noch als kleinen Punkt an den Felsen erkennen, der schnell in die Höhe kletterte. Sie selbst standen im Schatten der Bäume.

»Er hat viel gelernt in den letzten fünf Jahren«, meinte Kiromin.

»Liegt am Lehrer. Ein Naturtalent ist er nicht unbedingt. Vor allem, wenn es um Strategie geht. Im Kampf und bei Frauen hat er jedoch ein geübtes Händchen, unser Windling.«

»Du lobst dich gerne selbst, nicht wahr?«

»Sonst tut es niemand.« Firim hatte einen Grashalm zwischen den Lippen und kaute, während er ebenfalls den jungen Mann in der Ferne beobachtete.

Es MACHTE SPAß die Felsen hinaufzuklettern. Ein Leichtes für den Angehörigen der Luftlinie. Seit dem Fall Plutarchs wusste Merranas, warum er schon immer gut klettern, springen und mittlerweile sogar fliegen konnte. Er war ein Halbling – halb Mensch, halb Luftelementar, und hinzukam, dass sein Großvater ein Drache gewesen war. Seine Fähigkeiten hatte er die letzten Jahre verfeinert. Heute brauchte er sie alle. Denn diese Felsen waren alles andere als natürlich. Sie hatten eine Behandlung erfahren. Glatt und hart. Die Vorsprünge abgerundet. Hier waren Meister am Werk. Selbst ein geübter Kletterer konnte nur mit Mühe hinauf. Merranas amüsierte das. Spielend schwang er sich von Öffnung zu Öffnung, warf einen Blick hindurch. Der untere Teil des Unterschlupfs hatte tiefe unverglaste Ausgucke und Fenster. Nach oben hin waren die Fenster je nach Felsformation kleiner oder größer, aber bereits mit Glas versehen. Hier und da gab es einen kleinen eingelassenen Sims. Je höher er kam, umso aufwändiger wurde die Verarbeitung.

Schließlich erreichte er einen Abschnitt mit mehreren Fenstern, die Verglasung war weiß und bunt. Merranas staunte. Diese Exemplare hätten selbst in Hyperahmah verbaut sein können. Eines stand offen. Er hielt an und lauschte. Die Stimmen drangen leicht gedämpft zu ihm hinaus.

»Was hast du herausgefunden, Friedhelm?«

»Herr, ich bin nicht sicher, ob es eine gute Idee war, den Gefangenen zu foltern.« Die Stimme des Redners verriet eine Vertrautheit mit dem anderen.

»Ich weiß, Friedhelm. Von Zeit zu Zeit muss man sich etwas

Freude im Leben gönnen. Egal, wie hoch der Preis dafür ist.« Der Tonfall zeugte von Selbstbewusstsein.

»Nun Herr, wie es scheint, ist es der Sohn von Preaktan.« Schweigen folgte auf diese Aussage.

Merranas erlaubte sich einen kurzen Atemzug und schaute hinab auf die unter ihm liegende Landschaft. Von hier konnte man die Ebenen überblicken. Schon vom Weiten erkannte man, ob sich Reitertrupps auf das Gebiet zubewegten. Lediglich das Waldstück, in dem sich Firim und Kiromin aufhielten, bot etwas Schutz.

»Ach, da schau her. Davon hat die liebe Vaticine kein Wort geschrieben, diese durchtriebene Seherin.«

Beim Namen seiner Mutter horchte Merranas auf und wandte sich wieder den Männern im Inneren des Verstecks zu. Durch die offenen Fenster konnte er einen Schreibtisch und einen kleinen Hocker erkennen. Die Personen hingegen waren außerhalb seines Blickfeldes. Dafür konnte er etwas anderes sehen: Den Grund, warum sie hier waren. Das Schwert der Todesbringerin. Selestrias Waffe, sie war tatsächlich hier. Er versuchte genauer hinzusehen. Sie war in einer Halterung befestigt, hoch oben über einem massiven Bücherregal. *Dekorativ angebracht,* dachte Merranas. Das Zimmer war karg, aber mit teuren Materialien eingerichtet. Ein Audienzraum vielleicht. Alles ließ darauf schließen, dass es immer bewacht war. Eigentlich hätte Merranas das Schwert eher in einer Truhe vermutet, sicher verschlossen. So, wie es dort hing, würde es natürlich viel einfacher, es zu tauschen.

Ein Befehl zwang Merranas von der Position weg.

»Führt ihn rein.«

Er hörte die Tür gehen, dann die Stimme des hier Herrschenden. »So, der Sohn eines fabulösen Fälschers, von keinem geringeren als Preaktan. Nun gut. Wie ich sehe, fließt selbst in Magierblut kriminelle Energie und nicht nur Feuer.«

Merranas hielt sich in den Felsen gekrallt. Schweiß bildete sich an seinen Schläfen. Lange würde er nicht mehr an dieser Stelle verharren, die Muskeln zitterten allmählich. Er musste sie bald bewegen oder ins Element wechseln. Allerdings wollte er sichergehen, ob sie Atiro als Gefangenen hielten. Vorsichtig spähte er durch das Fenster, bevor er sich auf den Rückweg machte.

»ER SIEHT SCHLIMM aus. Ich habe nicht die geringste Ahnung, was dieser Wynfreth mit ihm angestellt hat. Aber es ist Atiro.«

Kiromin und Firim lauschten aufmerksam, als Merranas berichtete, was er gesehen hatte. Sie hatten sich in das kleine Waldstück zurückgezogen und beobachteten die Felsen. Seit ihrer Ankunft war keine Menschenseele hier aufgetaucht.

»Ob es das echte Schwert ist?«, spekulierte Firim.

Kiromin schaute die Trampelpfade entlang. »Wenn Wynfreth so machtbesessen und eitel ist, wie die Leute erzählen, wird er seine fetteste Beute zur Schau stellen.«

»Das ist unvorsichtig.«

Merranas fuhr sich durch seine braunen Locken. »Wahrscheinlich hält er dieses Versteck für unauffindbar oder denkt, dass keiner so dumm sein wird, dort einzusteigen, um etwas zu stehlen.«

»Wir stehlen nichts. Wir tauschen«, witzelte Firim.

Merranas lachte.

»Wie sollen wir es machen?«, wollte Kiromin wissen.

Firim legte die Stirn in Falten. »Wir machen gar nichts. Du bleibst hier. Merranas und ich gehen rein. Dort ist das Messerchen, das dich als vermutlich letzten lebenden Drachen umbringen kann. Solange es nicht in unserem Besitz ist, wird das für dich und deinesgleichen eine Gefahr bleiben. Dieses Unsterblichkeitsding war schon dreiste Lüge genug. Wer hätte gedacht, dass man euch in Menschengestalt so einfach außer Gefecht setzen kann?«

Kiromin schnaubte. »Es muss noch einen Eingang geben. So eine Festung braucht Proviant, Brennholz und Wasser. Außerdem wird Wynfreth seine Geschäfte betreiben. Boten gehen ohne Zweifel ein und aus.«

»Oder es gibt feste Tageszeiten, an denen alles erledigt wird«, überlegte Firim.

Merranas stand auf. »Es gibt vermutlich einen Zugang über das

Plateau.« Er wies nach oben zu der Felskante. »Die Trampelpfade hier sind nicht ausgelaufen genug, als dass Boten sie täglich nutzen würden.«

Firim nickte. »Hört, hört. Der kleine Merranas hat mal eine Beobachtung gemacht.«

»Wir gehen in der Dämmerung los. Ich meine, wir fliegen.«

»Fliegen?«, schnauzte Kiromin.

»Natürlich! Wie soll Firim dort hochkommen?«

»Seit wann bestimmst du, ob ich euch wie ein Esel auf dem Rücken trage?«

»Stell dich nicht an! Das ist der schnellste Weg.«

»Du kletterst und er fliegt.« Kiromin zeigte auf Firim.

Merranas senkte die Schulter. »Das meinst du nicht ernst.«

»Oh, doch!«

Firim klopfte Merranas auf die Schulter. Er kannte die Streitereien seiner Begleiter zu gut. »Ich schlage vor, du gehst schon mal los. Wir treffen uns oben.«

Merranas schüttelte seine Hand ab und griff nach Kiromins Schulter. »Du bist ja schlimmer als ein junges Mädchen, das man zum Kartoffeln schälen zwingt.«

»Und du bist überheblich wie ein alter Kesselflicker, der denkt, er sei ein König!«

Firim schüttelte den Kopf. »Nicht zum Aushalten.« Er erwischte Merranas an der Weste und zerrte ihn in Richtung der Festung. »Los, auf geht's!«

Leise schimpfend verließ der Kopfgeldjäger die schützenden Bäume und war mit einem Windhauch verschwunden.

»Ist es in Ordnung, wenn wir bis zur Dämmerung warten?«, fragte Firim.

Kiromin brummte zustimmend.

MAN HATTE IHM die Fesseln abgenommen. Er starrte auf die kaputte Haut der Hände und bewegte die Finger. Nur allmählich gewöhnten sich die Gelenke an die neue Freiheit. Es tat weh. Schmerz war das vorherrschende Gefühl seit seiner Gefangennahme. Doch was Wynfreth zuletzt über seinen Vater gesagt hatte, hinterließ bei Atiro einen düsteren Gedanken. Gut, sein Vater hatte ihm viel verschwiegen. Selbst, dass er ein Feuermagier war. Das hatte er selbst nach dessen Ableben auf schnelle und sehr harte Weise herausgefunden. Ausgerechnet die Menschen, die für den Tod seines Vaters mit verantwortlich waren, erklärten ihm damals, wer und was er war. In dieser Gefangenschaft erfuhr er einen weiteren Teil der Geschichte, die sich in all den Jahren, als er fleißig lernte, außerhalb der Mauern von Hyperahmah abgespielt hatte. Er empfand erneut Dankbarkeit für die Strenge des Vaters, dass er ihn gezwungen hatte, die Folianten immer und immer wieder zu studieren. Selbst nach allem, was seither passiert war, kannte er die ersten vier Bücher auswendig. Endlich konnte er dieses Wissen nutzen. Dass sein Vater aus den Folianten Profit gezogen haben sollte, war die andere Sache. Aber ein Fälscher? Sein Vater? Sicherlich steckte auch diesmal Vaticine dahinter, hatte ihn zu diesen Taten gedrängt, wenn nicht sogar gezwungen. Trotz all ihrer Machenschaften war sie ungeschoren davongekommen, saß heute in Hyperahmah und regierte zusammen mit dem Rat den Kontinent. Dieser Platz hätte seinem Vater gebührt, der sich für den Sturz Plutarchs geopfert hatte und nicht der verräterischen Seherin und anderen abartigen Halbwesen. Drachenmenschen, die sich mit Echsen paarten. Ausgeburten der Unzucht. Ekelhaft! *Ich räche dich, Vater. Eines Tages werden sie alle sterben.*

Friedhelm betrat den Raum und zündete die Kerzen auf dem Schreibtisch und an den Regalen an. Die letzten Sonnenstrahlen ließen die bunten Fensterscheiben Muster auf den Boden werfen. Ein hübsches Farbenspiel. Er betrachtete den jungen Mann. »Du siehst nicht gut aus. Vielleicht zeigst du dich heute kooperativ.«

Seine Stimme war Balsam, weich und sanft. Mittlerweile wusste Atiro, dass dieser Mann ihn einige Male vor schlimmen Qualen gerettet hatte, weil er seinen Herrn zu wichtigen Terminen rief oder um Einhalt bat. Er hatte bisher nicht rausfinden können, warum Wynfreth ausgerechnet auf diesen Kerl hörte.

»Ah, da sind wir wieder, in trauter Runde.« Wynfreth war durch die offene Tür getreten und setzte sich an seinen Schreibtisch.

»Nun gut! Gegebenenfalls will Atiro, Sohn des Preaktan, uns heute erzählen, was er weiß. Womöglich war er ein gelehriger Schüler bei seinem alten Herrn, der durchaus ein begabter Schreiber und Stratege war.«

Atiro nickte und berichtete. Von seinem Leben auf Hyperahmah, von Plutarch, von seinem Vater als Würdenträger und seinem Studium der Folianten, von Vaticine und ihren Intrigen, von Verrat und dem Sturz Plutarchs. Einzelheiten behielt er für sich, ließ wichtige Zusammenhänge aus, verriet nichts über die Katakomben der Inselstadt.

Wynfreth lauschte und Friedhelm notierte fleißig im Licht der Kerze, während die Sonne hinter den Bäumen verschwand.

»Hier machen wir eine Pause. Ich verspüre Hunger und will nachdenken. Heute darfst du uns begleiten, Atiro. Lösch die Kerzen, Friedhelm. Wir machen nachher weiter. Ich habe noch Fragen an unseren Gast.« Wynfreth grinste.

Unter der Aufsicht von zwei Wachen folgte Atiro den Männern durch die Flure in ein Speisezimmer. Er durfte diesmal keinen Fehler machen. Es galt den Mund zu halten, abzuwarten.

FIRIM KONTROLLIERTE DAS in Leinen eingewickelte Schwert auf seinem Rücken. Es saß fest und sicher für ihr geplantes Unterfangen. In der Dämmerung waren sie aufgebrochen, von oben hatten sie das Gelände betrachtet, Wege erspäht und den oberen Eingang ausgemacht. Zwischen den Bäumen auf dem Plateau der Felsenfestung warteten sie auf Merranas.

Er braucht sehr lange. Firims Stimme klang beunruhigt in Kiromins Geist.

»Weil er rumtrödelt. Er will uns nur verärgern«, schnaubte der Drache.

Firim grinste. »Ihr benehmt euch wie kleine Jungs.«

»Bist du hier etwa der große Bruder?«

Firim lachte leise. »Lehrer, bitte. Dass du dem Sohn der Seherin traust, verstehe ich weiterhin nicht. Ich werde es nie wirklich tun.«

»Wieso?« Kiromin schaute den anderen nicht an.

»Seine Mutter hat unsere Linien und deine Sippe an Plutarch verraten. Ihm geholfen uns beinahe auszurotten.«

Kiromin sah zu den Felsenkanten. »Und Selestria, meine Mutter, hat ihre eigenen Kinder ermordet.« Er hörte, wie Firim Luft holte.

»Das wissen wir nicht genau.«

»Wir wissen, dass zwei meiner Geschwister durch ihre Hand mit ihrem Schwert getötet worden sind.«

Firim folgte seinem Blick. »Sie stand unter einem Zauber.«

»Sie ist ein Drache, und sie hat ihresgleichen getötet. Sie ist nicht besser als seine. Außerdem hat er mich nie betrogen.«

Ein Windhauch streifte sie. Merranas stand vor ihnen.

»Du stinkst wie ein Hundefurz«, kommentierte Kiromin seine Ankunft.

»Ich schwitze.«

»Der räudige Wind hat es endlich geschafft«, setzte Firim nach.

»Ha ha! Habt ihr etwas herausgefunden, während ich mich mühsam den Fels hinaufgearbeitet habe? Ich kann nicht ewig im Element verbleiben.« Merranas wischte sich die Stirn mit dem Hemdsärmel.

Firim zeigte auf den Pfad. »Alter Plan, neue Festung. Wir fangen den nächsten Boten ab und nehmen seinen Platz ein, gehen rein, suchen das Zimmer, tauschen das Schwert und verschwinden. Kiromin wartet hier.«

Merranas zog die Augenbrauen hoch. »Wenn du das erzählst, klingt es kinderleicht, doch es endet in einer lebensbedrohlichen Lage.«

Firim klopfte ihm an die Wange. »Sonst wäre es langweilig. Mittlerweile kannst du die Gedankensprache und wir haben den Tausch mehrmals durchgesprochen. Zur Not springen wir aus dem Fenster.«

Merranas verzog das Gesicht, hängte die Daumen in den Gürtel und spuckte aus. »Aus dem Fenster springen, kannst du vergessen. Ich passe in Windgestalt durch, für dich wird es verdammt eng.

So schnell kann ich dich nicht in mein Element ziehen.«

Sein Mentor zog die Nase hoch, musterte ihn. »Was schlägst du in der Not vor?«

»So weit darf es gar nicht kommen.« Firim stemmte die Hände in die Hüften, zeigte auf seinen Schüler. »Na also, da haben wir doch den guten Plan.«

Merranas fluchte. »Ein dämlicher Plan.«

»Seid still. Da kommen Reiter«, flüsterte Kiromin.

Hufschläge tönten dumpf in der Ferne, kamen nur langsam näher. Die Reisenden hatten es nicht eilig oder die Pferde waren bereits kaputtgeritten.

Im Schatten der Bäume fanden sie Schutz.

»Wir überwältigen sie gleich hier«, hörte Merranas in seinen Gedanken. Firim übernahm wie gewohnt das Kommando.

Ein Reiter, zwei Pferde. Eins war mit Proviant beladen. Firim zögerte nicht lang. Als der Reiter auf seiner Höhe war, sprang er ihn an. Das Messer des Halbdrachen durchtrennte Haut und Luftröhre des Mannes, bevor er schreien konnte. Das Pferd wieherte verblüfft, als kurzfristig zwei Reiter auf seinem Rücken saßen, bevor einer leblos zu Boden fiel. Merranas eilte zu dem leblosen Körper und zerrte ihn zwischen die Bäume, während Firim die Pferde wendete und zu ihnen führte.

»Hm«, machte Firim, als er das Gesicht des Mannes betrachtete. »Viel zu jung zum Sterben.«

Merranas verdrehte die Augen. »Jetzt wird er wieder nachdenklich und erklärt uns die Welt. Leben und leben lassen.«

Firim schwieg, durchsuchte die Taschen des jungen Mannes und dessen Weste. Danach zog er sie sich über. »Du nimmst das Lastenpferd«, forderte er Merranas auf und schwang sich in den Sattel.

»Natürlich, als dein Knappe muss ich laufen.«

Firim schnalzte mit der Zunge und das Pferd setzte sich in Bewegung. Achselzuckend ging Merranas mit.

»Passt auf!« Kiromin blieb, wenn auch widerwillig, im Schutz der Baumgruppe.

Es waren nur einige hundert Meter bis zu dem versteckten Eingang. Er war geschickt in den Stein getrieben worden, so dass man zuerst durch einen nach oben offenen breiten Felsgang entlanglief. Hätte er eine Decke gehabt, wäre es ein Tunnel gewesen. Zwei Wachen standen sichtbar am Durchlass. Merranas konnte drei weitere ausmachen, sie versteckten sich mit Armbrüsten bewaffnet oben in den Felsvorsprüngen. Sie waren schwer zu erkennen, in Dunkelheit würden sie mit dem grauen Gestein verschmelzen. Sie hingegen standen mit den Pferden in hellem Fackelschein, den man außerhalb des Ganges gar nicht sah, erst beim Eintreten standen die Ankömmlinge in einem Lichtkegel. Bei dem Bau dieses Verstecks war offensichtlich an alles gedacht worden. Merranas betrachtete die massive Tür, auf die sie zuritten. Nur eine Person konnte passieren. Mit einer Meute hineinstürmen konnte hier niemand. Raffiniert.

»Wer da?«, schnauzte der Wachmann.

»Boten aus Hyperahmah mit Waren für den Herrn.«

Die Wache kam näher und betrachtete sie. Merranas lächelte und nickte.

»Ich kenne euch nicht. Lars wurde mit einem Auftrag nach Hyperahmah geschickt.«

Firim zuckte die Achseln. »Lars hat in Hyperahmah andere Dinge zu erledigen. Ich habe Nachrichten und Proviant. Sollen die hier draußen bleiben, ihren Empfänger nicht erreichen und vergammeln? Gut, dann berichtet ihr Wynfreth. Als ob es unseren Statthalter schert, wer seine Güter ankarrt.« Er spuckte aus.

Der Wachmann verzog das Gesicht. »Zur Hölle! Rein mit euch. Besser die Vorräte sind in den Vorratskammern als draußen in der Nacht. Die Pferde in die rechte Stallung!«

»Jaja.« Firim winkte ab, als ginge er dort täglich ein und aus. Ohne weiteres Aufsehen und Fragen passierten sie den Durchgang, vor ihnen erstreckte sich ein kleiner Platz, umringt von Felsen. Wagen und Karren waren hier geparkt. Firim schlug einen Weg nach rechts ein. Entlang der Felswände waren Holzüberdachungen errichtet worden, die mit den Steinwänden hervorragende Stallungen bildeten. Schon bald rochen sie die Unterkünfte der Tiere. Pferde, aber auch Ziegen und Schafe mussten hier untergebracht sein.

»Wie machst du das?«, fragte Merranas leise.

»Was?«

»Die Leute dazu kriegen, das zu tun, was du willst.«

Firim zuckte mit den Schultern. »Bei dieser Sache bist du echt nicht mit unseren Talenten gesegnet. Ist wohl mit diesem Windwirrwarr verloren gegangen. Komm jetzt.«

Sie banden die Pferde an und Merranas zeigte in die Richtung, wo die Räumlichkeiten sich befinden mussten. Breitschultrig marschierte Firim los, als sei er hier zuhause. Merranas folgte ihm. Sie betraten einen Gang, der sich wie ein Schneckenhaus nach unten wand. Licht spendeten lediglich Fackeln, die in regelmäßigen Abständen angebracht waren. Obwohl hier keine Fenster waren, ging ein Luftzug. Er schaute nach oben. Irgendwo dort in der Dunkelheit musste es Belüftungsschächte geben. Immer wieder kamen sie an Holztüren vorbei. Einige Male mussten sie Wachen ausweichen.

Wir müssen noch ein Stück weiter runter, ließ Merranas Firim stimmlos wissen. Sein Begleiter nickte, ohne sich umzudrehen.

Sie fanden noch weitere Treppen am Ende eines kleinen Ganges, ebenfalls in den Stein getrieben, lediglich ein einfaches Holzgeländer zierte den Rundbau. Hier waren kleine Sichtfenster eingelassen. Merranas spähte in den Abend. »Wir sind richtig! Auf dieser Seite liegt das Zimmer. Dieses Stockwerk oder noch eins drunter«, flüsterte er.

Firim lief leichtfüßig die Stufen hinunter. Der nächste Flur war mit Waffen bestückt, anstatt Fackeln waren Laternen mit Kerzen aufgehängt. Selbst von der Decke hingen schlichte, große Leuchter. Hier und da sahen sie sogar Gemälde. Seen und Wasserfälle, Landschaften. »Wir sind hier richtig. Wahrscheinlich empfängt man in diesem Teil Gäste.«

»Da!« Merranas hielt Firim an der Schulter fest. An derselben Seite wie die Fenster stand eine Wache postiert. Diese Tür musste zu Wynfreths Zimmer führen.

Firims Stimme erklang in seinem Geist: *Du lockst die Wachen zur Treppe, verschwindest durch die kleinen Fenster und ich schaue mich dort drinnen um. Vielleicht haben wir Glück und es ist niemand da.*

Merranas holte tief Luft. »Und wie soll ich die Wache weglocken?«

Firim schaute über die Schulter. »Das ist die Chance zu beweisen, dass die Leute dir vertrauen.«

Merranas antwortete nicht. Wären das hübsche Mädchen, hätte er schon längst einen Plan, aber Wachen?

Firim stieß ihn an. »Du musst die Kunst der Manipulation genauso gut beherrschen wie die Gedankensprache. Es heißt für dich, schneller zu werden. Was, wenn sie bereits auf dem Weg zu uns wären? Lass dir was einfallen.«

Der zweite Stoß, den Firim ihm versetzt hatte, tat weh. Merranas lief auf die Wachen zu. Schon hatten sie ihn bemerkt und stellten sich breitbeinig auf. »Schnell! Der Magier. Er versucht zu fliehen«, sagte er, als er sich nah genug an ihnen wägte.

Sie rührten sich nicht.

Er blieb stehen. Sein Herz schlug bis zum Hals. Firim würde ihn auslachen und schelten. *Nur nicht unsicher wirken. Sei aufgebracht. Werde wütend!* »Was ist mit euch los?«, schnauzte er sie an.

Die Wachen blieben an ihrem Ort. Eine neigte den Kopf zur Seite, als würde sie ihn genauer betrachten.

»Setzt euch in Bewegung! Der Feuermagier hat eure Kameraden überwältigt und hält den Herrn als Geisel. Kommt in die Gänge!«, schrie er.

Die Wachen zuckten nicht einmal.

Was einfallen. Was einfallen. Lass dir was einfallen. Wynfreth. Wer ist dieser Wynfreth?

»Wenn ihr so enden wollt wie der Magier, dann sei es so. Ich will Wynfreths Wut nicht am eigenen Leibe spüren«, zischte er.

Einer der Männer rührte sich.

»Ich mag hier neu sein, aber ich weiß, was der Herr wünscht.«

Die Wachen sahen einander an, und Merranas rannte los Richtung Treppen, bemerkte wie sich Firim in die Schatten duckte, nahm drei Stufen auf einmal. Die Wachen folgten ihm.

»Er ist Richtung Stallungen fort«, rief er und war als grauer Rauch durch die erste Fensteröffnung verschwunden.

Die Männer stürmten los.

Als sie an Firim vorbei waren, verlor der keine Zeit. Leise bewegte er sich auf die Tür zu und lauschte. Nichts zu hören. Vorsichtig drückte er die massive Klinke nach unten, die Tür schwang ohne Laut auf. Das Zimmer lag ruhig vor ihm. Einige Kerzen auf den Tischen spendeten angenehmes Licht, genau wie der Leuchter an der Decke. Firim betrat den Raum und schloss die Tür. Er war allein, soweit er den weitläufigen Raum einsehen konnte. Teppiche und Vitrinen verliehen ein wohnliches Gefühl, genau wie die kleinen Fenster, von denen Merranas berichtet hatte. Das bis zur Decke reichende Bücherregal verriet, dass es am anderen Ende weiterging. Vielleicht lag ein Erker dahinter oder eine kleine Nische. Wahrscheinlich ein natürlicher Felsvorsprung, der geschickt in den Raum aufgenommen war. Über den Büchern war sie angebracht, Selestrias Waffe. Weder in einer schweren Truhe noch in einem tiefen Verlies. Wie eine Trophäe hatte Wynfreth das Schwert aufgehängt. Firim ging näher heran und betrachtete die Halterung genauer. Eine Falle konnte er nicht erkennen. Merranas würde hinaufklettern und nachsehen. Der Windhauch kündigte ihn an. Der junge Mann mit den braunen Locken schnaufte.

»Man sollte meinen, dass Luft nicht so leicht aus der Puste kommt«, kommentierte Firim den Zustand seines Kameraden.

»Es ist nicht das Fliegen. Die Transformation kostet unglaublich viel Kraft.« Merranas stützte sich auf die Knie.

»Bei deiner Mutter sieht es wie ein Leichtes aus.« Firim grinste, als er sah, wie sein Schüler Haltung zu bewahren suchte. Er wurde besser. Tatsächlich.

»Was sucht ihr Pack hier?« Sie fuhren herum. Hinter dem Regal war ein Mann erschienen, Schriftrollen unter dem Arm und ein Tintenfässchen in der Hand.

Firim zückte das Messer.

»WACHEN!« An der Tür rührte sich nichts. »Was habt ihr mit der Wache gemacht?«

Panik spiegelte sich im Gesicht des Mannes, als Firim auf ihn zuging.

»Nein! Nicht. Ich bin nur der Schreiber«, winselte er.

Merranas sah den hauchdünnen roten Strich am Hals, dann ging der Fremde in die Knie, ließ Schriftrollen und Fässchen fallen, bevor er vornüberkippte und mit einem dumpfen Schlag auf dem Teppich landete. Firim beugte sich zu ihm herab und wischte sein Messer am Ärmel des anderen ab. »Klettere rauf und schau nach, ob dort Fallen sind. Ich reiche dir den Zwilling hoch. Spute dich, Merranas. Es ist nicht der erste Tote heute Abend.«

»Mmh«, brummte der und schwang sich an den Balken der Regalkonstruktion hinauf. Der Leuchter gab genug Licht. »Ich kann nichts erkennen. Keine Fäden, keine Haken. Die Halterung ist aus Holz, die Metallbeschläge sind meisterlich gearbeitet, aber hier ist kein Mechanismus als Schloss oder eine Art Sicherung zu sehen. Es liegt einfach auf. Magie könnte höchstens wirken, ein Element spüre ich nicht.«

Prüfe es nochmal ganz genau, hörte er Firim in seinem Geist.

Merranas schloss die Augen und schaute erneut hin. Er pustete über das Metall, kleine Staubkörner flogen davon, doch die Klinge blieb matt. »Das Licht. Es spiegelt sich nicht richtig im Metall.«

»Vermutlich Gift«, folgerte Firim. »Hast du Handschuhe?«

Merranas griff an seinen Gürtel und zog geschickt mit Hand und Zähnen das Leder über die Finger. »Dieser Wynfreth scheint ein richtiger Menschenfreund zu sein.«

»So wird berichtet, ja.«

Merranas fasste den Griff des Schwertes. Es lag schwer in der Hand. »Diese Waffe hat eine Frau geführt. Wie das?«

»Nicht irgendeine Frau. Ein Eisdrache«, murmelte Firim und streifte ebenfalls Lederhandschuhe über.

»Für mich ist sie Kiromins Mutter.«

»Für mich ist das unwichtig. Reiche es mir runter. Ich gebe dir den Zwilling hoch.«

Firim hatte die andere Waffe ausgepackt und nahm das Schwert vorsichtig von Merranas entgegen, der wieder ein Stück weit hinuntergeklettert war.

»Schneide dich nicht.«

Firim grinste. »Deine Sorge um mich ehrt dich.«

Merranas schaute verärgert drein. »Ich will nicht allein hier festsitzen, falls etwas schiefgeht. Hoffentlich fällt niemandem dieser neue Glanz auf.«

»Keine Sorge, in ein paar Tagen liegt eine feine Staubschicht auf dem Metall. Schau zu, dass du es wieder ordentlich platzierst.«

Firim wickelte Selestrias Schwert behutsam ins Leinen und Leder, schnürte es am Rücken fest, als Merranas mit einem geschmeidigen Sprung neben ihm landete. Sie hörten die Stimmen erst, als sie bereits im Türrahmen standen und in den Gang wollten.

Atiros Augen weiteten sich, als er Firim erkannte. Er sah Merranas an und seine Miene verzog sich zu einer Grimasse.

»Wer seid ihr, und wer hat euch hier reingelassen? Wo ist Friedhelm?« Wynfreths Stimme klang kalt.

»Das ist der Mann, Herr!« Die Wachen tauchten hinter Wynfreth auf. Eine zeigte auf Merranas.

»Ergreift sie!«, brüllte der Statthalter.

»Sie haben Euren Schreiber getötet.« Atiro schob sich an Wynfreth vorbei, streckte die Hände aus. Feuerbälle erschienen auf den Innenflächen. Merranas hörte ihn etwas murmeln, wich von der Tür weg, als die Hitze das magische Geschoss ankündigte. Funken zerstoben hinter ihnen, als die Feuerbälle auf die Felswände trafen. Merranas duckte sich.

»Atiro. Wir kommen als Freunde«, rief Firim.

Ein zweiter Feuerball flog in Richtung des Sprechers.

»Wir sind nie Freunde gewesen.«

Die Wachen drängten sich an Wynfreth und dem Magier vorbei in den Raum. Merranas zog seine Messer aus den Stiefeln, gerade rechtzeitig, um dem ersten Angreifer einen Hieb gegen den Oberarm zu verpassen, bevor der mit seinem Kurzschwert zuschlagen konnte. Der Mann jaulte auf. Aus dem Augenwinkel erkannte er, wie Firim gegen die andere Wache seine Waffe führte, da blitzte schon der nächste Feuerball auf, verfehlte ihn knapp. Er roch verbranntes Haar, wahrscheinlich sein eigenes oder das der Wache. Es hatte sie beide gestreift.

»Ihr werdet alle sterben«, rief Atiro.

Merranas versetzte seinem Gegner einen kräftigen Schlag in den Rücken, bevor er ihm das Messer in die Schulter rammte. Etwas Spitzes, nein Heißes, traf ihn am rechten Arm. Der Schmerz brannte sich seinen Weg bis in den Kopf hoch. Er ließ das Messer fallen. Atiro hatte ihn getroffen. Ihm wurde für einen Moment schwarz vor Augen.

»Angriff! Ich werde angegriffen!« Das musste Wynfreth sein.

Sie mussten hier raus. Merranas schaute an sich herab. Der rechte Oberarm bestand nur noch aus schwarzer und roter Haut.

Komm hier rüber! Firim zerrte an seinen Gedanken.

Mit der Linken hieb er auf Firims Angreifer ein, traf ihn an der Seite. Schreiend wich der Mann aus und gab den Weg auf seinen Lehrer frei. Firim riss Merranas an sich und ging mit ihm rücklings zu Boden. In dem Augenblick rollte eine Feuersbrunst über sie hinweg. Sie schrien, die Hitze war kaum erträglich. Als sie Luft holten, brannte die in den Lungen. Sie mussten husten.

»Das Gift«, japste Firim unter Merranas.

Merranas rollte sich zur Seite. Er begriff sofort. Firim war auf die Klinge gefallen. Ein Kratzer oder gar Schnitt? »Verdammt! Wir fliegen hier raus. Ich schaffe das.«

Nimm es mir ab und geh! Firims Stimme in seinem Geist klang, als wäre er weit weg.

Ein weiterer Feuerangriff ließ ihn den Kopf einziehen.

»GENUG! Halte ein!« Wynfreth wirkte belustigt.

Firim hustete leise. Merranas richtete sich auf. Er musste seinen Lehrmeister in Sicherheit bringen und das Schwert.

Atiro hatte die Hände gesenkt und starrte ihn an.

»Was machst du hier, Atiro? Wir haben gemeinsam gegen Plutarch gekämpft und jetzt greifst du uns an? Verbündest dich gar mit Wynfreth?«

»Ihr habt mich nur wie einen Diener an eurer Seite gehalten. Wir haben nie gemeinsam gekämpft! Verkauft habt ihr mich, als Knecht!«

Firim hustete. Merranas beugte sich zu ihm hinunter.

»Keine Bewegung!« Weitere Wachen waren gekommen und umringten sie.

Merranas griff nach Firims Arm und zog ihn an sich. Stöhnend hielt er ihn mit der Hand, die Verbrennungen am rechten Arm trieben ihm Tränen in die Augen. Wenn er es schaffte, sie beide zu transformieren, hatten sie eine Chance. Ein Fenster stand offen. Er musste sich konzentrieren. Sein Arm brannte fürchterlich, die Schmerzen vernebelten den Verstand. Wie viele Wachen waren da überhaupt? Was hatte Atiro gesagt? Vielleicht war das hier doch kein guter Plan gewesen.

»Los, in die Kerker mit ihnen«, befahl Wynfreth.

»Nein, ich will den einen tot sehen!« Atiro zeigte auf Merranas. Wynfreth wandte sich an ihn. »Alles zu seiner Zeit. Bringt Atiro auf sein neues Zimmer. Er soll dort warten. Ich muss mich um den armen Friedhelm kümmern.«

Merranas holte mit dem Messer nach den Wachen aus, als ihn etwas am Hinterkopf erwischte. Der Raum zitterte, während das Donnern die Fenster zum Bersten brachte. Für einige Momente verschwamm die Umgebung, ihm schwindelte, bevor er alles wieder mit scharfen Konturen wahrnahm. Ein kleines Stück Fels rollte über den Boden. Einen Augenschlag später prallte etwas gegen die Außenmauer, brachte den Innenraum zum Zittern. Glas klirrte, die Holzrahmen splitterten in den Raum hinein, es folgten weitere Felsbrocken. Er drehte sich um, gerade als eine riesige silberne Pranke mit langen Krallen nach einem weiteren Donnerschlag durch den Stein brach. Entsetzte Schreie der Wachen drangen an sein Ohr, dann wurde er mitsamt Firim gepackt, in die Luft gehoben. Mit einem Ruck verschwand das Zimmer, kalte Abendluft umfing ihn in der Außenwelt. Sie schwebten davon, gehalten von Kiromins Klauen.

»Das hättest du nicht tun dürfen. Jetzt wissen sie es.«

»Wolltest du lieber dort drin sterben? Du bist verbrannt.«

»Wir wären nur in den Kerker gekommen.«

»Sie haben Firim vergiftet. Ich spüre es. Wir brauchen Hilfe. Du ebenfalls. Die begonnene Transformation hat das Gift verteilt.« Merranas wollte etwas entgegnen, ihm wurde schlecht, Körper und Geist versagten den Dienst.

WYNFRETH STAND MIT wehendem Gewand vor dem Loch, das das Ungeheuer in seine Festung gebrochen hatte.

»Es ist also wahr. Es gibt noch Drachen. Plutarch hat diese Wesen nicht besiegt. Welch ein Stümper.« Er schüttelte beinahe belustigt den Kopf. »Ruft mir drei Boten zusammen. Ich habe einiges zu tun. Mein armer Friedhelm. Du hattest die schönste Handschrift.«

»Herr« Die Stimme war leise und heiser.

Wynfreth wandte sich von dem klaffenden Loch in seinem Audienzzimmer ab.

»Friedhelm! Du lebst. Mein Guter. WACHEN, holt einen Heiler!«

»Herr, bitte, einen Verband. Für meinen Hals. Ich konnte mich totstellen.«

Wynfreth kniete sich neben seinen Schreiber. »Mein Teuerster. Du bist ein wahres Kind des Glücks. Wie gut, dass ich dich habe. LOS, EINEN HEILER. BEEILT EUCH!«

ATIRO NESTELTE AN dem Zopf. Die blonden Haare hatte er ordentlich nach hinten gekämmt, wie früher. Er würde Wynfreth bitten, sich rasieren zu dürfen. Er hatte angefangen aufzuschreiben, was er über die Verfolgungen der Drachen wusste, über Plutarchs Drachentöter, Selestria und natürlich Kallestrus und Kiromin. Beim Gedanken an die damaligen Geschehnisse wuchs die Wut. Wie ein kleines Kind hatten sie ihn behandelt, wie einen dummen Jungen, dabei war er einer von ihnen. Er war ein Feuermagier. Damals hatte er es nicht besser gewusst. Woher denn auch? Jetzt würde sich alles ändern.

Ein weiteres Mal tauchte er die Feder in die Tinte, die Friedhelm ihm überlassen hatte. Das Pergament und Papier, das der Mann ihm gegeben hatte, waren von schlechter Qualität, der Tisch war uneben, hatte Macken und Löcher. Die Beine des Hockers waren unterschiedlich lang, er kippte zur Seite, wenn er das Gewicht verlagerte. Atiro war das egal. Er schrieb, obwohl seine Hand bereits schmerzte und beim schwindenden Licht die Augen brannten. Die Feder kratzte über das störrische Papier, unregelmäßig nahm es die Flüssigkeit auf. Vorsichtig legte er die Blätter zum Trocknen aus, streute den Sand mit Bedacht über die Schriftstücke, bis der Tisch keinen Platz für ein weiteres Dokument bot. Die Tür zu seinem Raum wurde geöffnet, als er fertig war. Mittlerweile wusste Atiro, dass Wynfreth ihn heimlich beobachtete. Wie sollte der Statthalter sonst wissen, was im Inneren seiner Kammer geschah? Nach all seinen Erfahrungen mit diesem Mann wunderte er sich über nichts mehr. Er war nicht nur Gefangener, er war ein Haustier. Der Gedanke daran, hielt die Wut in ihm lebendig, half dem Geist Pläne zu schmieden, gab Kraft für jeden neuen Tag, den er hier verbrachte. Egal, was Wynfreth ihn antat, bei diesem Mann kam er an Informationen, die helfen würden, sich an den Menschen zu rächen, die ihn so gedemütigt hatten. Womöglich besaß sein Folterer genügend Macht, um die Seherin und all die anderen endlich dorthin zu schicken, wo sie hingehörten: in den Tod! Und eines Tages, da würde auch sein Folterer das erhalten, was ihm zustand.

WYNFRETH BETRAT DIE Kammer. »Was treibst du, Atiro? Was sollen die ganzen Pergamente auf dem Tisch?« Er kam langsam durch den Raum zum Tisch. Atiro trat zur Seite, gab den Blick auf seine Arbeit frei.

»Ich möchte, dass Ihr wisst, was ich über Drachen weiß.« Er hatte die Hände hinter dem Rücken versteckt, damit Wynfreth die von Tinte verschmutzten Finger nicht sah. Es sollte so perfekt wie möglich wirken.

Vorsichtig nahm Wynfreth ein Pergament auf. »Selestria, die als einzige Tochter des Obersten Kirchenführers, Plutarch bekannt war, tötete nicht nur Drachen, sie selbst war einer. Ein Eisdrache, der vor ewigen Jahrhunderten von Menschen, Zwergen, Halblingen und Elementen an die Zeit gebunden worden war. Plutarch, der selbst über Magiefähigkeit verfügte, befreite sie aus ihrem Gefängnis und machte sie sich Untertan.« Der Statthalter ließ das Dokument sinken. »Wenn ich es nicht selbst gesehen hätte, nicht wüsste, wessen Sohn du bist, würde ich denken, du willst mich hinters Licht führen.« Er maß den jungen Mann.

Atiro verabscheute diese Momente, in denen Wynfreth das tat. Diese herablassende Rede, diese Anspielungen auf seine Herkunft. In den letzten Wochen hatte er gezeigt, dass er perfekt die Kunst des Lesens und Schreibens beherrschte, diesem Friedhelm in Schriftbild und Ausbildung in nichts nachstand. Röte stieg in sein Gesicht und der andere grinste.

Es bereitet ihm großes Vergnügen, mich zu demütigen, egal was ich tue, dachte Atiro, schluckte und stellte sich aufrecht hin. »Selestria wurde von Kallestrus getötet, dem Vater von Kiromin. Jener Kiromin ist gestern durch Euer Fenster gebrochen, um seine Mitstreiter zu retten.« Die Röte war aus seinem Gesicht gewichen. Jedes der gesprochenen Worte war wie von selbst hart und sicher über seine Lippen gekommen. Es fühlte sich gut an, Wynfreth davon zu berichten. Mächtig und beinahe so, als seien sie Verbündete.

Der Statthalter legte das Blatt auf den Tisch, setzte sich auf den Hocker, ohne dass dieser schwankte. Er schaute zu dem Feuermagier auf. »Erzähle weiter!«

»Ich habe alles für Euch aufgeschrieben.«

»Das ist schön. Ich möchte, dass du es mir sagst.«

Atiro blickte auf den Statthalter hinab, lächelte und nickte kurz. Er erzählte, was er über die Drachen und Vaticine wusste, wo es noch welche geben könnte. Was sie mit Plutarchs Untergang zu tun gehabt hatten.

Nachdem er seine Ausführungen zu Ende gebracht hatte, zeigte er auf den Tisch. »Hier habe ich es ausführlich notiert.«

Wynfreth erhob sich. »Das ist gut. Ich nehme die Dokumente an mich.« Er hatte sein Monokel aufgesetzt und begutachtete die

Pergamente. »Wenn die Drachen und ihre Freunde erstarken, benötigen wir wirksame Waffen. Und nicht nur die.« Er hielt inne, wandte sich dem anderen zu. »Wir brauchen Verbündete, um das Werk Plutarchs ein für alle Mal zu beenden. Solange Friedhelm unpässlich ist, wirst du meine Briefe verfassen. Fehler werden bestraft.« Mit diesen Worten verließ er den jungen Mann.

Als er wieder allein war, entspannte sich Atiro. *Der Weg zu Wissen, ist der Weg in die Freiheit.* Den ersten Schritt hatte er getan.

***

DIE STIMMEN UM Merranas wurden deutlicher.

»Sicher. Als Heiler darf ich gerne herhalten. Mein Wesen zeigen jedoch nicht.« Kiromin war verbittert. Er hatte die Stimme des Freundes sofort erkannt.

»Das ist zu deiner eigenen Sicherheit. Der Friede ist zerbrechlicher denn je, und du hast alle deine Geschwister bisher nicht finden können.« Das war seine Mutter.

Es kostete Merranas Anstrengung, die Augenlider aufzuschlagen. Er blinzelte. Eine dunkle Steindecke mit Holzträgern. Er drehte den Kopf zur Seite. Sein Arm war in eine Binde gelegt, schmerzte. Was war mit Firim geschehen? Er musste es wissen. Langsam richtete er sich auf, den Schmerzensschrei schaffte er mit Mühe zu unterdrücken, dafür biss er sich auf die Zähne. Alles drehte sich, das Zimmer verschwand für einen Moment.

Jemand packte ihn am gesunden Arm. »Ihr seid sicher. Wir sind auf Hyperahmah. Unsere Mütter sind hier.« Er erkannte den jungen Mann, es war Neko.

»Was ist mit Firim? Er meinte, es sei Gift, es hat ihn am Rücken erwischt. Die haben irgendwas mit dem Schwert gemacht. Habt ihr es?« Merranas schaffte es auf die Beine. Etwas von seinem Bett entfernt lag Firim reglos auf einem weiteren Bettlager. Sie hatten ihn auf den Rücken gelegt. Mit zittrigen Knien ging er hinüber.

Vaticine kam an seine Seite. »Wie geht es dir?«

»Gut! Mir geht es gut. Es ist nur der Arm und ein seltsamer Geschmack im Mund. Was ist mit Firim? Hat euch Kiromin alles erzählt?«

Sie streichelte ihm über das Haar. Einen kurzen Augenblick nahm er sie in den Arm, spürte ihre Wärme und die mittlerweile wohlbekannte Flüchtigkeit ihres Seins. »Kiromin hat uns rausgeholt. Atiro ist übergelaufen zu Wynfreth, hat uns angegriffen, als wir das Schwert holten. Die Klinge ist vergiftet. Firim ist zusammengebrochen, dann wollte ich mit ihm fliehen, aber etwas hat mich am Hinterkopf erwischt, da kam Kiromin.« Er hielt inne und suchte den Freund im Raum. »Du hast dich ihnen als Drache gezeigt, du dämlicher Hund!« Schwankend durchquerte er den Raum und versetzte Kiromin einen Faustschlag in die Magengrube.

Hustend verpasste der Merranas eine Ohrfeige. »Dich hätte ich zurücklassen sollen. Klebst an mir wie eine Schmeißfliege.«

»JETZT wissen sie es. GLAUBST du, die behalten es für sich? GLAUBST du, so etwas spricht sich nicht schnell herum? Als ob jeden zweiten Tag ein Drache vorbeigeflogen käme, anstatt einer Brieftaube«, schrie Merranas. »Drache? Ja, mein werter Nachbar. Der war gestern da. Den habe ich mit Rehen angefüttert. Nettes Tierchen, nicht wahr?«

Kiromins Miene zeigte keine Regung. Teilnahmslos ließ er das Gezeter über sich ergehen.

»Du siehst aus wie dein Vater. Sei das Glück dem Drachen immer hold!« Dafür kassierte er beinahe eine weitere Ohrfeige, der er gekonnt auswich. Die Parade kostete Kraft, ihm wurde erneut schwindelig.

»Kiromin hat sicher leichtfertig gehandelt, aber er hat euch gerettet und wir können helfen.«

Merranas wandte sich um. Diese Stimme war ihm unbekannt. Sie gehörte einer älteren Frau, die an Firims Bett saß und dessen Stirn mit einem feuchten Tuch abwischte.

Seine Mutter, Morgane, auch ein Mitglied des Rates, hörte Merranas Kiromins Stimme.

Merranas trat näher heran. »Es tut mir leid. Ich habe versucht, uns als Wind hinauszuschaffen. Kiromin ist mir zuvorgekommen. Wer hätte ahnen können, dass sowas passiert?«

»Niemand. Dinge geschehen, und wir müssen damit leben.« Sie tauchte das Tuch in die Schale mit Wasser und wrang es aus, legte es auf die Stirn ihres Sohnes und stand auf. »Es sind mehrere Angelegenheiten zu erledigen. Ihr werdet nach Moohpet-Rah reisen. Wir brauchen ein Gegenmittel.«

»Keine Stadt ist im Moment sicher. Außerdem wissen wir nicht, wo die Giftmischer zugange sind.« Neko hatte ihren Platz eingenommen. Er hielt die Hand seines Bruders.

»Wir suchen sie. Wynfreth muss das Gift irgendwo herbekommen haben. So etwas selbst anzurühren, ist unter seiner Würde, wenn er denn welche besitzt. Womöglich sitzt ein armseliger Mischer in einem seiner Kerker. Oder er hat einen guten Händler. Beziehungen hat er genug.« Morgane ging im Zimmer auf und ab.

»Ich kümmere mich darum, die Gerüchte wegen der Drachenerscheinung zu zerstreuen. Zudem reist ihr als Winde, auch wenn es für Kiromin das erste Mal sein wird. Hoffen wir, dass wir erstarkt genug sind, um sein Drachenwesen zu transformieren.« Vaticine klang besorgt. »Das ist der schnellste Weg. Kiromin, eine Drachenträne für Merranas' Arm wäre nützlich.« Sie verneigte sich tief vor ihm.

Der Drache schnaubte und schaute zur Seite. »Er soll die Binde ablegen.«

Merranas wusste, was geschah. Er hatte schon mehrmals die heilende Kraft der Drachentränen erlebt. Vaticine half ihm, den Verband zu lösen. Die Haut brannte bei jeder Bewegung. Er presste die Lippen zusammen. »Verdammter Mist! Womit hat er mich erwischt?«

Die Wunde war groß, die Haut bis aufs Fleisch verbrannt, sah nicht gut aus. Sekret lief heraus, als der Verband sich löste. Merranas schnupperte. Angewidert drehte er sich weg. »Ich faule bereits.«

Ohne hinzuschauen, streckte Kiromin seinen Zeigefinger zu Merranas hin.

»Wunderbar! Ein Drachenheiler, der kein Blut sehen kann.« Merranas schüttelte den Kopf, nahm Kiromins Finger und strich den darauf befindlichen Tropfen an der Wunde entlang.

»Ich kann durchaus Blut sehen, nur nicht an Wunden«, entgegnete Kiromin schnippisch, während er den Finger schnell wegzog.

»Kann ich noch eine haben? Atiro hat meinen ganzen Oberarm geröstet.«

Kiromin seufzte.

Wenige Augenblicke später erschien rosige Haut auf Merranas' Arm, die Schmerzen schwanden. Er drehte die Gelenke. »Besser als jeder Bader, würde ich behaupten.« Er nahm Kiromin freundschaftlich in den Arm, der die Geste erwiderte.

»Ihr müsst bald los«, sagte Vaticine und betrachtete Merranas' Arm. Sie war zufrieden mit dem Heilungsprozess.

»Wieso bin ich nicht vergiftet?«

Vaticine nickte. »Es ist unsere Flüchtigkeit. Du hast die Transformation zum Wind im Gedanken begonnen. Gifte fallen ab, wenn wir dies tun.«

»Firim, er ist ein Halbdrache.«

Morgane ergriff das Wort. »Deswegen lebt er noch. Es ist der menschliche Teil in uns, der vergiftet werden kann. Jeder andere wäre gestorben.«

»Was macht dieses Zeug?« Kiromin war an Firim herangetreten. »Ich fühle noch seine Gedanken. Als sei er wach, doch er rührt sich nicht. Über Gifte hat uns Vater nie gelehrt.«

Merranas betrachtete Firims ausdrucksloses Gesicht. »Kannst du es nicht mit einer Träne versuchen?«

Kiromin schüttelte den Kopf. »Wir können Gifte nicht neutralisieren. Sie sind ein Teil der Natur.«

Du solltest an seiner statt hier liegen, Windling!

Die Beschimpfung kam so schnell durch seine Gedanken, dass Merranas glaubte, er habe sie sich nur eingebildet. Als er Kiromins Griff an seinem Arm spürte, der ihn von Firim und seiner Mutter wegzog, wusste er, dass er richtig verstanden hatte.

Vaticine hingegen wandte sich Morgane zu. Die Frauen flüsterten. Merranas wollte sie fragen, ob sie den Gedanken ebenfalls vernommen hatte. Kiromin ließ es nicht zu, er führte ihn hinaus, ohne sich nach den anderen umzusehen. Sie liefen durch Flure hinunter in die Hofschenke. Nachdem der Wirt Eintopf und Bier gebracht hatte, entspannten sich die Männer.

»Sie hasst mich und meine Mutter«, begann Merranas.

Kiromin nahm einen großen Schluck Bier. »Morgane hasst jeden und alles, der oder das ihre Pläne behindert oder nicht so verlaufen lässt, wie sie es will.«

Merranas rührte im Eintopf. »Danke für die Träne.«

»Blut ist dicker als Wasser.«

Sie aßen schweigend.

»Ich werde nicht als Wind reisen.« Kiromin wischte sich den Mund am Ärmel.

»Mutter meinte, das sei sicherer.«

Kiromin stand auf, ließ einige Silberlinge auf den Tisch fallen. »Wir sind keine kleinen Jungen mehr.«

Merranas leerte den Bierkrug, nickte. »Was, wenn Morgane uns gar nicht so wohlgesonnen ist, wie wir bisher gedacht haben?«

»Was, wenn Morgane uns noch nie wohlgesonnen war?« Kiromin drehte sich zu Merranas um. »Wessen Idee war es, dass du das Schwert holst? Deine oder Firims?«

Der junge Mann streifte sich die braunen Locken aus dem Gesicht. »Firim wusste, dass Gift auf der Waffe war. Er hat mich davor gewarnt. Er selbst wollte das Schwert nehmen.«

Kiromin legte den Kopf schief. »Wäre typisch für unsere Art, Freunde und sogar die eigenen Kinder zu opfern. Sie spekulierte darauf, du würdest dich beweisen wollen. Es sogar im Alleingang tauschen.«

Merranas setzte an, um etwas zu entgegnen, doch der andere winkte ab. »Hör auf, sie immer in Schutz zu nehmen.«

»Es sind unsere Eltern«, warf er ein.

»Es fließt Drachenblut durch ihre Adern, wie bei dir und mir.«

Merranas schaute sich um. »Kannst du aufhören, so zu tun, als sei es vollkommen selbstverständlich ein Drache, die Hälfte oder gar ein Viertel davon zu sein?«, flüsterte er.

Kiromin trank sein Bier leer, stand auf. »Für mich ist es selbstverständlich. Finde dich endlich damit ab, dass auch durch deine Adern dieses Zeug fließt.« Er verließ die Schenke, schlug den Weg zur Anlegestelle der Inselstadt ein. Der andere beeilte sich, ihm zu folgen.

»Wir werden beobachtet«, raunte Merranas ihm zu, als er ihn eingeholt hatte.

Kiromin lachte und schlug ihm auf die Schulter, worauf Merranas es ihm gleichtat. *Ich weiß. Lass uns gehen. Noch denken sie, wir hätten sie nicht bemerkt.* Sie lachten beherzt auf, rannten los. Zwei Reisende folgten ihnen mit zügigen Schritten, aber Abstand. Das dunkelblaue Leder glänzte im Sonnenlicht.

... Als die Zeit noch ungezählt, die Winde rau und die Welt nicht erkundet war, fanden zwei junge Herzen zueinander. Sie liebten sich sehr. Und als die kühleren Tage kamen, baute er ihr eine Hütte mit Feuerstelle. In einer eisigen Nacht lagen sie Arm in Arm beieinander und schliefen. So fest, dass man sie eines Tages fand, einander haltend, im ewigen Schlaf. Voller Trauer holte man sie aus ihrer Hütte und begrub sie in der feuchten schwarzen Herbsterde. Doch dies war keine fruchtbare Erde wie auf den besten Äckern, in der ihre Leiber lagen. Man hatte sie ohne Wissen in einem ruhenden Erdelementar begraben. Auch waren die beiden nicht dem Leben entschwunden. Das Feuer hatte ihnen die meiste Luft zum Atmen genommen, sie schliefen lediglich fester als gewöhnlich. Als sie erwachten, erwachte das Erdelementar mit und in ihnen, nahm sie in seine Arme, mit sich um die Welt und ins wahre Erdreich. Lehrte sie über den Stein, Metalle und Mineralien, über Verwerfungen und Beben, über Wasser in den Tiefen und Leben an der Oberfläche, über das Erschaffen und Zerstören. Nachdem ihre Lehre abgeschlossen war, gab das Erdelementar seine menschlichen Kinder wieder frei, damit sie weiterlebten und das Wissen teilten. Die Linie der Erde war geboren.

Aus dem Folianten der Erde

MOOHPET-RAH

S ie waren direkt unter den Gipfeln der Bergkette. Die Luft war seit Tagen dünn, der Wind stark. Zuerst dachte Titus, es seien die tiefhängenden Wolken, die der Bergsiedlung diesen gedrungenen Eindruck verliehen. Wenn das massive Steintor nicht gewesen wäre, hätte er den Eingang zu diesem Ort gar nicht bemerkt. Stattdessen wäre er auf der steilen Straße weiter zum Eismeer-Pass gelaufen. Mehr als ein Ort war Moohpet-Rah nicht. Einige wenige Häuser aus demselben Grau wie die Berge standen gekrümmt zusammen wie alte Leute. Zwischen ihnen schlängelten sich enge Straßen, die weiter in die Höhe führten. Nur schmale Karren und Kutschen passten hier noch hindurch. Die spärliche Straßenbeleuchtung und die wenigen Feuerkörbe verliehen dem Ganzen einen schäbigen Eindruck. Die Fenster der Behausungen waren winzig, genau wie die Schornsteine, aus denen dünne Rauchfäden aufstiegen, die der Wind sofort mitriss und zu den Wolken trug.

Erst beim näheren Hinsehen merkte Titus, dass hinter den ersten Häusern noch weitere Behausungen lagen. Sie waren in den Stein gehauen. An den schwarzen Löchern erkannte man sie als Gebäude, sonst verschmolzen sie mit dem Berg, genau wie die Einwohner, die mit grauer Kleidung und tief ins Gesicht gezogenen Kopfbedeckungen an den Häuserwänden entlangliefen und eher wie Ratten als Menschen in den dunklen Löchern verschwanden oder so schnell auftauchten, dass Titus sich mehrmals erschreckte, als ihm unerwartet jemand gegenüberstand. Niemand grüßte, keiner schaute auf. Dieser Ort verwirrte ihn, er mutete beinahe unwirklich an, als sei er aus einer anderen Welt gefallen.

Anima lief vorsichtig in der Mitte der Straße. Sie hatte seit dem Durchqueren des Tors mit keinem gesprochen. Ihre Anweisungen waren deutlich:»Wir sprechen niemanden an. Wir antworten knapp. Wir sind auf der Durchreise und wollen ein Geschäft abwickeln, ansonsten kaufen und verkaufen wir nichts. Wir bringen lediglich Neuigkeiten aus Hyperahmah. Feuer ist hier in den Bergen ein Tabu, passiere was wolle, wir suchen eine andere Lösung.«

Titus hatte in den letzten Wochen gelernt, dass er Anweisungen nicht hinterfragen brauchte. Anima hatte in allen Dörfern, Siedlungen mit Gasthof und kleineren Städten Briefe versandt und – das verstand Titus immer noch nicht – auch welche erhalten. Über die Inhalte der Briefe hatte sie nicht mit ihm gesprochen. Allerdings wusste sie immer genau, wo sie in Ruhe übernachten und wann sie zügig weiterziehen mussten. Schergen, Kopfgeldjäger und Söldner streiften durch die Lande. Nachrichten aus Hyperahmah wurden immer lauter, dass der Rat nicht stark genug sei, ganz Grunt zu regieren. Zudem hatten sie vor dem Aufstieg in die Berge gehört, dass ein Drache gesichtet worden war. Anima tat das als Gerücht ab. Titus erinnerte sich an seine letzte Begegnung mit dem einen. Er hatte gegen ihn gekämpft, es zumindest versucht. Als kleiner Junge hatte er Kallestrus mit Feuerbällen angegriffen. Niemand war dort gewesen, um ihn zu lehren, dass man Feuer nicht mit Feuer bekämpfen kann. Nadalas Eingreifen verdankte er seine Existenz, seine neue Sippe und jetzt eine Meisterin, die ihn die Kunst des Feuers lehrte. Er wusste nicht, ob Anima womöglich an der Existenz der Drachen zweifelte oder ihm auf diese Art zu verstehen gab, er solle mit niemandem über diese Wesen sprechen.

ER HATTE SICH daran gewöhnt, dass sie ihn am Arm fasste, um mit Blicken ihre Richtung oder Vorhaben zu kommunizieren. Sie bogen in eine Gasse ein, die noch schmaler war als die anderen. Wind trieb ihm Tränen in die Augen, seiner Begleiterin riss er die weite Kapuze vom Kopf. Anima zog ihn durch eine kleine Öffnung im Stein in die Dunkelheit. Er kniff die Augen zusammen, als sich eine massive Metalltür öffnete. Helles Licht blendete sie und die lauten Geräusche brachen das dumpfe Schweigen in den Gassen. Der Schankraum hatte eine hohe Decke, von der mehrere massive Leuchter hingen. Dicke Kerzen steckten in Halterungen an den Wänden und verbreiteten ein warmes Licht. Der Duft von Gebratenem und Bier mischte sich mit den Gerüchen von feuchter Kleidung, Schweiß und billiger Seife. Keiner beachtete sie. Anima ging ohne Eile die Reihen der Tische ab. Genau in der Mitte unter einem Leuchter saß eine Gruppe. Sie blieb am Kopf stehen und klopfte zweimal auf die Tischplatte, wartete, dann nochmals zweimal. Eine Frau schaute auf. Als sie sie ansah, verzog sich ihr mit Falten durchfurchtes Gesicht zu einem zahnlosen Lächeln. »Was verschafft uns die Ehre an diesem Ort?«, krächzte sie.

Titus betrachtete die Frau. Sie erinnerte ihn an Regulus.

»Dürfen wir uns setzen? Wir bleiben nicht lang«, antwortete Anima schnell, aber nicht unhöflich.

Die Alte gab den anderen ein Zeichen und alle rutschten in der Bank auf, dass genau so viel Platz blieb, dass Titus auf der einen Seite und Anima neben ihrer Gesprächspartnerin sitzen konnte.

»Ihr wisst, dass ihr hier unerwünscht seid. Es ist den Umständen geschuldet, dass man euch überhaupt Einlass gewährt hat.« Die Alte gab einem Mädchen ein Zeichen, es lief sofort zur Theke.

»Gewiss«, entgegnete Anima. »Wir wollen nur jemanden sprechen, dann reisen wir unverzüglich weiter.«

Die Alte schmatzte laut. »Ist das auch so einer, hä?« Sie starrte Titus an. Eines ihrer Augen tränte, das andere war wach und klar. »Ein Hübscher. Schade, dass er dem Feuer angehört. Du weißt ja, wie wir zu euch stehen. Ihr seid ein benötigtes Übel und eure Erbschuld wiegt schwer.«

Titus starrte zurück. Es war, als säße Regulus' Schwester vor ihm.

»Was schaust du so, Jungchen?«, motzte sie los.

Er senkte den Blick. »Verzeihen Sie!«

»Hä? Verzeihen! Wie du geschaut hast? Da gibt es nichts zu

verzeihen! Den Krieg eurer Linien und Plutarchs Ausrottung der anderen. Das werden wir euch nie verzeihen. Die Machenschaften des Feuers brachten für uns den sicheren Tod durch die Inquisition.« Sie schmatzte erneut.

Titus merkte, wie ihm das Blut in den Kopf schoss. »Verzeihen Sie.« Mehr brachte er nicht heraus.

»Der Schlauste scheint er nicht zu sein, hä?« Sie hatte sich den anderen zugewandt, die lauthals loslachten, woraufhin Titus' Kopf noch mehr Farbe erhielt.

»Jetzt raus mit der Sprache, Jungchen! Was schaust du denn in mein faltiges Gesicht, als habest du den Lebtag lang kein altes Weibsbild erblickt, hä?« Die Frage wurde mit einem weiteren Lachen quittiert.

Hilfesuchend wandte er sich an Anima. Die lächelte amüsiert, nickte kurz.

Mit Poltern stellte jemand einen großen Maßkrug vor ihm ab. Erschrocken setzte er sich auf. Eine junge Frau hatte das Bier an den Tisch gebracht. Aus ihrem Zopf hatten sich schon etliche Strähnen gelöst, sie trug ein Kleid mit weitem Ausschnitt, der ihren Busen mehr als erforderlich zur Geltung brachte. »Auch was zu essen, hä?« Sie klang ebenso freundlich wie die Alte.

Titus konnte nichts sagen. Er hatte noch nie so einen großen und wohlgeformten Busen gesehen.

»Hä, er starrt gerne auf die Weiber der Welt.« Die Bemerkung der Alten wurde mit lautem Grölen der Tischgesellschaft kommentiert. Titus' Gesicht brannte und er zog die Schultern hoch, während er den Krug ergriff, um sich an etwas festhalten zu können. Selbst Anima lachte.

Die Frau stemmte die Hände in die Hüften. »Es gibt Suppe. Für kleine Jungs hätte die Amme noch Haferschleim oder hängt er noch an der Brust, hä?« Das Gelächter wurde immer lauter. Titus rührte sich nicht.

»Er schafft die Suppe, sogar schon ganz allein.« Anima hatte gewartet, bis das Lachen verstummte.

Die junge Frau ging davon.

»Der muss noch viel lernen, hä«, meinte die Alte.

Anima neigte sich zu ihr. »Er ist fleißig.«

Als kein Lachen folgte, traute Titus sich wieder aufzusehen. Am liebsten hätte er draußen in der Kälte gewartet, bis die Meisterin hier alles erledigt hatte. Die Menschen verunsicherten ihn. Anima lächelte, prostete ihm mit dem Krug zu. Er nahm einen tiefen Schluck. Bitteres Starkbier schnürte ihm die Kehle zu. Unter den Blicken der beiden Frauen schluckte er das herbe Getränk runter. Sogleich entfuhr ihm ein lauter Rülpser, als er den Humpen absetzte.

Die Alte lächelte milde. »Wenigstens kann er trinken, hä.«

»Er ist mit Feuerwasser abgehärtet.«

Titus rülpste nochmals und nahm einen weiteren Schluck. Er wusste, was ihn erwartete, daher ging es besser. Er spürte die Wärme im Magen und den Mut in den Kopf steigen.

»Sie erinnern mich an jemanden. Deswegen habe ich so gestarrt«, sagte er leise zu der Alten.

»Hä?«

»Sie erinnern mich an jemanden.«

»Das habe ich verstanden. Ich bin nicht taub. An wen soll eine wie ich einen wie dich erinnern?«

Titus schwieg und nahm einen weiteren Schluck. »An einen Bekannten. Sein Name war Regulus. Sie sehen ihm sehr ähnlich.«

Mit ihrem zahnlosen Lachen richtete sich die Alte wieder an Anima. »Wie war sein Name, hä?«

»Titus.«

»Titus wer?«

Anima zuckte die Achseln. »Er weiß es nicht. Wir werden es erst in Pjeke-Uh erforschen können. Plutarchs Schergen töteten seine Eltern, als die Feuer wieder zu brennen begannen. Wahrscheinlich eher aus Zufall als Wissen oder Verrat.«

Die Alte glotzte ihn wieder an. »Erzähl Jungchen und stell solange das Bier weg.«

Ein weiteres Mal holte er sich Animas stummes Einverständnis, erzählen zu dürfen, bevor er von Regulus und den Erlebnissen bei

Hyperahmah berichtete. Kallestrus ließ er wissentlich aus. Als er geendet hatte, schwiegen alle am Tisch.

»Du weißt nicht, wo er hingegangen ist, hä?« Die Alte hatte sich den anderen zugewandt.

Titus schüttelte den Kopf. »Leider nein. Er war sehr freundlich. Hat mir geholfen und gezeigt, wie ich …« Er brach ab, da er Animas Fuß unterm Tisch an seiner Wade spürte. Ihr Zeichen, dass er genug erzählt hatte.

»Hä? Wie du was? Na, rede!« Es war das erste Mal, dass jemand anderes am Tisch das Wort ergriff. Der Redner saß zwei Leute weiter an Titus' Seite. Ein Mann mittleren Alters mit Bart und einem auffallenden Stirnwulst. »Los!«

Animas Druck an seiner Wade wurde stärker und die Stelle heiß. Das war kein gutes Zeichen. Titus überlegte. »Wie man am besten jemandem ein Bein stellt, damit er hinfällt«, platzte er heraus. Das Schweigen am Tisch irritierte Titus, Animas Gesicht verriet weder was sie dachte noch gab es ihm einen Anhaltspunkt, was er tun sollte. Er blickte die Alte an, als sie plötzlich laut loslachte. Sogleich stimmten die anderen ein.

Die Suppe kam. Titus vermied es, aufzuschauen. Erst als Anima ihm ein Zeichen gab, zog er seinen Beutel heraus und drückte der jungen Frau, ohne hinzusehen, eine Münze in die Hand. »Das passt so.«

Sie betrachtete das Geldstück, schloss die Finger schnell darum und verschwand zwischen den Tischen.

Animas Augen wurden groß. »Du hast ihr doch nicht etwa?«

Seit sie unterwegs waren, hatte ihm Anima eine Goldmünze in Silber und Kupfer wechseln lassen, die restlichen Stücke solle er aufbewahren. Dafür hatten sie einen separaten Beutel besorgt, den er seit jenem Tag mit einem festen Lederband um den Hals trug. Titus griff sich an die Brust. Er hatte den falschen Beutel genommen. Alles wegen des Busens! Brust war alles, an das er gerade dachte, wenn er diese Schankmaid sah. Er sank in sich zusammen. Vor ihm standen zwei Teller des teuersten Gemüseeintopfs aller Zeiten. »Ich werde sie zurückholen.«

Anima legte die Stirn in Falten. »Ja?«

Titus machte Anstalten aufzustehen, sie hielt ihn zurück. »Nicht jetzt.«

Er stützte den Kopf auf die Hände und starrte auf den Teller. »Beten, hä?« hörte er die Alte witzeln.

Schweigend schob er den Löffel in den Mund, während Anima sich mit der Alten unterhielt. Wie bekam er die vermaledeite Münze zurück? Die Suppe war nicht mehr als einige Kupferlinge wert. Sie schmeckte nach ranzigem Fett, Kräutern und Salz. Sättigend, nicht schmackhaft. Mit Bier vertrieb er den seltsamen Geschmack aus dem Mund, der ekelige Fettüberzug am Gaumen blieb. Als er den leeren Krug abstellte, gab Anima das Zeichen zum Aufbruch. Sie verabschiedeten sich schnell und verließen die Schenke.

»Wer sind die?«, fragte er draußen, nachdem er sich vergewissert hatte, dass ihnen niemand lauschte.

»Metallschmelzer. Aus den Erdlinien. Die einzigen hier, die uns Feuerleuten so etwas wie wohlgesonnen sind.«

»Was tun wir?«

»Wir suchen deine Münze. Sie darf um keinen Preis der Welt hierbleiben, sonst legen wir für die falschen Leute eine Spur.«

Titus schaute beschämt zu Boden. »Es tut mir leid.«

Anima drückte ihm die Hand auf den Rücken, so dass sie die Straße weiterliefen. »Mach dir lieber Gedanken, wie du sie zurückbekommst.«

Das hatte er bereits und holte sich von seiner Lehrmeisterin die Erlaubnis. Sie würden sich erst am nächsten Morgen wiedersehen.

EUNIKE GRIFF SICH zwischen die Brüste, das Mieder war eng geschnürt, tastete, ob das Goldstück noch da war. Das Metall hatte längst die Wärme ihres Körpers angenommen. Erst danach knüpfte sie den Mantel zu, bevor sie die Kapuze aufsetzte. Sie ging immer als Letzte. Die Dunkelheit schreckte sie auf dem Weg nach Hause schon lange nicht mehr. Man kannte sie in Moohpet-Rah und die Männer machten seit dem letzten Winter einen Bogen um sie. Man erzählte sich, sie habe einem Hünen das Gesicht mit heißen Kohlen verbrannt, er verließ als Blinder die Bergstadt. Die Einheimischen fürchteten sie nicht, mieden allerdings ihre Gesellschaft, so gut es ging. Eunike war das recht. So konnte sie im einzigen Gasthof der Stadt ein billiges Zimmer bewohnen. Die meisten Händler hatten Zimmer bei ihren Stammkunden, es gab sogar eine eigene Herberge, in die nur diejenigen Eintritt erhielten, die bereits einen bekannten Fürsprecher hatten. So überließ die Wirtin ihr die Kammer unterm Dach und fragte nichts, solange sie ihre Miete pünktlich bezahlte. Männerbesuch war verboten, doch den empfing Eunike sowieso nicht.

Seit heute war etwas anders. Seit heute Nachmittag trug sie einen Schatz am Herzen. Ein Geschenk der Götter, um das sie schon so viele Tage und Nächte gebeten hatte. Endlich runter von diesem grauen Berg. In die Ebenen, zur Sonne und Wärme. Weg von den alten Bergleuten, den Schmelzern und dem Händlerpack, das hier darauf aus war, den wenigen jungen Frauen unter den Rock zu greifen. Diese schwere Goldmünze war ein Geschenk, der Beginn eines neuen Lebens. Sie verhieß die Möglichkeit, endlich ans westliche Meer zu reisen, wo Frauen frei waren, eigenen Geschäften nachgingen und deren Haut in langen Sommern die Farbe von Bronze annahm. Sie hatte den Kaufleuten gut zugehört. Wusste genau, wo sie hinwollte.

Vor allem aber eins: Weg von ihrer Mutter. Dieses elende Weibsstück, das die Söhne der Tochter vorzog. Sie hatten einander vor Wochen gesehen, als sie ihren Anteil ablieferte. Wofür eigentlich? Kein Dank, nur ein Grunzen, und der zwölfjährige Bruder schnarchend auf der Bank am Feuer, während sie tagein, tagaus in der Schenke stand. So hatten es die Götter nicht vorherbestimmt. Als die Mutter erfahren hatte, dass Eunike ein eigenes Zimmer im Gasthof bewohnen wollte, hatte sie ihr ins Gesicht gespuckt, mit der Suppenkelle nach ihr ausgeholt. Sie fasste ans Mieder. Das Goldstück war durch den Stoff gut zu spüren. Schneeflocken kitzelten ihre Nase und Wangen, als sie bergauf Richtung Bett lief. Eine dünne Schneeschicht bedeckte die großen Steine der Gasse. Bald würde es rutschig werden. Sie betrachtete lächelnd den stillen Flockentanz im Licht einer Fackel.

Der Griff an der Schulter kam unerwartet. Sie wirbelte herum. Im Fackelschein erkannte sie ihn zuerst nicht. Er war größer, als sie angenommen hatte, die Gesichtszüge wirkten noch halb wie die eines Kindes, fünfzehn Winter vielleicht.

»Was willst du denn?« Sie musterte seine Gestalt. Vermutlich machte ihn der Mantel ansehnlicher, als er war.

»Die Münze war viel zu viel als Bezahlung.« Titus erwischte sie am Ärmel.

Sie verstand sofort. Er hatte seinen Irrtum von vorhin bemerkt.

»Bezahlt ist bezahlt.« Eunike riss sich los, ging weiter.

»Halt, warte! Es ist eine Goldmünze. Du hast es doch gesehen.« Titus griff erneut nach dem weiten Ärmel ihres Mantels.

»Wage es ja nicht!« Sie schlug die Hand des Jungen weg, dessen Stimme die Tonlage nicht halten konnte. Er folgte ihr.

Mit einem Mal klang er wie ein Mann. »Ich brauche sie wieder. Meine Meisterin befiehlt es.«

Sie blieb an der nächsten Fackel stehen, um sein Gesicht zu betrachten. Er verbarg sich geschickt im Schatten. Schneeflocken tanzten zwischen ihnen. »Deine Meisterin, also?«

Titus antwortete nicht.

»Was ist sie denn für eine Meisterin?« Eunike verschränkte die Arme. »Bekommst du Schläge, wenn du die Münze nicht zurückbringst? Oder wirst du gar härter bestraft?«

Der junge Mann ließ die Schultern hängen.

Ah, er bekommt richtig Ärger, dachte sie. *Verdammt, wie werde ich diesen Idioten los?*

»Ich bezahle die Suppe und du bekommst ein ordentliches Trinkgeld, aber die Münze brauche ich zurück. Du weißt, dass das nicht rechtens ist.« Er machte einen Schritt auf sie zu.

Diese Münze siehst du nie wieder. Ihre Geste mit der Hand war eindeutig. Er solle nicht näherkommen. »Ich rate dir, auf Abstand zu gehen. Frechen Jungs und Männern zeige ich gerne, wer das schwächere Geschlecht ist.«

Der Junge wich nicht zurück.

»Ich warne dich!«, zischte sie wutentbrannt.

Titus machte einen weiteren Schritt auf sie zu. Es war nicht seine Absicht, ihr etwas anzutun, er würde lediglich das Goldstück holen. Er wusste, wo Mädchen und Frauen solche Dinge versteckten. »Gib sie mir bitte wieder. Du weißt genau, dass es nicht richtig ist, sie zu behalten.« Er streckte ihr die Münzen in der offenen Hand entgegen, trat aus dem Schatten. Zwei Silberlinge glitzerten im Fackelschein. »Diese Bezahlung ist mehr als angemessen. Es wird mehr sein als der Lohn eines Tages.«

EUNIKE BETRACHTETE DAS Gesicht. Schon bald würde ein stattlicher Mann aus diesem Jungen werden. Er lächelte.

»Von wegen! Ich habe keine Goldmünze von dir.« Sie schlug die Geldstücke weg, klirrend fielen sie zu Boden. Als sie sich an ihm vorbeidrängte, war er schneller. Versperrte ihren Weg.

»Das bereust du.« Sie holte aus. Auch diesmal war er schneller, fing sie ab.

Eunike blinzelte und gab ihrer Wut nach.

Er zuckte zusammen, ließ los und starrte auf seine Handfläche. Eine Brandblase bildete sich dort, wo er sie berührt hatte. Sie lief an ihm vorbei. Wieder zu langsam. Er erwischte sie ein weiteres Mal, diesmal an der Schulter, drehte sie zu sich. *Er ist stark. Doch gleich heult er wieder wie ein Kind!* Sie holte aus, traf mit der Hand ihr Ziel.

DER JUNGE UNTERDRÜCKTE einen Schrei, dennoch konnte sie hören, dass ihr Angriff gesessen hatte, er stöhnte, fasste sich an die Wange, ging schließlich in die Knie. Nein, ansehnlich würde der nicht mehr. Wahrscheinlich bräuchte er sich den Teil des Gesichts nie im Leben zu rasieren.

Sie drehte sich zum Gehen, prallte auf zwei Männer.

»Gib ihm bitte die Münze.« Sie erkannte die beiden. Sie waren vor einer Woche angekommen. Man hatte sie bleiben lassen, obwohl sie viele Fragen stellten. Sie suchten jemanden. Doch nicht etwa den Kleinen hier? Einer packte sie am Handgelenk. Hatten sie in der Schenke sogar mitbekommen, was geschehen war oder nur gerade eben gelauscht?

Helft, ihr Götter. Ich brauche dieses Gold. Die Wut kam und mit ihr die Glut. Ihr Gegenüber zuckte nicht einmal zusammen. Eunike schaute ihn fest an. *Nein, nicht die Münze!*

TITUS LAG AUF der Seite und hielt sich das Gesicht. Sie hatte ihn mit drei Fingern erwischt, doch die Berührung brannte sich durch die Haut und ins Fleisch. Er roch es sogar, kämpfte mit dem Drang, sich zu übergeben. Ihm war schwindelig geworden. Jemand zerrte ihn auf die Beine.

»Titus?« Die Stimme kannte er.

Er brachte kein Wort heraus. Der Mann zog ihn zur Fackel. Jede Bewegung schmerzte im Gesicht, ihm wurde schlecht. Die Suppe suchte sich ihren Weg.

»Igitt! Er hat mich vollgekotzt.« Der Mann lehnte ihn an eine Mauer. »Bist du betrunken?«

Der Junge schlug die Augen auf. Im spärlichen Licht sah er einen Mann mit braunen, nach hinten gekämmten Locken.

»Merranas, sie hat mich ...«

»Ich glaube, er ist ohnmächtig. Oder sternhagelvoll. Aber es ist Titus.«

EUNIKE BISS DEM Mann in die Hand. Selbst dieser Angriff machte ihm nichts aus. Ihre Wut hatte nichts gebracht. Verwundert hatte sie innegehalten. Eigentlich hätte seine Haut genauso verbrennen sollen wie die des Jungen. Hatte sie ausgerechnet jetzt ihre Wut verloren? »Ich werde schreien.«

Das rote Funkeln in den Augen des Mannes ließ sie schweigen. »Wenn du schreist, wirst du verbrennen, viel schlimmer als er.« Die Stimme ihres Angreifers war tief, durchdringlich.

Sie schwieg.

»Die Münze.« Er hielt ihr die Hand hin.

Eunike zögerte.

Der Griff um ihr Handgelenk wurde fester.

»Das ist meine. Er hat sie mir gegeben. Du hast kein Recht, sie zu fordern.« Die Wut kam, doch der Mann rührte sich nicht. Wie nebenbei ließ sie den Blick über ihr Handgelenk streifen. *Er spürt nichts. Wieso?*, dachte sie.

»Gib mir diese Münze. Du bekommst deine Bezahlung, diese Münze ist jedoch mein!«

Eunike legte den Kopf schief. Drei gegen eine wegen einer Goldmünze? »Zweihundert Silberlinge. Dann könnt ihr die Münze haben. So ist hier der Kurs.«

»Gib ihr das verdammte Geld. Der Kleine ist wieder im Land der Träume und ich habe sein Abendessen am Mantel. Er sieht nicht gut aus«, meinte der andere bei dem Jungen.

Der Mann bei ihr wurde ungeduldig.

»Lasst von ihr ab. Alle beide.« Die Frauenstimme kam aus der Dunkelheit.

KIROMIN SPÜRTE ETWAS Hartes gegen seinen Rücken schlagen. Bedächtig drehte er sich um. Hinter ihm stand eine Person, mehr als einen Kopf kleiner als er. Auch ihr Gesicht war unter einer Kapuze versteckt. In der Hand hielt sie einen Stab.

»Nein«, flüsterte Kiromin.

Die Fremde trat neben Eunike, fasste die junge Frau bei der Hand. Sogleich spürte er eine angenehme Hitze in seiner Handfläche, dort, wo er die Haut der jungen Frau berührte, als sei dieser Mensch wie eine Verbindung zwischen ihm und der Fremden. Er drückte fester zu, bis seine Gefangene aufschrie. Die andere hielt weiterhin die Hand der jüngeren. Ein heißes Kribbeln durchfuhr Kiromin von der Hand in den Arm, den Rücken hinunter, kitzelte in seinem Nacken bis hinab in die Füße. Wäre er in Drachengestalt, müsste er sich sicherlich am Hinterkopf kratzen. Er kicherte.

»Anima, das sind Freunde.« Titus zeigte auf Kiromin.

»Aah, wieder unter den Lebenden? Wer ist die verehrte Dame, die hier zu Hilfe eilt?« Merranas hatte den Arm des Jungen gepackt und über die Schulter gelegt, mit dem anderen hielt er ihn an der Hüfte.

»Keine Dame.« Kiromin lachte leise, es kribbelte im Nacken und an den Füßen. Er musste den Drang, sich auf den Boden zu werfen und zu wälzen, unterdrücken. Der menschliche Körper war für solche Spielereien nicht gemacht. Zwischen der Haut der jungen Frau und seiner tauchten kleine Flammen auf, an den Stellen, wo er sie berührte.

Anima ließ von ihr ab. »Wer bist du?«

»Ein Freund, Anima. Es ist ein Fleeen« Titus verdrehte die Augen. »Jepp, und weg ist der Kleine. Ich glaube, die Schankmaid hat ihn vergiftet. Noch einen.«

»Gar nichts dergleichen habe ich getan. Er ist mich angegangen.«

Vom Ende der Gasse erklang eine Glocke. Merranas schaute dem Geräusch nach. »Die Nachtwächter kommen. Sie werden fragen, wenn sie uns erwischen.«

»Zum Gasthof, schnell.«

Die anderen nickten.

Eunike wehrte sich gegen den Griff des Mannes.

»Lass das! Dein Zimmer ist dort. Wir haben dich schon gesehen«, raunte er und zog sie mit sich. Merranas folgte ihm mit Titus.

Als die beiden in den Fackelschein traten, stutzte Anima, hielt sie auf. »Was ist mit seiner Wange passiert?«

»Die Schankmaid«, erklärte Kiromin.

Anima lief neben Titus her. Kiromin entging nicht, wie sie die junge Frau von der Seite musterte.

»Wir gehen in unser Zimmer. Ich muss ihn versorgen«, sagte sie bestimmt.

Sie schleppten Titus unbemerkt die Treppen hinauf. Animas Zimmer war geräumig, in einer Ecke war ein Sack mit Stroh und Decken hergerichtet. Sie legten ihn darauf.

»Keine Träne. Keine Träne.« Titus schluckte schwer.

»Was meint er?«, wollte Anima wissen. »Wir müssen die Verbrennung versorgen. Sie ist nicht des wahren Feuers Ursprung.«

»Keine Träne.« Titus' Stimme wurde schwächer.

Merranas zog Kiromin zur Seite. »Kannst du ihm anders helfen?«

Kiromin schwieg für die anderen im Raum. *Warum will er keine*

Drachenträne? Ich kann ihn heilen, und es bleiben keine Narben.

Merranas zog die Augenbrauen zusammen. *Sie würden sicherlich Fragen stellen. Was denkst du?*

Aber er weiß, wer und was ich bin.

Merranas stieß ihn an. *Die anderen nicht. Es gibt bereits genügend Gerüchte über dich.*

Kiromin rümpfte die Nase. »Geh, hol Wasser und wasch dich. Du stinkst nach Kotze.« Er riss die Augen auffällig weit auf. Der Freund begriff sofort.

Eunike stand mit vor der Brust verschränkten Armen mitten im Raum, schielte zur Tür, anscheinend traute sie sich nicht zu gehen. »Er hat mich angegriffen. Ich weiß genau, wer ihr seid. Ich habe euch heute in der Schenke gesehen. Wenn ihr mir etwas zu Leide tut, erzähle ich allen, dass er mich berührt hat, mich angegangen ist.«

Anima hatte mit einem Tuch Titus' Gesicht abgewischt. Im Schein einer hellen Lampe begutachtete sie die Verletzungen. Drei längliche Wunden zogen sich über die rechte Wange des Jungen, die Handfläche zierte eine flache Brandblase. Er stöhnte leise.

»Ich weiß, das brennt höllisch«, hörte Kiromin Anima flüstern. »Und es hört nie auf.«

»Keine Träne«, stöhnte Titus erneut.

»Was meinst du damit?« Anima hielt seine Hand.

»Bist du seine Mutter oder seine Meisterin?« Eunike schnaubte.

Anima stand auf. »Wie heißt du, Glühende?«

Eunike sah die Frau mit den kurzen Haaren an, schwieg.

»Ja, ich weiß um dein Können. Es ist mir nicht fremd. Ich weiß genau, was du getan hast.« Sie starrte die junge Frau an. »Ich weiß auch, dass es unnötig war. Er ist dich nicht angegangen. Nicht Titus. Und ich weiß um die Münze.«

Merranas kam mit einem Eimer Wasser und Tüchern. Seinen Mantel hatte er über den Arm gelegt. Er tropfte vor Wasser.

»Gib mir den Eimer. Ich will schauen, was ich für Titus tun kann.« Kiromin nahm ihm das Gefäß ab.

Als Anima mitkam, hielt Merranas sie ab. »Er ist im Heilzaubern bewandert. Vertraue uns. Titus tut es jedenfalls.«

Anima winkte ab. »Ich kenne euch nicht. Lasst ihn in Ruhe. Das sind nicht Verbrennungen, wie ihr sie kennt.«

Merranas sprang zwischen sie und Kiromin, der sich zu Titus gesetzt hatte. Verbeugte sich und begann mit Plauderton, von den Künsten seines Begleiters zu schwärmen.

»Nein, keine Träne! Keine Träne. Nein, sie darf es nicht sehen«, stammelte der Junge, versuchte Kiromin vom Lager zu stoßen. *Wir beschützen den letzten freien Drachen, Titus. Wir müssen uns schützen.* Kiromin hörte Nadalas Worte deutlich in Titus' Geist, schloss die Augen, verstand, was der Junge wollte.

»Ihr macht ihm Angst. Lasst ihn! Er braucht keinen Zauber, er braucht Heilmittel und etwas gegen den Schmerz.« Anima war an Merranas vorbei. Drängte den anderen weg.

Kiromin bemerkte ihre Verwunderung, als sie von Titus zu ihnen sah. Der Junge war eingeschlafen. Seine Wange zeigte drei zartrosa Narben. Die Wunden waren geschlossen.

»Es werden Narben bleiben. Das ließ sich nicht verhindern. Mehr Kraft habe ich leider nicht«, erklärte Kiromin.

Merranas atmete hörbar ein.

»Wer seid ihr?« Anima blickte von Kiromin zu Merranas.

»Freunde von Wesen wie ihr es seid, und falls schon alle außer mir mit Händen, Füßen und der Zunge Feuer machen können, wäre jemand so nett und könnte das eisig kalte Wasser mit einem Finger erhitzen? Ich würde mir gerne das Gesicht und Hände waschen.« Merranas hatte sein charmantestes Lächeln aufgesetzt.

»Glühende, ja? So nennt ihr also eure Bastarde?« Kiromin zeigte auf Eunike.

Anima runzelte die Stirn. »Wir nennen sie nicht mehr Bastarde.«

»Ich bin kein Bastard. Ich habe Mutter und Vater«, mischte sich Eunike ein.

»Sie meinen nicht deine Eltern, sondern dein Talent.« Merranas hatte Weste und Hemd ausgezogen.

Es verwunderte Kiromin nicht, dass Eunikes Aufmerksamkeit ab diesem Moment nicht mehr ihrer Herkunft galt. Sein Begleiter war durchtrainiert, hatte so manchen Kampf geführt, trug Narben auf dem muskulösen Rücken und der Brust.

Merranas zwinkerte der jungen Frau zu.

Eunike kam nicht umhin zu lächeln. Besser als alles andere, was hier sonst so herumlief. Und ein weiterer Grund, um zu gehen. »Er hat recht. Wir sprechen über das, was du mit Titus gemacht hast. Die Gabe andere mit bloßer Berührung zu verbrennen«, ergriff Anima das Wort. »Mir wurde von einem Mädchen mit solch einer Gabe berichtet. Wir waren auf der Suche nach dir. Ich möchte dir ein Angebot machen. Bist du gewillt zu lernen?«

EUNIKE HÖRTE SICH Animas Erklärungen genau an. Nickte, stellte Fragen. »Schön, und wie weit komme ich in der Ausbildung mit einer Goldmünze?«

Merranas lachte herzlich los.

Animas Gesicht blieb ernst. »Das ist nicht deine Münze, Eunike.«

»Sicher! Die habe ich heute als Bezahlung erhalten. Sie ist verdient.« Sie hatte die Arme vor der Brust verschränkt.

»Eine Goldmünze sind zweihundert Silberlinge hast du gesagt.« Anima tat so, als würde sie an den Fingern etwas abzählen. »Das sind in etwa die Überfahrt nach Pjeke-Uh und neun Monde des Studiums ohne Verpflegung.«

Eunike schaute zur Seite, dann zum Strohlager auf den schlafenden Titus. »Und der da? Das ist kein so ein Glühender wie ich, stimmt's?«

Der Lockige trat zu ihr. »Nein, er ist kein Glühender.« *Er ist ein wahrer Feuermagier*, setzte er in Gedanken hinzu und lächelte. Am anderen Ende des Raums hörte sie den anderen Mann husten und ein leises Lachen. Im Gegensatz zum Lockenkopf war der andere zwar gutaussehend, aber unheimlich. Furcht kroch unter ihre Haut, als sie an seinen Griff um das eigene Handgelenk dachte. Als habe er in sie hineingefühlt. Eunike betrachtete die Frau. Sie war in dunkelrotes Leder gekleidet. So etwas hatte sie noch nie gesehen. Scheinbar reiste sie mit diesem einen Heranwachsenden. Selten genug hatte sie Frauen allein auf Wanderungen und als

Händlerinnen erlebt. Stets wurden sie von Männern begleitet. Gründe gab's dafür genug. »Woher soll ich wissen, dass ihr mich nicht um die Münze betrügt?«

ANIMA BETRACHTETE DIE junge Frau. Mut hatte sie und Köpfchen. »Bei wem möchtest du die Münze tauschen, ohne übers Ohr gehauen zu werden? Eine Schankmaid mit einer fremden Goldmünze?«, fragte sie im Plauderton. »Als Diebin oder Dirne landest du im Kerker, schneller als du die zweihundert Silberlinge abzählen kannst. Wir sind hier an einem entlegenen Ort, an dem zweihundert Silberlinge zwar viel Geld sind, eine Goldmünze jedoch zum Verhängnis werden kann. Wem wird man glauben? Einer Durchreisenden in guter Kluft oder der Schankmaid? Ich habe dir ein Angebot gemacht. Hast du ein besseres?«

Eunike presste die Lippen zusammen, drehte sich etwas weg. Nach einigen Momenten wandte sich die junge Frau zum Gehen. »Ich überlege es mir.«

»Wir reisen morgen ab, wenn es Titus gut geht«, schickte sie ihr nach. »Mein Angebot gilt bis dahin. Ich habe dich einmal gefunden. Ich finde dich ein weiteres Mal. Doch das zweite Mal suche ich dich nur wegen der Münze auf.«

Leise fiel die Tür ins Schloss, als Eunike samt Goldmünze gegangen war.

Anima bot den Männern die Stühle an dem kleinen Tisch an. Keiner setzte sich. »Wir sollten uns unterhalten. Unter Umständen haben wir gemeinsame Bekannte.«

»Hast du keine Angst, dass sie mit der Münze verschwindet?« Merranas blickte zur Tür.

Anima zuckte die Achseln. »Wo soll sie hin? Nur eine Straße führt in die Welt hinaus. In der Dunkelheit wird sie nicht aufbrechen.«

»Und Feinde«, setzte Kiromin nach. Er kam ihr nahe. Sie wich nicht zurück, verengte die Augen, legte den Kopf schief, als würde sie durch die menschliche Gestalt hindurchschauen. Er lächelte, als wisse er, was sie sah. *Ein Magier?*, dachte sie und nahm Platz. Sein Lächeln wurde breiter, als er sich ihr gegenübersetzte.

WARUM DENKT SIE, du seist ein Magier? Merranas nahm neben ihm Platz.

Kiromin blickte ihn wie beiläufig an. *Soll sie. Sie spürt meinen Drachenodem. Wer genau ist diese Frau? Was hat Nadala über sie erzählt?* Merranas seufzte. *Kann mich nicht erinnern, dass Nadala jemals von der erzählt hat. Wer sie ist, sollten wir schleunigst herausfinden. Entweder sie kann uns helfen oder wir schicken sie so bald wie möglich auf die Reise nach Pjeke-Uh.* Er nickte Anima zu. »Wir wissen genau, dass Titus ein Feuermagier ist. Und wenn er mit dir reist, haben wir zumindest eine gemeinsame Bekannte.«

ANIMA NICKTE. SIE verlegte ihren Fokus auf das Gespräch, weg von der Hitze des Mannes ihr gegenüber. Er strahlte förmlich durch den gesamten Raum. Es fühlte sich gut an, in seiner Nähe zu sein. Diese Hitze war anders. Sie war lebendig, nicht wie das Element, das sie selbst beherrschte. Er hauchte dem Feuer ein wahres Wesen ein. Und er lächelte sie an, wie es schon lange kein Mann auf diese Weise getan hatte.

»Ich heiße Merranas, und das hier ist Kiromin.«

Anima schaute zu Kiromin, ihr Blick verriet Staunen, Neugier. Sie flüsterten, während Titus auf dem Lager schlief. Schon bald tauschten sie Neuigkeiten und Gerüchte aus.

»Wie lange seid ihr unterwegs?«, fragte sie.

»Seit sieben Wochen. Sein Zustand ist unverändert. Weder ist er richtig am Leben, noch stirbt er«, erklärte Merranas.

»Morgane denkt, dass die Linie der Erde uns helfen könnte. Das Gift sei nicht ausschließlich pflanzlich. Wir suchen echte Giftmischer«, setzte Kiromin nach. »Doch in all den Städten, die wir bisher abgesucht haben, war nicht ein Abkömmling zu finden. Plutarch hat sie alle durch die Inquisition dezimiert, genau wie unsere eigenen Angehörigen. Seit einer Woche sind wir hier, ohne etwas erfahren zu haben. Niemand will mit uns sprechen.«

Anima nickte. Sie kannte das Problem zu gut. Sie musterte ihre Gesichter. »Man könnte euch für Brüder halten.«

Merranas fuhr sich durch die schneenassen Locken, strich das Haar nach hinten. »Im Geiste.«

»Dort am wenigsten.« Kiromin grinste.

Sie lachten. Ausgerechnet am Ende des Kontinents hatte sie Gefährten von Nadala getroffen und ihre letzte Anwärterin gefunden. Der Rückweg führte an den Endpunkt dieser Reise durch Grunt, nach Port Aurum.

»Ihr kanntet also Regulus? Diesen Namen hatte Titus heute erwähnt.«

Merranas nickte. »Er hat uns im Kampf gegen Plutarch begleitet, wusste viel. Danach, als wir die Inselstadt verließen, trennten sich unsere Wege.«

»Ich werde euch helfen, Kontakt zu der Erdlinie herzustellen, bevor wir abreisen. Als Dank für Titus' Heilung. Die Bekanntschaft mit diesem Regulus wird euer Türöffner sein.«

»Hab dank.« Kiromin war aufgestanden. Er bedeutete Merranas, dass sie gehen.

Der nahm widerwillig den nassen Mantel und die anderen Klamotten auf. »Das wird nie und nimmer bis morgen trocken werden«, jammerte er.

Anima und Kiromin lachten. Die Frau betrachtete den Mann, dessen Hitze allgegenwärtig war. Sie wünschte, er würde noch etwas in ihrer Nähe bleiben.

»Da kann ich helfen.« Sie zog ihre roten Lederhandschuhe aus, ergriff den Mantel. Einen Augenblick später stieg Dampf aus dem dicken Stoff auf.

Merranas ließ ein leises Pfeifen hören. »Das ist ja wunderbar.«

Anima bemerkte, dass Kiromin unbeeindruckt zuschaute. Doch seine Blicke fielen mal auf ihre Hände, dann sah er sie wieder direkt an, als wolle er ihre Gedanken fassen. Nachdem sie die anderen Sachen durch einfaches Anfassen getrocknet hatte, verabschiedeten sich die Männer zur Nacht.

TITUS ERWACHTE AUS tiefem Schlaf, blinzelte. Schnell richtete er sich auf. Die junge Frau vom vergangenen Tag stand über seinem

Lager. Sofort erinnerte er sich an die letzte Begegnung, fasste an die Wange. Kein Schmerz, aber die Haut fühlte sich anders an, dünn und weich. Er sprang auf. Abschätzig betrachtete sie ihn, griff in das straff gebundene Mieder, das ihren Busen wieder hervorragend zur Geltung brachte. »Hier, deine verdammte Münze.« Sie hielt das Goldstück zwischen Daumen und Zeigefinger. Bevor Titus die Hand ausstrecken konnte, ließ sie es fallen. Es hüpfte einmal und kullerte über den Boden. Während Titus es aufhob, verließ sie das Zimmer.

Er wartete, bis sie weg war. Wieder fasste er sich an die Wange. Die Haut war uneben und glatt, wo vorher die ersten Bartstoppeln gewachsen waren. Er ging zu Animas Reisesack. Sie hatte einen kleinen Spiegel. Der zeigte ein erschreckendes Antlitz. Rosarot war die Haut an den Stellen, wo sie ihn berührt hatte. Was Kiromin getan hatte, war keine Drachenträne gewesen, aber er hatte ihn geheilt, ähnlich wie Menschenheiler es taten. Die Hand hatte jemand bandagiert, er spürte durch den Stoff, dass die Haut bereits verheilt war. Titus betrachtete den jungen Mann im Spiegel. Tränen standen in dessen Augen. *Wegen einer dummen Goldmünze. Sie hat mich wegen einer Münze verbrannt.* Er packte den Spiegel zurück, ging zum Eimer am anderen Ende des Zimmers. Er musste pinkeln. Als er die Hosen runterzog, betrachtete er die zwei Brandnarben auf den Schenkeln. *Selbst zugefügte Narben fühlen sich anders an.* Diese Male stammten aus einer anderen Zeit. Damals war die Magie im Begriff gewesen, in die Welt zurückzukehren. Er hatte nicht gewusst, dass es Feuermagier gab, dass er einer war und was er tat. Merranas und Kiromin hatten ihn durch Zufall gefunden. Damals wollte der Drache ihn töten, gestern hatte er ihm geholfen. Alles hatte sich seit gestern verändert. Er hatte sich verändert.

»So EIN KLEINER Idiot.« Sie ergriff das Bündel, das sie zuvor an der Tür abgelegt hatte und beeilte sich, in den mittlerweile gut gefüllten Gastraum zu kommen. Die Saisonarbeiter saßen beim Frühstück. Dort waren auch der Hübsche, der Furchteinflößende und die Frau, die ihr ein Entkommen aus Moohpet-Rah versprach. Sie trat an den Tisch. »Ich bin soweit.«

Anima lächelte. »Dann warten wir noch auf Titus. Willst du dich von jemandem verabschieden?«

Das Gesicht der jungen Frau zeigte ein gequältes Lächeln. »Wenn du das so nennen willst, ist es bereits erledigt.« Sie mied den Augenkontakt mit Anima, stattdessen suchte sie den von Merranas. Er zwinkerte ihr zu und winkte. Sie folgte zu gern seiner Aufforderung. Als sie sich zu den Männern setzte, stand Kiromin auf und ging.

»Dein Begleiter ist nicht besonders freundlich«, begann sie das Gespräch.

»Ach, der hat nur eine gehörige Portion Weltschmerz.« Merranas zwinkerte erneut. »Und du? Hast du dich entschlossen, Anima zu folgen?«

Eunike musterte den Mann. Er lächelte. Eine lockige Strähne hing mitten in seiner Stirn. Am liebsten hätte sie ihm die aus dem Gesicht gestrichen. Alles an ihm zog sie an. Dabei verhielt er sich nicht anders als andere Männer mit guten Manieren. Sie lehnte sich über den Tisch zu ihm hin. »Jede Möglichkeit Moohpet-Rah zu verlassen, ist die beste.« Sie setzte sich aufrecht hin. Merranas' Blicke entgingen ihr nicht. Sie gefiel ihm anscheinend auch.

Er räusperte sich. »Verstehe. Versprich mir, Titus in Ruhe zu lassen. Er ist ein guter Junge. Was du gestern getan hast, hatte er nicht verdient.«

Der Zauber war dahin. Wieder dieser kleine Idiot. Ein weiteres männliches Wesen, auf das sie Rücksicht nehmen sollte. Sie hielten immer zusammen, die Männer. Einer wie der andere. Alle gleich. *Von wegen!* Sie verschränkte die Arme. »Er ist mich angegangen.«

Merranas verzog kopfschüttelnd das Gesicht und löffelte den Haferbrei, der hier zum Frühstück in Holzschalen serviert wurde. Alles an diesem Ort war entweder aus Holz oder Stein, allein die Kerzen und Fenster hoben sich vom vorherrschenden Grau-Braun ab. »Ich glaube dir nicht.«

Sie atmete hörbar ein. »Tue, was du nicht lassen kannst.«
Merranas leckte den Holzlöffel ab wie ein Hund. »Nicht gut,
aber sättigend. Sag, Eunike, was stört dich an uns Männern so
sehr, dass anscheinend jeder von uns ein Mistkerl ist?«
Ihre Augen weiteten sich. »Pass auf, dass ich dir nicht eine
Portion Weltschmerz verpasse, auf dass du mit deinem Freund
mithalten kannst.« Sie sprang auf und ging. »Ich warte draußen«,
keifte sie, als sie an Anima und Kiromin, der zurückgekehrt war,
vorbeiging.

MERRANAS GRINSTE, FREUTE sich, wie gut er die Kunst im Men-
schenlesen mittlerweile beherrschte. Firim und Kiromin waren
hervorragende Lehrer. Er hatte den wunden Punkt bei Eunike
getroffen. *Schade um den süßen Hintern,* dachte er. Seine Gedanken
wurden abgelenkt, als Titus an der Treppe auftauchte. Er hatte die
Kapuze tief ins Gesicht gezogen. So kam er an Merranas' Tisch.
Anima und Kiromin drehten sich zu ihnen um. Er setzte sich
Merranas gegenüber.
»Komm, setz dich zu mir.«
Titus folgte der Aufforderung mit gesenktem Kopf.
»Lass sehen«, sagte Merranas leise, als der andere neben ihm
Platz genommen hatte. »Darf ich?«
Titus nickte. Vorsichtig schob Merranas die Kapuze weg. Titus
wandte sich ihm zu. Er konnte sehen, dass der Jüngere geweint
hatte, betrachtete die Narben. »Sieht aus, als hättest du gegen
einen Bären gekämpft.«
Titus versuchte ein Lächeln. Es misslang.
Merranas packte den Jungen an der Schulter. »Jetzt siehst du
aus wie achtzehn, außerdem mögen Frauen Männer mit Narben.
Glaub mir, ich weiß, wovon ich spreche.«
»Wie viele deiner Narben stammen von einer Frau? Außerdem
hast du nicht eine im Gesicht.« Titus schluckte.
»Wenn ich dir mein Herz zeigen würde, sähest du sehr viele«,
lachte Merranas und drückte Titus freundschaftlich an sich.
»Narben sind Geschichten auf unserer Haut. Es sieht die nächsten

Tage schlimm aus. Doch du gewöhnst dich daran. Ehrlich, deinem Antlitz tun die Streifen keinen großen Abbruch. Schau dich an, du bist weiterhin stattlich. Ein verwegener Kämpfer.« Er klopfte ihm auf den Rücken.

Anima und Kiromin rutschten zu ihnen auf.

»Er grämt sich.« Merranas schaute Titus aufmunternd an.

»Du wirst dich damit arrangieren, Titus. Eunike reist mit uns«, erklärte Anima.

Er zog die Schultern hoch. »Ich weiß nicht recht.«

»Ich weiß es. Ihr kommt miteinander aus.«

Er ließ die Schultern hängen. »Sie wird mich zum Gespött machen.«

»Ich vermute, das tut sie mit jedem Mann, der ihr bisher begegnet ist.« Merranas hatte dem Wirt gewunken, der zwei Schalen Brei brachte und vor ihnen abstellte. Er war noch hungrig. »Iss etwas, das hilft gegen jeglichen Kummer mit den Frauen. Glaub mir, auch in dem Punkt habe ich Erfahrung.«

»Und von der hat er reichlich«, ergänzte Kiromin.

»Mach du ebenfalls mehr von dieser Erfahrung, dann bist du nicht immer so schlecht gelaunt«, gab Merranas schmatzend von sich.

Anima lachte, während Kiromins Wangen erröteten.

Das Lachen dieser Frau und ihre Hitze. Kiromin genoss jeden Moment in ihrer Nähe. Was war sie für ein Mensch? Er dachte kurz an Filisj – die Menschenfrau, bei der er ähnlich empfunden hatte, und an Nadala. Aber nein, das hier war etwas ganz anderes. Es zog ihn magisch in ihre Nähe. Kurz ihr Feuer fühlen, vielleicht an ihrer Haut riechen, die Hand ohne diesen Handschuh berühren. Mit Mühe hielt er Abstand zu ihr. Sie betrachtete ihn immer wieder neugierig und lächelte, als wüsste sie Bescheid. Konnte es sein, dass etwas Drachenblut durch ihre Adern strömte? War sie etwa? Kiromin schnupperte unauffällig. Nein, dort war nichts von seiner Sippe. Kein Tropfen. Dennoch, sie erschien ihm so vertraut.

»Merranas hat recht, das Essen wird dir helfen, die Verletzungen weiter zu heilen. Wir werden lange unterwegs sein, bis wir ins Tal kommen.« Anima winkte dem Wirt, damit er ihr ebenfalls eine Schüssel brachte.

Titus ergriff den Löffel. Während die anderen sich im Flüsterton unterhielten, schielte er im Raum umher. Keiner scherte sich um ihn, auch die anderen Gäste redeten miteinander oder aßen. Als er fertig war, stand Anima auf. Gemeinsam verließen sie den Gastraum, nachdem Kiromin den Wirt entlohnt hatte.

Der warf einen Blick auf Titus. »Wasn da passiert?«

»Braunbär«, murmelte der und seine Stimme erwischte eine der tieferen Oktaven.

Der Wirt grunzte. »Hast wohl mehr Glück als Verstand gehabt. Hätte anders ausgehen können.«

Merranas fasste ihn ein weiteres Mal an der Schulter, grinste den Wirt an. »Er war nicht allein, der Bär schon.«

»Pech für das Tier«, lachte der Wirt.

»So spielt das Leben.«

Lachend schob Merranas ihn durch die Tür. Draußen stand die Alte mit zwei Männern.

»Hä, da ist er ja. Was starrst du schon wieder Jungchen, und was ist mit deinem Gesicht passiert?«, blaffte sie los, als sie Titus erblickte. »Hast versucht, deine Münze zurückzuholen, hä?« Alle drei lachten laut.

Titus zog die Kapuze ins Gesicht und schwieg. Eunike stand etwas abseits und tat so, als würde sie die anderen nicht kennen. Anima flüsterte mit der Alten, dann stellte sie ihr Kiromin und Merranas vor. Die nickte, wies die Freunde an, ihr zu folgen. So war der Abschied kurz. Titus wünschte sich, Merranas würde ihn und Anima begleiten. Doch der nahm ihn nur kumpelhaft in den Arm, warf Eunike eine Kusshand zu. Sie winkte gleichgültig ab, was ihm nur ein Achselzucken entlockte.

Kiromin drückte ihm die Hand. Er spürte das warme Metall in der Innenfläche. »Für die Überfahrt. Tut mir leid, was bei unserer ersten Begegnung passiert ist.«

Eine Weile flüsterte Kiromin mit Anima, und Titus fand, dass er ihr viel zu sehr auf den Leib rückte. Dass seine Meisterin einen Mann gewähren ließ, fühlte sich seltsam an.

Kiromin ergriff Animas Hand und hauchte einen Kuss auf den

roten Handschuh. Sie lächelte beglückt. Egal, was Kiromin tat, sie lächelte ihn an.

Mich wollte er damals umbringen, dachte Titus und schaute, was in seiner Hand war. Schnell schloss er die Faust. Drachengold. Eine weitere Münze Drachengold. Als er etwas sagen wollte, war Kiromin bereits gegangen. Ohne Erklärungen ging auch Anima Richtung Stadttor, Titus lief hinter ihr.

»Wohin gehen wir zuerst?« Eunike zupfte an ihrer Kleidung.

»Ins Tal«, gab Anima kurz angebunden zurück.

»Und dann?«

»Dorthin, wo die Wege sicher sind.«

Eunike lief an Titus vorbei und schloss zu Anima auf. »Das klingt nicht nach einem festen Ziel. Zu welcher Stadt reisen wir?«

Anima ging weiter. »Das siehst du, wenn wir dort sind.« Aus den Häusern kamen Menschen, gafften sie an und beeilten sich dann weiterzukommen. Die engen Gassen füllten sich, sie mussten sogar Karren ausweichen. Eunike probierte noch einige Male, eine konkrete Antwort von Anima zu erhalten. Ohne Erfolg. Sie passierten die letzten Häuser, als hinter ihnen ein Schrei erklang.

»EUNIKE, komm sofort zurück! Ich warne dich!«

Titus drehte sich um. Schnellen Schrittes kämpfte sich eine dicke Frau durch die Leute. Sie schrie erneut Eunikes Namen und wüste Beschimpfungen hintendrein. Die junge Frau starrte geradeaus und drehte sich nicht um. Sie hatte ihren Beutel an die Brust gedrückt und marschierte mit schnellem Schritt bergab.

»BLEIB SOFORT STEHEN! Du nichtsnutzige Göre. An die Arbeit mit dir.« Obwohl der Leibesumfang der Frau beträchtlich war, holte sie sie ein. Kaum da, ergriff sie Eunike am langen Zopf und zog kräftig daran. Diese schrie auf. Titus blieb unentschlossen stehen. Anima wies ihn an, ruhig zu bleiben. Sie zupfte ihn am Ärmel, sie gingen einige Schritte weiter.

»Du undankbares Ding. So einfach willst du mich verlassen? Zu nichts taugst du. Nie würden deine Brüder es wagen, mich zu verlassen«, keifte die Dicke.

»Meine Brüder sind faule Säcke, die das Brot fressen, was du von meinem Geld kaufst. Den Rest versaufen sie, während für mich nicht mal ein eigenes Zimmer im Haus ist«, rief Eunike aufgebracht. Sie hatte die Hand der anderen weggeschlagen, der Zopf war aufgegangen. »Und fass mich nie wieder an.«

Die Dicke langte nach ihr.

»Wage es nicht noch einmal!« Eunike hatte den Arm weit vorgestreckt, hielt der Frau die Hand entgegen.

Sogleich zögerte die. »Das machst du nicht. Ich bin deine Mutter.« Sie schrie nicht mehr, ließ den Arm sinken. »Eunike, komm nach Hause. Du kannst in der Küche schlafen. Die Zimmer sind für die Jungs. Die arbeiten so schwer.«

»Einen Dreck tun die. Zweimal die Woche fahren sie in die Stollen, den Lohn versaufen sie und von dir und mir lassen sie sich bedienen, deine feinen Söhne. Sollen sie sich doch endlich eigene Frauen suchen.«

Die Dicke verengte die Augen. »Damit sie so ein undankbares Stück wie dich abbekommen?«

»Diese Idioten nimmt sowieso keine, die bei Trost ist. Keinen Tag länger bleibe ich bei dir und diesen Dreckskerlen. Überall ist es besser als hier. Scher dich zurück zu deinen Söhnen, Mutter.«

Titus sah, wie das Bündel auf und nieder ging, als Eunike sprach. Er sah die Tränen, wie sie im Gesicht der Frau verdampften, bevor sie ihren Weg zu Boden finden konnten.

»Du kleines Miststück. Wenn du nicht diese seltsame Gabe hättest, ich würde dich windelweich prügeln.« Die Dicke drohte ihr mit dem Finger.

»Ja, klar. So wie damals. Diese Zeiten sind vorbei.«

Eunike hatte wieder den Arm ausgestreckt, damit ihr die Frau nicht zu nahekam.

»Du Scheusal. Ausgeburt der Hölle. Ich verfluche den Tag, als dein verdammter Vater mir ausgerechnet eine Tochter in den Bauch geschossen hat.« Sie spuckte der Jungen vor die Füße.

»Mein Vater hat das einzig Richtige getan, als er dich verlassen hat.«

Die Dicke lachte. »Ja! Und du, vergiss nie, dass er dich zurückgelassen hat. Bei mir. Der wusste genau, was für eine du bist. Dir klebt das Unglück an den Fersen. Geh und versuche es in der Welt. In zwei Wochen wirst du wieder hier stehen und um Einlass bitten. Dann sprechen wir uns wieder, Mädchen.« Sie drehte sich um und ging.

Eunike stand reglos da. Als die Frau weg war, fasste Anima die junge Frau an der Schulter.»Wollen wir?«

Sie schüttelte die Hand ab, rannte voraus Richtung Tal. Titus blieb hinter den Frauen zurück, als sie den steilen Abstieg begannen. Anima hatte ihm verraten, wohin ihre Reise als nächstes führte, das erste Mal überhaupt, dass sie ihn in ihre Pläne einweihte. Er wollte dieses Privileg nicht verspielen. Den Rest des Tages starrte er auf den Rücken dieser jungen Frau, die sie jetzt begleitete. Ein ums andere Mal fasste er sich an die Wange. Der Schmerz war längst vergangen, Narben und die Erinnerung würden bleiben.

Es dämmerte schon, als sie die Baumlinie erreichten. Wind und Kälte hatten nachgelassen. Die Luft brachte andere Gerüche mit, schnitt nicht mehr so stark in Augen und Haut. Nur wenige Karren waren ihnen begegnet. Zwei Kutscher grüßten Eunike und fragten, wohin sie ginge. Sie winkte freundlich, gab aber keine Antwort. Der Himmel färbte sich orange zwischen den Bergen. Sie liefen im Schatten des Massivs, denselben Weg, den sie gekommen waren. Schließlich fand Anima eine geschützte Lichtung zwischen den dichten Tannen abseits der Straße. Ein umgefallener Baum grenzte sie vom Wald ab.»Hier bleiben wir heute Nacht.«

Titus ließ seinen Beutel ins Gras sinken.»Hier können wir ein kleines Feuer machen, ohne dass man es sieht.« Er zeigte auf eine Stelle und Anima nickte.

Eunike blieb stehen.»Hier?« Sie sah sich um, hob die Arme und drehte sich einmal.»Mitten im Nirgendwo? Damit wir leichte Beute für Wegelagerer oder andere Streuner werden?«

Anima betrachtete sie neugierig.»Ich dachte, du seist ausgesprochen furchtlos.«

»Ich bin zuallererst nicht ausgesprochen dämlich.« Sie bedachte Titus mit einem abschätzigen Blick.»Wenn du glaubst, ich bleibe hier, wie der kleine Junge, und verbringe die Nacht in der Wildnis, liegst du falsch.«

Anima lächelte sie an.

Titus kannte diesen Blick der Lehrmeisterin. Er fürchtete ihn, denn es ging um eine Entscheidung.

»Was schaust du mich so an? Denk nicht, dass ich keine Widerworte gebe.« Eunike legte den Kopf schief.

Sie erntete ein weiteres Lächeln.

»Für eine Feuermagierin deines Ranges sollte es ein Leichtes sein, in einem Gasthof einzukehren. Selbst dein Lehrling besitzt Gold.« Eunike betrachtete die Kleidung der Meisterin. Sie wirkte beinahe schwarz in der Dämmerung, edel und stark. Sie blickte an sich selbst herab.

»Ich habe dir eine Ausbildung versprochen, keine bequeme Reise. Es steht dir frei, jederzeit zu gehen.«

Die junge Frau schnaubte. Drehte sich in alle Richtungen, als würde sie etwas suchen. »Von wegen!« Sie warf ihr Bündel mit Wucht zu Titus' Sachen. »Was als nächstes? Sicherlich sammeln wir Feuerholz. Und nachher erzählen wir uns Geschichten.« Sie lachte abschätzig.

TITUS WAR ZUM Waldrand gegangen, hob einige Äste auf. Selbst aus der Entfernung konnte er die laute Stimme ihrer neuen Begleiterin hören. Sie war zickig und scheinbar die ganze Zeit auf Streit aus. Verstohlen blickte er zu den Frauen. Im abnehmenden Licht sah er deutlich ihre Silhouetten. Die Konturen des jüngeren Gesichts, den Busen, die Wölbung hinten unterm Rock. Etwas in ihm regte sich. Mit einem dicken Ast schlug er gegen einen Stamm.

»Titus, stimmt was nicht?« Animas Stimme riss ihn aus den Gedanken. Er schämte sich, als hätte sie ihn bei etwas erwischt. Doch alles, was ihn gerade so abgelenkt hatte, war in seinem Kopf passiert und mit seinem Körper. Wieso ausgerechnet diese Eunike? Mit einer Mischung aus Verärgerung und Erleichterung bückte er sich nach einem weiteren Ast. »Alles in Ordnung. Ich dachte, ein Wildschwein gesehen zu haben.«

Er hörte Eunikes hämisches Lachen hinter sich. Verschämt ging er zu den Frauen, schichtete das Holz, mit einem Fingerschnippen entzündete er die dünneren Äste. Gleich brannten Flammen hell und warm, wuchsen schnell. Sie machten es sich um das Feuer bequem, so gut es ging.

»Es ist zu gefährlich in den Gasthöfen. Wir sind nicht überall erwünscht«, erklärte Anima.

Sie beantwortete geduldig Eunikes Fragen über Feuermagier und ihre Reise. Titus bemerkte, dass sie gewisse Punkte vollkommen ausließ. Nur die Sache mit den Schergen nicht, und dass man solche, wie sie es waren, wegen ihrer Fähigkeiten und Talente jagte, nicht immer eines guten Zweckes wegen. Das erklärte sie sehr ausführlich. Am Ende nickte Eunike. Offensichtlich hatte sie aufmerksam zugehört.

Wie jeden Abend verließ sie Anima für eine Weile. Titus hatte gehofft, sie würde es heute nicht tun.

»Mach deine Übungen«, waren ihre Worte, dann war er mit Eunike allein. Sie saßen eine Weile schweigend da, nachdem Anima zwischen den Bäumen verschwunden war.

»Der kleine Idiot ist ein Feuermagier, ja?«

Titus sah in die Flammen.

»Hat es dir die Sprache verschlagen?«, fragte sie genervt. »Oder hast du Angst?«

Er griff nach dem Messer in seinem Gürtel.

Eunike betrachtete die Waffe. »Du glaubst doch nicht wirklich, dass ich mich fürchte. Zwei Jahre habe ich in der Schenke gearbeitet. Was meinst du, wie viele Messer und andere Waffen schon auf mich gerichtet waren?« Sie grinste, während er verstohlen den Blick hob.

»Ich habe keine Angst vor dir.« Seine Stimme brach inmitten des Satzes.

Die junge Frau sah ihn verdutzt an, prustete los. »Kannst dich noch nicht entscheiden, ob Junge oder Mann?« Ihr Lachen klang ehrlich, nicht gehässig, dennoch trieb es ihm das Blut ins Gesicht.

Er war aufgesprungen, hielt das Messer zum Angriff bereit in der Hand, wie Nadala es ihn gelehrt hatte.

Eunike schaute auf und wischte sich eine Träne aus dem Augenwinkel. »Schon gut, kleiner Gockel. Ich will dir nichts.« Sie lachte weiter. »Mach deine Übungen und sei friedlich.«

Er spürte die Hitze in seiner Handinnenfläche. Die Klinge glühte auf, eine weiße Flamme schoss empor. Die junge Frau hörte auf zu lachen.

Titus schloss die Augen, atmete tief durch. Die Flamme erlosch, das Messer war nur Metall.

»Wie machst du das?« Sie stand auf und betrachtete die Klinge. »Kann ich das auch lernen?«

Er war verwirrt. » Ich weiß nichts über solche wie dich. Das musst du Anima fragen.«

Die zuvor neugierig blickenden Augen veränderten sich, sie runzelte die Stirn. »Gib schon her, ich will es probieren. Zeig mir, wie es geht, und ich berichte Anima, dass du deine Übungen brav absolviert hast.«

Sie riss ihm das Messer aus der Hand. Die Hitze des Metalls machte ihr nichts aus.

»Nein, das ist meins.« Er griff nach der Waffe. »Gib es mir zurück!«

Sie war schneller, wich gekonnt aus und wechselte das Messer in die andere Hand. »Und wenn nicht?«

Das Geschenk seiner Sippe war sein größter Besitz. Keiner würde ihm diese Waffe nehmen, auch nicht eine von ihnen. Auf seinen Handflächen erschienen Flammen. »Ich hole es mir. Was du kannst, kann ich allemal.«

Titus bemerkte, dass Eunike deutlich zurückzuckte, als sie das Feuer sah.

Sie warf den Zopf nach hinten. »Sowas traust du dich nicht.«

Er machte einen Satz auf sie zu. Sie sprang zur Seite, wich der Flamme aus, die er nach ihr schleuderte. Das Feuer ging ins Nichts, Funken stoben in die Abendluft.

»Noch so ein Angriff und ich schmelze dein Brotmesser zu

einem Klumpen wertlosen Metalls zusammen.« Sie hob die Waffe in die Höhe und beobachtete, wie ihre Haut von rosa in ein dunkles, immer heller werdendes Orange wechselte. Sie selbst glühte wie heißes Eisen auf.

Titus blieb ruhig stehen. »Das ist zwecklos.«

Seine Reaktion verunsicherte sie. Der Griff der Waffe formte sich nicht in ihrer Hand.

Ihre Augen verengten sich, ein Mundwinkel zuckte nach oben. »Welches Metall ist das? Woraus besteht der Griff?« Aller Spott war aus ihrer Stimme gewichen.

»Du kannst sie nicht einschmelzen.« Jetzt war es Titus, der lachte, diesmal wie ein Mann. »Sie ist aus einer besonderen Schmiede.« Da war die Jungenstimme wieder.

Eunike blinzelte und ließ das Messer sinken. »Was?« Sie betrachtete die Klinge und den Griff. »Da ist gar nichts Besonderes dran.«

Sie ging zum Feuer, um das Messer zu betrachten, während Titus ihr nicht von der Seite wich.

»Gib schon her. Es ist meins.« Fordernd hielt er ihr die Hand hin.

»So eine Waffe gehört nicht in Kinderhände«, bemerkte sie und stieß ihn mit dem Ellbogen zur Seite, als er danach griff. Sie tat so, als würde sie die Schneide genauer anschauen. »Das behalte ich lieber ein. Du schneidest dich nur damit.« Vergnügt steckte sie das Messer in ihren Gürtel und verschränkte die Arme vor der Brust. »Was schaust du so?« Sie hob das Kinn.

Titus richtete sich vor ihr auf. »Das gehört dir nicht.« Ruhig streckte er die Hand aus. »Gib es mir wieder.«

Eunike grinste und spuckte in seine Handfläche. »Da!« Mit amüsiertem Ausdruck beobachtete sie das Gesicht des Jungen. Schimmerten da Tränen in seinen Augen?

»Was glaubst du, wer du bist?« Seine Stimme war leise, tief. Ein Feuerring bildete sich dort, wo sie hingespuckt hatte, formte eine Kugel, als er die Hand auf die Höhe ihrer Gesichter hob.

Eunikes Augen weiteten sich.

Die Luft um das heiße Objekt flirrte. Die tiefe Stimme des

Mannes erreichte sie hitzig. »Wie wohl so ein hübsches Gesicht wie deins mit Narben aussehen würde?«

Sie trat einen Schritt zurück. »Das traust du dich nicht.«

»Das Messer, sofort!«

Die Kugel löste sich von seiner Handfläche und schwebte darüber. Die junge Frau konnte den Blick nicht davon nehmen. »Wie machst du das? Warum verbrennst du dich nicht?«

»Her mit dem Messer«, fuhr er sie an, dabei wuchs die Kugel heran.

Erschrocken griff Eunike nach der Waffe, streckte sie ihm hin. »Nimm das Feuer weg.«

Als das Messer sicher in seiner Hand lag, erlosch der Ball, übrig blieb ein kleiner Funken, den er mit einem Fingerschnippen in die Abendluft entließ. »Merranas hat recht. Von solchen wie dir sollte man sich fernhalten.«

Eunike drehte sich weg. Schwieg, bis Anima wieder da war.

Titus erzählte nichts von der Auseinandersetzung. Auch ihre neue Begleiterin verlor über von Vorfall kein Wort.

AM NÄCHSTEN MORGEN nahmen sie den Weg wieder auf. Die Tage zogen nach einem strengen Plan ins Land. Sie mieden größere Dörfer, schliefen bei gutem Wetter unter freiem Himmel. Anima verschärfte die Unterweisungen und Übungen. Eunike sträubte sich weiterhin gegen einige Aufgaben. Doch Anima ließ nie locker, bis sich die junge Frau fügte. Erst als sie das Bergland verlassen hatten, erlaubte die Meisterin die Einkehr in Gasthöfe. Die Nachrichten, die sie dort zu hören bekamen, beunruhigten Titus. Anima ließ sich nichts anmerken. Sie musste Eunike immer wieder ermahnen, nichts über ihre Identität preiszugeben. Die junge Frau suchte ständig Kontakt zu Händlern, die entweder nach Moohpet-Rah unterwegs waren oder auf dem Rückweg. Einige kannte sie sogar gut. Mit Missmut beobachtete Anima das Treiben ihrer neuen Schülerin.

»Können wir Nadala eine Nachricht senden?«, fragte Titus, als sie wieder einen kleinen Gasthof für die Nacht gefunden hatten.

Das alte, aber gut bewirtschaftete Gebäude lag an einer Kreuzung dreier Straßen. Zusammen mit zwei weiteren Herbergen, Stallungen und sogar einer kleinen Schmiede konnte man es schon als eine Siedlung bezeichnen. Weniger betuchte Reisende hatten auf den Wiesen Zelte errichtet, Lagerfeuer brannten davor.

»Wir werden sehen. Lasst uns schauen, wer hier nächtigt und Neuigkeiten auf den Weg bringt.« Anima zwinkerte. Seitdem sie die Berge verlassen hatten, war sie besserer Laune.

Es waren hauptsächlich Kaufleute, die sich für die Nacht einquartiert hatten. Als sie den Gastraum betraten, nahm keiner Notiz von ihnen. Zwischen dem Feilschen hörten sie Rufe nach Bier, Wein oder Suppe. Lachen und Rülpsen verwandelten die Unterhaltungen in einzelne Gesprächsfetzen. Am großen Tisch inmitten des Gastraums saß eine Gruppe Männer und Frauen. Alle in dunkelblauer Kleidung, bewaffnet.

Anima lotste sie geschickt an einen Tisch zwischen den Händlern, bestellte dünnes Bier und Essen, sprach leise. »Verhaltet euch ruhig. Hört genau hin, was die Reisenden tratschen. Ich schaue mal nach Schlafmöglichkeiten.« Sie ließ die beiden mit dem Abendessen allein.

Titus löffelte den Eintopf, während Eunike sich zu dem Tisch mit den dunkelblauen Personen drehte. »Wer sind die?«, wollte sie wissen.

Er zuckte mit den Achseln. Mit einem Fingerzeig gab er ihr zu verstehen, dass sie still sein sollte. Verärgert drehte sie sich erneut der Gruppe zu.

»Es geht das Gerücht um, dass Wynfreth jedem tausend Silber zahlt, der ihm so einen Flammenhetzer lebend ausliefert. Wenn ihr mich fragt, ist das viel zu wenig. Habt ihr gehört, was die im Süden für solche zahlen, tot oder lebendig? Zweitausendfünfhundert Silber und drei Edelsteine.«

Titus zog die Schultern hoch. Der Mann hinter ihm rülpste laut und rief nach dem Wirt, er solle mehr Bier bringen.

»Wynfreth ist ein alter Geizhals, aber findiger Geschäftsmann«, sagte eine raue weibliche Stimme. »Habe gehört, er will nicht nur

Statthalter von Port Aurum werden, sondern in den Rat.«

»Ich habe gehört, er ficke gerne hübsche Jungs«, brachte ein anderer hervor. Lautes Gelächter erklang hinter Titus. Eunike verzog das Gesicht.

Vom großen Tisch in der Mitte erhob sich ein Mann, raffte seinen Rock und kam auf sie zu. Instinktiv drehte Titus sein Gesicht weg, tat, als huste er. Der Mann ging vorbei an den Tisch der Kaufleute.

»Ihr habt etwas zur Person des Statthalters Wynfreth vorzubringen?« Die Stimme übertönte alle anderen im Gastraum.

Binnen eines Wimpernschlags wurde es still. Hier und da hörte Titus, wie sich jemand räusperte. Leises Husten. Das bis dahin übertönte Knistern des Kaminfeuers war plötzlich laut.

»Wer etwas über den Statthalter von Kerma zu berichten hat, möge laut sprechen«, donnerte es hinter ihm.

Schweigen.

Holz scharrte über den unebenen Boden, dann hörten sie, wie ein Geldsäckchen auf den Tisch fiel. »Trinken wollen wir auf den Statthalter«, erklang die Stimme des Händlers laut. »Damit wir weiter in Frieden Handel treiben können, ohne Feuerhetzer, Windgeister oder anderes seltsame Volk, das seit dem Tode unseres dahingeschiedenen Obersten Kirchenführers, Plutarch, aus den Löchern gekrochen kommt.« Er stand auf und breitete wohlwollend die Arme aus. »Eine Runde Bier für alle fleißigen und freien Menschen. Mögen diese Bastarde mit ihrer Magie ein für alle Mal ausgerottet werden«, rief er.

Einen Augenblick hörte man lediglich die Fliegen über den Schüsseln und Bechern kreisen, bevor von allen Seiten des Raums zustimmende Rufe erschallten.

Titus schaute zu Eunike. Sie hatte den Kopf auf eine Hand gestützt und lächelte den Mann in der dunkelblauen Kleidung an, wobei sie ihren Oberkörper besonders zur Geltung brachte. Nicht ohne Wirkung.

»Wohl bekomm's!«, raunte er ihr zu, als er zu seiner Gruppe zurückkehrte.

»Was tust du da?«, zischte Titus.

»Geht dich gar nichts an.«

Während überall die Gespräche wieder ihren Lauf nahmen, die Schankmaiden Bierkrüge an die Tische brachten und selbst die dunkelblaue Gruppe sich zuprostete, kam Anima zurück. »Wir bleiben über Nacht, auch wenn es nicht besonders sicher ist. Wir müssen herausfinden, was in den letzten Wochen passiert ist.«

»Schon dabei.« Eunike drehte sich wieder der Gruppe zu. Der Hauptmann fing ihren Blick auf, erhob sich.

»Ich muss mal.« Die junge Frau stand auf. Anima fasste sie am Handgelenk. »Ich mache mir gleich in die Röcke! Bin sofort zurück, und ich weiß um die Sache. Du lässt keine Gelegenheit aus, uns zu erinnern.«

Die Meisterin lachte auf. »Sehr gut. Dann hat es sich schon gelohnt.«

Eunike lächelte und verschwand nach draußen.

»Wie schmeckt der Eintopf?« Anima beäugte die Schüssel vor ihm. Ihre Stimme wurde leiser. »Höre den Gesprächen gut zu, Titus. Es tragen sich seltsame Dinge in diesem Teil von Grunt zu. Der Wirt berichtete von zwei Lynchmorden in den umliegenden Dörfern. Wir bleiben vorsichtig.«

Der Junge nickte. »Können wir eine Nachricht nach Hause schicken?«

Anima sah ihn an. Wenn er von Nadalas Sippe sprach, wurde er wieder zum Kind, das Sehnsucht nach zuhause hatte. »Wir müssen sogar. Und wir sputen uns. Es wird Zeit, dass du und Eunike eure Ausbildung beginnt. Der heutige Frieden ist ein fragiles Konstrukt ohne Fundament.«

Sein irritierter Gesichtsausdruck ließ sie lächeln. »Ich erkläre es dir, sobald wir wieder unterwegs sind. Spitze die Ohren, sei aufmerksam.«

Sie zog eine volle Schale Eintopf zu sich, nahm einen Löffel. »Igitt, ist das Ratte oder Dachs?«

Titus lachte, während Anima mit zugekniffenen Augen ein Stück Fleisch auf ihrem Holzlöffel begutachtete.

»Es schmeckt besser, als es riecht«, gab er zurück.

»Wir spülen es einfach mit Bier runter.« Sie prostete ihm zu. Sie durften nicht auffallen.

Nach einer Weile kehrte Eunike zurück, einige Momente später auch der Mann in dunkelblau.

Anima zog eine Augenbraue hoch. »Und?«

Eunike warf den Zopf zurück. »Ja. Ging.«

Die Frauen lachten. Titus verstand nicht warum. Die junge Frau berichtete, dass die Gruppe am anderen Tisch Söldner waren. Sie seien seit fünf Tagen unterwegs. »Nach Plutarchs Sturz ist es ihnen übel ergangen. Jetzt zahlen die Statthalter gutes Geld dafür, wenn sie Halblinge und Mischwesen ausliefern. Die Geschäfte scheinen gut zu laufen«, erzählte Eunike leise, nahm das Bier und trank ausgiebig.

»Du musst gleich wieder, wenn du so weitermachst«, brummte Titus.

Anima prustete los.

»Nicht Hahn, nicht Küken, aber krähen.« Eunike musterte ihn. »Dass du das Bier überhaupt verträgst.«

»Sonst noch etwas?«, erkundigte sich Anima.

Belustigt erzählte die Schülerin weiter. »Irgendeinen Unfug über eine Drachensichtung.« Sie senkte ihre Stimme. »Dieser Wynfreth. Wer ist das? Jedenfalls soll dieser Wynfreth behaupten, er habe einen Drachen gesehen.« Sie lacht kurz auf. »Nicht nur das. Er sei von einem angegriffen worden.«

Titus schluckte und hustete.

Eunike blies sich eine dünne Haarsträhne aus dem Gesicht. »Beruhige dich, Idiot. Jeder weiß, dass die Drachen längst ausgerottet sind. Seit Jahrhunderten gibt es die nicht mehr. Wo soll ausgerechnet zu unserer Zeit einer herkommen? Und kipp das Bier nicht so runter. Ich habe keine Lust, mit einem Betrunkenen das Gastzimmer zu teilen.«

Er trank, bis der Krug leer war, setzte ihn ab, der Blick leicht gläsern. »Was?«

Anima und Eunike sahen ihn verdutzt an. Titus richtete sich

auf, schlug sich dreimal fest auf die Brust und rülpste so laut, dass selbst die Gäste hinter ihm kurz das Gespräch unterbrachen.

»Der war gut, Jungchen!« Der Mann, der zuvor die Runde hatte springen lassen, schlug ihm auf die Schulter. Gelächter brach los.

»Ich weiß«, kommentierte Titus sein Tun. »Noch eins. Auf die toten Drachen!«

»So soll's sein.« Der Händler bestellte die nächste Runde für seinen und ihren Tisch.

Anima betrachtete ihren Schüler. Er verstand immer mehr.

Der Dunkelblaue trat an ihren Tisch. »Für wen arbeitest du?«

Anima schaute verwundert auf, wies auf sich.

Er nickte, sein Gesicht zeigte keine Regung.

»Ach so, ja. Du meinst das Rot.«

»Für wen?«

»Wir kommen uns nicht in die Quere, keine Sorge.«

»Ich habe keine Sorge.«

Sie zuckte die Achseln. »Dann sind wir schon zu zweit.«

»Das Rot kenne ich nicht.« Er hatte die Arme vor der Brust verschränkt.

»Du gehörst zu den Jägern. Ich bin eine Sucherin.«

Der Mann kniff die Augen zusammen, hob den Finger. »Dein Gesicht vergesse ich nicht.«

Anima lächelte.

Er ging.

OBWOHL ES NOCH früh war, brachen sie auf. Anima hatte den Wirt bezahlt und sich noch Wegzehrung mitgeben lassen. Einen Brief hatte sie Reisenden, die Richtung Hyperahmah unterwegs waren, mitgegeben.

Titus wunderte sich über Eunike. Sie trödelte schon beim Aufstehen. Jetzt lief sie einige Meter hinter ihnen. Er drehte sich nach ihr um, sie wich seinen Blicken aus. Anima hingegen war bester Laune. Sie hatte die Kapuze abgenommen, den Umhang trug sie offen. Sichtlich genoss sie die wärmende Sonne des Vormittags. Hier, in den sanften Hügeln, war der Sommer vorangeschritten.

Üppig standen die Gräser, der Löwenzahn wuchs hoch. Fettes Grün zierte die Äste der Bäume. Schon trugen sie Früchte, dick und voller Farbe. Titus erinnerte das an sein Heimatdorf. Im Sommer hatten Vater und Mutter die Obstbäume begutachtet, während sie am Bach spielen durften. Nachmittags gab es grüne Suppe, die scharf nach Bärlauch roch. Dazu hartgekochte Eier. Das alles war so lange her. Über Nacht hatte sich sein Leben verändert. Die Eltern tot, er mit einer Gabe, die er nicht kontrollieren konnte. Magie, Feuer und sich versteckt halten, war seitdem alles, was er noch kannte. Und Drachen. Die gab es. Er wusste es. Seit gestern hatte er begriffen, wie gefährlich dieses Wissen war. Kiromin, der damals vorgehabt hatte, ihn zu töten. Merranas, der es verhindert hatte und Nadala, die ihm eine Familie gegeben hatte. Sie alle waren keine gewöhnlichen Menschen wie die gestern im Gasthaus. Wieso wurden sie gejagt? Sie taten niemandem etwas zuleide. Seine Sippe bestand aus hart arbeitenden Männern und Frauen. Sie waren Waffen- und Rüstungsschmiede, Kämpferinnen und Kämpfer aus der Feuerlinie. Doch in den Zeiten des Friedens entstanden Hufeisen und Handwerkszeug in ihren Stätten. Sie lehrten und bildeten aus im Handwerk, im Lesen, Schreiben und der Mathematik. Das Feuer war Freund und Verbündeter im Tun. Er holte zu Anima auf.

»Was ist an uns so schlimm, dass wir uns immer verstecken müssen?«, fragte er geradeheraus.

»Hmhm.« Anima rümpfte die Nase. »Schlimm ist gar nichts.«

»Du weißt, was ich meine. Sie hassen uns.«

Sie ging neben ihm her. »Ich glaube nicht, dass sie uns hassen.«

»Sie suchen uns und bringen uns irgendwo hin. Einige werden gar ermordet. Wir tun ihnen doch gar nichts. Im Gegenteil.«

Anima bleib stehen. »Erinnerst du dich an das erste Mal, als das Feuer aus dir brach? Was hast du empfunden?«

Er senkte den Kopf. Die Erinnerung tauchte vor dem inneren Auge auf. »Furcht. Ich hatte große Angst. Wusste nicht, was mit mir geschah.«

Anima musterte ihn von der Seite. »Was denkst du, wie es

denen geht, die dich so sehen. Einen heranwachsenden Mann, der aus dem nichts Feuer herbeiruft, der es formen und nutzen kann?« Er schwieg kurz. »Aber die Angst war nur für einen Moment groß. Dann versuchte ich, das Feuer zu bändigen. Es vertrieb mir die Zeit und lenkte ab von dem, was Schreckliches geschehen war. Ich habe niemandem etwas Schlimmes angetan. Die haben meine Familie getötet, nicht umgekehrt.« Die Hand ging an die Wange, mit den Fingern strich er über die Narben, die Eunike ihm verpasst hatte. Sein Gesicht verfinsterte sich, das Lächeln verschwand. »Es zu beherrschen, macht mehr Freude, als es zu nutzen.«

Anima hielt ihn an der Schulter. »Etwas zu beherrschen, ist eine Kunst. Hab deinen Blick weiterhin auf die Kunst gerichtet. Dein inneres Feuer zu beherrschen, ist wichtiger, als es zu gebrauchen. Flammen sind stets unsere letzte Wahl. Etwas zu nutzen, ist Handwerk. Krieg ist ein Handwerk.«

Er sah sie verwirrt an. »Du glaubst, es wird wieder Krieg geben?«

»Ich befürchte, er hat bereits begonnen.« Sie schaute sich nach Eunike um. Die junge Frau folgte ihnen in gebührendem Abstand. »Auf, wir wollen noch ein Stück vorankommen. Es sind viele Tagesreisen bis Port Aurum. Dort finden wir ein Schiff, das uns mitnimmt.«

Titus nickte. »Glaubst du, wir erhalten noch Nachrichten von Nadala?«

»Das hoffe ich sehr. Von ihr bekommen wir Neuigkeiten, denen wir Glauben schenken können.«

Das dumpfe Geräusch von herangaloppierenden Pferden unterbrach ihr Gespräch. Eunike war wenige Meter entfernt. Sie machte keine Anstalten, zu ihnen aufzuschließen. Anima winkte ihr zu. Anstatt zu ihnen zu kommen, blieb sie stehen.

»Was treibt sie da?«

Titus blinzelte gegen die Sonne, schirmte die Augen mit der Hand ab. »Es ist die Gruppe von gestern. Die in dunkelblau. Alle sechs.«

»Das verheißt nichts Gutes.«

Staub wirbelte auf, als die Reiter näherkamen. Erst knapp vor ihnen zügelten die Reiter ihre Pferde. Sie umringten sie, Gesichter halb hinter Tüchern versteckt, sodass man weder Nase noch Mund sehen konnte. Eunike blieb hinter den Pferden.

»Ah, die Sucherin.« Es war der Anführer. Als einziger trug er kein Tuch, dafür einen Lederhelm mit Nasenschutz. »Man munkelt, eine Fraktion der Feuermagier trug dieses Rot vor den großen Magierkriegen.«

Anima nickte ihm zu. »Es wird sehr viel gemunkelt in jüngster Vergangenheit.« Sie ließ ihren Stab ein ums andere Mal auf den Boden niedergehen, als wolle sie ein Loch graben. Die Pferde um sie herum begannen zu tänzeln. »Was verschafft uns die Ehre?«

Der Mann zog sein Schwert. »Ihr seid hiermit Gefangene. Tot oder lebendig, auf solche wie ihr es seid, ist ein gutes Kopfgeld ausgesetzt.«

Titus spürte Animas Hand in seiner, rückte näher an sie heran. Zwischen den Pferdeleibern versuchte er, einen Blick auf Eunike zu erhaschen. Was trieb sie dort hinten? Und warum war sie nicht hier, bei ihnen?

Animas Stab schlug einen Rhythmus. Titus erkannte ihn. Erschrocken drückte er ihre Hand. Es war eine Weile her, seitdem sie ihn diese Übung hatte machen lassen. Bisher hatte er es nie geschafft, diese fehlerfrei zu Ende zu bringen. »Das wird nicht klappen«, flüsterte er ängstlich.

»Irgendwann muss es das.«

»Ich glaube, das ist nicht der richtige Zeitpunkt.«

»Es gibt für viele Dinge im Leben niemals den richtigen Zeitpunkt.« Sie drückte seine Hand. Ihr Stab gab den Rhythmus an.

Der Anführer drehte sich zu Eunike. »Komm her! Das sollen also Flammenhetzer sein? Die Dürre und ein Halbwüchsiger?«

Sie trat näher. »Ja, das sind sie.« Eunikes Stimme war fest.

»Los, haltet sie fest. Wenn sie uns angelogen hat, wird sie dafür büßen!«

Die Reiterin neben ihm packte die junge Frau am Zopf und zog sie am Haar an sich ran. Eunike schrie auf, griff nach den Händen der Reiterin. Die lachte. »Ruhig, mein Kätzchen. Komm!«

Anima spuckte aus. »Für ein paar Silberlinge«, flüsterte sie. »Für ein paar Silberlinge schickst du Menschen ins Elend, Eunike?«, fragte sie laut.

Es kam keine Antwort. Ein unterdrückter Schmerzensschrei, als die Reiterin nochmals am fest geflochtenen, kastanienbraunen Zopf zerrte.

Auf Kommando des Anführers zogen die anderen ihre Waffen. Schwert, Kurzaxt, eine Peitsche und ein Morgenstern waren dabei. »Auf, zeigt, was ihr könnt!«, bellte er.

Titus merkte, wie Hitze in ihm aufstieg, er versuchte ruhig zu atmen, während seine Knie zunehmend zitterten. Er hielt die freie Hand so gut es ging verborgen, damit die anderen nichts sahen. Atmete ein. Die Hitze wurde im Brustraum zu einer ruhigen Flamme.

Der Peitschenhieb traf ihn von hinten ohne Vorwarnung. Wie ein geschlagener Hund jaulte er auf. Gelächter folgte seinem Schrei. Metall traf auf Metall. Der zweite Angriff hatte Anima gegolten.

Brennender Schmerz durchlief seinen Rücken. Er griff zum Messer, das Metall blitzte hell in der Sonne. Keine Flamme erschien. Dafür wurde er von Anima herumgeschleudert, er parierte, ohne hinzuschauen. Der Schlag ging hart gegen die Waffe, sein Arm wurde nach unten gedrückt, die Axt sauste ins Leere.

Als nächstes schlug Axt auf Stab. Er fühlte die Anspannung der Meisterin, sie gab ihm einen kleinen Schubs und er zog sie in seine Richtung, verlagerte das Gewicht. *Es kommt auf das Drehmoment an,* hatte sie gesagt. Hoffentlich passte das. Der Schrei und das Wiehern des Pferdes gaben ihm recht. Titus selbst holte aus, erwischte das Tier vor sich am Hals, Blut schoss warm aus dem Leib auf seine Hand. Das Pferd bäumte sich auf, traf mit den Vorderhufen das neben sich, dann bockte es. Der Reiter war mit sich und dem Tier beschäftigt. Die Rangelei nutzte Anima für eine weitere Attacke, die den Anführer aus dem Sattel zwang. Sie hatte sein Pferd ebenfalls getroffen.

Titus schrie. Ein weiterer Peitschenhieb brannte am rechten

Oberarm. Er ließ das Messer fallen, beugte sich vor, um es aufzuheben, doch Anima zwang ihn in eine neue Drehung. Instinktiv duckte er sich, als sie seinen Rücken als Stufe für einen Sprung nutzte. Sie erwischte den Anführer mit den Füßen am Brustkorb. Noch während er rücklings fiel, holte sie mit dem Stab aus und schlug auf den Axtträger ein. Der parierte.

Titus bekam sein Messer zu fassen. Die Klinge flammte weiß auf. Entsetzt starrte er auf die Waffe.

»Schau an, schau an. Das Kätzchen hatte recht«, schrie die Reiterin, die Eunike am Haar hielt.

Anima sprang zu ihm. »Magie ist kein Feuer.«

Die Reiterin lachte und fasste die junge Frau noch fester an den Haaren. »Vielleicht ist das Kätzchen selbst eine Flammenhetzerin. Sollen wir es herausfinden?« Sie schleifte sie näher ran.

Eunike stand auf den Zehnspitzen neben dem Pferd, verzog vor Schmerz das Gesicht, ihre Wangen waren nass. »Ich hab's euch gesagt, es sind Feuermenschen. Gebt mir das Geld!«

Der Anführer hatte sich aufgerappelt. »Gib der Dirne die Münzen.« Und an Eunike gewandt. »Verschwinde, ich will dich in dieser Gegend nie wieder sehen.«

Er hob sein Schwert auf. »Dann eben tot.«

Neben Eunike fiel ein kleiner Beutel in den Staub. Sie wurde losgelassen. Als sie die Geldkatze aufgehoben hatte, drehte sie sich zu der Reiterin und blickte auf eine Schwertspitze.

»Lauf, Kätzchen. Lauf schnell. Und vergiss, was hier passiert ist, wenn dir dein Leben lieb ist.« Die Dunkelblaue grinste. »Solche wie du wissen am besten, wie das geht.« Sie lachte. Die junge Frau drehte sich um, rannte los.

Eunike schaute nicht zurück, hörte, wie Titus aufschrie. Sie lief schneller, die Geldkatze in der einen, ihren Beutel in der anderen Hand. Erst als ihre Beine nicht mehr wollten und die Lunge bei jedem Atemzug brannte, blieb sie stehen. Sie hatte die Straße verlassen, hinter einem Busch Schutz vor Blicken gesucht. Als sich ihr Atem beruhigt hatte, öffnete sie vorsichtig die Geldkatze, zählte. Fünfundvierzig Silberlinge.

»Verdammter Mistkerl«, fluchte sie los. »Es waren hundert ausgemacht. Na, warte. Dich vergesse ich nicht.« Sie schloss die Augen. Nach Port Aurum, hatten die Händler stets gesagt. *In Port Aurum trifft sich die Welt, Mädchen.* Eunike lächelte zufrieden.

EIN SCHLAG VON hinten ließ ihn straucheln. Anima half ihm auf. Sie standen jetzt Rücken an Rücken, umringt von den Angreifern. Die Meisterin atmete schwer, Blut rann ihr die Schläfe hinunter.

»Na, los. Bringen wir es zu Ende. Die ist zwar dürr, aber auch zäh. Flammenhetzer oder nicht, beendet diese Treiben«, schnaufte der Anführer.

Titus sah nur noch verschwommen, wo der Redner stand, er wusste nicht, wie lange sie schon kämpften. Sein linkes Auge schwoll zu. Er erkannte dunkelblau gekleidete Schemen, spürte den schnellen Atem seiner Meisterin an seinem Rücken, wie sich ihr Brustkorb hob und senkte. Sie war kleiner als er, dafür umso ausdauernder. Er schwankte.

»Halt dich gerade«, forderte sie und begann zu skandieren.

Fremde Worte, solch eine Sprache hatte er nie gehört, aber es war, als gehörten sie auf seine Lippen. Er versuchte sie mitzusprechen, einzelne Silben. Sie wiederholten sich. Je mehr er sprach, umso stärker wurde der Drang seines inneren Feuers auszubrechen. Er kniff die Augen zusammen.

»Verdammt, eine Hexe ist es.« Die anderen wichen zurück.

»Wir«, Anima machte eine Pause, »bringen das zu Ende.«

Titus spürte die Hitze an seinem Rücken. Die Meisterin ergriff seine Hände, er fühlte ein Ziehen unter der Haut. Kälte kroch ins Blut, als würde ihre Berührung sein Feuer stehlen, seine Lebenskraft, seine Flamme aus ihm heraussaugen. Er japste nach Luft wie ein Fisch an Land. Ihre Berührung schmerzte. Schwer zu unterscheiden, ob vor Hitze oder Kälte. Seine Sinne täuschten ihn von einem Augenblick zum nächsten. Kleine Punkte flimmerten vor seinen Augen. Waren es Funken oder verlor er die Kontrolle über sich selbst? Anima sprach ein letztes Wort, dann explodierte die Welt. Glut und Feuer schlugen aus seiner Brust, um ihm sofort entgegenzukommen, umfingen ihn wie ein Flammenmeer, verschwanden, gefolgt von einer Druckwelle. In seinen Ohren rauschte das Blut gemischt mit einem hohen Pfeifton. Er ging in die Knie, alle Kraft war gewichen.

Anima ließ ihn los, ging selbst zu Boden. Das Wiehern der Pferde war verstummt, die Stimmen der Dunkelblauen auch.

Titus stützte sich mit den Händen auf den Boden, um nicht zu fallen. Asche, überall Asche um ihn herum. Weich und warm. Zaghaft öffnete er die Augen, blinzelte in die Sonne. Keine Reiter, keine Pferde. Da war niemand mehr. Asche. Wind trug kleine weiße Flocken davon. *Wie Apfelblüten,* dachte er.

Ein breiter Ring aus feiner schneeweißer Asche umgab sie. Allmählich erkannte er in den aufsteigenden Flocken einen grauen Fleck. Ein Klumpen Metall.

Schwer atmend rappelte er sich hoch, wirbelte Asche auf. Tränen schossen ihm davon in die Augen. Sein Rücken schmerzte, der Arm, das Auge, eigentlich alles. Er half Anima. Sie hielt ihren Stab, weinte. »Es tut mir leid. Ich wünschte, ich hätte dich auf diese Lektion vorbereiten können.«

Er hielt sie am Arm. Sie schaute sich um, löste sich von ihm, hob etwas Blitzendes aus der Asche. Es war sein Messer. Wortlos nahm Titus die Waffe an sich. Wortlos hoben sie ihre Sachen aus dem Kreis auf, in dem sie gestanden hatten. Hier war keine Asche. Er musste sie nach einigen Schritten stützen. Vorsichtig warf er einen Blick zurück und als könne sie seine Gedanken lesen, beantwortete sie die Frage: »Wenn du willst, verbrennt alles. Der Wind nimmt mit, was bleibt. Selbst das Metall kannst du verdampfen lassen. Doch wozu?«

Er schluckte beim Geschmack des Verbrannten auf Zunge und Gaumen, würgte trocken. Diesmal übergab er sich nicht. Seine Augen tränten unentwegt. Er rieb sie mit dem Ärmel, bis es brannte.

»Es tut mir leid, Titus.«

»Nein, das braucht es nicht«, beschwichtigte er. »Es fühlte sich nur einen Moment schrecklich an.«

»Das Feuer?« Sie blieb verwundert stehen.

Der junge Mann schüttelte den Kopf. »Diese Macht.«

Sie nickte kurz.

»Ich wusste nicht, wie mächtig du bist«, setzte er nach, vermied es, sie anzusehen.

Ein Lächeln umspielte ihre Mundwinkel. *Wenn du wüsstest, wie mächtig du selbst bist, mein Junge.*

»Komm, wir brauchen Wasser und etwas zu essen. Solche Zauber kosten viel Kraft. Außerdem sollten wir schnellstens diese Gegend verlassen. Wer weiß, wo diese Kopfgeldjäger überall angeheuert hatten«, entgegnete sie müde, ohne auf seine Worte einzugehen.

»Erklärst du es mir?«, wollte er wissen.

»Zur richtigen Zeit.«

»Für manche Dinge im Leben gibt es nie den richtigen Zeitpunkt.«

Sie wandte sich ihm zu. Er hatte sich verändert. Sein Blick war ernster, härter. »Wir werden sehen. Ein Schluck Feuerwasser wird uns beiden nicht schaden. Suchen wir uns einen sicheren Platz zum Schlafen.«

Titus lief eine Weile schweigend neben ihr her. »Was ist mit Eunike?«

»Hmhm«, machte Anima beinahe belustigt. »Ja, was ist bloß mit diesem Mädchen?«

Von meinem Blut, von meinem Leid.
Von meinem Geist für alle Ewigkeit.

Aus dem Folianten der Herrschaft
Leitspruch der Drachen

NEUE GEHEIMNISSE

M erranas wischte sich den Schweiß von der Stirn. »Da hat uns diese Anima ja ordentlich was eingebrockt.« Hier unten war es kalt, nass und stickig. Seit Tagen arbeiteten sie im Berg, schlugen Stücke aus dem massiven Felsen und schafften Abraum weg.

»Sieh es als Ertüchtigung an. Deine Oberarme sehen endlich wie die eines fleißigen Mannes aus«, schnaubte Kiromin.

»Dann übst du wohl für diese Anima, hm?« Für die Bemerkung kassierte er einen Schlag in die Seite, den er geschickt parierte. Sie kannten sich mittlerweile zu gut. »Gib endlich zu, dass sie dir gefällt.«

Kiromin schaufelte Geröll in die Lore, damit sie das Gefährt Richtung Ausgang schieben konnten. »Wir müssen herausfinden, was in dieser Höhle ist, von der die Alte erzählt hat.« Er drehte sich um. »Schau, es gehen wieder die gleichen Drei rein.«

Merranas massierte sich das Schulterblatt. Sie hatten die anderen Bergmänner nach und nach bestochen, um in diesem Teil des Stollens arbeiten zu können. Es hatte sie jede Menge Silber gekostet und viel Überredungskunst. Der Eingang zu der kleinen Höhle war eine Ausbuchtung an den Schienen, die Richtung Ausgang führten. Stets standen zwei Bergleute Wache. Die vergangenen Tage hatten sie damit verbracht, zu beobachten, wann wer kam und ging. Jetzt mussten sie den richtigen Zeitpunkt abpassen. Wenn die Drei die Höhle wieder verließen, würde heute niemand mehr auftauchen. Die übernächste Wachablösung erfolgte in der Nacht, so viel hatten sie von den betrunkenen Kumpels in den

Schenken erfahren. Die Wache würde zum Schichtende wechseln, und genau das war der Moment, den sie nutzen wollten.

Kiromin stemmte sich gegen die Lore. »Auf, wir machen die letzte Fuhre, sind allein, wenn wir sie zurückschieben.«

Merranas legte Hammer und Fimmel beiseite, wischte den Schweiß von der Schläfe, zog seine Weste an. Sie fühlte sich klamm und speckig an. »Das Erste, was ich mir in Hyperahmah kaufe, wenn wir zurück sind, ist neue Gewandung. Aus gutem Leder.«

»Das Erste, was du in Hyperahmah tust, ist ein Bad nehmen.«

»Genau wie du. Es stinkt nach Drache.«

Gemeinsam drückten sie das Gefährt die Schienen entlang, die Räder quietschen erbärmlich. Hin und wieder stoben Funken zwischen Rad und Schiene hervor. Als sie an der Ausbuchtung vorbeikamen, warfen sie einen kurzen Blick zur Seite.

»Hey! Weiter mit euch«, bellte eine Wache und hob den großen Abbauhammer, mit dem sowohl der eine als auch der andere bewaffnet waren.

Gehorsam schoben sie ihre Ladung weiter.

Erz und Metalle sind dort nicht gelagert, das rieche ich. Kiromin schaute sich schnell um.

»Erstaunlich, was eine Drachennase zu erschnüffeln vermag. Nur den eigenen Gestank nimmt sie nicht wahr«, flüsterte Merranas und rümpfte die Nase.

»Glaubst du etwa, du duftest nach feinstem Rosenwasser?« Kiromin verzog das Gesicht.

Sie stritten, bis sie endlich das spärliche Licht am Ende des Stollens ausmachen konnten. Hier sammelten sich die Kumpels, die bereits ihr Werk verrichtet hatten. Wie geplant, waren sie die letzten, die noch die Lore in ihren Gang zurückschieben sollten.

»Beeilt euch!«, rief der Vorarbeiter ihnen zu.

Kiromin machte sich an einer der Achsen zu schaffen. »Die macht es nicht mehr lange. Andauernd bleibt das Rad hängen.«

Im Eingang erschien die Wachablösung, grüßte kurz und verschwand im Dunkel des Berges, aus dem zuvor die Freunde gekommen waren.

»Und wir wollen nicht, dass eins abbricht oder gar die Achse.« Der Vorarbeiter kam zur Lore, beugte sich hinunter. Mit dem Stiefel trat er gegen das eine Rad. »Das ist euer Problem.« »Selbstverständlich! Doch sind wir auf das Wissen eines erfahrenen Bergmanns angewiesen.« Merranas machte eine unschuldige Miene und deutete einen Bückling an. »Zeig uns, was wir tun müssen, und wir tun es. Welches Werkzeug? Wo hämmern, wo schlagen?« Er umgarnte den Mann und führte ihn um die Lore. Endlich kamen die drei Männer zurück, die zuvor die Höhle betreten hatten. Schnellen Schrittes verließen sie den Berg. »Danke für deine Mühen. Wir schaffen das schon.« Merranas machte eine Verbeugung und gestikulierte ihm, er könne gehen.

Der andere schüttelte grimmig den Kopf und verschränkte die Arme vor der Brust. »Ihr seid wegen der alten Ida hier. Vergesst das nicht. Und jetzt schert euch weg.«

Er drehte sich zu den wartenden Kumpels. »Feierabend! Die zwei feinen Herren schaffen es allein. Soll mir recht sein.«

Laut schwatzend gingen die anderen dem freien Abend entgegen, während Kiromin und Merranas sich beeilten, die Ausbuchtung zur besagten Höhle zu erreichen.

»Sie hat gesagt, in der schwarzen Kiste sind die Flacons gelagert«, erklärte Kiromin.

Merranas hatte eine kleine Grubenleuchte vom Eingang mitgenommen. Die alte Funzel gab ein unauffälliges Licht. »Gewiss. Ich hoffe nur, dass diese geheime Höhle nicht allzu groß ist, sonst verbringen wir die ganze Nacht mit Suchen. Ich meine, das ist doch gerissen. Eine schwarze Truhe in der Dunkelheit. Was denkst du? Oder warte! Kannst du das Zeug nicht erschnüffeln?«

»Ich bin ein Drache, kein Suchhund.«

»Vielleicht gibst du einen guten Suchdrachen ab. Du hast schon lange kein Feuer mehr gespien. Vielleicht sind deine Nüstern empfindlicher geworden und du kannst besser riechen. Könnte ja sein. Ich meine, dass kein Erz dort ist, hast du ja auch gerochen.«

»Vielleicht gibst du einen guten Kauknochen ab. Als Kopfgeldjäger bist du nicht besonders erfolgreich.«

Merranas blieb stehen. »Was soll das?«

»Komm!« Kiromin packte seinen Freund an der Schulter, schob ihn weiter.

Das letzte Stück zur Ausbuchtung gingen sie ohne Lampe. Vorsichtig setzten sie einen Fuß vor den anderen. Kleine Lichter zeigten ihnen den Weg. Zwei Hünen hatten die Wache übernommen. Der eine mit Hammer, der andere mit einer Axt bewaffnet. Auf dem Kopf trugen sie Gugel, ihre Gesichter lagen im Schatten, nur die Stiefel und ihre Beinkleider waren deutlich im Kerzenschein zu erkennen.

Wir machen es, wie geplant.

Merranas grinste. *Du speist Feuer und es gibt gegrillte Wache im Stollen?*

Der Schlag auf den Hinterkopf zwang ihn, die Zähne zusammenzubeißen, damit er nicht aufschrie. Er spürte Kiromins zufriedene Gedanken darüber. Der gab ihm einen Schubs nach vorne und Merranas stolperte ins Licht.

Als die Wachen ihn bemerkten, hob die eine ihre Axt. »Was willst du hier?« Bevor der Hammerträger etwas tun konnte, hatte Kiromin ihm einen heftigen Stoß gegen die Wand versetzt. Ein verdutztes Stöhnen kam von dem Mann, während der andere die Axt nach Merranas schwang. Der Kopfgeldjäger duckte sich unter dem Angriff hinweg, wechselte geschwind die Seite und schlug von hinten dem Mann auf den Kopf. Unbeeindruckt drehte der sich um.

»Verzeihung!« Merranas sprang irritiert zur Seite und wich erneut aus. »Harte Nuss.«

Kiromin rang mit dem anderen, der wenigstens seinen Hammer hatte fallen lassen. Er holte aus, verpasste dem Riesen einen Faustschlag ins Gesicht, der jeden Menschen in die dunkelsten Gefilde der Träume versetzt hätte. Dieser hier schwankte nur ungewöhnlich lang. Ein zweiter Schlag traf das Gesicht des Mannes, die Haut blieb geschmeidig, die Augen klar, er schwankte noch mehr. Ungläubig schaute der Jungdrache seinem Gegner zu, der weder Anstalten machte umzufallen, wie es sich für einen Ohnmächtigen gehörte, noch ihn weiterhin angriff. Nach wenigen Augenblicken kippte der Mann vorneüber, ging wie ein Brett zu Boden. Kiromin wich dem Fallenden aus, der reglos liegenblieb.

»Hier stimmt etwas nicht«, rief er Merranas zu.

Der Freund rang mit dem anderen Kerl, der ihm mit dem Axtgriff im Schwitzkasten hielt. Rechtzeitig verflüchtigte sich Merranas, als Kiromin den Hammer des anderen schwang. Das schwere Werkzeug traf den Schädel, versank darin, als sei er Lehm. Auch diese Wache schwankte unnatürlich oft hin und her, bevor sie der anderen folgend umkippte.

»Was sind das für Kreaturen?«, fragte Merranas, der neben Kiromin wieder seine Gestalt annahm.

»Vater hatte einmal Geschichten über die Erdelementare erzählt, dass sie Kreaturen aus Lehm erschaffen und zum Leben erwecken können. Wenn ich mich recht erinnere, erholen sich diese Wesen schnell. Komm, lass uns in der Höhle nach den Mitteln suchen.«

Ein schwaches orangenes Licht erhellte die Aushöhlung des Berges. Wie hohe Fenster einer Kathedrale erhoben sich zu beiden Seiten des Gewölbes Platten aus orange-rosa schimmerndem Stein, sie waren an der Felsseite mit einer Lichtquelle versehen, gaben ein sanftes Licht. Am anderen Ende der Höhle stand eine Statue aus genau dem gleichen Material wie die Fenster.

»Ist das eine heilige Stätte? Ein Tempel im Berg?« Merranas betrachtete die leuchtenden Platten.

»Sieht beinahe so aus. Lass uns dort hinten nachsehen. Zumindest ist der Raum wichtig genug, um ihn von solchen Kreaturen bewachen zu lassen. Wir holen, was wir brauchen und verschwinden.« Kiromin beeilte sich, zur Statue zu kommen. Kurz vor dem Sockel blieb er abrupt stehen.

»Was ist? Hast du was entdeckt?« Merranas fasste eine der

Platten an. Glatt und kalt wie Glas. Er runzelte die Stirn. Vorsichtig ging er näher heran, bis seine Lippen das Gestein berührten. Er streckte die Zunge raus und leckte über das Material. »Ha, wusste ich es doch! Salz. Das ist der heimliche Schatz hier oben. Kein Wunder, dass die Händler den weiten Weg auf sich nehmen und die Hiesigen das Geheimnis so gut hüten. Das Zeug bringt ordentlich Gold in die Kassen. Wahrscheinlich gibt es hier mehrere Schichten des farbigen Minerals. Was meinst du?« Merranas fuhr mit der Hand über die Platte. »Schöne Farben. Sicherlich sehr begehrt in den Küchen der Reichen. Das erklärt die Wachen. Soll wohl nicht jeder erfahren, hm?« Er drehte sich zu seinem Freund um. Kiromin stand regungslos vor der Statue.

»Kiromin?« Merranas ging zu ihm, fasste ihn an der Schulter, als der andere keine Anstalten machte, ihm zu antworten.

»Was?«, fragte der abwesend unter der Berührung des anderen.

»Oh, sie ist wirklich schön. Jedoch zu Salz erstarrt.« Merranas lachte auf. Die Statue war das Abbild einer jungen Frau, die die Hand ausstreckte. Sie war aus einem dunkleren Salzblock geschlagen worden. Kräftiges Rosa zeigte ein makelloses glattgeschliffenes Gesicht, der Körper anmutig in einem einfachen Kleid. Der rechte Arm ausgestreckt, die Handfläche zu einer Schale geformt, machte es den Eindruck, sie würde den Betrachtern etwas anbieten. Hin und wieder tropfte eine Flüssigkeit in das kleine Steinbehältnis, das direkt darunter stand. Es war auf einem separaten Sockel platziert, der einen nach oben blickenden Drachenkopf darstellte, der das Maul aufriss, im Begriff eben dieses Gefäß zu verschlucken.

Merranas rümpfte die Nase. »Uh, das stinkt.«

»Das ist Salzsäure«, entgegnete Kiromin. »Das kann nicht das Geheimnis sein.« Noch immer starrte er die Statue an.

Merranas winkte mit der Hand vor Kiromins Augen. »Was ist los mit dir? Haben die Lehmmänner dich am Kopf erwischt?«

Der andere schüttelte den Kopf. »Ich kenne diese Frau.«

»Ach?«

»Das ist Candela, die Feurige.«

Merranas nickte anerkennend. »Muss ich sie kennen? Ist sie eine Göttin oder eine andere wichtige Persönlichkeit?«

Sein Begleiter ging auf die Statue zu. Er musste sich auf die Zehenspitzen stellen, um mit der Hand die Wange des Steins berühren zu können.

»Seltsam, ich spüre sie nicht. Aber sie ist es, ihr Abbild, ihr Gesicht.«

»Was in aller Echsen Namen soll das denn schon wieder?« Merranas hatte das Tun des anderen beobachtet. »Wieder so ein Drachending?«

Kiromin blickte ihn an. »Sag mal, du hast nicht zufällig in den letzten Nächten von ihr geträumt, oder?«

Der Kopfgeldjäger fuhr sich mit der Hand durch die Haare. »Von hübschen Mädchen träume ich jede Nacht.«

»Das meine ich nicht.«

»Schon gut, ich weiß, was du meinst. Nein, ich habe seit Kallestrus' und Selestrias Verwandlung in eine Lichtkugel nie wieder von Drachen geträumt. Wer ist diese Candela? Wie war der Name nochmal?«

Kiromin wandte sich zur Statue. Fasste die Zehen aus Salzstein an. »Das ist eine Statue meiner ältesten Schwester. Ihrer menschlichen Gestalt. Ich erinnere mich sehr vage an sie. Wie kommt dieses Werk hierher?«

Merranas trat näher. »Bist du sicher? Wie lange ist es her? Und wenn du sonst nichts spüren oder riechen kannst, handelt es sich lediglich um eine Ähnlichkeit.« Er betrachtete die Hand der Figur genauer. Der beißende Geruch der Salzsäure brannte in der Nase, hinterließ einen seltsamen Geschmack auf der Zunge. »Woher kommt diese Flüssigkeit?«

Kiromin fuhr herum. »Das werden wir später herausfinden. Da kommt jemand.«

Sie hörten einige Stimmen und schnelle Schritte. Geübt zog Merranas die Messer aus seinen Stiefelschäften. Kiromin hielt die Nase in die Luft. »Es sind mindestens fünf.«

»Das ist nicht gut.«

Sie blieben zusammen. Die Stimmen wurden deutlicher, die Schritte lauter. Im Eingang zur Höhle erschienen mehrere Gestalten, vier davon gekleidet wie die Wächter. Die anderen erkannten sie lediglich an der Bewegung. Ihre Kleidung verschmolz mit den Wänden, änderte sich im Licht, ließ sie im Raum verschwinden, wenn sie innehielten.

Es sind vier Wächter, das andere Menschen, hörte Merranas die Stimme des Drachen in seinen Gedanken.

Womöglich sind draußen noch mehr, setzte er hinzu.

»Los, ergreift sie. Nur ein Drache erkennt den Drachen, hä!«

*Ist das nich*t…, begann Merranas.

…*die Alte, mit der Anima uns bekannt gemacht hat*, vollendete Kiromin den Satz.

»Du hast uns in eine Falle gelockt«, rief Merranas.

Ein heiseres Lachen hallte von den Wänden wider. »Ihr elendige Brut. Habt ihr gedacht, wir lassen uns eine solche Gelegenheit entgehen?« Die Alte stand inmitten des Raums. Mit einer ausladenden Handbewegung zeichnete sie einen Kreis auf den Boden.

Die Steine unter ihr setzten sich in Bewegung, erst kleinere, dann größere, sie bildeten mannshohe Säulen, aus denen Arme und Beine wuchsen, der Rumpf deutete eher eine Beule anstelle des Kopfes an.

»Was in aller Welten?« Merranas machte einen Schritt zurück.

Kiromin knurrte. »Ist das der Dank für alles, was wir über Regulus berichtet haben?«

Ein wütender Schrei der Alten war die Antwort. Sie schickte mit einer weiteren Handbewegung die Steinmonster in ihre Richtung.

Kiromin zögerte nicht. Er wich der ersten Erdkreatur aus, hielt auf die Alte zu. Merranas tat es ihm nach. Er ging ins Luftelement über, materialisierte sich hinter der Alten. Kaum war er erschienen, setzten sich die Wächter in Bewegung, direkt auf ihn zu. Er sprang zwischen ihnen hindurch, drehte sich in der Luft und erwischte einen mit dem Messer an der Wange, ohne etwas gegen die Kreatur auszurichten. Es war wie zuvor bei den anderen. Vor sich hörte er Kiromin brüllen und fluchen.

Sein Freund war von zwei Steinmonstern und den beiden anderen Wachen umzingelt. Die Alte hatte es auf den Drachen abgesehen, nicht auf ihn. Er sprang den vor ihm stehenden Wächter von hinten an, hielt sich mit einem festen Würgegriff an dessen Hals, stach das Messer der rechten Hand in den Rücken des Gegners. Die Kreatur zuckte leicht. Sie hielt auf Kiromin zu, genau wie der vierte. Über die Schulter des Hünen sah er Kiromin, wie er ein Steinmonster nach dem anderen rammte. Jedes zerfiel zu einem Haufen, nur um gleich darauf wieder als Säule mit Extremitäten aufzustehen.

Während der junge Drache fluchte, hörte er das hämische Lachen der Alten. »Hä, Giftmischer sucht ihr, ja? Hä, Hilfe brauchen die Drachen, ja? Dir werde ich schon helfen, du Ausgeburt allen Übels. Wegen dir sind beinahe alle Linien ausgerottet. Wegen eurer Sippe sind wir zum Leben und Sterben unterm Joch verdammt. Was Plutarch nicht geschafft hat, werden wir an den letzten von euch vollenden.«

Merranas wurde von dem Wächter abgeschüttelt. Geschickt sprang er zur Seite, gerade noch rechtzeitig, um nicht von dessen Tritt getroffen zu werden. Mit zwei Sprüngen war er bei Kiromin. Rücken an Rücken standen sie da, umringt von lebendig gewordenem Stein, Salz und Lehm.

»Das sind Beschwörer, die den Steinen Leben einhauchen. Dort, an den Wänden. Wir müssen sie loswerden«, zischte Kiromin. »Die Alte kontrolliert nur den Stein.«

Merranas betrachtete die Wände. Er konnte niemanden erkennen. »Ein Sack Drachengold für deine Echsenspürnase. Ich kann niemanden erkennen.«

Der Drache versetzte einer Steinsäule einen heftigen Tritt. Kleine Steinchen flogen zu allen Seiten davon, als das Gebilde auseinanderbarst. »Du bist ein Windling. Mach dir deine Talente zu Nutze.« Er rammte einen weiteren Steinangreifer mit der Schulter weg und stöhnte. »Diese menschlichen Körper taugen nichts.«

Merranas schnaubte. »Jaja, schon gut. Wir sind schwach und weichlich. Also dann. Schnell wie der Wind.« Er sprang in die Höhe, bis er beinahe die Decke erreichte, verharrte einige Momente schwebend über dem Geschehen. Da, zwei Bewegungen an der Wand hinter seinem Freund. Er hatte sie zum Hochschauen gezwungen. Mit Schwung ließ er sich fallen, die Beine zu einem Tritt angewinkelt. Der Stiefel traf auf weiche Kleidung und Fleisch. Mit einem Stöhnen ging die Person zu Boden, blieb wie ein Steinhaufen liegen. Merranas beachtete sie nicht weiter, machte einige Schritte auf den nächsten Beschwörer zu. Mit dem Messer in der rechten Hand ging er auf ihn los. Sein Angriff endete in Schmerz. Der Rückstoß war so heftig, dass es ihm den Arm nach hinten riss, das Messer fiel zu Boden. Ein harter Stoß ließ ihn straucheln und rücklings fallen. Sein Gegner löste sich aus der Wand. Geschmeidig bewegte sich der lebendig gewordene Stein auf ihn zu. Er erahnte die Umrisse der Person, mehr ließen die Lichtverhältnisse nicht zu. Mit einer flinken Bewegung rollte er zur Seite, war wieder auf den Beinen, um rechtzeitig einem weiteren Schlag auszuweichen. Eine Waffe erkannte er nicht, der Luftzug hatte den Angreifer verraten.

Was machst du da hinten?, rief Kiromin ihm in Gedanken zu.

Ich suche Pilze! Was denkst du? Merranas sandte diese Botschaft, während er einem weiteren Schlag auswich. Geschickt war er dem Angriff entgangen, stach mit dem zweiten Messer intuitiv in die Richtung, wo er die Person vermutete. Der Schmerzensschrei honorierte den korrekt geführten Stich. Ein Stoß in den Rücken beförderte ihn erneut zu Boden. Die Luft suchte schneller als üblich den Weg aus seinen Lungen, für einen Augenblick wurde es dunkler als zuvor. Merranas keuchte. Mit Mühe verflüchtigte er seinen Körper, um damit mehreren Tritten zu entgehen. Er tauchte hinter Kiromin auf. »Wir brauchen eine andere Strategie«, hustete er los. Der Rücken brannte vom letzten Angriff. »Die sind stark und ich erkenne sie erst, wenn sie sich bewegen.«

»Hä! Da kann dir dein Menschlein auch nicht mehr helfen, Drache.« Die Alte reckte beide Arme in die Höhe. Ein Grollen erhob sich in der Höhle.

»Oh, verdammt«, entfuhr es Kiromin.

»Wenn du sowas sagst, bekomme ich ein flaues Gefühl in der Magengegend.« Merranas hatte die Arme vom Körper gestreckt. »Entweder mir ist schwindelig oder der Boden bewegt sich.«

Die Steinkreaturen vor ihnen wuchsen zu Riesen heran. Von den Wänden kam ein rhythmisches Raunen, die Stimmen schwollen an, sie hörten einen Gesang mit seltsam klingenden, jedoch bekannten Worten. Die Wächter und Steinkreaturen nahmen an Größe zu. Weitere Brocken lösten sich aus dem Boden, rollten schwerfällig an die bereits lebendigen Säulen heran, fanden ihren Platz in den Gestalten, sortierten sie neu und gaben den Wesen mehr Größe.

»Was tut sie da?« Merranas drängte sich näher an Kiromin heran.

Der Drache starrte die Frau an. »Es ist der Versuch, uns zu töten.«

»Uns? Du meinst mich. Ich dachte, euch Echsen haut nichts so schnell um.«

»Beim Denken sollst du weiter üben.«

Mit einem Schrei und ausgestreckten Armen schickte sie die Riesen auf sie los. Noch bevor sie etwas tun konnten, brachen die Gesteinsmassen über ihnen zusammen. Merranas hob die Arme zum Schutz, merkte wie Kiromin sich auf ihn warf. Er wollte laut schreien, da wurde er schon vom Gewicht seines Begleiters und einer Steinlawine zu Boden gedrückt, die Atemluft blieb ihm ein weiteres Mal weg, die Lichter gingen aus.

Schmerzensschreie holten ihn in die Wirklichkeit zurück. Es stank nach verbranntem Fleisch und versengter Wolle. Kiromins Brüllen war zu hören. Er hatte einen Teil ihrer Angreifer vernichtet. Mit etwas Mühe kam Merranas auf die Beine. Zwei Steinkreaturen und ein Wächter griffen den Drachen weiterhin an. Die Alte wich Richtung Höhlenausgang zurück.

Ihre Stimme tönte schrill in dem Gewölbe. »Ich wusste es sofort, als ich dich gesehen habe. Ihr seht alle gleich aus. Verflucht sollt ihr sein!« Sie formte weiter Kreise mit den Armen. Die Säulen erhoben sich allerdings nicht mehr so hoch wie zuvor.

Ihre Kräfte schwinden, bemerkte Merranas im Geiste.

Kiromins silberner Hals bog sich. Er hielt auf den letzten Wächter zu. Das Maul des Drachen öffnete sich und die Hitze der Flammen füllte die Höhle. In dem hellen Licht erhaschte Merranas einen kurzen Blick auf die Alte, bevor er die Augen vor der heißen Luft schützend schloss. Sie versuchte zu fliehen. Kiromin setzte ihr nach. Ein Donnern ertönte, gefolgt von einem starken Beben, das Merranas erneut von den Beinen holte. Es grollte noch eine Weile, selbst als er wieder aufgestanden war. Die Höhle lag nur noch in einem schwachen Dämmerlicht. Konturen waren zu erkennen.

Merranas? Die Stimme des Drachen klang klar in seinem Geist.

Kiromin?

Gut, du lebst.

Ja, aber ich sehe kaum etwas. Wieso ist es so still?

Kiromin schnaubte, bevor er die Gedanken erneut zu seinem Freund sandte. *Die Alte ist tot. Ich habe sie den Flammen übergeben.*

Merranas grinste. »Geröstet oder zu Asche?«, sprach er laut aus.

Er hörte, wie Kiromin mit seiner tiefen Drachenstimme fluchte. Doch es ertönte sehr gedämpft.

»Was ist mit dir?«

Schweigen, schnauben, fluchen.

»Kiromin?« Merranas rannte zum Teil der Höhle, wo zuvor der Eingang gewesen war, stolperte über etwas. Tastete herum. Schuppen, warme glatte, leicht silbern glänzende Schuppen.

»Hey, pass auf! Und nimm deine Finger von meinem Hintern.« Kiromins Stimme war immer noch gedämpft, dafür gereizt.

Merranas zog sofort die Hände weg, wischte sie an der Weste ab. »Was hast du?«

»Ich stecke fest. Die Alte hat den Eingang über mir einstürzen lassen.«

Endlich erkannte er Stücke der Umgebung. Merranas betrachtete das Hinterteil des Drachen, das von Felsstücken umgeben war. »Geht es dir gut?«

»Stell nicht so dumme Fragen. Komm hier rüber zu mir.« Kiromin bewegte den Schwanz und erwischte ihn an der Hüfte. Merranas strauchelte. »Hey, Vorsicht! Wie soll das gehen?«

»Such dir einen Spalt und zwäng dich durch.«

»Nimm deine menschliche Gestalt an. Dann kommst du frei.«

»Rede keinen Unsinn! Als Mensch werde ich sicher vom Stein zerdrückt. Komm hier rüber.«

»Wieso Unsinn?« Merranas stemmte die Arme in die Hüften. »Werde Mensch, ich ziehe dich schnell wie der Wind raus. Auf drei.« Er betrachtete den feststeckenden Leib und die Steine. Keine Antwort folgte auf seinen Vorschlag. Er seufzte. »Ich komme.«

Als Wind presste er sich durch eine kleine Ritze, weiter durch einen Spalt, bis er endlich den Stollen fand. Kiromin lag auf dem Bauch und hatte das Maul auf eine Pranke gestützt. »Das hat gedauert.«

»Oh, verzeihen Sie, Ihre Drachigkeit. Ich wusste nicht, dass es Euch eilt. Pressiert das Echsenbläschen?«

»Hör mit diesem Getue auf! Solange ich hier feststecke, bin ich leichte Beute. An Wandeln ist nicht zu denken.«

Merranas ging um seinen Freund herum und betrachtete die Wände. »Wieso nicht?«

»Nun, weil.«

»Weil was?« Merranas legte die Stirn in Falten.

Kiromin hob den Kopf. »Es ist so ein Drachending.«

Der andere lachte auf. »Schon wieder? Was ist es diesmal?«

Wenn wir feststecken, gefesselt oder eingeklemmt sind, können wir uns nicht wandeln.

»Was?«, entfuhr es Merranas. In der Stille des Stollens tönte die Frage wie ein Schrei.

Kiromin griff verärgert mit einer Pranke nach ihm.

Geschickt wich Merranas aus, verzog vor Schmerz das Gesicht. Die Schläge auf den Rücken machten sich bemerkbar. »Und jetzt?«

Er erntete einen genervten Blick.

»Hilf mir und hol mich hier raus«, prustete der Drache.

»Wie?«

Es grollte, doch diesmal war es nicht der Berg.

»Schon gut. Lass mich mal sehen. Kannst du, außer den Schwanz auf der anderen Seite, irgendein Körperteil bewegen?«

Kiromin kniff die Augen zusammen, spannte den Körper an. Links und rechts von ihm kullerten einige kleine Steinchen weg. Er stemmte die Pranken gegen den Boden, bäumte den Oberkörper auf. Wenige Brocken rollten weiter. Der Drache brach mit einem Schnaufen zusammen, landete auf dem Bauch, die Pranken von sich gestreckt.

Alle Erheiterung war aus Merranas' Gesicht gewichen. »Schon gut. Ich verstehe. Warte. Ich schaue oben nach, ob ich dich freigraben kann. Vielleicht schaffst du es, wenn wir dort Felsbrocken entfernen.« Mit flinken Bewegungen war er an der linken Seite hochgeklettert. Kleinere Stücke lösten sich und er warf sie hinab.

Kiromin schaute von unten zu. Nach einer Weile schnaubte er.

»Hast du Schmerzen?«, fragte Merranas besorgt.

»Nein, das dauert zu lange. Wenn die anderen kommen und mich so sehen.«

Der Freund sprang zu ihm hinunter. »Das darf nicht geschehen.«

Kiromin knurrte leise. Sollte die Wachablösung kommen und Alarm schlagen, würde ganz Moohpet-Rah hier zusammenlaufen. Die Nachricht, dass ein Drache gesichtet oder gar gefangen wurde, würde sich wie ein Lauffeuer über den Kontinent verbreiten. Merranas fuhr sich mit den Fingern durch die Haare. »Und wenn wir dich wieder reinschieben? Dann kannst du als Drache von innen den Eingang wieder aufbrechen und dich hier draußen in einen Menschen wandeln.«

»Wie wollen WIR das anstellen?«

Merranas stemmte sich gegen die mit kleinen, aber harten Schuppen besetzte Brust des Drachen und drückte. »Nun beweg dich schon, du dicke Echse.« Nichts geschah, außer dass er seinem Begleiter ein kleines bisschen näher war als üblich.

Der andere kicherte, Rauch vernebelte Merranas kurz die Sicht. »Aufhören, das kitzelt. Außerdem bin ich nicht dick.«

Er ließ von der Echse ab. Es war vollkommen aussichtslos, den Drachen zu bewegen. Die Felsen drückten den großen Leib seines Freundes mit schwerem Gewicht zu Boden. Die Tatsache, dass er ein Drache war, hielt ihn am Leben. Was tun? Er betrachtete die Nüstern und den langen Hals.

»Ich habe vor längerem in den Bibliotheken von Hyperahmah ein Buch gelesen, in dem wurde ein Prinzip beschrieben.«

Kiromin blickte ihn von oben herab an. »Seit wann kannst du lesen und weißt, wie man ein Buch öffnet?«

Der andere winkte ab. »Es stellte einen Antrieb dar, so ähnlich wie eine Kanone, nur eben andersherum. In dem Buch wurde es als Rückstoß bezeichnet.« Merranas machte eine ruckartige Handbewegung nach vorne. »Wenn sich etwas mit viel Kraft abstößt, wie bei einer Explosion, bekommt es einen Impuls in die entgegengesetzte Richtung.«

Kiromin sah seinen Freund an. »Damit ich das richtig verstehe. Dein Vorschlag ist, dass ich spontan explodiere?«

Der andere hatte die Arme vor der Brust verschränkt. »Ja, tatsächlich. Das könnte funktionieren.«

Mit aller Kraft bäumte sich der Drache auf. Felsbrocken lösten sich an den Seiten, der Hals der Echse schwang hin und her, die Pranken krallten sich in den Boden, bis die Krallen über das Gestein kratzten und tiefe Furchen hinterließen. Mit einem Ächzen brach Kiromin ein weiteres Mal zusammen, ohne sich von der Stelle gerührt zu haben. »Ich spüre meinen Schwanz kaum noch.«

»Also gut, wir machen das so. Du ruhst dich für ein paar Augenblicke aus, dann richten wir deinen Hals aus und«, Merranas brach mitten im Satz ab. Das rote Leuchten in den Augen seines Freundes hieß ihn Schweigen. Sie lauschten. Stimmen.

»Egal, was du vorhast, tue es einfach. Sollte ich dabei schlecht wegkommen, renn und flieg wie nie zuvor«, zischte Kiromin.

Merranas machte eine beschwichtigende Geste. »Entspann dich und lege den Hals ganz gerade und flach auf den Boden. Ja, so.

Nein, gerade, nicht zu mir. Stell dich nicht an. Und jetzt schließe die Augen. Vertrau mir. Schließe die Augen.«

Das rote Leuchten verschwand unter den beschuppten Lidern.

Merranas langte in die Hosentasche, zog ein Säckchen heraus, öffnete es und hielte es an die Nüstern seines Freundes.»Tief einatmen. Richtig tief einatmen«, befahl er.

Die Nüstern des Drachen bewegten sich, während Merranas das Säckchen vorsichtig schüttelte.

»Was ist das für ein Zeug? Das juckt und außerdem riecht es«, schimpfte der Drache.

»Das ist nur Vertrum album.«

»NUR?«

»Falls du Läuse zwischen den Schuppen hast, lösen wir zwei Probleme auf einmal.«

»Bist du völlig übergeschnappt? Ich habe bestimmt keine Läuse zwischen den Schuppen.«

Aus dem Stollen kamen Geräusche und Licht.

»Hole einmal tief Luft.« Merranas hörte ein vorsichtiges Schnuppern, stoßartig atmete der Drache ein und aus.

»Lauf, lauf schnell.« Die Drachenstimme bebte. Die Nüstern weiteten sich, das Maul ging langsam auf, ein Zittern erfasste die ganze Schnauze.

Der junge Mann rannte in die Dunkelheit, weg vom Drachenkopf und den Stimmen.

Kiromin riss das Maul weiter auf, warf den Kopf nach hinten. Dann erscholl ein lautes Niesen. Das Echo hallte dröhnend in der Höhle wider.

Genau in diesem Moment sprang Merranas weg, um nicht von der mächtigen Feuersbrunst erfasst zu werden, die gegen die Stollenwand prallte und sich zu den Seiten ausbreitete. Donnern ertönte, Steinschlag und ein Rumpeln gingen durch die Schächte des Berges, als habe jemand den Stollen gesprengt. Nachdem das Feuer erloschen war, blinzelte Merranas in die Dunkelheit.

Kiromin?, fragte er vorsichtig in Gedanken.

Stille.

Kiromin? Hat es funktioniert? Bist du freigekommen?
Vorsichtig tastete er sich durch die Dunkelheit. Die Geräusche am anderen Ende des Stollens waren verstummt, nach und nach erkannte er wieder Umrisse der Umgebung.

KIROMIN?
Wenn ich hier raus bin, bringe ich dich um. Du verdammter Windling! Ich habe eine riesige Beule am Kopf und mein Arsch tut weh, rief der andere ihm im Geiste zu.

Felsbrocken lösten sich aus der Wand, fielen vor seine Füße, ein Drachenkopf erschien in der Öffnung, die Nüstern wurden zur Nase, die Schuppen verschwanden, machten Haut und Haaren Platz. Sobald Kiromin Kopf und Arme durch die Öffnung gesteckt hatte, hielt ihn Merranas fest. Ohne zu fragen, verflüchtigte er sich und die menschliche Gestalt des Drachen. Sie sprangen und flogen durch den Stollen. Die herbeigeeilten Wächter und Minenarbeiter zogen als Schemen an ihnen vorbei. Merranas zog Kiromin hinter sich her, bis sie den Ausgang erreichten, dann sprang er hoch, schwang sich mit aller Kraft in die Lüfte. Im Licht des Mondes ließen sie Moohpet-Rah hinter sich. Erst als sie über dem Tal waren, verloren sie an Höhe. Die Baumgrenze nutzte Merranas zur Landung. Hier würde man sie nicht finden. Nach einer unsanften Landung ließ er sich gegen einen Baum sinken. Alle Kraft war verbraucht, das Element forderte seinen Tribut. Noch nie zuvor hatte er einen Drachen materialisiert. Es fühlte sich an, als habe er einen Berg versetzt.

Ich danke dir, mein Freund. Kiromin hatte sich neben ihn fallen gelassen. *Wenn du irgendjemandem erzählst, dass du mich mit einem Niesanfall aus der Höhle befreit hast, wird ein kleines Aschehäufchen alles sein, was von dir übrigbleibt.*

Schwer atmend und lachend, lehnten sie an der kahlen Lärche.

»Wir reisen zurück und berichten den anderen, was passiert ist«, begann Merranas, nachdem er wieder zu Atem gekommen war.

Der andere nickte. »Ich weiß. Allerdings bringen wir wahrlich keine guten Neuigkeiten mit. Die Falle war gut durchdacht. Sie hatten sich gut auf diesen Angriff vorbereitet.« Kiromin stand auf. »Sie wussten, wer und was du bist. Jemand muss es ihnen verraten haben.« Merranas wischte sich den Schweiß von der Stirn. »War es diese Eunike? Was meinst du?«

Der Drache schnaubte. »Das Mädchen ist einfältig. Der traue ich sowas nicht zu. Zudem, von wem hätte sie es erfahren sollen? Titus hat sogar die Träne verweigert, außerdem hätte sie um die Heilkräfte der Drachentränen wissen müssen.«

»Wer sonst? Anima wollen wir nicht beschuldigen, oder?«

Der andere antwortete nicht.

»Nein, Kiromin. Sie kann es nicht sein. Sie hat Titus geholt, sie kennt Nadala. Sie weiß vielleicht, wer du bist, aber welchen Vorteil würde ihr das bringen?« Merranas erhob sich langsam. »Oder? Was haben deine Drachenfühler denn wahrgenommen, als wir zusammensaßen?«

»Meine Drachenfühler? Bin ich ein Feuer speiender Käfer?«

»Du weißt, was ich meine.«

Kiromin drückte den Zeigefinger hart gegen die Brust seines Freundes. »Diese Drachenfühler hast du selbst. Schon wieder vergessen? Unser Blut fließt durch deine Adern.«

Beschwichtigend hob der andere die Hände. »Ich kann das noch nicht so perfekt.«

»Lern's endlich.« Sein Hals wurde länger, aus dem Gesicht formte sich eine Schnauze, der Körper schwoll an und aus dem Rücken brachen zwei silberne Schwingen. »Steig auf«, raunte er Merranas zu, als die Wandlung abgeschlossen war. »Nein, sie war es nicht. Jemand anderes hat uns verraten.«

Merranas' Beine waren schwer wie Stein, sein Rücken brannte. Am liebsten wäre er eingeschlafen. Mit einem Seufzer schwang er sich auf den Rücken und hielt sich am Hals fest. *Danke, Kiromin.*

Sanft sprang der Drache ab und erhob sich mit wenigen Schwingenschlägen in die Luft. Kalter Wind empfing sie. Es roch nach frischen Tannen und Schnee. Merranas spürte das Prickeln auf seiner Haut, Kälte war genauso sein Element wie die Hitze des Feuers. Selbst seine Elemente konnten sich nie wirklich entscheiden, was er war. Im Schatten der Gipfel verließen sie die Gegend von Moohpet-Rah gen Südosten. In Hyperahmah wartete man schon auf ihre Rückkehr.

Kein Ort uns zu binden,
in Ost oder West.
Wir bringen das Leben,
nehmen den kleinsten Rest.
Ob Süd oder Nord,
alles hinfort,
ungesehen.

Inschrift auf einer Tafel im Tempel der Winde

GESCHÄFTE

Ogjenn zupfte Fäden von seiner schwarzen Weste. »Verehrtester, du hast dir aber ein feines Versteck für die wichtigen Treffen ausgesucht. Der Überfall und dieses Augenverbinden hättest du mir ersparen können. Verdammt, ich werde alt und bekomme bei sowas noch einen Herzschlag.« Der Mann war hochgewachsen und stämmig. Die dunklen Haare waren kurz und raffiniert nach hinten frisiert. »Schau dir meine Stiefel an. Es wird Stunden dauern, bis sie wieder ordentlich aussehen.«

»Tu bitte nicht so, als ob du sie eigenhändig polieren müsstest.« Wynfreth betrachtete seinen Besucher, der mit neugierigen Blicken das Zimmer und die Umgebung vor den Fenstern betrachtete.

»Eine wirklich schöne und einsame Gegend. Wie hast du diesen alten Bau gefunden?«, wollte Ogjenn wissen.

»Ein Handel.«

Sein Gast lächelte. »Du warst und bleibst ein Schlitzohr.«

Wynfreth betrachtete den Goldring am Finger des Mannes. Ein Flammenkranz, filigran geschmiedet, dass es den Eindruck machte, das Feuer sei lebendig. Je nach Lichteinfall glänzten die kleinen Zacken und lenkten die Aufmerksamkeit auf das Schmuckstück anstatt den Träger. »Und ihr seid Angeber.«

»Ihr? Ich bin allein. Was ist das für ein Schwert dort oben? Schickst du dich an, selbst zur Waffe zu greifen? Scheint von guter Qualität zu sein.«

Der Statthalter lächelte höflich. »Fürwahr. Du hast ein Auge für die kostspieligen Dinge dieser Welt.«

»Warum hängt es dort oben?« Ogjenn war ans Regal herangetreten.

Sogleich war Wynfreth an seiner Seite, räusperte sich.

Der andere trat näher an das Regal. »Es ist von hohem Wert, hervorragende Schmiedekunst. Man sieht es selbst auf Entfernung. Eine extravagante Investition.«

»Ich habe dich nicht eingeladen, um mir Komplimente über meinen Wandbehang zu machen.«

Der Mann in Schwarz lachte laut und wandte sich ab. »Also, was verschafft mir die Ehre, dass du ausgerechnet den größten Angeber von allen zu einem Treffen bittest, zudem von der verhasstesten Sorte, der du nachstellst?«

Wynfreth rümpfte kurz die Nase. »Du hättest nicht kommen müssen, wenn du mich so sehr fürchtest.«

Ogjenn grinste. »Aber gewiss doch. Wenn Wynfreth, der Sadist, zu einem Treffen lädt, lohnt es sich immer zu kommen. Warum sonst würdest du mit so, verzeih den Ausdruck, Abschaum wie uns sprechen wollen, wenn du kein Angebot hättest?«

»Der Sadist. Ist das euer Name für mich?« Ein dünnes Lächeln umspielte das sonst ernste Gesicht des Gastgebers.

Sein Gegenüber nickte still. »Lassen wir das offizielle Geplänkel. Was hast du anzubieten, außer einer fantastischen Aussicht am Fenster? Ich glaube, ich war noch nie so weit südlich in den Wäldern dieses Kontinents.«

Wynfreth gab den Wachen ein Zeichen. Die Türen des Zimmers wurden geöffnet. Ein junger, ärmlich bekleideter Mann betrat den Raum, begleitet vom Schreiber des Statthalters und von zwei Wachen. Als der Gefangene den Fremden feindselig anstarrte, lachte Wynfreth auf.

»Ein neuer Schoßhund? Reizend. Welche Tricks hast du ihm bereits beigebracht?« Ogjenns Gesichtszüge zeigten Missfallen.

Wynfreth presste die Hände hinter dem Rücken zusammen und schwieg. Der junge Mann wurde auf einen Hocker gesetzt. Ogjenn ging auf ihn zu. Betrachtete das Gesicht und die Kleidung. Der andere wandte unter seinen Blicken das Gesicht ab. »Zeig dich, Junge.«

Der Gefangene hob den Kopf. Das Grinsen des Mannes ließ sein

Gesicht erröten. Unruhig knetete er die Hände, als versuche er, etwas zu verbergen. »Ich bin kein Tier und schon gar nicht ein Junge«, presste er zwischen den Zähnen hervor.

»Hm, hm«, machte der andere belustigt. »Das sieht dein jetziger Herr sicherlich anders. Welche Tricks kannst du denn, dass man dich hier vorführt?«

Der Mann zog einen Stuhl heran und setzte sich dem Gefangenen gegenüber.

ATIRO BEOBACHTETE WYNFRETH. Dessen Miene war versteinert.

»Wie heißt du, Junge?«, fragte der Fremde. Er wartete die Antwort nicht ab. »Und, wo kommst du her?«

Atiro antwortete nicht.

Ogjenn musterte Gesicht und Haare. Der junge Mann hatte etwas ihm Bekanntes an sich. »Was kannst du Besonderes?«

Atiro sah stoisch geradeaus. Das war sicher wieder eine von Wynfreths Prüfungen. Wenn er etwas Falsches sagte, würde es ihm einige Tage Qualen einbringen. Gewiss stellte der Statthalter seine Loyalität und Standhaftigkeit auf die Probe.

Der Fremde fasste an seinen Goldring, drehte ihn am Finger. »Du hast ihn bereits gefügig gemacht, wie ich sehe.«

Wynfreth räusperte sich, rümpfte kurz die Nase. »Er ist zumindest gewillt zu lernen. Stur, allerdings nicht dumm.«

Zögerlich drehte Atiro den Kopf in Richtung des Fremden. Das Flackern des Ringes an dessen Finger entging ihm nicht. Ein teures Schmuckstück. An der anderen Hand prangte ein dicker, ebenfalls goldener Siegelring. Wohlhabend war der Besucher.

»Hast du einen Namen, oder nicht?« Ogjenn beugte sich zu ihm vor.

Wieder beharrliches Schweigen.

»Für gewöhnlich funktioniert ein Gespräch besser, wenn man auf die gestellten Fragen eine Antwort gibt.« Der Besucher klang gelangweilt.

»Du kannst ihm getrost deinen Namen nennen.« Wynfreth sprach leise.

Das steife Benehmen des Statthalters verunsicherte Atiro noch mehr. Dieser Besucher war gewiss nicht irgendein Händler. Ein Würdenträger vielleicht. Atiro wagte einen Blick auf die Kleidung. Sie war schlicht, aber der Stoff verriet den Wert, passend zu den Ringen. Die Hände gepflegt.

»Gut, dann zeige ich dir, was ich kann«, flüsterte Ogjenn, sodass Atiro ihn gerade noch verstehen konnte.

Auf den Fingerspitzen der rechten Hand des fremden Mannes erschienen kleine Feuerkugeln, kaum größer als Lehmmurmeln, die Atiro aus Kinderspielen kannte.

»Eindrucksvoller Gauklertrick.« Wynfreth tat amüsiert. Seine Stimme hatte eine andere Tonlage als sonst. »Was möchtest du dem Jungen zeigen?«

Er ist nervös, dachte Atiro. Hinter ihm hörte er die Rüstungen der Wachen knacken, auch sie wurden unruhig.

Ogjenn lächelte breit. »Wozu ein Feuermagier alles fähig ist, wenn man ihn lehrt.« Er spreizte die Finger auseinander. Blitzschnell verteilten sich die Feuerkugeln wie Geschosse im Raum. Es gab einen lauten Knall, als sie zeitgleich an den Steinwänden in unzählige Funken zerstoben. Einen Wimpernschlag später waren der Fremde und Atiro die einzigen bei Bewusstsein.

»Zeigt mir, wie das geht«, platzte es aus Atiro heraus. Er senkte sofort den Blick. Vorsichtig schaute er sich um.

Ogjenn betrachtete den jungen Mann aufmerksam. »Keine Sorge, wir haben Zeit. Dieser simple Gauklertrick hat eine starke Wirkung und hält lange genug, damit wir in Ruhe sprechen können.« Er wies auf den Stuhl neben sich. »Steh von diesem verdammten Hocker auf.«

Wynfreth lag schlaff vor dem Schreibtisch, die Wachen lagen wie nach einer durchzechten Nacht im Raum, gerade dort, wo der Suff sie hatte hinfallen lassen. Friedhelm war der Kopf auf sein Pult gesunken. Was für eine Macht und keine Spur von Feuer? Solche Zauberwirkungen hatte Atiro nicht einmal vermutet.

»Ja, Feuer kann noch mehr als verbrennen. Druckwellen, die Schlaf über andere bringen, sogar fliegen ist mit viel Disziplin möglich«, erklärte Ogjenn, ging zu dem kleinen Tisch mit Spirituosen, entstöpselte eine Karaffe und schnupperte. Mit verzogenem Gesicht stellte er sie zurück. »Wynfreth hat wirklich nichts für die Dinge des Genusses übrig. Immer diese Selbstkasteiung beim Essen, Trinken und ach…« Er blickte zu Atiro. »Du hast sicherlich erfahren, was diesem Mann Freude bereitet, nehme ich an.«

Atiro wich aus. Seine Wangen wurden heiß.

»Du brauchst dich dessen nicht zu schämen. Bist weder der erste noch wirst du der letzte bleiben. Wynfreth ist durch und durch ein Teufel. Zudem mag er junges Fleisch, besonders das männliche.«

»Ich schäme mich nicht.« Die Hitze in Atiros Händen war kaum zu bändigen. Er rieb die Finger gegeneinander, kleine Flammen loderten zwischen ihnen.

»Du schämst dich, das ist in Ordnung, wenn auch unnötig. Deine Wut hingegen ist nicht zu übersehen.« Ogjenn lächelte milde. »Wer will es dir verübeln? Doch sie ist ein schlechter Berater und lässt uns unüberlegte Entscheidungen treffen.«

Atiro schluckte. Er atmete ruhig. Die Flammen erloschen.

»Schon besser. Ich verhandle ungern unter Druck.« Er kam zum Schreibtisch zurück und nahm Platz.

Jetzt konnte Atiro die Ringe betrachten, den Flammenkranz an der rechten Hand, der zum Fingernagel hin sich in breiten Zacken entlang des Fingers legte. Sie waren massiv, dafür ausgesprochen detailreich geschmiedet worden, das Gold war mit anderen Metallen versetzt, hier heller, dort eher orange. Das Schmuckstück wirkte lebendig. Die andere Hand schmückte ein dicker gelber Totenkopf. »Wer kann mich das lehren?«

»Das Schmieden edler Ringe oder die Kunst der Feuermagie?« Ogjenn beugte sich hinunter, da Atiros Blick weiter auf seinen Händen ruhte. »Ich bevorzuge es, mit meinen Geschäftspartnern auf Augenhöhe zu sprechen. Wie ist es bei dir?«

Ruckartig hob der junge Mann den Kopf. Die Bemerkungen des Magiers verunsicherten ihn. Plötzlich war er höflich, nahezu wohlwollend.

Atiro erinnerte sich seiner Manieren. »Die Kunst der Magie.«
Ogjenn nickte wissend. »Ja, es gibt viel, was wir können. Neue
und alte Kräfte gehören wieder in Balance. Wer hätte gedacht,
dass wir ein neues Zeitalter erleben werden, nicht wahr?« Er stand
auf und betrachtete die Dinge auf Wynfreths Schreibtisch, als
wäre der gar nicht da. »Eine Ausbildung in erster Stufe dauert drei
Jahre. Gestellt werden ein Schlafplatz und Verpflegung. Kleidung,
Arbeitsmaterialien, Reisekosten und Prüfungsgelder sind von den
Lehrlingen selbst zu tragen.«

Atiro beobachtete, wie Ogjenn neugierig die Schriftstücke
von Wynfreths Schreibtisch nahm und mal mehr, mal weniger
interessiert las.

»Insgesamt nur eintausendfünfhundert Goldstücke«, meinte
Ogjenn fröhlich, als er seine Inspektion beendet hatte.

Atiros Hals schnürte sich zu. Der letzte Satz kam einem Todesurteil gleich. Er saß hier fest. Mittellos und der Gefangene eines
perversen Statthalters. »Ich habe kein Geld.« Mehr brachte er mit
heiserer Stimme nicht heraus.

Der Magier hob den Kopf, so dass er von noch weiter herab auf
den jungen Mann lächeln konnte. »Das ist sehr schade. Was
kannst du denn?«

Atiro zögerte.

»Nur zu, wir sind ganz unter uns. Falls du dich fragst, woher
ich weiß, dass du ein potenzieller Flammenhetzer bist, sei dir
gesagt, es wurde mir von Wynfreth persönlich berichtet. Es gibt
keinen anderen Grund für das Interesse an deiner Person. Zudem
hast du dich bereits selbst verraten. Deine Wut, die Flammen zwischen den Fingern, du erinnerst dich?«

Der junge Mann wusste nicht, was er tun sollte. Die Atemge-
räusche der anderen Personen hörten sich laut an. Eine Wache
grunzte.

Ogjenn drehte an dem Flammenkranz an seinem Finger.
»Kannst du etwas, oder ist dies womöglich Wynfreths eigener
Gauklertrick? Will er mich in eine Falle locken?«

Atiro schüttelte heftig den Kopf. »Nein, ich…« Auf seinen

Handflächen erschienen zwei Feuerkugeln. Er führte sie mit schnellen Bewegungen zu einer zusammen, ließ sie wachsen und erlöschen.

Der Fremde nickte. »Was noch?«

Atiro formte einen neuen Feuerball, hielt ihn wie einen echten und schleuderte ihn Richtung offenes Fenster, das Element flog präzise durch die Öffnung, verschwand nach draußen.

»Wer hat dich diese Dinge gelehrt?«

»Niemand.« Stolz klang in der Stimme des jungen Mannes.

Ogjenn betrachtete ihn. »Woher kennst du die Formeln für die Beschwörungen der Feuerbälle?«

Atiro schwieg. Still sein half mehr als jede Erklärung.

»Du scheinst talentiert, gewillt zu lernen. Vielleicht kommen wir ins Geschäft. Ich suche noch gute Schüler, die ich an einer Akademie in der Kunst der Feuermagie unterweisen will.«

Der junge Mann warf einen Blick auf den Statthalter. »Ich habe eine goldene Sonnenuhr.«

Ogjenns Lächeln wurde breiter. »Ah. Eine große? Wo ist sie?«

»Es ist ein Anhänger, an einer goldenen Kette«, erklärte er weiter.

Ogjenn drehte weiter am Feuerkranz. »Sind dir die momentanen Goldpreise geläufig, Junge? Eine Kette mit Anhänger? Das sind höchstens zwei Monate von drei Jahren Grundausbildung. Verstehe mich nicht falsch, aber…«

»Sie gehörte Plutarch. Ich habe sie ihm abgenommen, als er starb.« Atiro machte einen Schritt auf den Fremden zu. Seine Vorsätze mit dem Wissen vorsichtig umzugehen, waren vergessen. Wenn dieser Mann eine Chance war, Wynfreth zu entkommen, dann würde er alles dafür geben. »Außerdem besitze ich Abschriften aus dem echten Folianten des Feuers.«

Ogjenn richtete sich zur vollen Größe auf. »Wo?«

»Wynfreth hat sie mir zwar weggenommen. Ich kenne jedoch alle Sprüche auswendig. Daher weiß ich um die Beschwörungen. Ich habe alle Folianten studiert.«

Atiro starrte den Magier an. Er konnte nicht erkennen, ob der Mann sich über ihn lustig machte, verärgert war oder nachdachte.

Er lächelte nichtssagend, wenn auch sehr höflich.

»Du hast alle Folianten studiert?«

»Alle, bis auf den der Zeit und der Herrschaft.«

»Und wo genau willst du das getan haben?«

»In Hyperahmah. Gemeinsam mit meinem Vater.«

»Wo ist dein Vater? Warum bist du hier mit all dem Wissen?«

Der Magier lächelte immer noch höflich.

Atiro schluckte. »Er ist tot.«

Ogjenn schaute sich die Wachen und Wynfreth an. »Wie hieß dein Vater?«

»Preaktan. Er war ein Würdenträger unter Plutarch.«

Der Magier schwieg. Bei keiner seiner Antworten hatte sich der Gesichtsausdruck des Mannes verändert. Er lächelte weiterhin.

Atiro biss die Zähne zusammen. War das ein schlechtes Zeichen? Würde der Fremde alles Wynfreth erzählen? Hatte er sich erneut mehr ins Unglück hinein als herausgeredet? Atiro setzte sich. Sei's drum. Lieber starb er einen schmerzhaften Tod, als weiter das begabte Schoßhündchen zu spielen.

»Preaktan aus der Linie der goldenen Sterndeuter im Osten. Bewahrer des Tages«, murmelte Ogjenn.

Atiro war wieder auf den Beinen. Diesen Titel hatte er genau einmal gehört, als sein Vater in Hyperahmah sich Firim vorgestellt hatte. Nachdem seine Kräfte als Feuermagier zurückgekehrt waren. Als alles so schien, als würde es für sie ein gutes Ende nehmen. Damals, nur einige Stunden vor seines Vaters Tod. »Ja, genau dieser.« Er senkte den Blick.

Ogjenn betrachtete ihn aufmerksam. »Mein Zauber verliert bald seine Wirkung. Sie werden gar nicht wissen, was passiert ist. Dennoch, wir nehmen am besten unsere Plätze ein. Nimm den Hocker. Gegebenenfalls wäre es dir genehm, wenn ich Verhandlungen mit Wynfreth führe?«

Atiro hob den Blick. Dasselbe lächelnde Gesicht, ein wandelndes Geheimnis. Was würde geschehen, wenn er mit Wynfreth sprach? Würden sie ihn foltern und das wenige wertvolle Wissen aus ihm herausprügeln, das er weiterhin für sich behielt? Oder gab es hier womöglich eine echte Gelegenheit, das Wissen gegen etwas einzutauschen, das ihn und diese Feuerkräfte erstarken ließ? Immerhin kannte dieser Mann den echten Titel seines Vaters. Endlich war da jemand, der ihm beibringen konnte, seine Fähigkeiten zu verstehen und geschickt zu nutzen, ihn anleiten. Außerdem hatte dieser Fremde es im Gegensatz zu Nadala und ihrer Sippe nicht nötig, sich zu verstecken. Im Gegenteil. Anscheinend war er sogar sehr bekannt und geschätzt. Atiro nickte. »Nehmt mich mit, Ihr werdet es nicht bereuen. Das verspreche ich Euch.«

»Ich heiße Ogjenn.«

Atiro verbeugte sich.

Nachdem alle zu sich gekommen waren, bat der Besucher mit Wynfreth allein zu sein. Atiro würdigte er keines Blickes, er wurde auf sein Zimmer gebracht, die Tür hinter ihm verriegelt. Das Warten machte den jungen Mann mit jeder verstrichenen Sekunde wütender. Genauso wuchs die Angst, dass jeden Moment diese verdammte Tür aufs Neue aufging und man ihn in die Kerker brachte. Er hätte seine Arbeitskraft anbieten sollen. Ogjenn von den Drachen berichten. Vielleicht wäre das ein Grund gewesen, ihn hier rauszuholen. Schon war er auf den Beinen, lief zur Tür, blieb jedoch mit der Hand an der Klinke stehen. Er hatte nichts. Nichts als das Feuer unter der Haut und das Wissen in seinem Kopf. Was sollte er diesem Mann schon offerieren? Er lehnte sich mit dem Rücken zur Tür, rutschte das glatte Holz hinunter auf den Boden. Er zog die Knie an, stützte den Kopf auf die Arme, blieb sitzen. Würde ihn der Fremde noch einmal sprechen wollen oder einfach abreisen, wenn Wynfreth sich auf kein Geschäft einließe? *Was, wenn es ein Fehler gewesen war, Ogjenn meine Herkunft zu verraten?*

Der Abend kam. Man brachte ihm etwas zu essen, danach blieb die Tür zu.

»Sehr ungern möchte ich mich von dem Jungen trennen. Er kann lesen und schreiben, sogar rechnen«, begann Wynfreth in kühlem Ton.

Ogjenn lächelte.»Ich bin überzeugt, er bereitet dir in vielerlei Hinsicht Freude. Welchen Grund hättest du sonst, so gut zu ihm zu sein?«

Der Statthalter blickte seinen Gast an, zupfte an seinem Wams herum, nippte einen Schluck Wasser und stellte den Becher mit viel Bedacht auf den ledernen Untersetzer. Der andere beobachtete geduldig sein Tun.

»Er weiß jede Menge. Wissen, das er einzig in Hyperahmah erwerben konnte. Wer weiß, welche von Plutarchs Geheimnissen er noch hütet?«

Ogjenn griff zu seinem Becher, schaute hinein. Der war wirklich nur mit schnödem Wasser gefüllt. Er setzte das Gefäß wieder ab.

»Derlei Dinge hast du dem armen Kerl bereits alle entlockt. Du bist Meister deines Handwerks.«

Wynfreths Mundwinkel zuckten kurz, doch für den Gast wahrnehmbar.

»Ich will ihn behalten. Was ich gesehen habe, habe ich gesehen. Es war ein Drache hier. Plutarch hat nicht alle Ungeheuer vernichtet.« Wynfreth legte Finger an Finger der Hände.»Wie man weiß, hat er solche wie euch zwar jagen lassen, aber auch bei diesem Unterfangen war er nicht gründlich.«

Der Feuermagier lächelte unbeirrt.»Ob es Drachen gibt oder nicht, wird die Zeit uns zeigen. Was also willst du, Wynfreth?«

Der nickte. Vorsichtig griff er sich an den Hals, nestelte unter dem steifen Kragen, bis eine dünne Kette zum Vorschein kam. Silbern glänzte ein Schlüssel daran und eine goldene Sonnenuhr. Schnell nahm der Statthalter die Kette ab und machte sich an seinem Schreibtisch zu schaffen. Ogjenn hörte ein Klicken und das Schaben von Holz auf Filz. Wynfreth zog eine Mappe hervor. Schwarzes Leder mit einer kleinen Prägung rechts unten. Das Wappen und die Initialen des Statthalters. Er schob sie dem Feuermagier hin. Mit einer einladenden Geste forderte er ihn auf, sie zu öffnen.

Ogjenn zog seine Handschuhe an, was seinen Gastgeber kurz schmunzeln ließ.»Manifest«, las er.

Wynfreth nickte erneut. »Plutarchs Absichten waren gut, nur er selbst war es nicht.«

Der Feuermagier blätterte weiter, las, ohne das Gesicht zu verziehen. Irgendwann schloss er die Mappe wieder, legte sie gerade vor sich hin. »Ich soll dich bei etwas unterstützen, das meine eigene Existenz gefährdet, meine Rechte einschränkt und uns Feuermagier an den Rand der Gesellschaft drängt? Soll ich noch an der Verfolgung meiner selbst mitwirken, weil Feuer ein Element der Drachen ist?«

»Nur hier, wenn ihr euch auf dem Boden von Grunt oder Wodhaa aufhaltet«, winkte Wynfreth ab. »Was ihr mit der verbrannten Erde eures eigenen Kontinents macht, interessiert mich nicht. Da seid ihr freie Menschen. Was ich dir zusichern kann, ist, dass ihr eure Lehrlinge noch so lange abholen könnt, wie ich Statthalter bin. Doch in naher Zukunft wird Grunt von aufrechten Menschen regiert. Jede Verbindung von Menschen und Drachen ist ein Auswuchs des Übels. Plutarch hat nur die Wurzel gejagt. Wir werden alle finden, die einen Bund mit diesen Wesen eingegangen sind. Sobald ich im Rat von Hyperahmah sitze, werden Drachen nur noch in Märchen und Legenden leben. Ihre Magie wird keine Macht mehr über die Menschen haben.«

Ogjenn stand auf. »Das also ist es. Du strebst eine Ratssitz an? Jetzt bin ich etwas enttäuscht. Du hast genug Einfluss und Macht. Wozu die Umstände?«

Wynfreth erhob sich ebenfalls. »Der Rat ist ein Schattenkabinett aus Weicheiern und Schlappschwänzen. Grunt braucht Schutz vor den Ungeheuern.«

»Na, das wirst tatsächlich du am besten beurteilen können«, entgegnete Ogjenn amüsiert.

Die Miene des anderen verzog sich hässlich. »Jeder Bewohner von Grunt weiß, dass diese Länder von Morgane und dieser elendigen Seherin regiert werden.«

Der Feuermagier legte den Kopf schief. »Drachen, Wynfreth? Schon Plutarch tat sich schwer damit, der Bevölkerung weiszumachen, diese Wesen seien am Leid und Unrecht der Welt schuld.

Willst du weiterhin ins gleiche Horn stoßen wie er?«

Wynfreth gab den Wachen ein Zeichen, sie öffneten die Türen. Mehrere Männer und Frauen traten ein. Ogjenn drehte sich um. Alle Personen waren in dunkelblaues Leder gekleidet, Wamse und Stiefel von bester Qualität, Köpfe mit leichten Helmen bedeckt, teilweise verdeckte ein Tuch das Gesicht bis auf die Augen. Sie waren mit Kurzschwertern und anderen Waffen ausgestattet, alle in gutem Zustand.

»Keine Sorge«, hörte der Feuermagier die Stimme seines Gastgebers hinter sich. »Ich habe sie nicht rufen lassen, um dich zu töten. Sie sollen sich lediglich in Ruhe dein Gesicht, deine Gestalt und dein Aussehen einprägen. Falls es nötig sein wird. Du verstehst sicher.« Auf Wynfreths Gesicht erschien ein schiefes Grinsen.

»Hmhm«, machte Ogjenn. Er ging auf die Schergen zu. Keiner zuckte, als er ihnen nahekam. »So also ist das. Der Statthalter hält sich weiterhin Söldner. Feine Truppe, feine Rüstungen.« Er schritt die Reihe ab. Bedachte jeden mit einem anerkennenden Blick. »Was kosten sie dich?«

Wynfreth kam auf ihn zu. »Sie werden nach Erfolg bezahlt. Gerade sind einige Trupps auf Patrouille unterwegs. Für jeden Kopf eines Feuermagiers erhalten sie fünfhundert Silber, für einen lebenden eintausendfünfhundert. Spute dich, diejenigen zu finden, die wichtig sind.«

Ogjenn blieb stehen, schaute eine Frau mit türkisfarbenen Augen genauer an, ihre Haut war heller als die der anderen in der Reihe, beinahe weiß. Sie blickte ihn starr an und für einen Moment glaubte er, eine Welle in der Iris zu erkennen. *Das Wasser? Das ist nicht möglich. Sie sind angeblich ausgerottet. Dennoch, wahrscheinlicher als ein Drache,* dachte er. »Für einen Drachen gewiss zweitausend Silber. Wie viel erhalten sie für mich?«

»Nicht doch. Wir wollen beide ins Geschäft kommen.« Die Stimme des Statthalters war hart.

Ogjenn lächelte die Frau noch einmal an und drehte sich seinem Gesprächspartner zu. »Dann reden wir wohl besser über das Geschäft.« Er kehrte zum Schreibtisch zurück und setzte sich.

ALS DIE TÜRE zu Atiros Kammer geöffnet wurde, sah er zwei Wachen. Er sprang vom Bett auf. Hinter den beiden erschien der Feuermagier, betrat zügig den Raum. Aus seinem Gesicht konnte Atiro nicht erkennen, ob der Mann verärgert, belustigt, ernst oder gar freundlich war.

»Packe dein Hab und Gut. Wir reisen in einer Stunde ab.«

»Wie…« Weiter kam Atiro nicht.

Der Feuermagier machte auf dem Absatz kehrt und verschwand durch die Tür. Die Wachen blieben in seiner Kammer, warteten und schauten zu, wie der junge Mann seine Sachen in einen Lederbeutel stopfte, den der Fremde dagelassen hatte. Als er fertig war, stand er schweigend da. Irgendwann ertönte ein Pfiff, woraufhin ihm die Wachen ein Zeichen gaben. Einer ging voraus, der andere hinter ihm. Vor dem gut getarnten Eingang des Verstecks stand eine Kutsche, die Tür offen, das Innere dunkel. Sie forderten ihn auf, einzusteigen. Als er das Gefährt betrat, war es leer. Es roch angenehm nach frischem Holz und Früchten. Kurz darauf traten der Feuermagier und Wynfreth heraus. Atiros Hände krampften sich in den Beutel beim Anblick des Statthalters. Dieses Gesicht, diese Hände. Er spürte beinahe dessen Berührung auf seiner Haut. Der Gedanke reichte, um die Hitze in seine Handflächen zu treiben. Er starrte hinaus. Dieses arrogante Grinsen, diese dünnen ekelhaften Hände, die Gestalt in diesem akkurat sitzenden Gehrock. Das Leben des Statthalters würde ein Ende haben, dafür würde er sorgen. Er würde wiederkommen und alles holen, was dieser Mann ihm genommen hatte. Der Feuermagier deutete eine Verbeugung an, kam mit schnellen Schritten zur Kutsche, sprang hinein und schloss die Tür. Er winkte freundlich hinaus, dann gab er dem Kutscher ein Zeichen. Schwerfällig setzte sich das Gefährt in Bewegung. Atiro sah hinaus, seinen Peiniger kleiner werden und verschwinden. Erst dann lehnte er sich zurück und atmete durch.

Ogjenn sah den jungen Mann an. Verbissen hielt er seinen Beutel fest. »Du kannst dich entspannen. Das nächste Mal, wenn wir Wynfreth ungewollt begegnen, müssen entweder wir oder –

und das ist die bessere Variante – er sterben.« Der Feuermagier lächelte und schaute aus dem Fenster. »Wir haben freie Fahrt bis Port Aurum. Es wird Zeit, dass wir Grunt verlassen. Wir sind hier nicht mehr willkommen. Und auf Wynfreths Wort kann man nur eines: Scheißen. Du bist der letzte, den wir hier aufsammeln. Auf dem Weg zur Hafenstadt geben wir uns nicht als das zu erkennen, was wir sind. Du wirst mein Diener sein, verstanden?«

Atiro schluckte. »Ja.«

»Ab heute heißt es für dich ,Ja, Herr!', verstanden?«

Der junge Mann biss die Zähne zusammen. »Ja, Herr.«

Ogjenn musterte ihn. »Demut ist wahrlich nicht deine Stärke.« Er lachte.

Der andere senkte den Blick. Die Hitze in seinen Händen wurde stärker, aber er kämpfte sie nieder. Lieber ein Diener auf Zeit als zurück zu Wynfreth.

»Über alles, was du bei Wynfreth gelernt und erfahren hast, behältst du Stillschweigen, wenn dir dein Leben lieb ist«, erklärte Ogjenn weiter. »Wenn ich dir eine Aufgabe zuteile, hinterfragst du sie nicht. Wenn ich dir auftrage, auf unsere Kammer oder in die Kutsche zu gehen, zögerst du nicht.«

»Ja.« Atiro machte eine Pause. »Herr.«

»Geht doch«, der Mann lachte, griff unter die Sitzbank und zog eine kleine Kiste hervor, öffnete den Deckel. Feinstes Gebäck auf weißem Tuch kam zum Vorschein. »Hier, greif ruhig zu. Unter Wynfreth gab es sicher Haferschleim und Bohnen.«

Atiro betrachtete die feinen Stückchen. Der Duft nach Vanille und Nüssen war unwiderstehlich.

»Erlaubt eine Frage«, begann Atiro vorsichtig.

Ogjenn gab ihm ein Handzeichen fortzufahren.

»Was habt Ihr Wynfreth für mich geboten? Schulde ich Euch viel?«

Das Lächeln des Älteren verschwand unmerklich. »Ich habe eine alte Schuld beglichen, Atiro, aus der Linie der goldenen Sterndeuter im Osten.«

Atiro riss die Augen auf, als der Mann ihn mit dem Titel seines

Vaters ansprach. Ogjenns Gesicht schaukelte vor ihm hin und her. Sie hörten, wie der Kutscher die Pferde antrieb und die Lederriemen der Federungen knarrten, spürten, wenn die Räder über Steine und Wurzeln holperten. Die Fahrt würde anstrengend werden.

Ogjenn hielt ihm die Kiste auffordernd hin, nachdem er eines der Stücke in den Mund geschoben hatte und kaute.

Als Atiro von dem Gebäck abbiss, schloss er die Augen. Es war Jahre her, dass er so etwas Köstliches gegessen hatte. Damals, auf Hyperahmah, als sie an den Festlichkeiten des Obersten Kirchenführers teilgenommen hatten. Damals, als er die Kleidung der Würdenträger besaß, als man ihn einer Respektsperson angemessen behandelte. Der Geschmack im Mund drehte für einen Moment die Zeit zurück. Dieses Stück Gebäck war der erste Schritt dorthin, wo er selbst hingehörte: An die Spitze der Macht.

»Ist es wirklich Plutarchs Sonnenuhr, die Wynfreth nun um den Hals trägt?« Die Frage seines neuen Meisters holte ihn in das Heute zurück.

Atiro sah ihn an. »Es ist meine«, sagte er knapp, nachdem er geschluckt hatte. Er griff sich ein zweites Stück.

Der andere lachte und zeigte mit dem Finger auf ihn. »Noch nicht, Atiro. Noch lange nicht.« Er gab dem jungen Mann die Kiste. »Iss sie auf. Morgen schmecken sie nicht mehr so gut. Außerdem musst du wieder zu Kräften kommen. Magie und Feuer zehren nicht von unserem Geist allein, sondern auch von unserem Körper. Du musst lernen, damit zu haushalten.«

Ogjenn schaute seinem neuen Lehrling zu, wie er das Gebäck gierig verschlang. Die Hände wischte sich der junge Mann an dem gereichten Tuch ab, schloss die Kiste sorgfältig, die noch drei Stücke enthielt. *Manieren hat er wenigstens*, dachte er.

»Glaubst du selbst an die Existenz von Drachen?«, nahm er das Gespräch erneut auf.

***

WELLEN SCHWAPPTEN LEISE ans Ufer. Die Sommersonne war stark genug, den Morgennebel über dem großen Gewässer verschwinden zu lassen. Der Bergsee lag ruhig, nur ein leichter Wind kam die hohen Massive herunter. Er brachte die ersten kalten Böen aus dem Norden.

Sie hatten gute Sicht auf die fünf herannahenden Fähren. Es würde sicherlich mehr als eine Stunde dauern, bis die an diesem Ufer anlegten. Sie brachten eine Eskorte mit Pferden, Fahnen und eine Kutsche von Hyperahmah herüber ans Land. Merranas und Kiromin betrachteten das Spektakel.

Die Fährleute an der Anlegestelle vertrieben sich die Zeit mit Bier und Würfelspiel. Sie gesellten sich zu dem Volk, das sie in den letzten Sonnenwenden hatte kommen und gehen sehen.

»Welches Mitglied des Rates reist denn mit so einem großen Hofstaat?«, fragte Merranas wie beiläufig, während er den Würfelbecher auf das Weinfass knallte. »Verdammt, eine drei.« Er warf eine Kupfermünze auf die Seite der Fährleute. Schon nach dem ersten Wurf wusste er, dass die Würfel manipuliert waren. Er ließ die Männer gewähren. Das lockerte die Zungen.

»Es ist die hohe Rätin Morgane. Ihre Abreise wurde schon vor drei Tagen angekündigt. Scheint diesmal etwas sehr Wichtiges zu sein.« Der Alte zog die Nase hoch, kratzte den zerzausten Bart und würfelte. »Ha, sieben.«

Übertrieben verärgert warf Merranas eine weitere Münze auf den Haufen vor dem Mann. »Das Glück ist dir heute hold.« Der andere grinste durch den Bart, lehnte sich zu ihm vor, dünstete Bier und Dreck aus. »Man munkelt, dass sie dem Statthalter von Kerma einen Besuch abstatten will.«

Merranas rümpfte die Nase. »Ach? Sie will zu Wynfreth, dem Verstümmler?« Mittlerweile wusste er genau, wer dieser Mann war.

Der Alte nickte, drehte sich nach allen Seiten um. »Es soll zu einem Zerwürfnis zwischen den Räten und der Seherin gekommen sein.«

Der junge Mann streifte sich eine Locke aus dem Gesicht, ließ zwei Kupfermünzen auf den Haufen des anderen fallen. »Was munkelt man noch?«

Ein jüngerer gesellte sich zu ihnen, lehnte sich auf die Schultern des Alten. Das Klingen der zwei Münzen zauberte ein Grinsen auf die Gesichter der Männer. »Vor einigen Tagen kam ein Bote hier an. Haben so einen noch nie gesehen. Anscheinend habe man einen Drachen gesichtet.« Er nickte Merranas zu. Ein weiteres Geldstück wechselte den Besitzer. »Und erst einige Wochen zuvor hatte Wynfreth persönlich einen Boten geschickt. Auch dieser habe Nachricht von einem Drachen gebracht. So erzählen es sich die Wachen auf der Insel. Daraufhin wurden Leichen von diesen Flammenhetzern in einigen Dörfern gefunden.«

»Die Händler berichten, dass Wynfreths Schergen wieder unterwegs sind. Sie jagen die, die besondere Gaben haben.«

»Gaben?« Merranas legte den Kopf schief. »Was denn für Gaben?«

Der Alte kratzte sich am Hinterkopf und kam wieder näher. »Na, du weißt schon. Solche, die mit dem Feuer spielen oder mit Steinen seltsame Dinge anstellen. Solche eben.«

»Aaah!«

Mehr wissen sie nicht. Spar die Münzen, hörte Merranas Kiromin in seinen Gedanken.

»Ich danke euch.« Er nickte den Männern zu, die bereits die Kupferlinge in ihren Beuteln verschwinden ließen. »Heute werde ich arm, wenn ich weiterspiele. Ich bin raus.«

Der Alte lachte leise, zog die speckige Mütze und deutete eine Verbeugung an.

Merranas klopfte dreimal mit der Faust auf das Fass und ging zu Kiromin hinüber, der auf einer der Holzbänke Platz genommen hatte. Er rührte in einer Holzschüssel mit Eintopf, eine zweite Schüssel schob er dem Kopfgeldjäger rüber. Schwerfällig setzte Merranas sich hin. »Was ist das?«

»Kohlsuppe mit Speck«, entgegnete Kiromin. »Nicht mal so schlecht. Zumindest besser als alles, was wir in dieser Bergeinöde bekommen haben.«

»Was denkst du?«, fragte Merranas, während er das Bein über die Bank schwang, um sich neben den anderen zu setzen. Sie hatten den Tisch vor der kleinen Garküche für sich allein. Die Händler saßen alle im Schankraum, warteten dort auf die Fähren zur Überfahrt. Nur die Diener und Stallknechte waren bei den mit Waren beladenen Wagen geblieben.

»Ein Zerwürfnis im Rat«, raunte Kiromin.

Merranas sah ihn von der Seite an. »Was, wenn meine Mutter in Gefahr ist?«

Der Drache fischte ein dickes Stück Speck aus der Suppe. »Vaticine war und ist immer in Gefahr. Du vergisst nach all der Zeit, dass sie nicht unschuldig daran ist, dass so wenige von uns überlebt haben.«

Die Suppe spritzte über den Tisch, als Merranas den Löffel voller Wucht in die Schüssel fallen ließ. »Sie tat es damals, um mich zu retten. Zumindest glaubte sie das.«

Ohne von seinem Essen aufzusehen, legte Kiromin die Hand beschwichtigend auf den Arm seines Freundes. »Das ändert nichts an ihren Taten. Morgane vergisst nicht.«

Du hast es doch gehört! Merranas starrte ihn an.

Kiromin nickte schweigsam. *Ja, ich habe gehört, was Morgane im Geiste sprach, als wir nach dem Tausch der Schwerter nach Hyperahmah zurückgekehrt waren. Sie wollte dich anstelle von Firim vergiftet und krank sehen. Das ist uns Warnung genug.* Ruhig aß der Drache seinen Eintopf weiter.

Aber sie gehört dennoch zu uns. Merranas schaute zu den näherkommenden Schiffen. Es würde nicht mehr lange dauern, bis sie anlegten. *Ist Teil deiner und auch meiner Sippe. Selbst wenn die Vergangenheit eine andere Geschichte erzählt, so weiß ich endlich, wo meine Wurzeln sind. Kenne meine Abstammung,* sprach er weiter in die Gedanken des Freundes hinein, lächelte kaum sichtbar. »Sind wir ihrer nicht würdig? Nicht einmal du?«, fragte er leise.

Kiromin folgte seinen Blicken. »Iss. Wer weiß, was uns dort drüben erwartet.«

Morgane gehört zu niemandem, außer zu sich selbst und vielleicht zu den engsten Verwandten ihrer Sippe. Die Verbindung zwischen Menschen und Drachen ist wohl nur die im Blute nicht im Geist.

Die Gedanken des Drachen schossen durch Merranas' Kopf, er wurde wütend. »Was ist mit Familie, mit Verbundenheit? Mit Zuneigung und vielleicht sogar Liebe? Die gibt es.«

Kiromins Gesichtszüge verfinsterten sich.

»Verzeih!« Merranas senkte den Blick. Seit sie herausgefunden hatten, dass Wynfreths Schergen Kiromins menschliche Geliebte zusammen mit all den anderen Bewohnern in Balfahlahr getötet hatten, mieden sie solche Gespräche. Selbst nach fünf Jahren verweigerte der Drache jedes Wort über die junge Frau, die dort ums Leben gekommen war. Was zählten fünf Menschenjahre für Drachen? Merranas wusste es nicht, deswegen wechselte er das Thema. »Wir setzen unbemerkt nach Hyperahmah über.«

Schweigend aßen sie fertig und gingen.

Die vielen Reisenden mit ihren Wagen boten genügend Versteck. Es war ein Leichtes die Eskorte zu beobachten, ohne selbst gesehen zu werden. Die Wachen hatten volle Rüstung und Waffen angelegt. Die Banner des Rates führten die Gruppe an. Eine offizielle Reise. Zwischen Hufgetrappel, Rufen der Fährleute, Fluchen der Händler und dem Rattern der Wagenräder schlichen sie zu den Fähren. Einen kurzen Blick erhaschten sie auf die Kutsche. Es war tatsächlich Morgane.

Erst als die Fähren wieder gen Inselstadt ablegten und das Ufer samt Anlegestelle kleiner wurden, öffneten sie ihren Geist füreinander.

Merranas wandte den Blick zu den Türmen der Insel. *Hoffentlich geht es ihr gut.*

Kiromin steckte die Hände in die Hosentaschen, wippte mit den Füßen auf und ab. *Hoffentlich kommen wir nicht zu spät.*

Sein Begleiter nickte.

Bei der Ankunft verschmolzen sie mit der Menschenmenge, die wegen Morganes Aufbruch keinen Fährplatz bekommen hatte. Sie verließen die Anlegestellen. Der Lärm von dort drang bis in die Straßen von Hyperahmah, begleitete sie ein Stück. Ohne Umwege gelangten sie zu den Gemächern der Seherin. Erst an deren Türen waren Wachen postiert. Merranas wollte hin, Kiromin hielt ihn zurück. »Hier stimmt etwas nicht.«

»Allerdings. Als ob Wachen sie aufhalten. Sie ist der Wind.«

Sie warteten. »Bisher waren an keiner Stelle Wachen«, stellte Kiromin fest. Falten bildeten sich auf seiner Stirn. »Es geht darum, wer zu ihr kommt, nicht, ob sie geht.«

Die beiden machten kehrt. In einem leeren Gang stellte sich Merranas an eins der unverglasten Fenster. »Komm!«

Kiromins Gesicht zeigte Skepsis. »Du hast in Moohpet-Rah schon all deine Kräfte aufgebracht.«

»Du darfst nicht darüber nachdenken.« Merranas hielt ihm die Hand hin.

»Nicht jeder ist im Nachdenken so unbegabt wie du«, entgegnete der Drache, doch da war es schon zu spät. Der Windling hatte seinen Arm ergriffen. Kiromin spürte, wie von der Berührung des anderen ein Luftzug unter seine Haut fuhr. Er fühlte sich leicht, die Beine schwebten, als würde er in tiefes Wasser gleiten, der menschliche Körper verlor seine Konturen, sie waren eine Brise, die an den Fenstern der Inselstadt vorüberzog. Sie gewannen an Höhe, folgten den Strukturen der Gebäude. Von unten drangen die Geräusche zu ihnen hinauf, Tauben passierten sie wie Spaziergänger. Es war anders, als wenn er selbst flog, auch die Landung. Sie war hart, als würde er von einem Augenblick zum nächsten zu Stein.

Vaticine war vom Schreibtisch aufgestanden, stand am Fenster des Arbeitszimmers. Sie hatte die Präsenz der Männer bemerkt. Die Seherin erkannte ihren Sohn, noch bevor die ersten Umrisse seines Körpers im Raum erschienen. »Endlich! Ich hatte schon gewartet und meine Schüler vorgeschickt. Sie haben euch bei den Fährleuten beobachtet«, begann sie zu sprechen, noch bevor Merranas vollständig materialisierte.

Er nahm seine Mutter in die Arme, drückte sie an sich. »Was ist geschehen? Wie geht es dir?« Er schnaufte laut. »Was ist mit Firim? Was hat Morgane vor?« Merranas war außer Atem, Schweißperlen rannen ihm die Schläfen hinab. Den Drachen ins

Luftelement zu wandeln, verlangte tatsächlich immense Kraft und kostete all seine Ausdauer.

Vaticine löste sich aus der Umarmung, wartete bis Kiromin sie begrüßt hatte, bevor sie antwortete.

»Es geht mir gut. Die kurze Zeit des Friedens neigt sich dem Ende zu. Der Rat diskutiert Gesetze zur Regulierung des Zusammenlebens von Menschen mit besonderen Gaben, Halblingen und anderen Wesen«, begann sie leise.

Kiromin knurrte. »Ist die Jagd auf uns wieder eröffnet?«

»Nicht auf Drachen.« Vaticine schüttelte den Kopf. »Morgane wusste bisher all diese Vorschläge und Vorlagen abzuwiegeln. Wir haben jedoch erkennen müssen, dass eines der Ratsmitglieder bestochen oder erpresst wird. Ein weiteres ist schwer erkrankt. Schergen sind im Westen Grunts unterwegs und suchen nach Feuermenschen und Luftwesen. Von einigen Lynchmorden haben wir erfahren, vom Verschwinden anderer auch.«

»Was sollen die Wachen vor deiner Türe, Mutter?« Merranas zeigte zum Ausgang.

Vaticine schwieg, ihr gläserner Ohrschmuck gab ein leises Klingen von sich. Sie wandte sich von den Männern ab, ging zu einem kleinen Tisch am anderen Fenster, füllte drei Kristallkelche mit einer hellen Flüssigkeit, reichte jeweils einen an die Männer. Den letzten ergriff sie selbst. »Morgane hat vor Kurzem von eurer Flucht aus Moohpet-Rah erfahren. Firims Zustand ist unverändert, aber je länger er unter dem Einfluss des Giftes steht, umso unwahrscheinlicher wird seine Heilung. Das zumindest konnten wir in Erfahrung bringen.«

Merranas hatte den Kelch zum Trinken angesetzt, überlegte es sich anders. »Woher hatte sie davon erfahren? Ich meine, wir sind…« Er brach ab.

Im Gegensatz zu ihrem Sohn trank die Seherin.

»Was hat Morgane vor? Wohin reist sie?« Kiromin trat auf die Seherin zu. Sein Gesicht war ohne Ausdruck. Kurz war ein rotes Flackern in seine Augen zu sehen. Beim nächsten Zwinkern waren sie so menschlich wie zuvor.

Vaticine räusperte sich.»Sie will diesen Wynfreth um Hilfe bitten. Wegen Firim. Als sie erfahren hat, dass ihr ohne Gegengift zurückkehrt, sandte sie einen Boten aus, der ihren Besuch beim Statthalter ankündigte. Jetzt ist sie unterwegs zu ihm, um...«

Das Klirren von Glas unterbrach sie. In Kiromins Handfläche mischte sich Weißwein mit Blut, als er die restlichen Scherben fallen ließ.»Woher wusste sie, dass wir ohne Gegengift kommen würden?«

Merranas runzelte die Stirn, stellte seinen Kelch ab.»Woher wusste sie überhaupt, dass wir kommen?«

Sorge zeichnete das Gesicht der Seherin.»Erzählt mir, was in Moohpet-Rah geschehen ist. Bitte.«

»Warum stehen Wachen vor deinen Gemächern, Mutter?« Merranas hielt sie am Arm.

Kiromin wischte sich die blutende Hand an den Hosen ab. »Sprich, Seherin!« Es war die tiefe Stimme des Drachen. Das Gesicht wandelte sich zu einer Schnauze.

»Ich bin nicht dein Feind. Weder habe ich euch gejagt noch damals deine Mutter aus ihrem Gefängnis befreit. Von gleichem Blut sind wir.« Vaticine trat ihm entgegen.

Rot leuchteten die Augen des jungen Mannes.»Das hat nichts mehr zu bedeuten.«

»Es war Kallestrus, dein Vater, der mich an diesem Ort mit all den Machenschaften festgesetzt hat. Ich erfülle hier meine Pflicht an deinen Eltern.« Sie hielt dem Blick des Drachen stand.

»Mutter, woher wusste Morgane, dass wir ohne Gegengift kommen? Man hat uns in eine Falle gelockt. In Moohpet-Rah wussten sie, wer Kiromin ist. Dort gibt es Leute mit besonderen Gaben, ähnlich wie die unseren. Menschen, die Steine zum Leben erwecken können. Bald wird jeder wissen, dass die Drachen zurückgekehrt sind. Zumindest einer.« Merranas hatte sich zwischen die beiden geschoben.

Vaticine schaute zur Tür.»Ich weiß es nicht«, flüsterte sie.»Wie lange wart ihr unterwegs?«

»Eine Seherin, die nichts sieht«, spottete Kiromin.

»Vier Tage.« Merranas fuhr sich durch die Haare, raufte die braunen Locken.

»Sie erfuhr es vor fünf.« Die Seherin setzte das Glas ruhig ab. »Die Wachen stehen an meiner Tür, weil jemand versucht hatte, mich zu vergiften. Und allein das ist ungewöhnlich.« Als sie Merranas' Gesichtsausdruck sah, hob sie die Hand. »Ich habe es bemerkt, und selbst wenn nicht. Du hast selbst erfahren, dass dem Wind mit Gift nicht ohne weiteres beizukommen ist. Seit diesem Vorkommnis stehen die Wachen an den Türen. Morgane bestand darauf.«

Das Knurren hinter seinem Rücken verriet Merranas, dass Kiromin mit sich und seinem Wesen kämpfte.

»Verrat! Jemand hat uns verraten«, zischte der Drache.

»Wie das? Keiner wusste, wonach wir suchen, außer« Merranas drehte sich zu Kiromin. Das rote Glühen in den Augen seines Freundes machte ihm schon lange keine Angst mehr. »Moment. Wie konnte Morgane so früh von unserer Rückkehr erfahren? Woher, dass unsere Suche erfolglos war?«

Kiromin holte tief Luft. »In Moohpet-Rah hat es nie ein Gegenmittel, kein Gegengift gegeben. Wir wurden auf diese Fährte gesetzt. Jemand hat dort lange vorher diese Falle für uns vorbereitet. Wohlwissend, dass wir eines Tages auftauchen werden.«

Merranas nahm den Kelch, nippte am Wein. »Vielleicht war es doch Anima. Sie hat uns der Alten vorgestellt. Außerdem haben sie und Titus Moohpet-Rah vor uns verlassen.«

»Wer ist Anima?«, fragte die Seherin.

Kiromin berichtete von ihrer Begegnung in der Bergstadt. Als er fertig war, erlosch das Glühen in seinen Augen. »Wieso sollte eine Feuermagierin, eine Meisterin und Freundin von Nadala, uns verraten?«

Merranas zuckte die Achseln. »Verstehe einer die Frauen.«

»Rede nicht so dümmlich daher. Wir alle haben geschworen, unsere wahren Wesen nicht ohne Vorsicht zu erkennen zu geben«, tadelte Vaticine ihren Sohn.

»Ich sollte in dieser Höhle sterben. Dort, wo ein Abbild meiner ältesten Schwester steht. Erdmenschen, die Wächter beschwören konnten.« Kiromin war zu dem Tischchen getreten. »Plutarch glaubte, er habe alle Linien zerstört. Die Erdlinie hat sich während seiner Regentschaft hervorragend in den Tiefen der Berge versteckt. Die Feuermagierin und Titus waren vorsichtig, sie wussten etwas. Er hat sich nicht einmal zu Wehr gesetzt, als das Bergmädchen ihn angriff.« Er schenkte sich in einen neuen Kelch ein. »Wer vergiftet uns heute?«

Vaticine atmete hörbar ein, ihr Glasschmuck klingelte hell bei jeder Bewegung. »Der Weißwein ist sauber. Meine Schüler haben ihn gebracht. Welches Mädchen? Und was ist Titus zugestoßen?«

Kiromin zuckte die Achseln, trank mit großen Schlucken. »Titus geht es gut. Er hat eine Narbe im Gesicht, das ist alles. In einer Berggrotte steht eine Statue von Candela, der Feurigen. Meiner ältesten Schwester. Keine Spur von ihr oder ihrem Wesen.« Mit ernstem Gesicht betrachtete er den leeren Kristallkelch, schwenkte ihn versonnen hin und her. »Salzsäure floss stetig aus der Statue.«

»Candela, die Feurige«, wiederholte Vaticine. »Sie ist die Patronin der Metallschmelzer.«

»Was?«, fragten Merranas und Kiromin wie aus einem Mund.

Überrascht musterte die Seherin ihre Besucher. »Lest mehr Bücher und Schriften, anstatt euch mit jungen Mädchen oder Messerspielen zu amüsieren«, rügte sie die Männer. »Candela, die Feurige, gilt seit Jahrhunderten als Schutzpatronin der Metallschmelzer. Einer Vereinigung aus der Feuer- und Erdlinie. Die Salzsäure wird zur Gewinnung von Erzen, beim Verarbeiten von Metallen benötigt. Die beschriebene Statue ist eine typische Darstellung.« Sie ging die zahlreichen Bücherregale entlang, die die Wände ihres Arbeitszimmers kleideten. Endlich zog sie einen dicken Folianten hervor, blätterte schnell. »Hier, war es solch eine Statue?«

Sie beugten sich über die mit Tinte gezeichnete Abbildung. »Ja, das ist sie«, flüsterte Kiromin. »Ich wusste nichts darüber. Das

Gesicht, die Haltung. Es war, als stünde sie vor mir. Ich erinnere mich an sie.«

Vaticine musterte den Jungdrachen. »Anscheinend hat nicht nur dein Vater Geheimnisse zurückgelassen.«

Die Miene des Mannes verschloss sich, sein Geist ebenfalls. Es fühlte sich für Merranas und seine Mutter an, als habe sie Kiromin gerade aus den Gemächern verbannt. Der Impuls war so stark, dass sie von ihm zurücktraten.

»Ich will nichts über ihn hören. Wo finde ich Firim? Wir sollten nach ihm sehen.«

Die Seherin schloss geräuschvoll das Buch, Staub wirbelte zwischen den Seiten hoch, tanzte in der Luft und dem Licht. »Gewiss. Wir treffen uns bei Morganes Gemächern im anderen Turm. Er ist dort untergebracht. Wartet an den Fenstern. Ich werde dafür sorgen, dass niemand anderes bei ihm ist. Es ist besser, wenn keiner von eurer Ankunft weiß.«

Kiromin verdrehte die Augen. »Nicht schon wieder.«

»Brüderlein, komm flieg mit mir. Beide Hände reich ich dir«, sang Merranas leise, während er dem Drachen seine Hand hinhielt. Widerstrebend schlug Kiromin ein.

IN MORGANES GEMÄCHERN waren die Fenster mit Vorhängen abgedunkelt. Sie mussten auf dem Fenstersims warten, bis Vaticine schließlich den schweren Stoff an einer der Öffnungen zur Seite schob und sie einließ. Auf der Schlafstatt lag Firim. Die Hände hatte man ihm auf die Brust gelegt, ein weißes Hemd angezogen. Er war aufgebahrt wie tot. Lediglich die blonden für gewöhnlich kurzgeschorenen Haare verrieten, dass sein Zustand bereits eine Weile anhielt, sie waren deutlich länger geworden. In den Räumen waren Kerzen aufgestellt, es war warm, beinahe stickig.

»Wir haben nicht viel Zeit. Die Dienerschaft ist angewiesen, immer bei ihm zu bleiben, für den Fall, dass sich etwas an seinem Befinden ändert. Auch der Heiler kommt einmal am Tag.« Sie traten an das große Bett.

»Ich spüre nur, dass er noch lebt. Nichts scheint in seinen

Gedanken zu existieren«, murmelte Merranas nach einer Weile.

Kiromin hatte sich auf die Bettkante gesetzt. Er legte eine Hand auf Firims Stirn. »Er lebt, ja. Doch sein Geist, sein Bewusstsein schwindet. Wenn es nicht mehr ist, wird der Körper vergehen.«

Vaticine war am Fußende des Bettes stehengeblieben. »Ich hatte nie vor, Morgane aufzuhalten. Ich kann ihren Entschluss verstehen. Sie will ihren Sohn retten. Auch wenn ich es nicht gutheißen kann, Geschäfte mit einem Mann wie Wynfreth zu machen.« Sie blickte zu Merranas.

Er senkte den Kopf. »Mutter, was, wenn Morgane dir und mir gar nicht so wohlgesonnen ist, wie du denkst?«

Kiromin stand vom Bett auf. »Du hast es damals ebenfalls vernommen, Seherin.«

Sie wandte den Blick ab. Hinter der Tür erklangen Schritte. »Besser, ihr verschwindet augenblicklich.«

Merranas seufzte müde, packte ein weiteres Mal die Hand des Drachen.

ER FAND SEINEN Freund an der Anlegestelle. Feuerkörbe brannten hell, hier und da eine Fackel. Die Fährleute vertäuten die Schiffe für die Nacht. Heute würde niemand mehr die Inselstadt auf dem Wasserweg verlassen, außer er ruderte selbst durch die Dunkelheit.

Kiromin stand an einem Steg und starrte Richtung Ufer, wo einzelne Lichtpunkte die gegenüberliegende Landungsstelle markierten. Er hielt einen Humpen Bier in der Hand.

»Willst du eine Runde schwimmen gehen, oder pinkelst du?«

Merranas gab ihm einen Schlag zwischen die Rippen.

Der andere strauchelte leicht. »Idiot.«

»Immer gern zu Diensten.«

Schweigend standen sie nebeneinander.

Kiromin trank den Humpen leer, schwankte leicht, zu guter Letzt rülpste er laut. »Vadder hatte damalsch rescht. Wir scholten uns won eusch Menschen wernhalden.« Er beugte sich leicht nach vorne, dann wieder zurück.

Merranas schaute seinen Freund von der Seite an. »Bist du betrunken?«

Der andere wandte sich zu ihm, presste den Bierkrug gegen seine Brust. »Nein, Draschen mascht Alkohol nischts ausch«, verkündete er laut und schwenkte den Humpen. »Wir können zauffen wie die letschden Löscher.«

»Du lallst schon.« Merranas runzelte die Stirn. »Wie viele der Humpen hattest du? Puh, du stinkst aus dem Mund.«

»Dasch ist dasch Odem«, rief Kiromin laut und hielt den Krug in die Höhe. »Dasch ewige Odem in meiner heischen Bruscht.«

Merranas versetzte ihm einen Knuff in die Seite. »Hör auf, die Fährleute gaffen schon.«

»Schollen schie gaffen. Die lege isch in Schaub und Aschwe.« Er drehte sich den Schiffen zu. Die Männer hatten ihre Arbeiten beendet und betrachteten sie belustigt, stellten sich zusammen.

»Jaja, rottet eusch nur zschuschammen. Dasch könnt ihr gut. Aber es wird eusch nischt nütschen. Ich verbrenne eusch, Schderblische«, laberte Kiromin laut los, noch bevor Merranas ihn von den anderen wegziehen konnte. Der Drache ließ sich nicht bewegen, mitzukommen. »Wartet esch ab. Unschere Zeit wird kommen, und ihr werdet alle büschen. Büschen werdet ihr für den Tod meiner Geschwischter und büschen für meine Mudder. Für meinen Vadder werdet ihr auch büschen.« Er schwankte bedenklich, blinzelte unaufhörlich. »Nein, für den vielleischt nischt. Für meine Geliebte und mein ungeborenes Kind, dafür wird euer Wynfreth büschen. Der wird büschen. Sagt allen, dasch esch unsch gibt. Die Draschen schind unter eusch.«

Merranas fing laut an zu lachen. »Jedes Mal, wenn er eins zu viel hatte, wird er etwas größenwahnsinnig.« Er hakte sich beim torkelnden Kiromin unterm Arm ein, zog ihn von den Männern weg. Sie hatten seiner Rede aufmerksam zugehört. »Komm jetzt, du bist sternhagelvoll. Und halt endlich die Klappe. Nachher schenkt jemand deinem Gerede Glauben.«

»Genau dasch schollen schie. Die schollen wischen, dasch isch ein Drasche bin.« Der andere blieb stehen und hickste.

»Schschscht!«

»Sch disch schelbscht.« Er tippte Merranas mit dem Finger an den Arm und rülpste.

Der andere zuckte zusammen. Kiromins Gesicht veränderte sich auf die bekannte Weise. Die Nase wurde länger.

»Bist du völlig verrückt geworden? Lass das, du dämliche Echse. Sollen sie dich hier erschlagen?«, zischte Merranas und sah sich um, ob sie jemand beobachtete, während Kiromins Gesichtszüge immer mehr denen seiner wahren Gestalt ähnelten.

»Hör sofort mit der Wandlung auf!« Er schüttelte den anderen, was nur bewirkte, dass Kiromin lachte und rülpste, wobei neben der Bierfahne auch ein bisschen Rauch Merranas' Gesicht traf. Der würgte und hustete. »Das ist schlimmer, als angekotzt zu werden. Widerlich.«

Kiromin tippte ihm erneut mit dem Zeigefinger gegen die Brust. »Du bischt widerlisch. Ihr Schterblischen scheid alle widerlisch. Allesch, wasch andersch ischt alsch ihr, bringt ihr lieber um, anschtatt dassch ihr begreifen lernt.« Sein Gesicht zog sich länger, die Haut begann, silbern zu schimmern.

Merranas drängte ihn zwischen zwei Häuser. »Was in aller Schuppen Namen machst du da? Willst du gleich hier gemeuchelt oder gar erkannt werden?« Er hielt den Freund am Kragen und zerrte ihn weiter in die Gasse, drückte ihn an die Hauswand. Ratten huschten über ihre Stiefel, Merranas fluchte. Es stank nach Pisse und Dreck.

Kiromin hickste. »Isch doch egal. Die meuscheln mich nischt. Ich lege die alle in Aschwe.«

»Ich denke, du legst dich besser hin und schläfst den Rausch aus.«

»Na, ihr Turteltäubchen?«

Merranas blickte sich nach der rauchigen Stimme um. Aus den Häuserschatten lösten sich Gestalten. An den Schritten machte er aus, dass es drei, höchstens vier sein mussten.

»Na wunderbar«, murmelte Merranas, ließ von Kiromin ab und ging instinktiv einen Schritt zurück, woraufhin der Drache nach vorne schwankte und wieder zurück.

»Hat dein Liebster einen über den Durst getrunken, hm?«, fragte die rauchige Stimme. Die Männer lachten hämisch. »Wolltest wohl die Gelegenheit nutzen und er ziert sich noch?« Das Lachen wurde lauter.

»Na, das haben wir ja gerne. Unsere Gassen nutzen und nicht bezahlen. Das wird teuer.« Diese Stimme klang piepsig, wie von einer Ratte.

Es waren vier. Allmählich konnte Merranas die Konturen der Schläger erkennen. Zwei große, ein mittlerer und die Ratte. Er griff nach Kiromins Arm. »Komm!«

Der rülpste laut, was weiteres Lachen nach sich zog. Dann hörten sie Knöchel knacken, jemand zog ein Messer oder einen Dolch aus der Lederscheide. Die Männer kamen näher.

»Los jetzt.« Merranas zerrte an seinem Freund, doch der stand wie die Hauswand, dort, wo er ihn abgestellt hatte.

»Na, ihr Täubchen. Ihr mögt wohl das Abenteuer. Her mit den Geldkatzen und wir vergessen, dass wir euch je gesehen haben«, erklang die rauchige Stimme. Sie gehörte zu dem Riesen. Er überragte Merranas um mindestens einen halben Kopf, obwohl er noch zwei Schritte entfernt war. Der Feuerschein der Straße warf ein fleckiges Licht in den Eingang der Gasse. Merranas erkannte Teile des Gesichtes. Bartstoppeln, dicke Nase, Pockennarben.

»Auf. Beweg dich!« Endlich taumelte Kiromin von der Wand weg, ein Rülpsen, danach kotzte er los, direkt vor die Füße der Kerle.

Angeekelt starrte der Riese zu Boden. »Dafür wirst du bezahlen. Das sind meine besten Stiefel.«

Er griff nach Kiromins Haar, hielt in der Bewegung inne. Merranas konnte nicht sehen, was geschah, aber die anderen wichen zurück.

»Was bei den Göttern passiert mit seinen Augen?«, fragte die Ratte.

Der Riese zog die Hand zurück. »Verflucht seid ihr! Warum bewegt sich sein Gesicht so seltsam?«

Merranas wurde klar, was geschah. Ein letztes Mal packte er Kiromin am Arm und zog. Ohne hinzuschauen, drückte er ihn

Richtung Straße. Er hörte ein lautes Knurren, gefolgt von einem mächtigen Rülpser. Wieder stank es nach Bier und Rauch. Als sie die Straße erreichten, bog Merranas ab, nahm den kürzesten Weg zur Hauptstraße, die zum Markt führte. Er hörte lautes Fluchen, die rauchige Stimme, die den Rückzug befahl. Nach einigen Schritten drehte er sich um. Kiromins Augen leuchteten immer noch rot. Die Männer würden sie nicht weiter verfolgen, bleiben konnten sie trotzdem nicht. Merranas zog den volltrunkenen Gefährten zu ihrem Gasthof, direkt aufs Zimmer, warf ihn auf das einfache Bett. Als Nächstes hörte er ein lautes Schnarchen, das ab und zu von einem Grunzen unterbrochen wurde.

»Dumme, besoffene Echse«, schimpfte Merranas vor sich hin und ließ sich auf das andere Bett fallen. Sie mussten hier weg. Morgen schon.

VATICINE HATTE DIE Waffe sorgfältig in Leinen, dann in Leder eingewickelt. Selbst wenn der Stoff verrutschte, hielt das Leder.

Kiromin sah aus, als habe er alten Fisch gegessen. Grün um die Nase, die Augen verquollen, stand er mit gesenktem Haupt in ihren Gemächern, während Merranas berichtete, was geschehen war.

»Ihr werdet alle büschen«, gab er das dritte Mal zum Besten.

Kiromin kniff bei jedem lauteren Wort die Augen zusammen. Sein Schädel brummte. Ein Zustand, den er so nicht kannte. War er zu lange in seiner menschlichen Gestalt? Machte ihn das angreifbar? Doch das konnte nicht sein, er hatte früher über Jahre als Mensch gelebt, damals, als sein Vater ihn ausgeschickt hatte, die Feuer zu hüten. Schwanden etwa seine Kräfte? Stimmte etwas im Gefüge der Welten nicht?

Merranas war verstummt. Er und seine Mutter starrten ihn an.

»Was habt ihr?«, fragte er mit rauer Stimme.

Vaticine neigte den Kopf. »Wir? Was hast du? Du siehst aus, als würdest du gleich speien wollen, allerdings kein Feuer.«

Der Drache räusperte sich. »Mir geht es gut. Ich breche auf, sobald alles vorbereitet ist.«

»Wir brechen auf«, korrigierte Merranas.

»Nein, diesmal gehe ich allein.«

Das Klingen des Glasschmucks durchbrach die entstandene Stille, als die Seherin den Kopf neigte. »Du willst allein nach dem Gegengift suchen? Dazu brauchst du die Waffe?« Kiromin hob das sorgfältig umwickelte Schwert vom Schreibtisch. »Ich suche nicht nach dem Gegengift.«

Merranas schnaubte laut. »Bist du immer noch betrunken? Natürlich suchen wir weiter nach dem Gegengift. Und allein kann man dich sowieso nicht gehen lassen. Schau dich an. Du bist heute höchstens noch eine Eidechse.« Er zeigte auf ihn und seine Kleidung. Sie trug deutliche Spuren des gestrigen Abends und stank.

Schlimm, was so ein verkaterter Drache an Gerüchen ausdünstet, hörte der Drache Merranas' Gedanken.

»Ich glaube, das liegt am Odem«, kommentierte Kiromin geistesabwesend, rümpfte dabei die Nase. »Oder am schlechten Bier und zu viel Eintopf.«

»Womöglich war es doch Ratte«, plauderte Merranas weiter.

Kiromin nickte. »Gestern in der Gasse waren es mehrere.«

Vaticine räusperte sich. Die Männer schwiegen lang und hartnäckig, blickten aneinander vorbei.

»Nun, dann will ich mal.« Kiromin machte Anstalten zu gehen.

Merranas sprang in seinen Weg. »Was zum Henker ist los mit dir? Gestern betrinkst du dich, wandelst dich in der Hauptstadt von Grunt beinahe in einen Drachen und heute willst du allein verschwinden?«

Kiromin probierte, sich an ihm vorbeizudrängeln.

Der andere ließ es nicht zu. »Rede schon.«

Kiromins Augen glühten rot auf, die Nase formte sich wie am Abend zuvor. »Nichts.«

Erneut wies Merranas mit dem Zeigefinger in sein Gesicht. »Und das da?«

»Nichts!«

Der Freund wich nicht zurück, als Kiromin sich anschickte, ihn zur Seite zu schieben. Absätze und Sohlen schrammten schließlich über den Steinboden, bis der andere handgreiflich wurde.

»Rede endlich, du sture Echse.« Merranas versetzte ihm einen Schlag in die Magengrube.

Kiromin würgte, fing sich wieder, biss die Zähne aufeinander. An den Blicken seines Freundes merkte er, dass seine menschlichen Gesichtszüge sich mit denen der Drachengestalt abwechselten. »Das hier ist meine Sache.« Er schob Merranas zur Seite. »Ich will nicht, dass du mir folgst. Ich mache das selbst. Bleib lieber hier, bei deiner Mutter. Wer weiß, was passieren wird, wenn Morgane zurückkehrt.«

Merranas verschränkte die Arme vor der Brust. »Willst du mich auf den Arm nehmen? Ich soll bei der Frau bleiben, die die Linie der Herrschaft beinahe im Alleingang ausgerottet hat und sie vor den verbliebenen Angehörigen schützen? Hast du mir selbst so erklärt, nicht wahr?«

»Kiromin, warte«, mischte sich Vaticine ein. Sie war schneller an der Tür, als Kiromin reagieren konnte, schloss sie wieder. Die Wachen wandten kurz die Köpfe. Sie hatte den Besuch der beiden diesmal angekündigt. »Wenn du etwas weißt, teile bitte dein Wissen mit uns.«

»Gar nichts weiß ich.« Er drückte sich an der Frau vorbei zur Tür. Diese war wieder schneller.

»Lass das, Windsbraut.« Das Knurren war nicht mehr die menschliche Stimme.

Vaticine lächelte. »Zuerst klärst du mich und Merranas auf, was dich dazu veranlasst, so plötzlich und ohne Begleitung aufzubrechen. Willst du Firim seinem Schicksal überlassen?«

»Nichts dergleichen!«

Sie hielt ihn am Arm, er schüttelte sie ab. Als er Merranas' Hand auf seiner Schulter spürte, fuhr er herum. »Fass mich nicht an. Fasst mich nie wieder an, Sterbliche! Wegen euch ist meine Familie ausgerottet, wegen euresgleichen bin ich allein auf dieser Welt.« Er hatte Merranas am Hals gepackt, hob ihn in die Höhe und drückte weiter dessen Kehle zu. Der schnappte nach Luft, versuchte den Griff des anderen mit beiden Händen zu lösen. Kiromin hob ihn noch weiter nach oben, während das Gesicht des

Freundes die Farbe einer reifen Tomate annahm. Merranas versuchte in sein Element zu gelangen, stattdessen trieben ihm Hitze und die knapper werdende Luft die Tränen in die Augen. Vaticine war hinter dem Drachen.

Kiromin spürte kaltes Metall an seiner Kehle. »Na los, mach schon. Dann ist die letzte Echse für einige Zeit tot, zumindest als Mensch. Deine Klinge kann mir nichts anhaben. Du gewinnst nur etwas Zeit, bis ich als Drache heile und zurückkomme«, presste er zwischen den Zähnen heraus.

Merranas lief im Gesicht dunkelrot an.

»Lass ihn runter, Kiromin«, befahl Vaticine hinter seinem Rücken.

»Was, wenn nicht? Ein Windling weniger. Eine Seherin weniger, wenn ich das will. Vater war mit euch viel zu nachgiebig. Von meinem Blut? Dass ich nicht lache. Für alles, was euch fremd ist, kennt ihr dieselbe Lösung, und das ist Ausrotten. Euch sollte man ausrotten. Einen nach dem anderen. Vielleicht wäre diese Welt und womöglich alle weiteren friedlicher.«

Wie ein Kaninchen, das man an den Ohren gepackt hielt, zappelte Merranas in Kiromins Griff. Er versuchte sich in sein Element zu verflüchtigen.

»Das lässt du schön bleiben«, herrschte Kiromin ihn an. »Ihr vergesst, wer ich bin. Seit dem Tod meines Vaters bin ich der Weltenwächter. Mein ist die Macht über euch und die Elemente. Ich habe euch zu lange gewähren lassen.« Er fasste die Seherin am Handgelenk, der Dolch ging klirrend zu Boden, die Frau mit einem Stöhnen in die Knie. »Du gehst gefälligst deiner Aufgabe nach, Seherin. Die besteht darin, meine Eltern in Sicherheit zu wissen. Dein Platz ist hier als Wächterin. Setze noch einmal eine Klinge an meinen Hals, dann…«

Mit einem dumpfen Schlag fiel Merranas zu Boden, Vaticine rieb ihr Handgelenk, noch während Kiromin durch die Tür verschwand.

Merranas rappelte sich auf. Keuchend und nach Luft schnappend kam er auf die Beine, massierte sich den Nacken. »Was ist in ihn gefahren?«

Vaticine war sofort bei ihm, strich vorsichtig über seinen Hals, begutachtete die Druckstellen an der Haut. »Er hat Angst. Der Drache hat große Angst.«

Verwundert sah Merranas seine Mutter an. »Wovor? Wir haben doch die Waffe gefunden. Wer kann ihm etwas anhaben?«

Es klopfte laut an der Tür. Vaticine öffnete. Ein Bote, völlig außer Atem, überreichte ihr zwei Pergamente, verbeugte sich und ging schnellen Schrittes davon.

»Das Siegel des Rates«, murmelte Vaticine und brach das Wachs. »Dante ist letzte Nacht gestorben.«

»Theodor Dante, das Ratsmitglied?« Merranas runzelte die Stirn.

Seine Mutter nickte, reichte ihm das Schreiben, während sie das zweite Pergament las. Wortlos gab sie auch das Schriftstück an ihren Sohn weiter.

Er überflog die Zeilen. »Das kann nicht sein. Diese Nachricht hatte euch schon erreicht. Einer der Fährleute erzählte uns von einem Boten.« Er ließ das Pergament sinken. »Natürlich! Die nächste Drachensichtung, egal ob Wahrheit oder Lüge. Das wird immer Folgen haben. Jemand spielt gegen Kiromin, vermutlich sogar gegen uns.«

Die Seherin ging zum Fenster, pfiff. Danach kehrte sie an ihren Schreibtisch zurück, tauchte eine Feder ins Tintenfass.

»Was hast du vor?«

»Ich gebe Morgane Bescheid.«

»Ich weiß nicht, ob das eine gute Idee ist. Du hast doch gehört, was Kiromin gesagt hat.«

Ihr Gesicht zeigte keine Regung. »Ein Grund mehr, sie sich nicht zum Feind zu machen.«

Er runzelte die Stirn, nickte. »Ich gehe ihm nach. Besser, wir behalten ihn im Auge. Wer weiß, was er vorhat.«

Sie lächelte, erhob sich. »Es ist uns nicht gegeben, dass wir lange beieinander sind.«

Er nahm sie in die Arme, sog ihren Duft nach frischem Regen und fallendem Schnee ein. »Nein, das nicht. Um dich zu wissen, ist mir genug. Ich folge dem Drachen, er schafft das nicht allein.

Wir sehen uns wieder.« Einen sanften Kuss hauchte er auf ihre Stirn. Sie hielt ihn einen Augenblick, einen Moment waren sie im Element der Luft verbunden. Ihr fester Händedruck holte ihn zurück. Sie starrte mit reglosen Augen ins Leere.

»Vom Feuer verschlungen, und doch misslungen, mit dem falschen Feind gerungen, steht Blut gegen Blut«, flüsterte sie, machte sich von ihm los, beugte sich zum Schreibtisch, notierte in fließender Schrift. Vaticine betrachtete die noch feuchten Buchstaben, als Merranas sie an den Schultern fasste.

Behutsam nahm er das Pergament vom Tisch und las. »Eine neue Prophezeiung?«

Sie nickte. »Die erste seit Kallestrus' und Selestrias Bannung.«

»Ist diese für mich?«

»Du bist lediglich ein Teil. Sie gilt uns allen.« Falten auf der Stirn machten ihren Gesichtsausdruck hart, als sie sich ihm zuwandte. »Die Zeit des Friedens endet. Trödelt nicht rum, vernichtet die Waffe, die den Weltenwächter niederstrecken kann. Um Firim kümmert sich Morgane.«

»Ich kehre zurück, Mutter.«

Sie lächelte leicht. »Das will ich hoffen. Ich muss dich noch einiges lehren und du sollst Dinge erfahren, die uns ausmachen. Warte, ich gebe dir etwas mit. Vielleicht hilft dir das, wenn du mit Kiromin redest.« Die Seherin ging zu einem der Regale, entnahm drei Bücher. Merranas hörte ein leises Klicken, gefolgt von einem anderen Geräusch, das von metallenen Zahnrädern stammte.

»Was ist das?« Er kam näher.

»Die ganze Stadt ist durchlöchert von Geheimgängen, Tresoren und Schließfächern. Plutarch war nicht der erste Herrscher der Inselstadt, der Geheimisse hatte und hüten musste. In den letzten Jahren habe ich weitere Verstecke ausgemacht und interessante Dinge gefunden.« Sie öffnete eine versteckte Schublade, zog etwas heraus. »Dies hier ist für den letzten Drachen bestimmt. Er braucht in diesen Zeiten einen Halt. Obwohl wir in seinen Augen nur einfache Sterbliche sind, verbinden uns die Elemente mehr, als uns manchmal lieb ist.« Sie reichte ihm ein gefaltetes

Dokument. Das alte Pergament war beinahe braun und lag speckig in der Hand. Merranas verzog angewidert das Gesicht.

»Stell dich nicht an«, wies sie ihn zurecht. »Finde den Drachen. Was auch immer die Prophezeiung zu bedeuten hat, wir müssen es vor Morgane herausfinden. Und spute dich.«

Merranas steckte das Pergament in eine Innentasche seiner Weste.

»Nicht die Tür. Sie sollen denken, du seist geblieben«, ermahnte sie ihn. »Ich werde nachher erzählen, dass du mit der Wachablösung gegangen bist. Einige Momente bleibt selbst diese Tür unbeaufsichtigt, falls solche Boten kommen, von denen nur ein enger Kreis wissen darf.«

Er lachte, wenn auch wenig herzlich, sprang auf den Fenstersims und wäre beinahe mit einem anderen Windling zusammengestoßen. Es war Vaticines Lehrling. Der junge Mann zwinkerte Merranas zu, schlüpfte an ihm vorbei ins Innere. »Da sitzt ein Drache auf dem Dach der großen Halle, Meisterin.«

Entsetzt sprang Merranas aus dem Fenster, fiel einige Meter, bevor er ins Luftelement wechselte. Unbestreitbar, oben auf dem langgezogenen Dach des Audienzsaals thronte ein silberner Drache, die Schwingen weit geöffnet. Laute Stimmen und Rufe drangen an Merranas' Ohren. »Diese dämliche Eidechse«, fluchte er, schwang sich nach oben, blieb in seinem Element. Sogleich war er am Kopf seines Freundes als grauer Nebel. »Was in aller Welten?! Hast du schon wieder getrunken?«, flüsterte er in Kiromins Ohr.

Verschwinde von hier, Merranas!, erklang die bekannte Stimme in seinem Geist.

»Nein, wir verschwinden.«

»Ich verstecke mich nicht mehr.«

»Ist nicht nötig. Es sehen dich genügend, um den Gerüchten endgültig Glauben zu schenken.«

»Ihr Sterblichen könnt mir gar nichts…« Er hielt inne. Merranas hatte geschafft, ihn in sein Element zu ziehen. Sie schwebten über die Stadt hinweg auf den See. Der Windling rang mit dem

Drachenwesen. Immer weiter zog Merranas Kiromin von der Stadt weg, über den See, an die Ufer, bis zu den Feldern, weiter, dorthin, wo die Wälder eine natürliche Grenze zum offenen Land bildeten. Mit letzter Kraft ging er mit dem Drachen zu Boden. Rollend landeten sie in dem reifenden Weizen. Ringend wälzten sie sich durch die gelben Pflanzen, laut fluchend blieben sie liegen, Kiromin oben, bereit zuzuschlagen.

»Und dann? Los, schlag zu. Ist nicht das erste Mal«, schnaufte Merranas. Er bäumte sich auf, da war keine Kraft mehr. Den Drachen in seinem Wesen zu verflüchtigen, hatte ihm alle Energie geraubt. Sollte der andere auf ihn einschlagen. Vielleicht half es ihm zurück zur Vernunft.

Kiromin starrte den Freund an. »Ich sollte dich verbrennen. Ihr alle solltet brennen«, fauchte er.

Merranas keuchte. »Ja, los. Nur zu. Verbrenn mich. Dann am besten die Anlegestelle. Sicherlich geht es dir danach besser.« Er schnappte nach Luft, hielt sich die Seite.

Die Muskeln im Gesicht des anderen arbeiteten. Kiromin murrte, stand auf.

Umständlich drehte sich Merranas auf den Bauch, kam beschwerlich auf die Knie und schnaufte laut. »Am besten machst du es gründlich. Nicht wie dein Vater damals. Am besten alles in Asche legen. Das beeindruckt uns Sterbliche besonders.« Er atmete stoßartig von der Anstrengung. »Weil, weißt du, wenn du das machst, kommen sie zusammengerannt und staunen.« Kiromin hatte sich von ihm abgewandt, aber er ließ nicht locker. »Und weißt du, was dann passiert? Sie erzählen den gewöhnlichen Sterblichen, was du getan hast. Sie berichten über diesen gefährlichen Drachen, dieses Ungeheuer, die grausame Bestie.«

Er sah, wie der andere den Kopf schüttelte. Merranas, immer noch kniend, es war nicht genug Kraft in den Beinen, nickte. »Ja, so sind wir Sterblichen. Wir töten, was uns fremd ist. Wir töten, was uns bedroht, und wir töten, was wir nicht mögen. Am liebsten töten wir gemeinsame Feinde. Genau das machst du gerade. Du machst dich zum gemeinsamen Feind.« Er holte Luft, seine Lunge brannte, noch immer ging sein Atem ruckartig.

Der Drache stand regungslos da, blickte zur Inselstadt.

»Was ist in dich gefahren?« Merranas schaffte es endlich, auf die Beine, trat an den Freund heran, stützte sich auf dessen Schulter. Kiromin wandte sich ihm zu. »Schau mich doch an. Der mächtige Drache Kiromin. Das mächtigste Wesen dieser Welt. Steht in vollgekotzten Klamotten im Weizenfeld und lässt sich von einem Sterblichen aus der Inselstadt scheuchen, kann einem Sippenmitglied nicht einmal ein Gegengift besorgen und weiß nicht, was mit seiner ältesten Schwester passiert ist. Selbst das muss ihm eine Sterbliche erklären.« Er hielt das dreckige Hemd mit den Fingerspitzen von sich weg, bis der Stoff am Rücken zum Reißen gespannt war. »Ich soll der Wächter über diese Welt und drei weitere Universen im Hort meines Vaters sein, bin jedoch nicht in der Lage, eine Waffe zu zerstören. Wie erbärmlich.« Er ließ das Hemd los, ließ die Schulter sinken. »Ich schäme mich.«

Merranas grinste, schüttelte den Kopf. »Wieso? Weil du auf dein Hemd gekotzt hast?«

Kiromin versetzte ihm einen Schlag in die Rippen.

»Au!« Bevor der zweite Schlag kam, hob er beschwichtigend die Hände. »Ich verstehe.«

»Du verstehst nicht. Lass mich allein.«

Merranas ließ sich auf den Boden sinken, machte es sich im Schneidersitz bequem. Als sich sein Atem endlich beruhigt hatte, kramte er in seiner Weste und zog das Pergament hervor. »Hier, für dich.« Er streckte es Kiromin entgegen.

Lange rührte sich der Drache nicht.

»Jetzt nimm schon, mein Arm wird lahm.« Er spürte den Ruck, als der andere ihm das Pergament abnahm.

Kiromin setzte sich neben ihn. Sie beobachteten, wie Pferdewagen aus den Wäldern die Straße zur Anlegestelle entlangrollten. Hörten das laute Schnalzen der Peitschen bis in die Felder. Kleine Staubwolken verrieten Reiter, die von der Anlegestelle ihren Weg machten. »Sie senden die ersten Boten mit der Neuigkeit aus.«

Merranas nickte. »Wird wohl so sein. Du hast dir schließlich einen hervorragenden Platz ausgesucht. Der silberne Drache im gleißenden Sonnenlicht, mit glänzenden Schuppen und weit ausgebreiteten Schwingen über dem Audienzsaal. Als Anspruch auf die Herrschaft. Hatte viel Symbolkraft, wirkte ausgesprochen theatralisch.«

Kiromin kratze sich am Hinterkopf.

»Wäre ich ein junges Drachenmädchen, hätte ich mich Hals über Kopf in dich verliebt«, prustete Merranas los.

Kiromin schaute ihn von der Seite an, kratzte sich an der Schläfe. »Ehrlich?«

Merranas gab ihm einen Schlag auf den Hinterkopf. »Du bist das dümmste Reptil, das ich kenne. Aber ja, ein gutaussehendes.«

Sie lachten, während Kiromin das Pergament entfaltete. »Was ist das?« fragte er.

»Ich weiß es nicht. Hat meine Mutter mir für dich mitgegeben. Lies. Ich habe nicht reingeschaut.«

Kiromin überflog die Zeilen, reichte das Dokument an ihn zurück. »Wenn das stimmt, was da steht, dann lebt sie noch.«

»Wer lebt?«

»Meine Schwester Candela.«

Merranas las das Dokument, verstand wenig. Die Ortsangaben und Namen erkannte er. Die anderen Worte waren in einer Sprache, die er noch nie gesehen hatte, einzelne konnte er hingegen entziffern. »Was sind das für Wörter?«

»Alte Sprache und Schrift. So haben die Sterblichen vor einigen Jahrhunderten geschrieben.«

»Was bedeutet es?«

»Das bedeutet, dass ich nach Moohpet-Rah zurückkehren muss und sie befreien.«

Der andere sah ihn ungläubig an. »Du hast selbst gesagt, dass da nichts ist. Du spürtest nichts und ich habe nicht von Drachen geträumt.«

Kiromin wies auf das Schriftstück. »Sie ist dort. Sie liegt dort zwischen Stein, Metallerz und Kohlen im tiefen Schlaf. Schau.« Er fuhr mit dem Finger über die Zeilen, die Merranas nicht hatte lesen können. »Gebettet zwischen Kohle und Kupfer soll sie schlafen, auf dass sie der eine nicht finde, um zu richten. Und wenn die Zeit kommt, wird sie erwachen und mit ihr die Erde«, las Kiromin vor.

Sie beobachteten die Straßen. Eine weitere Fähre hatte an den Ufern angelegt. Wie Insekten verließen die Reiter das Schiff, preschten die Straßen entlang in drei unterschiedliche Richtungen.

»Schon bald wird jeder über die Sichtung des Drachen Bescheid wissen«, murmelte Merranas. »Du wirst nicht nach Moohpet-Rah reisen.«

Kiromin schnaubte. »Als ob du das entscheidest.«

Er fasste seinen Freund an der Schulter. »Hör zu, Kiromin. Wer weiß, ob es stimmt, was dort steht? Auf diesem Stück alten Pergaments. Vielleicht ist sie nicht mehr dort. Vielleicht hat Plutarch sie gefunden und du hast deswegen keine Präsenz im Berg gespürt.«

Kiromins Miene verfinsterte sich.

»Ich weiß nicht, wo meine Mutter das Schriftstück gefunden hat. Es war nicht genügend Zeit zu fragen«, erklärte Merranas weiter. »Selbst wenn etwas daran wahr ist, dann ist deine Schwester dort sicher. Es reicht, wenn nur ein Drache gejagt wird.« Er zeigte in Richtung der Staubwolke über der Straße. »Diese Jagd hast du vor wenigen Momenten selbst eröffnet.« Die Reiter verschwanden langsam aus ihrem Blickfeld.

Kiromin machte sich von Merranas los. »Kiromin, warte doch.«

Der andere wirbelte herum. »Auf was soll ich warten? Dass sie mich fangen und einsperren? Dass eure Magier, falls Plutarch welche am Leben gelassen hat, kommen und mich an die Zeit binden wie meine Mutter? Dass ich ein Sklave werde wie sie? Darauf soll ich warten?«

»Was willst du tun? Nach Moohpet-Rah fliegen, ordentlich Feuer speien, die Klauen in den Berg rammen und graben, bis du mit viel Glück auf deine Schwester stößt, die in einem tiefen Schlaf liegt? Wer weiß, wer oder was sie mit ihr getan haben? Und dann? Was dann? Küsst du sie wach, während die Steinbeschwörer oder was auch immer das für Gestalten waren, die uns dort aufgelauert haben, euch töten? Dich ebenfalls in einen tiefen Schlaf legen? Was willst du tun, großer mächtiger Drache?«

Merranas war stehengeblieben. Kiromin hingegen lief weiter, zumindest einige Schritte. Er hielt inne, senkte den Kopf. Das Zwitschern der Vögel vom Waldrand klang wie eine Zustimmung zu den Worten des Freundes. Letzten Endes wandte er sich Merranas zu, breitete die Arme aus, zuckte mit den Schultern. »Ich weiß es nicht. Ich bin ein großes, mächtiges Wesen. Älter als ihr alle und euch überlegen. Dennoch weiß ich nicht, was ich machen soll. Wen soll ich schon fragen und nach was? Rat? Willst du mir einen geben?«

Merranas faltete das Dokument zusammen und verstaute es in seiner Westentasche. »Wir tun das, was wir lange geplant haben.«

»Die Weltherrschaft an uns reißen«, sagte Kiromin, schlug sich übertrieben stark mit der Faust in die offene Handfläche und grinste.

»Nein, wir reisen nach Pjeke-Uh und vernichten Selestrias Schwert, damit es weder jemanden vergiften noch dich oder deine womöglich noch lebende Schwester töten kann.«

Kiromin lachte. »Du bist dir deiner Sache sehr sicher.«

Merranas zupfte einen gelben Halm aus seinen Haaren und strich die Locken nach hinten, rückte seine Weste zurecht. »So ist es, Jungdrache. Wenn Zeit bleibt, werden wir gewiss die Weltherrschaft an uns reißen. Was ein absurder Plan ist, weil du per se diese Weltherrschaft hast. Schließlich bist du der Weltenwächter, und damit herrschst du so vor dich hin, auch wenn man im Moment mehr den Eindruck hat, du beherrschest nicht einmal den eigenen Verstand«, plauderte er wie nebenbei und schlug den Weg nach Süden in die Wälder ein.

Kiromin beobachtete ihn, wie er vorausging. »Dann eben zum Hort. Ich brauche Gold.«

»Du brauchst vor allen Dingen ein Bad und saubere Kleidung. Du stinkst wie ein Iltis nach der Paarung. Und Gold brauche ich ebenfalls. Wenn du meinst, ich tue dies alles, weil ich dich so unglaublich gernhabe, täuschst du dich gewaltig, verehrtes Reptil.«

Kiromin roch noch einmal an seinem Hemd und schreckte mit gerümpfter Nase vor sich selbst zurück. »Verdammt, du hast recht.«

DIE LICHTUNG AM Hort lag friedlich vor ihnen. Die umliegenden Wälder warfen sanfte Schatten auf das satte Grün, das kniehoch stand. Weiße, gelbe und lila Blüten zierten die Spitzen. Wind umspielte die hohen Wipfel, ließ Blätter und Tannennadeln rauschen. Die Luft war noch warm vom Tag. Sie hatten gebadet, ihre Sachen gewaschen, in der Sonne getrocknet, Fische gefangen und beraten, wie sie am besten nach Pjeke-Uh gelangten, ohne erkannt zu werden. Die Nacht planten sie, im Schutz des Horts zu verbringen, einem Ort, der selbst für Drachenhalblinge und Angehörige der Linien nur mit Kiromins Einladung auszumachen war. Hier hatte Merranas' Reise vor fünf Jahren begonnen, zu dem Zeitpunkt noch auf Geheiß von Kallestrus. Damals, als er schnell und einfach einen Sack Drachengold verdienen wollte. Er blickte zu seinem Freund, der unschlüssig auf der waldumrandeten Lichtung vor dem Eingang stand. Keine Straße, kein Pfad führten zu diesem Ort.

»Für mich fühlt es sich an, als sei alles erst vor einigen Tagen passiert, als wir hier zusammensaßen. Ich kann beinahe das Feuer riechen, die Abendluft spüren, und ich sehe sie deutlich vor Augen, meine Eltern«, erklärte Kiromin, ohne dass Merranas fragen musste. »Die Zeit vergeht für mich unglaublich langsam.«

Zögerlich näherte sich Kiromin dem Eingang, Merranas folgte mit etwas Abstand. Die Dunkelheit empfing sie von allen Seiten, als sie weiter hineingingen. Die Höhle selbst erstrahlte in demselben warmen Licht wie das letzte Mal, als Merranas sie betreten hatte. An der Decke kreisten weiterhin die drei leuchtenden Kugeln, von denen er mittlerweile wusste, dass es Universen waren. Existenzen, über die Kiromins Vater zuvor gewacht hatte. Kallestrus war Weltenwächter über vier davon gewesen. Eines wurde zerstört, damit Kiromin und seine Geschwister überhaupt existieren konnten.

Der Drache betrachtete die gleichmäßigen Bewegungen der Gebilde. »Falls Candela lebt, wäre ich mit dieser Last nicht mehr allein.« Merranas tippte mit der Stiefelspitze Goldmünzen an. »Was?« Der andere schnaubte. »Wenn du Gold siehst, verschwindest du in eine andere Welt.«

»Mmh.«

»MERRANAS«, fauchte die Stimme des Drachen.

Der Kopfgeldjäger fuhr zusammen. »Schon gut. Schon gut. Ich meine ja bloß. Schade um die Münzen. Sie liegen hier nutzlos rum. Stauben ein.« Er wies auf den riesigen Haufen Münzen, der beinahe den gesamten Boden der Höhle bedeckte.

»Sie sind nur glitzerndes Metall.«

»Aber wertvolles.«

Kiromin schnaubte erneut. »Mach die Taschen voll, wenn es dich glücklich macht. Sie sind Schlafstatt und gut für das Schuppenkleid.«

Lachend griff der andere zu, steckte die Münzen ein. Erst in die Taschen, dann in den Geldbeutel. Doch mittendrin hörte er auf, leerte die Taschen wieder. »Ein schlechter Plan.«

»Welcher Plan?« Kiromin war damit beschäftigt, eine massive Silberschnalle am Ende seines Gürtels zu befestigen. Beherzt biss er auf das Metall. »Hm, das sollte halten«, kommentierte er sein Tun, während er die zusammengedrückte Stelle mit einem Auge begutachtete, während er das andere zukniff.

»So viel Gold mitzunehmen«, antwortete Merranas.

Der Drache hielt in seinem Tun inne. »Stimmt etwas nicht mit dir? Fühlst du dich unwohl? War vielleicht doch der letzte Fisch schlecht?«

Merranas griff sich an den Magen und rülpste laut. »Ein Bier mehr wäre gut gewesen.« Er schlug sich leicht gegen die Brust. »Ich meine nicht, dass wir mit leeren Taschen losziehen, sondern nicht unbedingt mit so viel Gold.«

»Ach?« Kiromin stand auf, ging zum anderen Ende des Hortes und grub in einem Haufen des gelben Metalls. Nach einer Weile zog er eine Kette hervor. »Du meinst, sowas wäre besser?«

Merranas kam zu ihm. »Das erklärt, warum keine Frau bei dir

bleiben will. Dein Geschmack ist grauenvoll.« Er streckte die Zunge raus, winkte ab.

Kiromin deutete eine Verbeugung an und hängte ihm die Kette um. »Dir steht sie ganz ausgezeichnet.«

Merranas tat erstaunt und blinzelte. »Für mich, Liebster?«

Kiromin lächelte. »Für wen sonst, wenn nicht für dich.«

Der andere wollte etwas sagen, aber der Drache fiel ihm ins Wort. »Wir suchen die Edelsteine. Vater hat es nie für nötig gehalten, sie an einem bestimmten Platz zu lagern. Wir nehmen besser nicht die riesigen Klunker.«

Zustimmend machte sich Merranas an die Arbeit. »Du hast recht, die großen fallen auf, außerdem müssen wir zuerst Händler finden, die genügend Gold zum Ankauf parat haben.«

»Firim hat dich einiges gelehrt.«

»Ja. Hoffentlich genug, um dir und ihm helfen zu können.« Merranas wühlte in den verschiedenen Haufen aus Schmuck und Gold. Hier und da zog er einen Ring oder eine Spange heraus, betrachtete die Stücke näher, tat die einen wieder weg, die anderen auf ein Tuch, das er ausgebreitet hatte.

Unser Wert,
unser Schwert.
Das Gebot:
Auf Leben und Tod.
Für uns keine Not.
Schlag ein!

Aus dem Folianten der Herrschaft

MACHTSPIELE

S ie trafen spät am Abend ein, sieben Tage nach ihrer Abreise. Vaticine hatte die Fähren beobachtet. Die letzte des Tages hatte extra auf den Trupp gewartet. Zwei weitere Schiffe brachten nun dunkelblau gekleidete Soldaten nach Hyperahmah, die die Rätin eskortiert hatten. Der Vorreiter war schon am Mittag eingetroffen. Als die Rätin bei ihr ankam, wirkte sie müde und verärgert. Vaticine schenkte ihnen ein Glas starken Rotwein ein und bot Morgane Käse, frisches Brot und geräucherten Speck an, die von der anderen dankend entgegengenommen wurden.

»Du hast das Gegengift nicht erhalten?«, begann Vaticine das Gespräch, nachdem die andere getrunken und einen Bissen Käse mit Brot genommen hatte.

»Ich habe ein Angebot.«

»Was will Wynfreth für das Leben deines Sohnes, und wie viel Zeit haben wir?«

Morgane trank einen kleinen Schluck. »Zeit haben wir wenig und das Angebot wird dir nicht gefallen.«

»Erzähle mir von den Details.«

Die Rätin zog ein gerolltes Pergament aus ihren Gewändern, die von der Reise vor Dreck strotzten. »Lies selbst, verehrte Seherin.«

Vaticine kannte solche ungewöhnlichen Auftritte. Lediglich zu den Sitzungen machte sich Morgane die Mühe, korrekt und akkurat gekleidet zu sein. Wären die Qualität und der Schnitt ihrer Kleider nicht so herausragend, hielte man sie in Hyperahmah manchmal eher für eine Hausmagd, anstatt für das Mitglied des Rates. Und selbst diese Begebenheit wusste Morgane, zu ihrem

Vorteil zu nutzen. Vaticine hatte es zu Genüge beobachtet. Sie entrollte das Pergament. Nach einer Weile hob sie den Blick.

Morgane kaute schweigend an einem Stück Speck.

»Einen Sitz im Rat?«

Morgane nickte. »Wenn ich richtig verstanden habe, will er den Vorsitz für acht Sonnenwenden.«

Vaticine rollte das Pergament wieder zusammen. »Selbst wenn du gedenkst, dieses Angebot anzunehmen, die anderen werden niemals zustimmen.«

Die Rätin spielte mit dem Messer und rammte es letztendlich in den Käse, bis die Klinge in der gelben Masse verschwunden war.

»Sie werden zustimmen. Irgendwann stimmen doch alle zu.«

»Alle Vorsitzenden sind gewählt und eingesetzt worden. Wer wählt Wynfreth?«, entgegnete die Seherin abschätzig.

»Du weißt, was ich damit meine.«

Vaticine nippte am Wein. »Einer ist verstorben. Der Platz ist frei. Wir überlassen Wynfreth diesen Sitz als Statthalter und so weiter und so fort. Um die Wahl und den Vorsitz soll er sich selbst kümmern wie jeder andere auch.«

Morgane kratzte Dreck von ihrem Mantel, ließ das Zeug achtlos auf den Steinboden fallen. »Wynfreth ist nicht dumm. Er weiß um den freien Sitz. Solch einen Vorschlag habe ich ihm bereits unterbreitet. Er hat abgelehnt.«

Die Seherin erhob sich, brachte zwei große Kerzen, entzündete sie. Obwohl die warmen Tage noch andauerten, waren sie bereits kurz. Im Dämmerlicht erkannte sie die feine Schrift nicht gut.

»Was hast du Wynfreth überhaupt erzählt?«

Morgane zupfte an ihrem Ohrring. »Eine Banalität. Dass die jungen Männer, darunter mein Sohn, einem Betrüger in die Arme gelaufen sind. Mit zu viel Bier und Wein im Kopf sei Firim eine Wette eingegangen, dass es ihm gelingen würde, den Statthalter zu beklauen, ohne dass dieser es merken würde. Dass die Trottel ausgerechnet eine vergiftete Waffe als Trophäe aussuchen würden, konnte niemand wissen.« Sie griff erneut an den Ohrschmuck, als habe sie Angst ihn zu verlieren. »Ich, als liebende

Mutter, komme, nachdem ich es erfahren habe, und bitte um Verzeihung und Hilfe. Et cetera et cetera.« Sie machte mit der Hand kreisende Gesten, prostete der Seherin zu und trank den Kelch leer, um sich einen weiteren einzuschenken.

»Er hat dir geglaubt?«

»Selbst wenn nicht, hat er seine Chance ergriffen. Dass die Waffe ausgetauscht wurde, hat er bis heute nicht bemerkt. Für uns ein Glück, so wirkt die Geschichte glaubhaft.«

Morgane schaute ihr zu, wie sie das Pergament nochmal im Schein der Kerzen studierte, die Flammen tanzten leicht im Luftzug, der durch die Fenster kam. »Wusstest du, dass es Abschriften des Folianten der Zeit gibt?«

Vaticine ließ das Pergament sinken. »Was hat das mit diesem Angebot zu tun?«

Die Rätin lehnte sich in dem Stuhl zurück, wippte mit den Knien. »Ob du wusstest, dass es Abschriften aller Folianten gab und weiterhin gibt?«

»Nein. Schon gar nicht von dem der Zeit. Diesen hatte Plutarch stets für sich selbst beansprucht und in seinen Gemächern unter Verschluss gehalten. Die Kontrolle von Zeit und der durch Zauber erzeugten Zeitschleifen, die einzelne Personen gefangen hielten, waren damals der Schlüssel zu seiner Macht.« Vaticine schaffte es nicht, die Verwunderung aus ihrer Stimme zu nehmen. Sie senkte den Blick auf das Pergament, ohne zu lesen.

Morgane bemerkte es sofort. »Wie hat Plutarch damals die Zeit manipuliert?«

Vaticine schüttelte den Kopf. »Ich verstehe nicht.«

Die Faust der Rätin donnerte auf den Tisch, der Stuhl kippte nach hinten, als sie aufsprang. »Du verstehst sehr wohl.«

Die Seherin betrachtete das Gesicht ihrer Verbündeten. Doch Morganes Miene war so unverbindlich wie eh und je. Ungeduld war das Einzige, was sie darin erkannte, und das war nichts Neues.

»Hat Wynfreth etwa einen Magier, der für ihn den Lauf der Zeit verändert, wie es einst Plutarch getan hat?« Vaticine richtete sich auf.

»Beantworte nicht meine Frage mit einer Gegenfrage. Ich hasse das!« Morgane zog das Messer aus dem Käse.

Vaticine lachte auf. »Ich weiß es nicht. Wir wissen es bis heute nicht, wie es Plutarch gelungen ist, so viele Zeitschleifen zu erzeugen. Er war kein begabter Magus. Wie viele er wissentlich oder unwissend in unsere Welt eingefügt hat? Keiner kann diese Frage beantworten. Wie viele Ereignisse noch parallel existieren, wie oft wir uns gerade begegnen, was der wahre Lauf dieser Geschichte ist. Kannst du es mir sagen?«

»Schweif nicht ab. Erzähl mir, wie er es getan hat.« Morganes Tonfall wurde scharf.

Die Seherin seufzte leise. »Wie schon erwähnt, wir fragen uns bis heute, wie jemand mit Plutarchs beschränkten Fähigkeiten diese Magie wirken konnte. Wenn du mir nicht glaubst, frage im Rat. Zwei Würdenträger sitzen bis heute am Tisch, die seine Herrschaft miterlebt und die Veränderungen der Zeit am eigenen Leib zu spüren bekommen haben.« Sie räusperte sich. »Reise zu Nadala, frage sie. Vielleicht hat damals Regulus ihr etwas erzählt. Mein Wissen habe ich in den letzten Jahren mit dir geteilt.«

Die Rätin musterte die andere, nickte. »Gut, ich will dir glauben.«

Vaticine trank. »Was hat Wynfreth vor, Morgane?«

»Ich habe vom Statthalter von Kerma Geleitschutz erhalten. Zwanzig seiner Wachen hat er mir mitgegeben. Er nennt sie selbst die Dunkelblauen.«

»Geleitschutz? Du meinst seine Schergen, die uns beeindrucken und einschüchtern sollen.« Vaticine verschränkte die Arme vor der Brust. »Du unterzeichnest dein Todesurteil, Morgane.«

»Was würdest du statt meiner tun?«

Die Seherin schwieg. Ein leichter Wind kam durch die Fenster.

Morgane zeigte mit dem Finger auf sie. »Wir verstehen uns. Dein Sohn und Kiromin konnten nicht helfen. Du auch nicht.«

»Wenn Wynfreth im Rat sitzt, wird es Krieg geben. Und der Krieg wird uns gelten. Dir wie mir, jenen, die so sind wie wir.«

»Was also ist dein Vorschlag?« Die Rätin schnitt ein Stück vom Käse ab.

»Welche Garantie hast du, dass er dir das Gegenmittel für Firim gibt? Wie es aussieht, hat er dich in der Hand. Er hat uns in der Hand.«

Morgane riss eine Tannennadel aus dem Stoff ihres Rocks, rieb an einem Fleck, der wohl durch Matsch ins Gewebe gekommen war. »Gesundet Firim, kann Wynfreth im Rat sitzen. Dort saßen schon viele, die lediglich das alte Holz der Stühle mit den Ärschen gewärmt und vor dem Austrocknen bewahrt haben.«

»Bloß hat keiner von denen je eine Eskorte geschickt. Was sind das für Leute? Wo hat er sie her? Warum haben wir bisher nie etwas von ihnen gesehen?«

Morgane streckte sich und bog den Rücken durch. »Wegen mir hätte er auch alle Dämonen der Reiche schicken können.« Flink spießte sie mit dem Messer das Stück Käse auf. »Für dich, Seherin, ist es an der Zeit zu gehen.«

Vaticine hob erstaunt die Augenbrauen. »Was genau soll das heißen?«

Das Messer fuhr hart ins Holz, dass die Krümel und kleineren Stücke einmal durch die Luft gewirbelt wurden, bevor sie wieder auf Tisch und Boden landeten. »Es ist mir egal, was Kallestrus dir damals aufgetragen hat. Der alte Drache ist tot. Ein kleines Licht seiner selbst ist in den Katakomben eingesperrt. Dies kannst du aus der Ferne bewachen. Deinen Platz im Rat hast du ab heute nicht mehr, deine Amtszeit ist beendet. Du bist ab sofort aller deiner Ämter enthoben.«

Der Ohrschmuck aus Glas klingelte Glöckchen gleich, als die Seherin auf Morgane zutrat. »Du willst mich von der Insel jagen?«

»Ich gebe dir eine Möglichkeit zu entkommen. Wynfreth ist bereits auf dem Weg, dieser Geleitschutz sind nur wenige Frauen und Männer eines Heeres. Du solltest also gehen.«

»Was hast du ihm versprochen, Morgane?« Der Ohrschmuck der Seherin bewegte sich, obwohl sie stillhielt. Das Glöckchenspiel der feinen dünnen Kristalle und filigran gefertigten Glasstäbe durchbrach die Stille.

Die andere ließ die Frage unbeantwortet.

»Was hast du ihm für das Leben deines Sohnes zugesagt? Welche Garantie hat er dir gegeben?« Vaticine kam Morgane noch näher.

»Geh, solange dir noch Zeit bleibt.«

Vaticine streckte die Hand nach der Rätin aus. Die entzog sich geschickt, nach dem Messer im Brett greifend.

»Morgane, was hat Wynfreth gegen uns in der Hand? Hat er dir etwas versprochen? Dir gedroht?«

Die andere schnalzte mit der Zunge. »In der Hand? Du fragst, was er in der Hand hat? Frage, was ich habe! Ich habe das Leben meines Sohnes in der Hand.«

Die Seherin versteckte die Hände hinter dem Rücken. »Dafür verrätst du uns? Unser Blut und unsere Kinder?«

Die Augen der Rätin verengten sich. Sie holte tief Luft. »Dass ausgerechnet du von Verrat sprichst. Diejenige, die unsereins an Plutarch für das eigene Kind verkauft hat. Die für eine Prophezeiung getötet und hat morden lassen. Die einen Tyrannen an der Macht gehalten hat, um ihr Kind zu schützen. Du sprichst zu mir von Verrat?« Morganes Wangen waren rot, sie hielt das Messer in der Hand, als wartete sie nur auf eine falsche Bewegung ihres Gegenübers. »Du kannst von Glück sprechen, dass ich dich als Rätin in Hyperahmah zu schätzen gelernt habe. Sieh es als Akt des Wohlwollens und der Zugewandtheit, dass ich dir die Möglichkeit zur Flucht gebe.«

Vaticine suchte im Gesicht ihrer ehemaligen Verbündeten nach einer Regung. »Ich kann hier nicht weg, Morgane. Meine Aufgabe ist die einer Hüterin. Einer Beschützerin der Drachen unter dieser Insel.«

»Deine Aufgabe besteht darin zu verschwinden, ansonsten stirbst du.« Morgane hob das Messer. »Nimm all deine Lakaien mit, wenn dir ihre Leben etwas wert sind. Ich will nach dem Morgengrauen keinem von euch auf Hyperahmah begegnen. Wenn die Dunkelblauen einen von ihnen nach Tagesanbruch erwischen, haben sie den Befehl erhalten, sie zu töten.«

Die Seherin griff nach dem Dolch an ihrem Gürtel. »Von wem haben sie diesen Befehl erhalten?«

Morgane starrte sie unverhohlen an, ohne zu antworten.

»Wer hat den Befehl gegeben?«, flüsterte die Seherin, während sie einen Schritt von Morgane zurücktrat.

»Geh, Vaticine, und nimm die deinen mit dir, bevor ich es mir anders überlege.« Die Stimme der Rätin war gedämpft, ihr Blick hart.

»Was willst du noch überlegen?« Vaticines Stimme war wie das Heulen des Windes, wenn er durch den Kamin fährt.

»WACHEN!« Die Türen hinter Morgane sprangen auf. Sechs Männer und Frauen in dunkelblauer Montur traten in den Raum. Vaticine hielt den Dolch ruhig vor sich, eine gegen sieben.

Die Rätin gab den Schergen ein Zeichen. »Wynfreth hatte recht, sie will nicht gehen. Setzt sie fest.«

»Morgane, du verhilfst einem sadistischen Tyrannen zur Macht.« Vaticines Worte waren ein Hauch. Die zwei vorderen Männer stürmten auf sie zu, griffen ins Leere, taumelten zurück, als ein Windstoß sie erfasste. Die Seherin war verschwunden.

Morgane starrte zu den großen offenen Fenstern. »Alle Fenster in Hyperahmah werden verglast. Die Handwerker sollen morgen mit der Planung und den Arbeiten beginnen.«

Die Dunkelblauen nickten und verschwanden. Morgane trat ans Fenster. In der Ferne erkannte sie ungewöhnlich schnell ziehende Wolken. Sie zog einen kleinen Lederbeutel unter ihrer Lederweste hervor. Vorsichtig öffnete sie den Riemen und entnahm die feine Phiole. Eine grünliche Flüssigkeit ließ die silberne Fassung des Stöpsels noch heller scheinen. Schon bald würde es Firim wieder besser gehen.

***

»WAS WILLST DU hier? Du bist hier nicht gern gesehen, Vaticine.« Nadala schwang die Axt, trieb das Eisen geschickt ins Holz.

Vaticine betrachtete die Statur der jungen Frau, deren Alter ein ganz anderes war. Dieser Körper war ein ungewolltes Geschenk

Plutarchs. Sie fragte sich insgeheim, ob sie Nadala darum beneiden oder eher bemitleiden sollte.

»Wappnet euch, Nadala. Morgane ist einen gefährlichen Bund mit Wynfreth eingegangen, um Firim zu retten.«

Nadala ließ die Axt sinken, wischte sich den Schweiß mit dem Handrücken von der Stirn, hielt sich einen Moment lang den Bauch, strich sanft darüber. »Was ist mit Firim?«

»Er ist beim Tausch der Waffen vergiftet worden. Morgane ist einen Handel mit Wynfreth eingegangen, nachdem es Merranas und Kiromin misslungen ist, ein Gegenmittel zu besorgen. Wynfreth bekommt aus diesem Grund einen Sitz im Rat, zudem hat er ein Heer von Schergen aufgestellt, die sich die Dunkelblauen nennen.«

Nadala griff nach einem Krug, trank. »Was erzählst du da, Seherin?«

Vaticine trat auf sie zu. Sofort hob Nadala abwehrend die Axt. »Bleib mir vom Leib. Wir werden keine Freundinnen.«

»Ich will nicht deine Freundin sein, sondern dich warnen. Die Dunkelblauen sind in unseren Gebieten unterwegs. Sie setzen Magier und die letzten Verbliebenen der Feuerlinie fest. Immer mehr Verhaftungen werden bekannt. Menschen verschwinden.«

»Wie zu Plutarchs und deinen Zeiten, ja?«, murrte Nadala.

Vaticine trat einen Schritt zurück, nickte. »Es soll sich nicht wiederholen.«

Die Frau runzelte die Stirn. »Diesmal willst du auf der Seite der Guten kämpfen, vermute ich.« Sie sah die Seherin an, verzog das Gesicht, hielt sich die Hand vor den Mund und verschwand hinter der Scheune, vor der sie das Holz gehackt hatte.

Erstaunt ging Vaticine ihr hinterher. Als sie die Würgegeräusche hörte, blieb sie stehen, wartete. »Du bist…«, begann sie und beendete den Satz nicht, als die andere die Axt zum zweiten Mal gegen sie erhob.

»Wenn du es jemandem sagst, bring ich dich um.«

Die Seherin schüttelte langsam den Kopf. »Nadala, das ist nur eine Frage der Zeit.«

»Das weiß ich selbst. Ich bin viel zu alt für sowas, doch dieser Körper ist jung.«

Vaticine musterte ihren Bauch. »Wie lange noch, bis andere Frauen es sehen?«

»Nicht mehr lange. Die weiten Hemden verdecken es.«

Sie waren allein. Vaticine zögerte. »Wo ist deine Sippe?«

»Ich habe keine Angst vor dir, Seherin.«

Vaticine stampfte auf. »Hier geht es gar nicht um mich oder dich. Es geht um uns. Morgane hat uns für Firims Leben verkauft.«

Nadala senkte und hob erneut die Axt. »Was zur Hölle ist mit Firim?« Ihr Atem roch nach Erbrochenem, als sie Vaticine nahekam. »Erzähl schon.«

Die andere wich nicht zurück. »Er liegt leblos da. Kiromin hat seinen Geist erspürt, schwach, aber am Leben. Es geschah beim Tausch der Klingen.«

Nadala verengte die Augen, während Vaticine sprach. »Was hat Morgane getan?«

»Sie hat Wynfreth einen Sitz im Rat gegeben für das Gegenmittel.«

»Und, hat es gewirkt?«

Vaticine ließ den Blick nach allen Seiten schweifen. Der Hof und die Schmiede lagen wie verlassen da, lediglich der feine Rauch, der bei der Esse aufstieg, verriet, dass hier jemand gearbeitet hatte. Alle Türen waren geschlossen, die Fensterläden auch, nicht einmal ein Hund war zu sehen, keine Katze. »Ich weiß nicht einmal, ob sie es tatsächlich bekommen hat.« Die Spitze der Axtklinge berührte ihren Hals, als sie sich Nadala zuwandte.

»Was ist der Grund deiner Unwissenheit?«

Das Metall schob sich tiefer in ihr Fleisch, Vaticine blieb ruhig stehen. Sie war der Wind, den konnte niemand zerschneiden. »Morgane ließ mir die Wahl zu gehen oder festgesetzt zu werden.«

Nadala verstärkte den Druck auf die Klinge, bemerkte wie Vaticine den Hals zurückzog, um die Bewegung auszugleichen. »Was ist mit Firim?«

Ein Lächeln machte sich mit einem Mal auf dem Gesicht der Seherin breit.

Nadala rollte mit den Augen. »Was denkst du, warum ich sonst frage?«

Die andere hob beschwichtigen die Hände. »Ich sage, wie es ist. Wenn du mir nicht vertrauen magst, dann schenke wenigstens meiner Warnung Glauben. Du und deine Sippe seid in Gefahr, genau wie ich und die meinigen.«

Rufe und Hufgetrappel unterbrachen sie.

»Das sind meine Söhne.« Kaum hatte Nadala das ausgesprochen, erschienen die Reiter, hinter ihnen polterte ein Wagen, Metall klirrte, mischte sich mit Rufen und dem Wiehern der Pferde, die mit Schaum vor den Mäulern zum Stehen kamen.

»Was ist?« Nadala lief auf den ersten der Männer zu.

»In der Stadt sind dunkelblau gekleidete Schergen eingefallen. Sie ziehen die Einwohner aus den Häusern.«

»Wen?«

»Nicht irgendwelche Menschen, Mutter«, erklärte Gerald.

Nadala fluchte laut auf. »Packt die wichtigsten Sachen. Wir nehmen den besprochenen Weg. Keiner bleibt zurück. Bereitet alles vor. Ist die Kammer versiegelt?«

Ihr anderer Sohn nickte. »Nehmt eure Bündel. Wir brechen sofort auf. Lasst nichts zurück!«, rief er den anderen Reitern hinter sich zu, pfiff einmal laut durch die Finger. Geschwind verteilten sich die restlichen Personen.

Nadala spuckte aus, die Hände in den Hüften. Sie sah sich nach den Häusern und der Scheune um. Schüttelte den Kopf, bevor sie den Blick mit zugekniffenen Augen zum Himmel hob. Sie seufzte.

»Du hast es gewusst«, hauchte Vaticine. Sie fasste Nadala an den Arm und ein Bild erschien vor ihrem Auge, wie ein Dolch in die Brust gerammt wurde, Blut und Schreie. Röchelnd ging die Person zu Boden, das Gesicht von einer dunkelgrünen Kapuze verdeckt. Ruckartig ließ Vaticine von Nadala ab, betrachtete sie von oben bis unten.

»Was auch immer du gesehen hast, behalte es für dich, Seherin.« Die Frau drehte sich nicht nach Vaticine um, sprach im Gehen. »Wir sind immer vorbereitet. Seit dem Tag, als ich den

Zwilling von Selestrias Schwert meine Söhne hab schmieden lassen.«

»Wo wollt ihr hin?«

Nadala drehte sich um. »Zu Kallestrus' Hort. Auf Kiromins Wunsch.«

Vaticine nickte. Ein junges Mädchen führte ein Pferd zu Nadala. Die nahm die Zügel auf und schwang sich leicht in den Sattel, zog das Mädchen hoch. »Pass auf dich auf, Seherin, und auf deine Sippe. Es kommen raue Zeiten, und du hast nur wenige Freunde.« Sie gab dem Pferd die Sporen. Während sie an der Schmiede vorbeiritten, schoss eine riesige Flamme aus der Esse, die Funken sprangen auf den trockenen Boden um die Schmiede, fanden in Strohhalmen und allen kleinen Dingen Nahrung, hüpften vom Span zum Krümel, auf Stücke gehackten Holzes.

Vaticine begriff sofort. Sie drehte sich einmal um die eigene Achse, als die Reiter außer Reichweite waren. Der leichte Wind trug die kleinen Funken und Flämmchen mit sich zu der Scheune, an die hölzernen Fensterläden und Türen. Als sie in ihr Element wechselte, labten sich die Feuer an den Gebäuden, fraßen sich in die Dächer. Rauch stieg in Säulen auf, es knackte, pfiff und heulte. Funken stoben an ihr vorbei, als sie weiter in die Lüfte aufstieg. Sie musste ihren Sohn und Kiromin finden.

DER HOF BRANNTE lichterloh, als die Reiter der Dunkelblauen ankamen. Hitze schlug ihnen entgegen, dichter Rauch zog den Pferden in die Nüstern, die Tiere tänzelten, wieherten. Fluchend schaute der Anführer auf die in Flammen stehende Scheune, brüllte einen Befehl.

Aus den Reihen lösten sich zwei Personen, stiegen ab. Eine Woge Wasser ergoss sich über die Flammen, weißer Dampf mischte sich mit dem Ruß, graue Wolken stiegen in den Himmel. Holzbalken schwankten unter der nassen Last und stürzten krachend auf den pechschwarzen Boden.

»Verdammte Flammenhetzer. Diese verfluchte Feuerbrut«, schimpfte der Anführer. »Das wird Wynfreth nicht gefallen.«

Wir, die alle treiben.
Wir, die niemals stehen.
Mit uns kann alles bleiben,
mit uns wird es untergehen.

Aus dem Folianten des Wassers

PORT AURUM

Die Frucht war noch warm von der Sonne, hatte eine glatte Schale und leuchtete in einem satten Orange. Sie roch herrlich und übertünchte für einige Momente den Mief aus altem Fisch, dreckigem Hafenwasser und schwitzenden Seeleuten, die an dem Stand vorbeidrängten.

»Hey, du! Haste dich in die Mandarine verliebt?« Der dicke Händler grinste und glotzte Eunike an. »Deine Mandarinchen sind ja auch ganz prächtig.«

Sie lächelte, reichte dem Mann einen Kupferling und ging. Die anrüchigen Bemerkungen in der Hafenstadt waren nicht viel anders als die in den Bergen. Hier juckte es sie jedes Mal in den Fingern, den Kerlen eins mit der heißen Hand zu versetzen. Schon einigen hatte sie Erinnerungen in die Unterarme gebrannt, als sie ihr an den Hintern oder zwischen die Beine langten. Einen Unterschied zu Moohpet-Rah gab es: in Port Aurum fiel sie damit nicht auf. Die Grabscher verschwanden mit den Segelschiffen aufs weite Meer. Dafür kamen täglich neue Idioten, und zwar viele, manchmal mehr, als diese riesige Stadt fassen konnte. Eunike hatte sich diesen Ort groß vorgestellt, aber sie musste sich bei ihrer Ankunft eingestehen, dass sie von der Welt noch keine gute Vorstellung besaß. Der Hafen fasste einige duzend Schiffe, die zu jeder Zeit ein- und ausliefen, genau wie deren Mannschaften, die ungezählte Spelunken, Freudenhäuser und billige Herbergen überfielen wie Ratten. An Ungeziefer jeglicher Art mangelte es diesem Ort genauso wenig wie an kreischenden Möwen, brüllenden Maaten und Kapitänen, anderem Volk, das hier auf der

Durchreise war, sich wie in einem Schmelztiegel mischte, mit denjenigen, die diese Handelsmetropole ihre Heimat nannten. Es war heiß, stank nach Unrat und billigem Parfum, in den Marktgassen hockten Bettler und versehrte Seeleute, streckten die leeren Hände den Vorbeilaufenden entgegen, Kinder liefen zwischen ihnen hindurch wie die Katzen, die fauchend durch Fensteröffnungen sprangen oder in Türspalten verschwanden. Im Händlerviertel standen die großen Lagerräume nahe am Wasser, gleich bei den Wohnhäusern, die große Balkone Richtung Meer und Küste hatten, ausladende Blumengirlanden schmückten Metallkonstruktionen und Fassaden. Hier flanierten die reichen Herrschaften, die mit Edelsteinen, Metallen und teuren Stoffen genauso handelten wie mit seltenen Tieren und anderen kuriosen Dingen, von denen Eunike nicht einmal eine Ahnung hatte, ob es sich um Teile einer Pflanze, eines Lebewesens oder Steine handelte. Das erste Mal, als sie dieses Viertel betreten hatte, um sich umzuschauen, war sie wie eine Dirne verjagt worden:»Scher dich ins Hafenviertel zum Arbeiten. Hier ist kein Platz für solche wie dich.«

Seit diesem Tag ging sie täglich zum Händlerviertel, beobachtete diejenigen, die dort willkommen waren. Etwas später gab sie einen Teil ihres Geldes für neue Kleidung aus. Seitdem jagte sie niemand davon, wenn sie an den Auslagen vorbeiging. Vielmehr fragten die Händler, ob sie auf einem Dienstbotengang sei. Damit war sie zufrieden. Endlich konnte sie die Waren in Ruhe betrachten, prägte sich die Preise ein, fragte nach der Herkunft und korrekten Lagerung. Sie löcherte die Standbesitzer mit Fragen über Machart, Anbau und weitere Verarbeitung, bis diese ungeduldig wurden.

Heute würde sie erst am späten Nachmittag dorthin gehen. Gestern hatte sich der Wind gelegt, das Meer glich einem riesigen glitzernden Spiegel, die Mittagshitze stand wie eine unsichtbare Mauer in den Gassen. Hunde und Katzen hatten sich in den Schatten verkrochen, selbst die Möwen saßen träge auf Masten und Pfählen, rührten sich nur zum Fischfang. Die einfachen Kaufleute hatten ihre Stände abgebaut und dösten in den kleinen

Ladengeschäften. Die Stadt erwachte an solchen Tagen erst bei Sonnenuntergang zum Leben.

Als die Schatten endlich länger wurden, richtete Eunike ihr Haar. Sie hatte einen ordentlichen Zopf geflochten, sich das Gesicht und die Hände gewaschen. Einige Augenblicke später musste sie sich dennoch den Schweiß von der Stirn wischen. Die Mandarinenschale hatte sie aufbewahrt. Das Öl der Schale verlieh der Haut einen angenehmen Duft. Das hatte sie bei den Mädchen aus den Herbergen abgeschaut.

Hier und da erklangen die ersten Lieder, aus den Gasthäusern tönten Ziehharmonika und Rasseln, Gelächter und Geschrei erhob sich. Seeleute kamen von den Schiffen ans Land.

Als sie im Händlerviertel eintraf, entzündeten Gehilfen die teuren Lampen an den Auslagen. Leichte Gebilde aus teilweise buntem Glas oder dünnem Papier. Öle wurden in diese Lampen eingefüllt, sie brannten heller als Kerzen, erleuchteten die Stände und tauchten das Viertel in ein ganz anderes, eigenes Licht. Es war ungewöhnlich viel los auf den Straßen an diesem Abend. Wahrscheinlich lag es an der Flaute. Die Segelschiffe konnten nicht auslaufen, neue gingen außerhalb der Bucht vor Anker, da der Hafen voll war. Passagiere, Offiziere und Kapitäne vertrieben sich die Zeit an den Ständen und genossen die Gastlichkeit der reichen Kaufleute, die an kleinen Tischen Erfrischungen und Kostproben anboten. Kaffeeduft umwehte einen Teil der Stände, mischte sich mit Aromen von frisch gebratenem Fisch und Gewürzen, Rotwein und Honig. Eunike bog rechts zu den Gewürzhändlern ab, blieb am ersten Kräuterstand stehen. Der starke Duft von getrockneter Kamille und Lavendel umfing sie. Säcke mit Rosmarin und Salbei umrahmten die große Theke, auf der eine Vielzahl kleinerer prall gefüllter Säcke stand, teilweise waren sie übereinandergestapelt, so angeordnet, dass man hineingreifen konnte. Riesige Zöpfe von Knoblauch und kleinen roten Schoten hingen an Leinen über Holzbottichen mit frischen Pflanzen, die sie nicht mit Namen kannte. Ein Herr in Schwarz unterhielt sich mit dem Händler, nahm eine Handvoll aus dem Sack vor ihm und hielt die Nase daran, zerrieb die Pflanzen zwischen den Fingern. Hinter ihm stand ein junger Mann, die blonden langen Haare waren zu einem perfekten glatten Zopf gebunden, das Gesicht rasiert, die Haltung gerade. Auch er war in eine schwarze Hose, jedoch in ein weißes Hemd gekleidet.

»Und das hier?«

»Ysop, auch als Eisenkraut bekannt. Hilft bei Husten. Erinnert an Oregano«, erklärte der junge Mann mit ernster Stimme. Der andere nickte.

»Das?« Er griff zu einem kleinen Keramiktopf.

»Silberdistel. Geeignet zur Wundreinigung und der Wundheilung. Zudem recht hübsch.«

»Hmhm«, ließ der andere verlauten und lächelte. »Verehrtester, habt Ihr nicht ein seltenes Kraut? Mich beschleicht das Gefühl, mein Lehrling möchte sein Wissen auf die Probe stellen.«

Der Händler lächelte breit und gab mit einer Geste zu verstehen, man möge warten.

Der Jüngere wandte sich vom Stand ab. Eunike hatte noch nie solch braune Augen gesehen. Sie waren kalt, starrten sie einen Moment lang an. Sein Blick ging durch sie hindurch, kehrte zu den Kräutern zurück. Sie atmete erleichtert auf, war froh, als der Händler mit einem kleinen Säckchen zurückkam.

»Die Herren, etwas Besonderes für Sie.« Er ließ einige wenige schwarze Beeren in die Handfläche des älteren Mannes fallen. Der betrachtete die Körner, roch, runzelte die Stirn, nickte. Er hielt dem Jungen die Hand hin. »Was sind das für Beeren?«

»Darf ich?« Der andere nahm eine, führte sie zum Mund.

Der Kaufmann setzte an, um etwas zu sagen, aber der ältere wies ihm mit einer Handbewegung an, zu schweigen. Der jüngere schnupperte, drehte das Korn, betrachtete es näher im Licht einer der filigranen Lampen. »Ich glaube zwar nicht, dass es eine ist, denn der Verkauf erschiene mir nicht rechtens. Das ist Tollkirsche.«

Der Händler senkte den Blick. »Rechtens ist, wonach die Damen begehren«, murmelte er mehr zu sich selbst. Er entdeckte Eunike, als er sich umsah, ob jemand sie belauschte. Sie erntete einen finsteren Blick, doch der Händler sagte nichts. Mit Sicherheit wegen der Kundschaft. Nach der Kleidung zu urteilen, war der Schwarze sehr wohlhabend, der Stoff war fest, die Färbung tief. Auch er hatte einen sauberen Haarschnitt, eine frische Rasur und an der Hand prangte ein großer Goldring, der im Spiel des Lichts wie echte Flammen wirkte. Eunike betrachtete das Schmuckstück und den Gehstock, den er unter den Arm geklemmt hatte. So konzentriert, bemerkte sie die drei Matrosen nicht, die sich dem Stand näherten. Jemand griff ihr von hinten in den Schritt. Erschrocken fuhr sie herum. Der Mann war einen halben Kopf größer als sie, und behielt seine Hand schamlos dort, wo sie nicht hingehörte, dabei gaffte er ihr ins Dekolleté. »So ein hübsches Vögelchen und ganz allein.« Die anderen lachten.

Die dämliche Fratze grinste sie an, und das vor den Augen des feinen Herren mit seinem ansehnlichen Lehrling. Sie packte ihn am Unterarm, den, mit der Hand und dem Finger, der durch den Rock hindurch in ihre intimste Stelle drückte.

Die Hitze entlud sich auf seiner Haut, der Schrei ließ alle um sie herum verstummen, er riss den Arm von ihr weg. »Was zum Teufel?«, fluchte er mit schmerzverzerrter Stimme.

Eunike rannte los, bahnte sich einen Weg durch die Menge, gefolgt von dem brüllenden Matrosen. Die Überraschung der anderen gab ihr den nötigen Vorsprung, die Menschenmenge verschluckte sie nach einigen Metern. Tränen stiegen ihr in die Augen. Das hätte nicht passieren dürfen. Nicht dort, nicht unter den Augen des feinen Herren. Sie rannte zum Hafenviertel. Mit jedem Schritt wuchs die Wut. Sie würden dafür büßen! All diese Männer, sie würden büßen.

OGJENN HIELT DEN Matrosen fest am Arm. »Welches Kraut?«, fragte er Atiro, der die Wunde mit weit aufgerissenen Augen begutachtete. Der Matrose schien im Schmerz genauso verblüfft wie alle anderen. Seine Begleiter wichen zurück, als sie die Ringe des Mannes erblickten.

Atiro wusste mittlerweile, dass die Mehrzahl der Leute mit

Respekt und Gehorsam auf seinen Lehrmeister reagierten.

»Hat es dir die Sprache verschlagen?« Ogjenn rümpfte die Nase.

»Nein, Herr. Silberdistel, versteht sich.«

»Versteht sich. Und was noch?«

»Herr, wollt Ihr wirklich?« Atiro blickte in die gaffenden Gesichter der Matrosen, die sich um ihn und den Meister scharrten.

»Nur zu.«

»Eine Brandwunde, eine frische obendrein.«

Ogjenn nickte. »Ja, das kann schon passieren, wenn man seine Finger in Dinge steckt, die einem nicht gehören, nicht wahr?« Er schaute den Matrosen an, dessen Kopf rot angelaufen war. Der Mann schwitzte und biss die Zähne zusammen.

»Verzeiht der Herr, ich wusste nicht, dass sie zu Euch gehört«, presste er hervor.

»Mich musst du nicht um Verzeihung bitten.« Ogjenn ließ ihn los. »Verschwindet und lasst die Finger von den jungen Frauen hier. Wenn es euch juckt, lasst euch im Hafen die Säcke kraulen und zahlt ordentlich dafür.«

Die Männer machten auf dem Absatz kehrt und verschwanden in der Menge wie zuvor die junge Frau. Ogjenn und Atiro blickten ihnen nach.

»Was denkst du?«, fragte der Meister.

»Sie hat ihn verbrannt.«

»Und wie?«

Atiro trat näher an Ogjenn heran. »Einen Spruch hat sie nicht gewirkt, das hätten wir gehört. Als sie herumfuhr, hatte sie ihn nur angestarrt, im nächsten Augenblick war es schon geschehen.«

»Nein, einen Spruch nicht, und eine Fackel steckte ebenfalls nicht an dem hübschen Hintern. Also was?«

Der junge Mann grinste etwas verlegen. »Sie hat ihn angefasst.«

Der Meister nickte. »Diese SIE dürfte gar nicht hier sein. Diese SIE sei verloren, wurde mir zugetragen. Deine Lehrstunde ist vorbei. Wir haben eine andere Aufgabe.« Er wandte sich an den Verkäufer. »Einen schönen Abend, der Herr. Wir sehen uns morgen. Die üblichen Mengen.«

Der Händler verbeugte sich leicht und verabschiedete sich voller Ehrerbietung, doch Ogjenn war schon weitergegangen Richtung Hafen.

Atiro folgte ihm durch die Menge. Zielstrebig lief der Meister zwischen den Menschen hindurch, dass Atiro Schwierigkeiten hatte, mit ihm Schritt zu halten. Erst als er an einem Anschlag stehen blieb, holte er ihn ein.

Drachensichtung über Hyperahmah
Wer einen Drachen sieht oder von einer Drachensichtung Kenntnis erlangt, melde dies umgehend an seinen Statthalter.
Belohnung 50 Silber pro dienlichen Hinweis.

Flammenhetzer auf dem Vormarsch
Wer einen Feuermacher oder Flammenhetzer zur Anzeige bringt, erhält 10 Silber.
Die Ergreifung und Auslieferung eines solchen oder einer solchen wird mit 100 Silber belohnt.
Gleiches gilt für andere Halblinge, Magiewirkenden und über außergewöhnliche Kräfte verfügende Kreaturen egal welcher Abstammung.

Der Rat von Hyperahmah

Ogjenn riss den Zettel ab. »Es ist ein elendiger Kreislauf. Wird Zeit, dass wir nach Hause fahren.«

»Ich dachte, wir stehen unter Wynfreths Schutz?«, erwiderte Atiro.

»Wynfreth ist nicht der Rat. Außerdem, seit wann gibst du etwas auf dessen Wort?« Der Ältere lief weiter, ließ das Blatt achtlos fallen. Atiro schaute auf seinen Rücken. Sein Meister war eine Persönlichkeit, die man entweder liebte oder fürchtete. Er selbst hatte sich noch nicht entschieden, was er empfand. Respekt hatte er allerdings vor dem Mann, der ihn die letzten Wochen mehr gelehrt hatte als irgendjemand zuvor. Erst vor einigen Tagen hatte

Atiro sich eingestanden, dass vor Ogjenns Wissen selbst das Bild seines Vaters zunehmend verblasste. Genau das genügte, um mittlerweile ‚Ja, Herr.' und ‚Nein, Herr.' über die Lippen zu bringen, ohne dass es sich wie eine Demütigung anfühlte. Die Scham, als Unwissender zu gelten, war geblieben. Jede Lehrstunde eine Vorführung seiner Dummheit. Er hasste es, fürchtete die Blamagen, lernte verbissen. Mit jedem Tag wuchs die Überzeugung, dass sein Fortgehen von Nadala die einzig richtige Entscheidung gewesen war. Selbst der Ekel beim Gedanken an die Zeit bei Wynfreth wurde besänftigt, wenn der Lehrmeister ein Lob aussprach. Ogjenn fragte nicht nach dem Aufenthalt bei dem Sadisten, Ogjenn wusste und er schwieg. Atiro war dankbar. Eins war er nicht: vergesslich.

Momentan verstand Atiro nicht, warum der Lehrmeister dieses Mädchen finden wollte, das ärgerte ihn umso mehr. Was hatte es mit dieser Frau auf sich? Womöglich hatte sie einen guten, durchaus schmerzhaften Trick, um sich solche Männer erfolgreich vom Leib zu halten.

Sie kamen in das Hafenviertel. Lärm, der Gestank von Schweiß und Kotze schlugen ihnen entgegen. Irgendwo splitterten Holz und Ton oder Glas. Geschrei und Gesang in verschiedenen Sprachen kamen aus allen Richtungen.

»Das wird schwierig werden, erst recht am Abend.« Ogjenn war stehengeblieben und betrachtete die Menschenansammlungen an den Kais, den Wirtshäusern und in den Gassen. »Komm, wir fallen hier auf. Halt deine Geldkatze fest und das Messer.«

Atiro gehorchte. »Vielleicht in den frühen Morgenstunden?«

»Weise Entscheidung. Komm!« Der Meister machte kehrt. Mit zügigen Schritten gingen sie zurück.

»Was, wenn sie dann fort ist? Wisst Ihr, wer sie ist?« Atiro zweifelte an ihrem Vorhaben.

»Sie ist hier gestrandet, wie viele andere auch, die sich auf den Weg nach Port Aurum machen. Diese Stadt gilt als Umschlagplatz für alle, die ein neues Leben beginnen oder reich werden wollen. Sie ist auf der Suche nach etwas. In Wirklichkeit wird sie gesucht.«

Atiro schaute ihn verwundert an. »Ist sie eine von uns?«

»Hmhm.« Ogjenn lächelte. »Dies gilt es herauszufinden.«

***

»DU BIST ZU langsam«, flüsterte er dem Kleinen ins Ohr. Merranas hatte ihn an den verfilzten Haaren gepackt. Der Junge stank nach altem Fett und Dreck. Er gab keinen Laut von sich, obwohl der Kopfgeldjäger fest zugriff. Dennoch versuchte er sich mit den kleinen Händen loszumachen. Der Mann aber hielt ein ordentliches Büschel der braunen Haarpracht fest. Reißen half nichts. »Deine Freunde warten da hinten, ich weiß. Ich verspreche dir, dass keiner von ihnen zu Hilfe kommt. Dafür wird es ordentlich Prügel hageln, weil du erwischt wurdest. Na, wieviel müsst ihr heute abliefern? Noch nicht genügend zusammen, hm? Und jetzt her mit dem Geldbeutel, bevor ich dir so richtig den Hintern verdresche, dann hast du zweimal was von dem Streich.«

Die Leute gingen an ihnen vorbei, rempelten von hinten und vorne, schoben sie zur Seite. Keiner scherte sich um sie, das wussten Fänger und Gefangener.

Widerwillig und grimmig dreinblickend gab der Kleine die Beute heraus. »Lass mich los.«

Merranas steckte seinen Geldbeutel wieder ein. Er beugte sich zu dem Jungen hinunter. »Also, welche Fehler habt ihr gemacht?«

Der Junge wurde noch grimmiger. Er schwieg den Mann an, der ihn freundlich anlächelte.

»Gut, ich erkläre es dir. Zuallererst hättet ihr euch wundern müssen, dass ein gut gekleideter Mann in diesem Viertel seinen Geldbeutel zur Schau stellt.«

Im Gesicht des Kindes regte es sich, doch er schwieg beharrlich.

Merranas musterte den Jungen. Er war sieben Jahre, höchstens acht. Aus dem Augenwinkel beobachtete er die anderen vier Jungs. Sie warteten zwischen den Häusern, schauten, was passieren würde. Mussten wohl berichten, dass einer geschnappt worden war. »Zweitens habt ihr euch zu auffällig verhalten. Ich habe euch bemerkt, als ihr uns noch gar nicht an den Kais gesehen habt. Ihr sitzt dort hinten wie auf dem Präsentierteller. Kein guter Platz, um seine Opfer auszuspähen. Sucht euch etwas, wo man euch selbst nicht sieht.«

Der Mund des Kleinen öffnete sich, um etwas zu erwidern. Im letzten Moment überlegte er es sich anders.

»Außerdem, wie schon gesagt, warst du zu langsam. Du hättest schneller nach dem Beutel greifen müssen. Ich habe deine Anwesenheit hinter mir wahrgenommen. Die Hand muss lang werden, du selbst musst zwischen den Leuten bleiben. Schaue, wer an mir vorbeilaufen wird, während du an mir bist. Die Person muss deine Deckung werden.«

»Ich habe doch geschaut! Die doofe Pute ist falsch gelaufen«, protestierte der Junge. Alles Grimmige war aus seinem Gesicht verschwunden, Tränen füllten die großen Augen. »Hätte die Vettel es sich nicht anders überlegt, wäre ich über alle Berge.«

Merranas schaute zu den anderen Jungs. Sie flüsterten, die Mienen ängstlich. Wahrscheinlich beratschlagten sie, was sie tun, wenn der Erwischte sie verriet. »Ich schlage dir ein Geschäft vor. Ihr erzählt mir etwas über die Stadt, und was hier passiert. Ich zahle dafür jedem von euch einen Silberling. Zudem lade ich euch zum Essen ein. Jeder bekommt eine eigene Portion. Geh, und schlage es deinen Kameraden vor. Ich warte dort drüben, bei eurem Beobachtungsposten.« Er ließ ihn los und ging.

Der Kleine sah ihm verblüfft nach, drehte sich um und rannte zwischen die Häuser.

Merranas schlenderte gemütlich zu den Pfählen am Wasser. Es war nur eine Frage der Zeit, bis die Jungs kommen würden. Solche Geschäfte hatten sie sich früher auch nie entgehen lassen. Ein extra Essen und Bezahlung für einfache Arbeit.

Die Freunde hatten sich aufgeteilt. Merranas sollte Gerüchten nachgehen, den neusten Klatsch sammeln. Kiromin war unterwegs, um in den besseren Herbergen einen Schlafplatz zu finden. Sie brauchten eine Überfahrt nach Pjeke-Uh. Aus Hyperahmah hatten sie Nachricht erhalten, dass weiterhin nach Drachen

Ausschau gehalten wurde. Mittlerweile waren Belohnungen ausgesetzt, aber nicht nur auf Echsen, ebenso auf solche wie ihn und seine Mutter. Halblinge, Feuermagier, Druiden und Zwerge. Gerede kam auf, dass Wynfreth seine Schergen wieder ausschickte, gut ausgestattet, Jagd machend auf die Gesuchten, des Silbers wegen.

Schnell kamen die Kinder heran, liefen wie Ratten durch die Menge, fünf umzingelten ihn. Erst beim näheren Hinsehen erkannte er, dass zwei Mädchen dabei waren, die Haare zu festen Dutts gebunden. Der Kleine, den er erwischt hatte, trat vor. »Wir wollen zu Siras Schenke. Sie hat frischen Fisch. Da können wir sicher sein, dass es nicht Schlange oder Katze ist. Außerdem will jeder von uns zwei Silberlinge.«

Merranas grinste ihn an. »Fisch mag ich sehr. Für jeden einen Becher verdünnten Wein und wenn die Geschichten gut sind, die ihr erzählt, gibt es extra Silber.« Er hob ihm die Hand hin.

Der Junge wandte sich den anderen zu, die nickten, er schlug ein und winkte mit der Hand, damit Merranas ihnen folgte. Der wartete, bis die Kinder genauso verschwunden waren, wie zuvor aufgetaucht. Erst als er genügend Leute zwischen sich und die Kinder gelassen hatte, ging er der Diebesbande hinterher. Es fühlte sich an wie in den eigenen Kindertagen, es war überall das gleiche Spiel. An der Ecke wartete einer der Bande, bis er aufgeschlossen hatte. Es war eine Art Schnitzeljagd, sodass sie nie zusammen gesehen wurden.

Sie verließen den belebten Platz, liefen durch enge Gassen, in denen mehr Schatten als Sonnenlicht herrschte, sprangen über Haufen aus Unrat, bogen in versteckte Hinterhöfe ein, die ausschließlich Ortskundigen als Durchgänge bekannt waren. Sie gingen leise, geduckt und versteckt. Nach einer Biegung stieß er unerwartet auf alle fünf. Vor ihnen in der Sonne lag ein kleinerer Platz, doch keines der Kinder ging weiter. Vorsichtig zupfte er den nächstbesten am Hemd. Das Mädchen drehte sich um. Ohne ein Wort zu sagen, fragte er mit Gesten, was los sei. Sie verstand sofort, zeigte in Richtung des Platzes. Er drängte sich an ihnen vorbei, bis er bessere Sicht hatte. Dort standen sie, die in dunkelblaues Leder gekleideten Söldner. Kiromin und er waren diesen Gestalten schon begegnet. Auf dem Weg in die Hafenstadt hatten sie beunruhigende Geschichten über ,die Blauen' gehört. Klar, nach Port Aurum zog es viele, die beabsichtigten auf dem Wasserweg zu reisen, wenn nicht gar zu fliehen.

»Seit wann sind sie hier?«, fragte er leise.

Es war der Größte und womöglich Älteste der fünf, der ihm antwortete. »Seit ungefähr zwei Wochen. Wir haben gedacht, sie reiten nur durch, aber sie sind geblieben. Unser Onkel befiehlt, uns vor denen versteckt zu halten. Sie tun grausame Dinge, um an gute Kunde zu kommen.«

»Unser Onkel hieß damals Väterchen.« Merranas merkte, wie die Kinder ihn musterten. »Er war hart, grausam, und deswegen ein verdammt guter Lehrer. Wenn er gelegentlich gute Laune hatte, brachte er uns seine besten Tricks bei. Vor solchen hätte er uns auch gewarnt. Scheint ein kluger Mann zu sein, euer Onkel.«

Die Kinder wechselten Blicke.

»Wie viel fehlt noch zum Tagessoll?«, erkundigte er sich, ohne sie anzusehen.

Keins der Kinder rührte sich, dann eine leise Antwort. »Zehn Silber brauchen wir, damit er zufrieden ist.«

»Gibt es noch einen anderen Weg?«

»Kannst du denn klettern?«, fragte der vorhin Geschnappte.

Merranas schaute nach oben, nickte. Auf den Gesichtern der Kinder erschien ein spöttisches Grinsen.

»Das werden wir gleich sehen«, feixte eins der Mädchen. Sie drehte sich um und lief ein Haus zurück. Ein Seil war an der Hauswand befestigt. Anscheinend gab es hier öfter den Bedarf, andere Wege zu nehmen.

Merranas gefiel der Ausflug immer mehr. Er folgte ihr mit schnellen Bewegungen und fand sie mit staunendem Gesicht auf dem Flachdach.

»Wie hast du das so schnell geschafft?« Das Mädchen machte Augen, als er mit einem federnden Sprung bei ihr ankam.

Er ließ die Frage unbeantwortet, schob sich vorsichtig zum Rand des Daches. »Sind es denn immer sechs?«

Sie war zu ihm gekommen und nickte. »Sie machen schlimme Sachen. Der Onkel warnt uns täglich und droht, nicht zur Hilfe zu kommen, wenn die uns erwischen.«

Merranas wusste weswegen. »Wo müssen wir lang?«

Als die anderen oben angekommen waren, machten sie sich wieder auf den Weg, sprangen und kletterten ungesehen vom Treiben auf dem Platz unter ihnen. Die Kinder wählten den Rest des Weges über die Dächer, als sie merkten, dass Merranas mühelos mithielt. Erst einige Häuserreihen weiter gab es die Möglichkeit zum Abstieg, und nach drei weiteren Ecken waren sie da. *Bei Sira* stand auf dem verwitterten Holzschild der Schenke, direkt in einer Seitenstraße, nicht weit von einer kleineren Bucht abseits des großen Hafens. Es duftete nach frisch gegrilltem Fisch und Knoblauch. Merranas trat hinter den Kindern ein.

»Schert euch raus!«, kam es ihnen entgegen, als er in das Dunkel des Gastraums trat. Wahrscheinlich war es Sira persönlich, die die Kinder zu verscheuchen versuchte, doch sie liefen zwischen den Tischen hin und her. Als sie Merranas erblickte, blieb die ältere Frau im leeren Schankraum stehen. »Ah, ein ungebetener Gast. Also gut.« Sie stemmte die dicken Arme in die breite Hüfte. Sie trug ebenso einen strengen Dutt wie die Straßenmädchen. Ihm wurde klar, wo sie waren. Diese Art von Schenken diente Diebesbanden als Treffpunkt und Umschlagplatz für erbeutete Sachen, zum Austausch von Nachrichten und Aufträgen.

Er nickte.

»Hey, was willst du?«, schnauzte sie mit rauchiger Stimme los. »Raus hier. Du hast dich wohl verlaufen. Und euch werde ich Beine machen. Was schleppt ihr hier an?« Sie holte ein Messer unter der Schürze hervor.

Schnell zog Merranas den linken Ärmel seines Hemdes hoch. Die kleine Tätowierung der zwei gekreuzten Messer am Unterarm war in der Dunkelheit kaum zu erkennen, aber allein die Geste reichte, um die Frau zu besänftigen. Sie zog ihn an eines, der mit aufgeschnittenen Fischblasen bezogenen Fenster. »Wo kommst du denn her?« Sie strich über den schwarzen Hautschmuck.

»Kaltenholz. Merranas heiße ich.«

Sie beäugte ihn mit strenger Miene. »Väterchen Oswald? Gibt's den noch?«

Er schüttelte den Kopf. »Der ist hinüber, schon eine ganze Weile. Irgendeine Pest hat ihn geholt.«

»Und dich?«

»Mich nicht.«

Sira kniff die Augen zusammen. Sie hob ihm ihr Messer vor die Nase. Die Kinder im Hintergrund hatten sich zusammengerottet. »Witzbold«, lachte sie kehlig los. »Schon gut, Kinder. Es ist tatsächlich einer von uns. Wo habt ihr denn den aufgegabelt? Wisst ihr, von wieweit der herkommt? Was wollt ihr essen?« Schon verschwand sie hinter der Theke. Die Kinder schrien nach gegrilltem Fisch, Merranas nach Wein.

Erst als die Teller leer und die Becher ein zweites Mal mit verdünntem Wein gefüllt waren, begann Merranas zu fragen. Er erfuhr von den Dunkelblauen. Von den Belohnungen auf Drachen und Flammenhetzer, die überall an den Anschlägen kundgegeben wurden. Über die wenigen Schiffe, die genau einmal in der Woche Richtung Pjeke-Uh aufbrachen, voll beladen mit Waren, aber nur einer Hand voll Menschen. Erst vor geraumer Zeit war ein Schiff im Hafen in Flammen aufgegangen. Alle, die an Bord waren, seien niedergemetzelt worden.

»Habt ihr einen solchen Aushang da?«, wollte er wissen.

Sira zog ein schmutziges Stück Pergament aus der Schürze. »Hier, lies selbst. Suchst wohl Arbeit?«

Merranas schüttelte den Kopf.

»Schaut, schaut. Ein lesender Dieb. Aber so war er, der Oswald. Er hat seine Jungs alles gelehrt, was er selbst konnte.« Sie setzte sich zu ihnen an den Tisch, während er las.

»Wisst ihr zufällig, wer diese Aushänge anbringt?« Er ließ das zerknitterte Schriftstück sinken.

»Na, der Statthalter oder Präfekt, nehme ich an.« Sira schaute

Merranas leicht verwundert an. »Wieso fragst du so komisch?«
»Wo finde ich solch ein Pergament?«
»Überall in der Stadt. An jedem Pfosten und Pfahl«, erklärte der Kleine, den Merranas erwischt hatte. »Habt ihr gesehen, wie sie angebracht wurden?« Die Kinder sahen sich an. Ihr Gebaren beunruhigte ihn. Er nahm ihnen die Antwort ab. »Die Blätter waren eines Tages einfach da, nicht wahr? Erzählt, was gibt es in der Stadt noch Neues? Was ist euch aufgefallen?«

Sira runzelte die Stirn, nickte. Nach einer ganzen Weile des Schweigens antwortete sie im Flüsterton, als würde man sie belauschen, obwohl sie allein waren. »Der Schwarze und die Rote sind in der Stadt.«

Merranas verstand nicht.

»In unseren Kreisen munkelt man, dass das hohe Tiere aus Pjeke-Uh sind, sowas wie der Oberste Kirchenführer, dieser Plutarch. Keiner weiß etwas Genaues. Die bleiben unter sich. Seit dem Vorfall mit dem Schiff noch mehr denn je. Sie werden von niemandem in Port Aurum verraten, nicht ausgeliefert, zumindest jetzt noch nicht. Zu viele Händler machen gerne Geschäfte mit ihnen. Diesmal haben sie sogar Gefolgschaft, beide jeweils einen jungen Mann. Diener oder so.«

»Diese Rote, sie ist ganz in rotes Leder gekleidet, klein, sehnig und herrisch?«

Sira grinste. »Ah, du kennst sie also.«

»Und dieser Diener, ein Junge, gerade mal ein Mann?«

Die Wirtin grinste breiter und hob den Zeigefinger. »Doch die Arbeit. Ich warne dich, Jungchen.« Sie hielt das kleine Messer hoch. »Leg dich nicht mit denen an. Die sind in unserer Stadt gerne gesehen. Niemandem schmecken diese Aushänge, nicht den Neuen, nicht den Alteingesessenen. Doch es ändert sich viel. Selbst Schiffe aus Wodhaa kommen plötzlich hier an, dabei ist es ein riesiger Umweg zur Westküste von Grunt.«

Er nahm den Geldbeutel, den der Kleine hatte stehlen wollen und warf ihn Sira zu. »Für Fisch und Wein. Gib den Kindern fünfzehn Silber, sie sollen heute nicht mehr auf die Straße. Lass sie ausschlafen oder spielen. Und ihr bringt dem Onkel das Geld.«

Sira hatte schon angefangen zu zählen. Fünf Silber für ein paar Fische und Wein. Sie würde bis zum Abend die Türen schließen. Nicht nur den Kindern tat ein Mittagsschlaf gut.

Merranas verabschiedete sich mit einer kleinen Verbeugung und verschwand aus der Schenke. Er brauchte einen Aushang und er musste Kiromin finden.

***

OGJENN SCHRITT DIE kleine Gasse entlang. Seit dem Vorkommnis im Händlerviertel verbrachten sie die Morgenstunden mit der Suche. Die junge Frau war bisher verschwunden geblieben. Atiro vermutete, dass sie nie wieder auftauchen würde. Der Meister beharrte darauf, dass sie suchten, bis die Mittagshitze zu anstrengend wurde. Jeden Morgen legten sie ihre schwarze Kleidung ab, selbst die Ringe versteckte Ogjenn, wenn sie in die anderen Viertel loszogen. Sie fragten nach einer jungen Frau: allein, gut gebaut und mit einem langen Haarzopf. Die Stadt war groß, ein Kommen und Gehen ohne jede Rast. Obwohl Ogjenn sich erstaunlich gut auskannte, gab es Straßen und Viertel, die er selbst noch nie betreten hatte. Heute wollten sie in den Heilergassen suchen.

Atiro wusste nicht, was er sich darunter vorstellen sollte. Als sie am Eingang dieses Stadtteils ankamen, blieb er abrupt stehen.

Der Meister wandte sich ihm zu, nickte. »Dein Instinkt täuscht dich nicht. Gut, dass Wynfreth es nicht geschafft hat, den aus dir herauszuquälen.«

Atiro verzog das Gesicht zu einer Grimasse.

Der Meister zeigte in die Richtung, die sie einschlagen würden. »Diese Straßen betreten die Verzweifelten und Todgeweihten oder solche, die denken, sie seien es. Es sind die Pfade der Geister und Hexen, Druiden und Wahrsager. Hier wohnt die Engelmacherin mit dem Bader Tür an Tür und zumeist ist der Tod ihr bester Partner. Doch bevor der kommt, ziehen sie den armen Schluckern das letzte Geld aus der Tasche, bis nur noch das Hemd bleibt.«

Der junge Mann sah zu der Gasse. Bunte Tücher verbanden die Häuser an beiden Seiten, bildeten einen langen wirr gemusterten Baldachin, ein diffuses Licht mit vielen Schatten. Aus einigen der kleinen Fenster quoll Rauch, suchte sich den Weg nach oben, verfing sich in dem bunten Dach, machte die Sicht unscharf. Es roch nach Weihrauch und anderen verbrannten Pflanzen, die Atiro nicht imstande war zu benennen.

»Wie lautet unsere Devise?« Ogjenn schaute ihn ernst an.

»Feuer verzehrt, Gold ernährt.« Atiro wiederholte den Spruch im Geiste. Es war der erste Satz, den der Meister ihm befohlen hatte, nicht zu vergessen. Feuer war für sie das letzte Mittel, nie das erste. *Mit Gold kaufst du Nahrung, Wissen und Macht. Mit Feuer zerstörst du alles, was du vorher erworben hast.* Er empfand das als unnütze Selbstkasteiung. Sie waren den meisten hier überlegen, beherrschten eins der wichtigsten Elemente. Doch er gehorchte, hörte zu, beobachtete, was geschah. Zu Beginn verstand er selten auf Anhieb Ogjenns Handeln. Allmählich wurde ihm klar, was sein Lehrer plante, wenn er die Dinge so anging, wie er es eben tat.

Ogjenn nickte erneut. »So soll es sein. Wir schauen uns um.«

»Warum denkt Ihr, dass sie hier ist?«

»Hmhm. Die unschöne Seite einer Gabe ist es, dass man immer denkt, sie beherrschen zu können. Wenn man feststellt, es doch nicht zu tun, sucht man Hilfe. Wo also findet man diese am ehesten, wenn nicht bei solchen, die vorgeben, wie man selbst zu sein? Der gewillte Schüler wird immer einen Lehrer suchen. Schau dich selbst an.«

Die Kiefermuskeln des jungen Mannes arbeiteten. »Ich bin nicht wie die. Ich war es niemals, werde es nie sein.«

Der Ältere betrachtete seinen Schüler. »Was genau unterscheidet dich von ihnen?« Er grinste, als er die Zornesröte in Atiros Gesicht erblickte. »Beherrsche deine Emotionen, sie werden dich sonst jede Menge Gold kosten.« Er ging voraus in das Labyrinth aus Schatten und Rauch.

Mit knirschenden Zähnen folgte der junge Mann seinem Herrn.

Sobald sie die Gassen betraten, schlugen ihnen Gerüche entgegen, viel stärker als außerhalb. Eine Mischung aus verbranntem Fleisch, Kräutern, Schweiß und Duftölen, die nicht stark genug waren, um den Geruch von Verwesung zu übertünchen. Atiro hielt sich die Hand vor Mund und Nase. »Ich denke, das Viertel hätte eher den Namen Todespfade verdient, aber das wäre schlecht fürs Geschäft.«

Dem Alten schien der Geruch nichts auszumachen. Zielstrebig ging er weiter hinein in diesen stinkenden Kessel aus Krankheit, Fäulnis und Verfall. Immer wieder hörten sie leise und laute Schmerzensschreie, Stöhnen, ein Röcheln. Irgendwo übergab sich jemand, ein Kind weinte laut, ein anderes schrie katzengleich. Atiro kämpfte den Würgereiz mehrmals hinunter. Gestalten in Lumpen drückten sich zwischen den Häusern, von ihnen gingen seltsame Dämpfe aus. In den Häusern selbst standen fremdartig gekleidete Personen, warteten. An vielen der Eingänge waren Tafeln angebracht, Atiro las im Vorbeigehen. *Dämonen austreiben – 15 Silber. Eiterbeulen öffnen – 3 Silber. Schutz gegen Flüche – 7 Silber.* An einem anderen Haus blieb er stehen. *Ehrbare Frau – 75 Silber.* Mehr stand nicht auf dem Schild. Vor dieser Tür stand niemand, sie war fest verschlossen. Ogjenn bemerkte seinen Blick. »Du spielst nicht etwa mit dem Gedanken, ein ehrbares Fräulein zu werden?«

Atiro schnaubte verächtlich. »Aus einer Hure wird niemals eine ehrbare Frau.«

Der Ältere zog eine Augenbraue hoch, lachte los. »Eine Hure wirst du hier nie finden. Diese Frauen sind klug, sie gehen zur Kräuterhexe, wenn sie es merken oder geben die Bälger im Waisenhaus ab, wenn's zu spät ist. Hier verbluten und verenden die reichen edlen Fräuleins des Bürgertums, denen die Kinderfrau niemals erzählte, wo die kleinen Kinderlein herkommen, und warum sie nie mit Männern allein sein sollten, solange kein Ringlein am Finger steckt.«

Atiro blickte verschämt zu Boden.

»Sieh genauer hin. Was fällt dir an diesem Haus auf?« Ogjenn wies auf das Gebäude, die Fassade und den Eingang.

Widerwillig betrachtete Atiro den Bau. Nach wenigen Blicken verstand er, was der Meister meinte. Diese Haustür hatte ein massives Schloss, die Fenster Gitter, die Fassade war frisch getüncht. Er begriff: Es ging nicht darum, dass jemand hineinkam, sondern nicht so schnell wieder heraus.

»Hier bringen die reichen Eltern ihre Töchter hin, wenn es zu spät ist. Wenn der Bauch sich selbst mit den teuersten Stoffen nicht mehr verstecken lässt und die Heirat nicht stattfindet, oder der Freier das Weite gesucht hat, weil die Mitgift nicht stimmt. Dann beginnt der Leidensweg für die feinen Damen. Jede zweite verblutet oder stirbt an einer Entzündung. Wenn sie Glück haben, überleben sie und bleiben kinderlos. Warum, kannst du dir denken. Was hilft Gold, wenn der Verstand fehlt?«

Atiro schaute zu den Fenstern hinauf. Ein Schatten huschte an einem vorbei. Es lief ihm kalt den Rücken hinunter.

»Komm, dort hinten beginnen die Geschäfte der richtigen Gauner.«

Ogjenn lief an den Auslagen vorbei. Getrocknete Tierteile, Amulette, Mineralien in allen Formen, Flaschen mit eingelegten Fröschen und zu Pulvern zerstoßene Zutaten, die man an der Farbe nicht identifizieren konnte. Es war ein riesiger Markt der Absonderlichkeiten mit Menschenschädeln und Fischskeletten, Puppen mit aufgenähten Masken. Seltsame Instrumente und Apparaturen, die Atiro augenblicklich an die Zeit bei Wynfreth denken ließen. Er blieb dicht bei seinem Herrn, der vor einem Stand mit Schmuckstücken stehen blieb.

»Die Herren wünschen? Geld oder Potenz? Jugend oder Schönheit? Waffe oder Schild?« Eine Frau trat aus dem Schatten. Sie bewegte sich geschmeidig wie eine Schlange, und genau wie eine sah sie aus. Die Kleidung eng, das Haar lag glatt und glänzend am Kopf, die Augen, schwarz geschminkt, blitzten grünlich gelb auf. Atiro trat zurück. Sie standen allein an den Amuletten.

Ogjenn sah sich um. »Man nennt dich die Wissende.«

Die Frau neigte den Kopf zur Seite. »Ah, die Herren suchen etwas ganz bestimmtes. Etwas gegen die Beulen im Hintern, vielleicht?« Ihre Stimme war verführerisch im Gegensatz zu dem, was sie sagte.

»Wie funktioniert das? Führt man das bei Vollmond vorsichtig ein und lässt es über Nacht wirken?« Er hob einen länglichen Bergkristall hoch und betrachtete ihn genauer. »Dann wäre das Lederbändchen zu etwas nütze.«

Die Frau verschränkte die Arme vor der Brust. »Was wollt ihr?« Jeglicher Liebreiz in der Stimme war hinfort.

Ogjenn lächelte breit. »Wir suchen jemanden.«

»Alle suchen jemanden.«

»Nun, wir suchen jemanden, der etwas Erstaunliches kann.«

»Solches Können finden die Herren in den Freudenhäusern am Hafen.« Sie musterte sie mit ihren seltsam gefärbten Augen.

»Das ist zu bezweifeln. Ich suche jemanden, der noch gar nicht lange in Port Aurum lebt. Eine junge Frau, die allein ist und bleibt. Vielleicht hat sie eine Arbeit gesucht. Sie hat womöglich eine Fähigkeit, die dienlich ist.«

Die Schlange schaute ihn an. »Wissen wird in Gold gewogen.«

Ogjenn nickte zustimmend und legte den Bergkristall wieder dorthin zurück, wo er gelegen hatte. »Ich denke, schwarze Perlen sind ebenfalls gerne gesehen.«

Die Augen der Schlangenfrau verengten sich, als Ogjenn einen kleinen samtenen Beutel auf die Auslage legte. Sie griff zu, er war schneller, legte die Hand darauf. »Jung, langer Zopf, gut proportioniert, kein südlicher Typ.«

Seine Gesprächspartnerin grinste und zeigte dabei spitze Zähne, einem Krokodil gleich.

Atiro starrte die Frau verwundert an, die keinerlei Notiz von ihm nahm.

»Ihr seid hier falsch. Die, die ihr sucht, ist im Handwerker-Block. Sucht bei den Schmieden, bei den Drahtziehern oder den Goldschmieden. Gleich und gleich gesellt sich gerne, wie ihr wisst«, zischte sie leise.

Ogjenn zog die Hand weg und die Frau griff zu, öffnete das Säckchen vorsichtig, um den Inhalt zu begutachten. Als sie ein schwarzes Korn hervorzog, es zwischen Zeigefinger und Daumen quetschte und daran roch, dämmerte es Atiro. Sie nickte zustimmend. »Das Amulett kostet fünfzehn Silber. Wer es berührt, muss es kaufen.«

Der Meister zählte die Münzen ab. »Wofür oder wogegen soll das sein?«

Die Frau lächelte. »Es schützt vor blauen Schergen.« Ihre Stimme kehrte in die verführerische Tonlage zurück. Ogjenn ergriff das Ding. »Welch glücklicher Zufall. Die Dinge fügen sich. Habt Dank. Komm!« Er schob Atiro in die Richtung, aus der sie gekommen waren.

»Die blauen Schergen?« Die Frage stellte Atiro erst, als sie wieder in der Straße mit dem Haus für reiche Mädchen waren.

»Hm«, machte Ogjenn und trieb ihn zur Eile an. Während sie am Haus vorbeiliefen, blickte Atiro erneut auf und wieder huschte hinter einem der Fenster ein Schatten vorbei.

»Mit diesem Haus stimmt was nicht, Meister!«, entfuhr es ihm ungewollt.

Ogjenn reagierte nicht, sondern zog ihn weiter die Gasse entlang zum angrenzenden Platz, raus aus den überdachten Häuserschluchten. »Hier stimmen sehr viele Dinge nicht mehr. Zeit ist kostbarer denn je. Wir haben wichtige Aufgaben zu erledigen. Als erstes gehen wir in diesen vermaledeien Handwerker-Block. Verdammt, wir sind keine Narren. Werden es wohl schaffen, diese Frau zu finden.«

Atiro bemerkte den Ärger in Ogjenns Stimme. Bisher hatte er den Mann nicht so ungehalten erlebt.

IN DEM HAUS mit den vergitterten Fenstern trat eine Frau in dunkelblauer Montur von der Scheibe zurück. »Hör endlich auf zu flennen«, schnauzte sie das Mädchen an, das zusammengekrümmt in dem Bett lag. »Keiner tut dir was. Wenn du schön die Klappe hältst, passiert auch deiner Familie nichts. Verstanden?« Die andere nickte wimmernd und verbarg das Gesicht unter der Decke. Die Blaue verließ das Zimmer, bellte Befehle an andere, die in weiteren Zimmern verteilt waren. Die Schergen gingen so schnell, wie sie gekommen waren durch den geheimen Gang, der unter den Häusern aus dem Viertel führte. Seit Jahren hatte niemand dieses Gebäude durch die Eingangstür betreten oder verlassen.

***

»DAS IST EIN Bordell.« Mit hochrotem Kopf stand Titus an einen Stützbalken gelehnt und betrachtete das Treiben in dem großen Schankraum mit langen Tischen und breiten Bänken, zwischen denen bunt und leicht bekleidete Frauen und Männer jeden Alters und jedweder Körperfülle spazierten. Einige saßen auf dem Schoß eines Matrosen oder Maats, andere tanzten auf den Tischen. Laute Musik, Lachen und Stimmengewirr machten es unmöglich, sich zu unterhalten. Die Luft war feucht und angefüllt mit Bierdunst, Duftölen und Schweiß.

»Der Name *Meerjungfrau* ist etwas unpassend. Hier trifft man keine.« Anima warf einen Blick auf ihren Schüler. »Wobei?«

Titus errötete noch mehr, was Anima mit einem lauten Lachen quittierte.

»Kein Grund sich zu schämen.« Sie fasste ihn an der Schulter und schob ihn zur Theke. Dahinter stand jemand. Gerade einmal die Glatze und die Augen lugten über das speckige Holz des Tresens. Noch während sie sich zum Ausschank vorschoben, hörte Titus dessen krächzende Stimme den Lärm überschreien: »Donatella, die Rote ist wieder da.«

Endlich erreichten sie ihr Ziel. Im nächsten Augenblick wuchs das Kerlchen um gute dreißig Zentimeter. Es hatte das linke Auge zugekniffen und zeigte mit dem Finger auf ihn. »Wasn das für ein Rotzlöffel?«

»Der gehört zu mir.« Anima legte den Arm auf den Tresen.

»Dein Sohn?« Die Augen des alten und recht dürren Männchens, das auf einem wackeligen Schemel stand, weiteten sich.

Wieder lachte Anima laut los. »Nix! Das ist ein Schüler.«

Er kratzte sich an der Glatze und rümpfte die Nase. »Kann der schon was? Ne Kerze anzünden vielleicht?«

Titus wandte sich an Anima. Bisher hatten sie ihre Identität und die Gabe geheim gehalten. Hier wussten anscheinend alle, wer seine Lehrmeisterin und er waren.

»Ah, mein rotes Flämmchen! Da bist du ja. Ihr seid spät. Das Schiff geht in zwei Tagen.« Die Stimme gehörte zu einer älteren Frau, die neben dem Männlein erschien. An ihrer Seite wirkte es noch dünner und kleiner, vor allem weil sich sein Kopf genau auf Höhe des ausgesprochen voluminösen Busens befand, der durch ein robustes Fischgrätenkorsett gestützt, mehr zur Geltung kam, als nötig gewesen wäre. Zu Titus' Entsetzen steckte das Männlein sein Gesicht genau in das Dekolleté der Frau und umarmte sie dabei.

»Du kannst es echt nicht lassen, Paolo.« Sie tätschelte dem Männlein den Kopf. Endlich ließ er sie los und kicherte.

Titus war peinlich berührt von dieser Szene. Alles an diesem Ort war aufdringlich, schrill und körperlich. Er wusste nicht, wohin mit sich. Als ihn eine junge Frau in den Hintern zwickte, während sie sich viel zu nahe an ihm vorbei an den Tresen drängte, schaffte er nur mit Mühe, einen überraschten Schrei zu unterdrücken, zuckte zusammen.

Anima amüsierte sich währenddessen köstlich. »Was gibt es sonst so Neues?«, fragte sie die Frau, die offensichtlich das Sagen hatte.

Donatella scheuchte die Leute um sie herum zur Seite, beugte sich zu Anima und Titus. »Erregt nicht viel Aufsehen. Seit einigen Tagen wird hier Jagd gemacht. Blau gekleidete Söldner, Männer und Frauen, geben vor, vom Rat aus Hyperahmah entsandt worden zu sein. Doch das hier sieht nicht aus, als käme es von der Inselstadt.« Sie reichte ihrem Gast ein zerknülltes Pergament.

Die Meisterin überflog die Zeilen und reichte es Schriftstück Titus, der deutlich mehr Mühe mit dem Lesen hatte, dennoch die Botschaft schnell begriff.

Sie legte ihm beruhigend die Hand auf die Schulter. »Hier

findet und vermutet uns so leicht keiner. Außerdem weiß niemand, dass wir in Port Aurum sind.«

Titus senkte dennoch den Blick. Nadalas Furcht und die Disziplin, sich bedeckt zu halten, waren berechtigt gewesen.

»Hast du ein Zimmer für uns, meine Liebe?« Anima wandte sich der Gastgeberin zu.

Donatella lachte. »Für dich immer, mein Flämmchen. Der Grünling bekommt eine eigene Kammer. Wo kommen wir denn sonst hin?« Sie fasste ihm ans Kinn. »Was ist mit deinem Gesicht passiert, Kleiner? Das sieht sehr verwegen aus. Ziemlich scheußliche Narbe für dein Alter.«

Titus machte sich ungeschickt los, senkte erneut den Blick.

»Schau mich an, wenn ich mit dir spreche«, donnerte sie und schlug mit der Faust auf das dicke Holz. Die Bierhumpen und Tonbecher wackelten. Die Umstehenden suchten zügig das Weite. Sie wussten genau, was geschehen würde, wenn er der Forderung der Bordellchefin nicht nachkam.

Zögerlich hob er den Kopf, dann die Augenlider.

Sie fasste erneut sein Kinn, wandte sein Gesicht nach rechts und links. »Ansonsten ganz ansehnlich. Gut genährt. Trinkfest?«

»Er übt«, kommentierte Anima ernst.

Titus kam sich vor wie auf dem Pferdemarkt. Er erinnerte sich, wie sie mit Nadalas Söhnen zwei neue Rappen gekauft hatten. Würde sie ihm in den Mund schauen und die Zähne prüfen? Womöglich fragen, ob er zugeritten war?

»Vorlieben?« Donatella schaute ihn grinsend an.

Titus wurde dunkelrot, was das Grinsen auf dem Gesicht der Frau vergrößerte. Sie hatte strahlend weiße Zähne, bis auf einen, der blitzte golden zwischen den altrosa geschminkten Lippen. »Na? Wie hat es der Kleine denn gerne? Der Mama kannst du es ruhig sagen.«

Er hörte Animas Lachen. »Lass ihn. Er ist ein Guter.«

Donatella ließ von ihm ab, hob unnötigerweise den riesigen Busen an und zuckte die Achseln. »Du weißt, wo deine Kammer ist, die daneben wird freigemacht, dann hat der Junge seinen eigenen Platz. Die paar Nächte soll's jeder von euch gut haben. Hast du mir etwas mitgebracht?«

Anima zog zwei gefaltete Briefe aus dem Umhang und einen kleinen grauen Lederbeutel. Sie nahm das zerknüllte Pergament und zog Titus am Arm. »Komm, ich zeige dir alles.«

Wie ein braves Pferdchen lief er ihr hinterher, froh, der letzten Antwort entgangen zu sein.

***

»WEIßT DU, WER noch hier ist?« Merranas fand Kiromin im Händlerviertel. Er stand vor der Wand mit den Anschlägen.

»Anima und Titus.«

Merranas trat näher an seinen Freund heran. »Hast sie wohl erschnuppert, hm?« Er knuffte ihn in die Seite.

Kiromin reagierte nicht, zeigte auf ein Pergament an der Wand. »Lies das.«

Statt zu lesen, hob Merranas ihm das zerknüllte Dokument unter die Nase, das er bei den Straßenkindern erhalten hatte. »Kenn ich schon. Hast du eine Erklärung? Wie kann das sein?«

Endlich löste sich der andere von den Kundgebungen, seine Miene war ernst. »Was, wenn es mehr Zeitschleifen gibt, als wir ahnen?«

»Was, wenn neue entstehen, ohne dass wir es wissen?« Merranas fuhr sich mit den Händen durch die Haare.

»Der Foliant der Zeit ist zusammen mit Vater und Mutter in den Katakomben von Hyperahmah eingeschlossen. Wer könnte neue Zeitschleifen erzeugen, und wie?« Kiromin verschränkte die Arme vor der Brust, während Merranas sich umsah. Reisende flanierten umher mit Fächern aus Vogelfedern. Andere trugen Beutel und Kisten, schwitzten, schnauften und fluchten laut.

»Was machen wir jetzt?«, wollte der Kopfgeldjäger wissen.

»Wir verkaufen Edelsteine, und in zwei Tagen nehmen wir unser Schiff Richtung Pjeke-Uh.« Kiromin zeigte ihm die Karten, die er besorgt hatte.

»Erst in zwei Tagen? Hier laufen andauernd Segler aus.«

»Es gibt nur wenige Schiffe mit unserem Ziel, und die, die ablegen wollen, sind voll. Plötzlich haben es bestimmte Personen eilig, diese Stadt und vor allem diesen Kontinent zu verlassen.«

Durch die Menge bewegten sich fünf Personen, alle ungefähr gleich groß, einheitlich in Blau gekleidet.

»Nicht schon wieder«, zischte Merranas. Er gab Kiromin einen Schubs, sie verschwanden in der Menge. Erst als sie Abstand zu den Blauen gewonnen hatten, drehten sie sich um. Gerade brachte einer der blauen Männer einen neuen Aushang an. Der Nagel verschwand mit wenigen Schlägen in der Holzwand, die dabei wackelte.

»Wie kann es sein, dass der Rat von einem Tag auf den anderen solche wie uns jagt? Außerdem, warum hat uns meine Mutter nicht gewarnt?«, flüsterte Merranas.

Kiromin blickte den Blaugekleideten hinterher. »Vielleicht kann sie es nicht.« Er gab dem Freund einen Wink. »Wir müssen Anima und Titus finden. Sie sind genauso in Gefahr.«

»Meine Mutter ist es womöglich auch.«

»Das sind wir wohl alle. Lass uns gehen, es wird dir dort gefallen.« Der Drache zog ihn in eine andere Richtung.

MERRANAS' MIENE HELLTE sich auf. Der Schankraum war voller lachender und tanzender Menschen. Ohne auf Kiromin zu achten, reihte er sich bei zwei jungen Mädchen ein, die sofort Gefallen an den ordentlich gekleideten Männern fanden. Das erste Mal seit langem lächelte auch Kiromin. Er kämpfte sich bis zum Tresen durch und sprach dort mit einem dürren Mann, der gerade so über den Schanktisch blickte. Bald war er mit einem Schlüssel wieder da.

»Komm, ich zeig dir unsere Kammer«, schrie er Merranas gegen den Lärm der Stimmen und Musik an. Mit Mühe löste sich der andere aus den Umarmungen der Mädchen, die bereitwillig mitgegangen wären, hätte er sich nicht ihrer erwehrt. Erst auf den Treppen im ersten Stock erstarben die Geräusche. Sie stiegen weiter auf. Unversehens blieb Kiromin stehen, Merranas stieß mit ihm zusammen. »Au. Was ist?«

Als der Kopfgeldjäger dem Freund über die Schulter schaute, stand dort Anima im Türrahmen einer der Kammern, nur mit der roten Hose und den gleichfarbigen Handschuhen bekleidet. Sie küsste eine beinahe nackte junge Frau flüchtig auf den Mund, während sie einem ebenso jungen Mann über die Wange strich, der neben ihr stand. Die beiden verließen sie mit Münzen in den Händen. Anima schloss hinter sich die Tür.

Regungslos stand Kiromin da.

Merranas klopfte ihm auf die Schulter. »Ein Kind von Traurigkeit ist sie nicht.« Er war froh, dass sein Freund nicht das breite Grinsen auf seinem Gesicht sah.

»In der Tat«, brachte Kiromin erstaunlich gefasst heraus.

Die Tür der Kammer nebenan ging vorsichtig auf. Ein Mädchen, dennoch schon bald eine Frau, schlüpfte heraus. Bevor sie die Tür schließen konnte, erschien Titus. Unbeholfen hielt er ein Tuch um die Hüfte gewickelt. »Wo willst du hin? Bleib bei mir.«

Sie kicherte und küsste ihm die vernarbte Wange. »Die Meisterin hat für die Einweisung gezahlt. Alles andere kostet extra.« Sie machte sich sanft von ihm los und kam zur Treppe. Als sie die beiden Männer bemerkte, grüßte sie fröhlich. Sie war älter, als sie angenommen hatten. Titus hatte bereits die Tür geschlossen, als Merranas mit lautem Lachen Kiromin auf den Rücken schlug. »Na, denen mache ich es nach. Zeig mir die Kammer, wir sehen uns in zwei Tagen.« Er umarmte den immer noch zu Stein gewordenen Kiromin und drückte ihm einen Kuss auf die Wange.

Kiromin schnappte kurz nach Luft. »Also, das habe ich nicht erwartet. Ich dachte, die verstecken sich.«

Merranas wischte sich eine Träne aus dem Augenwinkel. »Oh, naja, in gewisser Weise tun sie es. Und ich nun auch.«

Sie bezogen ihre Kammer und Merranas verschwand im Schankraum, wenig später folgte ihm Kiromin. Sie ließen sich von der Stimmung mitreißen. Die Fahrt auf dem Schiff würde sicherlich nicht so viel Ablenkung bieten.

ES WAR SEHR früh am Morgen. Sie saß auf einem niedrigen Hocker, als sie sie entdeckten. Vor ihr eine kleine Maschine, die dünnen Silberfaden ausspuckte, den die junge Frau geschickt um eine Spule wickelte. Sie trug kurzes kastanienbraunes Haar. Konzentriert auf die Arbeit bemerkte sie die beiden Männer erst, als sie Schatten auf ihren Arbeitsplatz warfen.

»Wo ist denn der schöne Zopf hin, den du neulich hattest? Schade drum«, begann der Ältere das Gespräch.

Eunike streifte die Haarsträhne zur Seite, schaute auf. Sie erkannte die Männer sofort. Es waren die Herren vom Kräuterstand im Händlerviertel.

»Ich kenne euch nicht.« Sie wandte sich wieder der Arbeit zu.

Ogjenn betrachtete, wie sie geschickt mit Zeigefinger und Daumen den Draht durch die Maschine zog, während sie mit dem rechten Fuß ein Pedal bediente, das ein Rad antrieb, an dem ein Riemen hing. Zwischen ihren Fingern wurde das Metall glatt und eben, glänzte im Licht.

»Hmhm!« Er lächelte. »Eventuell kennen wir dich. Ich möchte dir gerne ein Angebot machen.«

Eunike ließ das Metall durch die Finger gleiten, vorsichtig führte sie den zarten Silberdraht auf die Spule. Hinter ihr waren die regelmäßigen Schläge der Goldschmiede zu hören, sie drangen durch das offene Werkstattfenster. Alle Türen und Fensterläden waren weit geöffnet, damit genügend Licht in die Räume fiel. »Ich bin keine Dirne.« Die Hammerschläge direkt am Fenster verstummten.

Ogjenn hob eine Augenbraue, grinste. »Hm, dann erkennst du uns ja doch.«

Sie sah auf, direkt in die eiskalten braunen Augen des jungen Mannes. Er betrachtete sie mit einem hämischen Grinsen. Der Draht zwischen ihren Fingern wurde weich, zerfloss, bevor sie etwas dagegen tun konnte. Erschrocken sprang sie auf. Rieb das Metall von der Haut und wischte die Finger am Rock ab. Schnell ergriff sie die Spule und wollte sich wieder setzen.

Ogjenn war schneller, nahm das Ding. »Davon bin ich überzeugt.« Hielt es ihr entgegen, als sie ihn endlich ansah.

Sie riss es ihm aus der Hand, warf einen Blick über die Schulter. Am Fenster stand ein Mann mit einem kleinen Hammer. Schweiß perlte auf der Stirn und den Unterarmen seiner dunklen Haut. »Eunike, was ist los?«

»Nichts, Meister Sayigh. Die Herren schauen nur zu.« Sie hielt die Spule so, dass er sie nicht sehen konnte.

»Gewiss, nichts für ungut. Wir wollten ihre Magd nicht von der Arbeit abhalten.« Ogjenn deutete eine Verbeugung an.

»Ich bin auch keine Magd. Ich bin Drahtzieherin«, zischte Eunike. Ihre Wangen waren gerötet. Sie hielt die Spule fest in den Händen, setzte sich und nahm die Enden des Metalls. »Die Herren gehen besser.«

Atiro wollte etwas sagen, aber Ogjenn winkte wohlwollend ab. Er reichte Eunike eine Karte. »Falls du dir unser Angebot anhören willst, findest du mich hier.«

Sie tat so, als würde sie die Männer nicht beachten, die Hände weiter an der Spule, hörte, wie der Meister seufzte und der Lehrling schnaubte. Sie verabschiedeten sich knapp und verschwanden. Als sie gegangen waren, lag die Karte auf der Maschine. Eunike betrachtete das dicke Papier, vergewisserte sich, dass sie verschwunden waren, und steckte die Karte ein.

»Und?«, fragte Ogjenn an die Hauswand gelehnt.

Atiro lugte vorsichtig um die Ecke. »Sie hat sie eingesteckt.« Grinsend sah er den Meister an. »Ihr hattet recht.«

Ogjenn nickte. »Die Neugier siegt und verliert oft an einem Tag.«

Atiro fasste ihn am Arm. »Schaut, Meister. Die Männer und Frauen in blauem Leder.« Er hatte die Stimme gesenkt.

Fünf Personen gingen an ihnen vorbei, die Gasse entlang, aus der sie zuvor selbst gekommen waren. Atiro wandte sich nochmals um die Ecke. »Sie reden mit ihr.«

»Mit dem Mädchen?« Ogjenns Stimme veränderte sich.

»Ja, sie erklärt ihnen etwas und«, er stockte.

»Nun?«

»Sie zeigt ihnen Ihre Karte, Meister.«

Der Alte stieß sich von der Wand ab. »Wir gehen. Die kleine Teufelin. Soll sie das Feuer holen.«

»Was machen wir, wenn die kommen?«, fragte Atiro, während sie sich einen Weg durch die Gassen Richtung Händlerviertel bahnten.

»Wir reden mit ihnen. Wer glaubt schon einer Drahtzieherin?«

»Und das wird helfen?«

»Wenn nicht, hilft Gold. Vor allem, wenn es ums Schweigen geht. Wann geht unser Schiff?«

»In zwei Tagen, Meister.«

»Gut, dann fangen wir mit den Vorbereitungen an, die Waren müssen ebenfalls verladen werden. Es gibt viel zu tun, wir sollten packen und bereit sein.«

***

»IHR SEGELT ALSO auf demselben Schiff wie wir?« Anima öffnete geschickt eine Frucht, die Merranas nie zuvor gesehen hatte. Rote Kügelchen verbargen sich unter der Schale, die sie mit geschickten Schnitten entfernte, sahen aus wie hellrote winzige Weintrauben.

»Ja, so ist es.« Kiromin saß ihr gegenüber.

Merranas beobachtete aufmerksam den Freund. Er wusste genau, was Kiromin tat. Der las in den Gedanken der Feuermagierin, schaute in sie hinein. Er selbst erlernte diese Kunst erst seit einer Weile. Es war anstrengend und verwirrend, erforderte größte Konzentration. Jede Ablenkung konnte zu Missgeschicken führen, das Gegenüber bemerkte die fremde Anwesenheit im Geist. Den Vorteil, ohne Worte jederzeit mit dem Freund sprechen zu können, genoss er hingegen, auch wenn es zu Beginn eher unangenehm war.

Anima störte es nicht, was Kiromin tat oder sie bemerkte es nicht. Fröhlich plauderten sie über Wetter und Seegang, was sie in Pjeke-Uh erwarten würde. Über ihre Pläne berichtete Kiromin eher wenig. Etwas über Besorgungen für den Rat und Suche nach seltenen Steinen.

»Habt ihr von Nadala gehört? Wie geht es ihr?« Titus riss Merranas aus den eigenen Gedanken, als er sich zu ihm setzte. Mit einem freundschaftlichen Schulterschlag begrüßten sie sich.

»Das letzte Mal, als wir uns trafen, warst du noch ein Junge. Jetzt, nur wenige Wochen später, bist du ein Mann?« Merranas betrachtete ihn von allen Seiten, klopfte ihm erneut die Schulter.

Röte stieg in Titus' Gesicht. Vorsichtig schielte er zu Anima, die ihm keinerlei Beachtung schenkte, sondern angeregt mit Kiromin redete und die kleinen roten Trauben teilte.

Merranas grinste.

Als Titus sich wieder ihm zuwandte, war dessen Gesicht ernst.

»Habt ihr Nadala und meine Sippe nochmals besucht, Merranas?«

Der Kopfgeldjäger schüttelte den Kopf. »Nein, es gab keine Gelegenheit. Wir haben aber nichts Beunruhigendes gehört. Trotzdem, die Zeiten ändern sich.«

Unauffällig steckte er Titus das zerknüllte Blatt zu.

»Du kannst es wieder einstecken. Wir wissen, was auf diesen Aushängen steht. Auf dem Weg hierhin wurden wir von den Dunkelblauen angegriffen«, erzählte er mit leiser Stimme. »Sie jagen solche wie uns und Kiromin. Nadala und die anderen sind in Gefahr.«

Merranas fuhr sich durch die Haare, schob die braunen Locken aus dem Gesicht. »Nadala weiß sich zu schützen. Habt ihr Nachrichten aus Hyperahmah erhalten?«

»Anima hat hier und da Briefe bekommen und welche mitgenommen. Du musst sie fragen. Sie erzählt mir nicht immer alle Neuigkeiten. Für die meisten Briefe waren wir selbst die Boten, kennen die Inhalte nicht.«

Merranas nickte ihm zu. »Als wir Hyperahmah verließen, wurde ein Drache gesichtet.«

Titus sah so unauffällig wie möglich zu Kiromin.

Die Frage stand dem Jungen ins Gesicht geschrieben. Merranas brauchte sich nicht mit Gedankenlesen anzustrengen, deswegen antwortete er nur: »Es war nicht wirklich seine Absicht, sich zu zeigen.«

»Ihr habt in Hyperahmah einen Drachen gesehen? So so.« Anima reichte jedem etwas von der Frucht. Als Merranas die Stückchen in die Hand nahm, purzelten einige der kleinen Trauben raus. Das kam ihm gelegen, so brauchte er nicht auf die Frage zu reagieren. Er tat beschäftigt, die seltsamen Dinger aufzusammeln und in den Mund zu schieben. Sollte Kiromin sich selbst aus diesem Schlamassel ziehen.

»Ja, einige behaupten, einen Schatten am Himmel gesehen zu haben«, bemerkte Kiromin nebenbei, lächelte.

Merranas warf ihm einen Seitenblick zu.

»Einen Schatten? Ist das nicht merkwürdig? Unter Plutarchs blutiger Herrschaft wurden doch alle Drachen vernichtet.« Sie klang beinahe belustigt.

Kiromin grinste. »Unter Plutarchs Herrschaft seien auch die Feuermagier untergegangen, hieß es.«

Sie lachten kurz, wurden wieder ernst.

»Wenn es uns Feuermagiern gelungen ist, zu überleben, welchen Grund gibt es, dass nicht weitere Linien Abkömmlinge durch die Regentschaft des Obersten Kirchenführers gebracht haben?« Anima hatte leise gesprochen, zu niemand Bestimmten.

»Wisst ihr, wer die Dunkelblauen sind?« Merranas hatte sich umgeschaut, bevor er sprach. Der Schankraum war in den frühen Morgenstunden verlassen. Sie waren allein, dennoch hielt er es für besser, vorsichtig zu sein.

»Wir wissen, dass sie keine Freunde sind.« Anima legte die Schalen der Frucht zusammen, wischte sich die Hände, bevor sie die roten Handschuhe überstreifte und aufstand. »Es wird Zeit, dass wir packen. Morgen früh bei Sonnenaufgang legt das Schiff ab. Ihr solltet ebenfalls bereit sein.«

»In Moohpet-Rah sind wir ebenfalls nicht auf freundlich

gesinnte Menschen getroffen.« Kiromin war sitzen geblieben.

Anima lachte herzlich auf. »Ihr seid eben angsteinflößend. Gegebenenfalls hat man euch sogar für Drachen gehalten. Titus, Zeit für die täglichen Übungen. Danach wollen wir unsere Sachen für den morgigen Tag richten. Außerdem gilt es, noch einige Besorgungen zu machen.«

Merranas hoffte, dass nur ihm die kurze Zuckung in Kiromins Gesicht aufgefallen war, als Anima von Drachen sprach. Als die beiden gegangen waren, rutschte er auf der Bank näher an seinen Freund heran. »Hör auf, in ihren Gedanken herumzufuhrwerken. Sie ahnt schon was, falls sie es nicht bereits weiß.«

»Tue ich doch gar nicht«, zischte Kiromin.

»Ach, hör doch auf! Ich sehe es deiner Echsenvisage an. Wenn sie in deiner Nähe ist, benimmst du dich wie ein liebestoller Rüde. Du hast sie heimlich beschnuppert. Ich habe es gemerkt.«

Kiromin drückte den Daumennagel ins Holz des Tisches, rieb Furchen hinein. »Irgendetwas ist mit ihr. Sie strahlt eine Hitze aus. Sowas habe ich in all den Jahren unter Menschen noch nie erlebt. Sie fühlt sich an wie«, schnell blickte er Merranas an »lebendiges Feuer. Wie beseelte Glut. Ich würde sie gerne berühren und traue es mich nicht.«

Auf Merranas' Gesicht erschien eine Grimasse. »Entweder bist du hoffnungslos verliebt oder vollkommen von Sinnen. Hast du gestern Abend etwa wieder zu viel getrunken? Hauch mich mal an!«

»Wir bereiten ebenfalls die Reise vor.«

»Wunderbar, mit einer über beide Ohren verliebten Echse auf Seefahrt. Das wird lustig. Ich brauche Bier. Nein, Bier und Rum. Vielleicht ein Fässchen Wein und Rum.«

Kiromin zog ihn von der Bank hoch. »Es gibt genug zu tun. Wir müssen das Schwert unter Verschluss bringen. Ich habe mit der Wirtin schon alles geklärt, dann lass uns die letzten Besorgungen machen.«

Merranas zuckte die Achseln. »Gut. Auf, auf. Hier ist sowieso eine ganze Weile nichts los.«

DER HEFTIGE SCHLAG gegen die Tür schreckte Atiro auf. Schon folgte ein zweiter, weitere. Donnern gegen Holz und tiefe laute Stimmen. Sie hörten auch die Rufe des Wirts, gefolgt von einem Schmerzensschrei. Ogjenn kam zu ihm. »Verhalten wir uns ruhig, egal wer da ist.«

Die kleine Wohnung war spärlich beleuchtet. Die Sonne würde erst in wenigen Augenblicken aufgehen. Sie waren gut in der Zeit, um auf das Schiff zu kommen. Die anderen Sachen waren gestern verladen worden, nur die private Habe galt es noch zu packen. Er hatte seinen Beutel gerade geschnürt. Das Schlagen gegen die Tür wurde stärker, die Rufe lauter.

»Kein Feuer, egal was geschieht. Verstanden?«, raunte Ogjenn. Atiro nickte.

Mit festen Schritten ging Ogjenn zur Tür. »Gemach, gemach. Wir öffnen«, rief er.

Bevor er die Klinke drückte, sah er sich nach Atiro um und nickte ebenfalls. Ogjenn öffnete die Tür, blieb dahinter, wich direkt an die Wand. Um Haaresbreite verfehlte ihn der Faustschlag. Zwei Gestalten polterten herein, gefolgt von weiteren. Atiro machte einige Schritte zurück an die Wand des Zimmers, in dem sie die letzten Tage gewohnt und gegessen hatten.

»Im Namen des Rates, ihr seid als Flammenhetzer festgesetzt«, rief einer der Männer.

Zwei der Personen kamen auf ihn zu, die anderen umringten Ogjenn. Atiro beobachtete, wie sein Meister ein Pergament aus dem kurzen Umhang zog und dem vermeintlichen Anführer reichte. Für einen Moment trat Stille ein, der Mann gab das Pergament an eine Frau mit fest geflochtenem Zopf weiter. Konnte der nicht lesen?

»Fürwahr, das ist die Signatur und das Siegel des Statthalters. Was tun?«

»Sucht die anderen«, fauchte der Anführer. »Weiter! Die hier lassen wir in Ruhe. Vorerst.«

So schnell wie sie gekommen waren, gingen sie.

Das Pergament fiel zu Boden, wo Ogjenn es aufhob, sorgfältig faltete und wieder einsteckte. »Ich befürchte, das wird uns nicht lange schützen. Auf, nimm deine Sachen. Wir holen die Göre und dann aufs Schiff.«

Sie ergriffen hastig ihre Beutel und verließen die Wohnung. Den Wirt fanden sie im eigenen Blut auf dem Flurboden. Ogjenn legte einen Beutel Münzen auf dessen Rücken. »Wichtig ist, niemandem etwas schuldig zu bleiben.«

Die Straßen waren leer, die Luft frisch, als sie aus dem Haus traten. Hier und da wurden die Fensterläden geöffnet. Von Osten her erhellte sich der Himmel. Ein leichter Wind zog vom Meer auf. Ogjenn hatte einen Beutel mit festem Gurt auf dem Rücken. Einen ähnlichen besaß auch Atiro. Das Geschenk des Meisters für eine hervorragend absolvierte Lektion. Der Preis war hoch und schmerzhaft gewesen, aber lohnenswert, wie Atiro selbst fand. Jetzt entpuppte sich das Leder als perfektes Utensil. Weder behinderte es den Lauf noch die Schultern, Arme oder gar Hände. In den Schatten eilten sie die Gassen entlang. Gelegentlich hörten sie erste menschliche Stimmen neben dem leisen Miauen der Katzen und den Schreien der Möwen, irgendwo zwischen den Häusern krähte sogar ein Hahn. Geräusche, die im Treiben des Alltags untergingen.

Als sie den Handwerker-Block erreichten, tauchte das Licht die Welt in Farbe. Die Sonne stieg über den Bergen auf, würde bald das Meer zum Glitzern bringen.

Die Schreie kamen unerwartet aus den Gassen, passten nicht zu den anderen Geräuschen dieser frühen Tageszeit. Ogjenns Vermutungen bewahrheiten sich. Die Dunkelblauen machten Jagd.

Sein Meister ging zielstrebig voran. Erst als sie in die Gasse der Drahtzieher einbogen, drückte er sich in einen Hauseingang, wies Atiro an, es ihm gleichzutun. Vor der Werkstatt, wo sie tags zuvor die junge Frau aufgesucht hatten, standen sechs Gestalten in dunkler Kleidung. Er konnte sich denken, welche Farbe das Tageslicht zum Vorschein bringen würde. Zwei schlugen gegen die Türen der Werkstatt. Ihnen wurde geöffnet, Ausrufe des Erstaunens, dumpfe Schläge, Schmerzensschreie, Poltern.

»Wir warten, bis sie rauskommen. Dort werden sie nicht zimperlich sein. Sie sind wütend.« Ogjenn spähte zur Tür.

Kurz darauf hörten sie weitere Schreie, Frauenstimmen, auch Männer, Flüche und Verwünschungen. Im Eingang der Werkstatt tauchten die Umrisse dreier Personen auf, zwei kämpften mit einer anderen, die sich mit Tritten und Bissen zur Wehr setzte.

Atiro erkannte die weibliche Stimme. »Sie ist es.«

»Wer sonst? Ich hoffe sehr, sie macht nicht noch mehr unüberlegte Dummheiten.«

Schon wollte Ogjenn aus dem Versteck treten, als der Fluch und Aufschrei eines der Kämpfenden ihn innehalten ließ. Gebannt schauten sie zu, welch Schauspiel sich ihnen bot.

Noch während der eine Angreifer vor der Frau zurückwich, blitzte auf der anderen Seite für einen Moment Metall auf. Die Gefangene griff in die Klinge, ein helles Leuchten, gefolgt von einem Schmerzensschrei. Der zweite hielt gekrümmt seine Hand, wimmerte. Die Frau rannte los, da erwischte sie etwas von hinten. Ein Peitschenknall durchschnitt die Luft. Das Tageslicht war hell genug, dass sie die Frau mit dem Zopf erkannten, als sie aus dem Haus trat. Es war dieselbe Person wie vorhin bei ihrer eigenen Durchsuchung. Ein weiterer Peitschenschlag umschlang die Beine der Flüchtenden. Überrascht ging sie zu Boden. Sie konnte sich mit den Händen abfangen, sonst wäre sie mit dem Gesicht auf den Pflastersteinen aufgeschlagen. Schnell hatte sich die Frau umgedreht, griff an die Peitsche, von wo direkt Rauch aufstieg.

»Verdammtes Flammenluder. Wusste ich es doch! Das ist die Kleine vom Gasthaus in den Bergen.« Die Angreiferin sprang sie an, noch während die andere am Boden lag. Die Flüchtende versuchte, die Frau im Gesicht zu erwischen, verfehlte. Stattdessen erhielt sie selbst einen Hieb.

Die unten Liegende heulte auf, hielt sich die Wange, während die Dunkelblaue mit der Faust ausholte. Diesmal gelang der Griff der am Boden Liegenden, sie hielt das Handgelenk, stemmte sich mit aller Kraft gegen den Druck, den die andere ausübte, um ihr eine zu verpassen. Statt des erwarteten Schmerzensschreis stieg

Dampf durch das Leder der Angreiferin. Sie lachte schrill, als sie auf die Gefangene heruntersah. »Hier ist Schluss.«

Ogjenn trat aus dem Versteck. »Ich habe es geahnt, aber nicht für möglich gehalten.«

»Was, Meister?« Atiro folgte ihm. Er starrte gebannt auf die rangelnden Frauen. Noch hatte die unterlegen wirkende Frau nicht aufgegeben. Dampfwolken legten sich wie Nebel um die beiden.

Als Ogjenn auf sie zuging, kamen noch mehr der Dunkelblauen aus der Werkstatt. Es brauchte nur einen Wimpernschlag, bis alle die sich bietende Szene erfassten. Der Angriff von seinem Meister kam so unerwartet, dass die Hitze Atiro im Gesicht traf, als der Zauber sich manifestierte. Ein Flammenstoß ging Richtung der Dunkelblauen durch die Gasse, wurde von jemandem bei der Werkstatt abgeblockt. Atiro hörte ein Zischen, als habe jemand viel Wasser über eine Feuerstelle gekippt. Einen Moment später traf ein harter Schlag seine Schläfe, er strauchelte unter dem Aufprall. Wasser rann sein Haar und die Kleidung hinab. Ogjenn war im Nebel verschwunden. Ein kurzes Aufleuchten zeigte ihm die Position seines Meisters im dichten Dunst. Ein Flammenstoß in der Wolke aus Wasserdampf.

Atiro zögerte. Kein Feuer hatte der Meister gesagt. Feuer war das, womit er gerade kämpfte. Der junge Mann drückte sich an die Häuserwand, versuchte, etwas zwischen dem Dampf zu erkennen. Schreie und Befehle kamen aus der weißen Wand, ein zweites Aufleuchten, gefolgt von einem lauten Knall. Die Schreie der Frau mit dem Zopf in einer Sprache, die Atiro noch nie gehört hatte. Er machte einige Schritte auf den Nebel zu, blieb stehen. Hitze machte sich auf seinen Handflächen bemerkbar. *Was, wenn Ogjenn etwas passiert war? Was, wenn er getötet wird?*

Aus dem Nebel kam ein Husten, eine Männerstimme, die etwas rief. Immer wieder dasselbe Wort.

Atiro schaute über die Schulter in die Gasse. *Der ruft um Hilfe. Der holt noch mehr von denen.*

Noch bevor Atiro einen weiteren Gedanken fassen konnte, stand der Mann in Dunkelblau vor ihm, ein Schwert in der Hand, in der anderen hielt er etwas, das einer blauen Kugel glich, Wasser lief den Unterarm hinab, tropfte auf den Boden. Wie im Traum sprach Atiro die bekannten Formeln, der Feuerball manifestierte sich auf seiner Handfläche, er schleuderte ihn dem Mann ins Gesicht. Die Wucht des Aufpralls warf ihn selbst zu Boden. Sein Rücken schmerzte, trotzdem rappelte er sich schnellstmöglich hoch. Als er zu dem Mann hinsah, lag der regungslos auf dem nassen Stein, Brust und Hals verkohlt, die Haut im Gesicht halb verbrannt oder mit Blasen bedeckt, der Blick entsetzt und starr.

»Ich habe ihn umgebracht«, flüsterte Atiro. »Ich habe ihn mit einem Schlag getötet.« Auf seinen Handflächen bildeten sich ohne sein Zutun kleine Feuerbälle. Er betrachtete sie mit Genugtuung, atmete einmal tief durch, lächelte. *Konzentration und Kraft sind mein.*

Aus dem Nebel traten weitere Personen. Schon setzte Atiro zu einem weiteren Schlag an, da erkannte er Ogjenns Konturen. Das Gesicht des Meisters war verändert. Sein Mund stand leicht offen, zeigte die zusammengebissenen Zähne. Er zog jemanden hinter sich her. »Wenn du heute nicht sterben willst, kommst du mit.«

Hinter ihm setzte sich Eunike zur Wehr. Ihre Hände leuchteten in einem unnatürlichen Orange.

»Meine Geduld ist am Ende. Dein Feuer schmerzt«, presste er zwischen den Zähnen hervor, ohne anzuhalten. Bei der Leiche kam er verwundert zum Stehen. »Warst du das?«

Atiro erschrak bei dem Ton, duckte sich, als erwarte er einen strafenden Schlag. Stattdessen verzog ein seltsames Zucken das Gesicht des Meisters, halb Ekel, halb Grinsen. »Besser einer weniger von denen als von uns. Auf, Junge. Zum Schiff. Das wird uns viel kosten. Das wird einige Leute sehr viel kosten.«

Eunike versuchte, Ogjenn in die Hand zu beißen. Auf dessen anderer Handfläche erschien eine kleine Feuerkugel. Er hielt sie der Frau vors Gesicht. »Wenn du weiterhin Haare haben möchtest, hältst du jetzt still und tust, was ich sage.«

Sie starrte ihn entsetzt an, verwirrt blinzelnd. Schon im nächsten Moment glühte ihr Gesicht im gleichen Orange wie ihre

Hände, es stank fürchterlich. Als sich der Qualm verzogen hatte, spuckte sie Ogjenn ins Gesicht. »Scheiß auf die Haare!« Feine Asche bedeckte ihre blanke Kopfhaut.

Ogjenn ließ sie los, neigte den Kopf zur Seite. »Hmhm. Du gefällst mir. Du kommst auf der Stelle mit, du musst lernen. Oder ich lasse dich zurück und du verreckst auf diesem Kontinent. Deine Entscheidung. Atiro, wir gehen.« Er wandte sich ab. Hinter ihnen ertönten Rufe in der fremden Sprache. Ogjenn beschleunigte, bog in die Gasse zum Hafen ein. Atiro folgte ihm, blickte über die Schulter. Dort stand sie und schaute ihnen nach, sich das Handgelenk reibend, mit nacktem rosigen Kopf.

Atiro lief Ogjenn nach, Leute kamen ihnen entgegen, die die Schreie gehört hatten, rempelten ihn an, drängten vorbei. »Wartet.« Es war ihre Stimme. »Wartet auf mich!« Da war keine Verzweiflung, keine Angst. Es war eine Forderung. Er drehte sich nach ihr um. Sie wurde von den anderen aufgehalten, Hände griffen nach ihren Armen. Sie machte sich los, schubste die Leute weg. Sah ihn an, als sie sich zwischen die Leute warf. Die Gassen füllten sich mit den ersten Arbeitern und Reisenden, die zu den Schiffen aufbrachen, dazwischen Gaffer, angezogen von Schreien und Kampflärm. Jemand rief nach der Stadtwache. Irgendwo ertönte ein Horn. Weiter hinten versuchte die junge Frau, sich ebenfalls zu befreien.

Atiro blieb stehen. Schon griffen die ersten Verfolger nach ihm, versuchten ihn an der Kleidung festzuhalten. Er machte sich los. Drängte sie von sich. »Lasst mich los. Ich habe nichts damit zu tun«, schrie er die zwei Männer an, die ihn hielten. Den einen schubste er gegen die Hauswand, riss an dessen Arm, bis er ihn losließ. Den anderen drückte er mit der freien Hand weg. »Für wen haltet ihr euch? Sie ist es gewesen. Diese Hexe! Schaut sie doch an.« Seine Stimme zitterte, er schluckte trocken. Weitere Männer umringten ihn, doch keiner fasste ihn an. Er zeigte auf den glänzenden Schädel der jungen Frau weiter hinten in der Menge. »Fangt die da, nicht mich.« *Verreck doch, du törichtes Weib!* Er presste sich zwischen den Männern hindurch. Die Beine gehorchten mit Mühe seinem Willen, die Hände krampfte er in Hitze zusammen. *Kein Feuer, kein Feuer, kein Feuer! Wo ist Ogjenn?* Er hörte ihre Stimme laut und schrill hinter sich, rannte schneller, warf einen Mann um, rempelte andere an, bahnte sich den Weg durch die fluchenden Passanten. Sie schrie hinter ihm, er möge stehenbleiben. Er wünschte sich, sie möge schweigen, und mit jedem Schrei rannte er schneller, die Hitze in den Händen wurde stärker. Jemand griff nach ihm. Mit erhobener Hand, zum Schlag bereit, fuhr er herum, Flammen züngelten auf der Innenfläche. Schnell machte er eine Faust, um das Element zu verstecken. »Lass mich los!« Hoch tönte Atiros Stimme im eigenen Ohr, als er erkannte, wer ihn festhielt. Mit einem kräftigen Ruck machte er sich von ihr los, vermied es, sie anzufassen. Angewidert starrte er auf ihren rosigen Schädel.

»Ich komme mit.« Schwer atmend stand sie vor ihm. »Wohin geht es?«

Er antwortete ihr nicht, lief weiter zum Hafen und fühlte ihre Blicke im Rücken. *Verrecken sollst du, wenn wir es nicht aufs Schiff schaffen!*

***

KIROMIN WAR AUFGESPRUNGEN, noch bevor die Tür ihrer Kammer splitternd aus den Angeln flog. Merranas war auf den Beinen, die Messer in den Händen. Er erkannte nicht, wer den ersten Schlag führte, er traf Kiromin hart an der Schläfe, warf ihn zu Boden.

Merranas sah auf den Freund hinab. Welche Wucht!

»Im Namen des Rates, ihr seid festgesetzt als Flammenhetzer«, brüllte einer der in Dunkelblau gekleideten Leute. Merranas sprang auf den ersten Angreifer zu, führte einen schnellen Hieb mit dem Messer, einen zweiten gegen den Oberarm des dahinter Stehenden. Die Schmerzlaute verrieten gute Treffer.

Der Überraschungseffekt gab Kiromin Zeit, um auf die Beine zu kommen. Er spuckte Blut. Einen weiteren Schlag fing er ab, versetzte dem Gegner einen Fausthieb ins Gesicht, dessen Kiefer krachte, bevor der zu Boden ging. Doch ihm folgten zwei weitere nach. An der Stimme machte er eine Frau aus.

Los, wir müssen hier raus. Was ist mit Anima und Titus?, vernahm Merranas die Stimme des Freundes klar in seinem Geist.

Kann von hier nichts erkennen, da sind noch weitere nette Besucher in blauer Tracht, gab er wortlos zurück. Er hörte Kiromin brüllen, die Stimme unmenschlich. Schnell wandte er sich ihm zu. Nein, der andere blieb in Menschengestalt. Die Augen verrieten ihn, besonders in der kleinen dunklen Kammer, im spärlichen Licht des Tagesanbruchs leuchtete das Rot hell.

»MERRANAS.«

Titus' lauter Schrei ließ ihn wieder herumfahren. Er parierte einen Schwerthieb mit dem einen Messer, verflüchtigte sich für einen Moment, bis er den Flur erreicht hatte. Dort waren noch mehr. Das ganze Haus war voll mit dunkelblau gekleideten Kämpfern.

Bring sie weg! Wieder war es Kiromin in seinem Geist.

Er schaute die Treppen hinunter. Ein Stockwerk tiefer gab es eine Explosion, Rauch zog durch die Tür von Animas Kammer. Schmerzensschreie und Titus' Stimme. Merranas wechselte ins Luftelement, materialisierte neben Anima, die von Dunkelblauen umringt war. Drei andere hielten Titus fest.

»Bring den Jungen hier weg. Er muss aufs Schiff«, zischte sie. Sein unerwartetes Erscheinen verwunderte sie nicht.

»Nein, wir gehen zusammen.« Er blieb an ihrer Seite.

Sie lachte, sprach in einer ihm unbekannten Sprache. Aus dem Nichts erschien ein Feuerkreis, der die Dunkelblauen für einen Moment zurückweichen ließ. Dann geschah etwas, das Merranas' Aufmerksamkeit vom Flammenkreis zog. Aus den Händen einer ihrer Gegner schoss ein Wasserstrahl, bildete ebenfalls einen Ring um das Feuer. Es dampfte, bevor die Barriere erlosch.

»Die Wasserlinie«, begann Merranas.

»Gibt es also noch«, vollendete Anima seinen Satz. Sie klang genauso erstaunt wie er.

»Aber mit Selestria dachten wir…« Bevor er weitersprechen konnte, traf ihn ein Wasserstrahl auf dem Brustkorb. Ihm blieb die Luft weg, er schnappte danach wie ein Fisch, ging unter dem Aufprall nach hinten zu Boden. Intuitiv rollte er zur Seite, entging einem weiteren Angriff, verflüchtigte seine Gestalt, um hinter einem der Gegner aufzutauchen. Das Messer glitt schnell am Hals entlang. Der erste ging mit gurgelnden Geräuschen zu Boden. Wieder hatte er den anderen Zeit für Attacken verschafft. Anima nutze sie, um ebenfalls zur Seite auszuweichen. Ein Flammenstoß brachte zwei der Dunkelblauen ins Straucheln, die Schreie verrieten den Grad der Verbrennungen, es stank nach versengtem Leder und verbranntem Fleisch. Titus' Warnung half, als ein weiterer Wasserstoß durch den Raum flog, Merranas knapp verfehlte und gegen die Wand knallte, dort ein Loch hineinsprengte, durch das sich das Element nach draußen ergoss und das Licht der aufgehenden Sonne hineinließ. Wasser lief auch über den Boden.

»Zeit, sich zu erkennen zu geben, Titus«, rief Anima, wobei sie den Wasserangriff des gegnerischen Magiers parierte. Feuer und Wasser trafen in der Luft aufeinander. Zischend verwandelten sich die Elemente zu Nebel. Durch diesen leuchtete etwas hell auf, erneute Schmerzensschreie und Flüche.

Titus kam auf Merranas zu, ein Messer in der Hand, Furcht zeichnete sein Gesicht. Er drehte sich nach Anima um. »Es sind so viele und das Wasser. Wie kann das sein?«

»Komm!« Merranas zog den Jungen ans Fenster, öffnete es, wobei er eine Frau in Dunkelblau mit dem Messer in die Seite stach, als sie auf ihn zukam. Einem anderen versetzte er einen Fußtritt. »Los, klettere raus und bleib ruhig. Gib Bescheid, wenn unten noch mehr von denen sind.« Er wartete nicht, bis Titus antwortete, sondern stürzte sich auf zwei Gegner, die ihn mit Kurzschwert und Dolch angingen.

Mitten im Raum kämpfte Anima gegen vier der Dunkelblauen. Er musste zu ihr, sie hier rausbringen und dann Kiromin helfen. Sie brauchten noch Selestrias Waffe. Die Angreiferin am Fenster hielt sich die Seite, mit einem Fausthieb erwischte er die Stelle, die er zuvor mit dem Messer bearbeitet hatte. Sie stöhnte, bevor sie benommen erst auf die Knie und dann zu Boden fiel.

In dem Moment, als er dem nächsten Gegner eine verpassen wollte, erwischte alle im Raum ein Flammenstoß. Hitze brannte auf seinem Gesicht, warf ihn gegen die Zimmerwand, direkt neben das geöffnete Fenster, kurz verlor er das Bewusstsein. Als er wieder zu sich kam, lagen Anima und alle Dunkelblauen reglos am Boden. Sein Hinterkopf schmerzte, angestrengt rappelte er sich hoch, schwankte zu ihr hin. Sie atmete flach, ihr Gesicht war mit Schweiß bedeckt. Er schickte sich an, ihr aufzuhelfen.

»Nein!« Anima hob warnend die Hand. »Warte. Ich verbrenne dich sonst.«

Mit einem Mal spürte er die Hitze, die von ihr ausging. Unter ihrer Haut leuchtete es, als wäre Feuer in ihr. Die Augen und selbst der Mund, während sie sprach, standen in Flammen.

Merranas wich einen Schritt zurück. »Bei allen Welten!«

Kiromin erschien im Türrahmen. »Was ist geschehen?«

Merranas zeigte auf Anima, zuckte die Schultern.

»Wo ist Titus?«, fragte er.

»Er wartet auf dem Dach. Ich wollte sie beide runterbringen, Anima will nicht.«

Die Magierin stöhnte. »Ich will, nur könnt ihr mir nicht helfen.«

Kiromin blinzelte. »Das ist nicht der richtige Moment, um an unseren Fähigkeiten zu zweifeln.«

Sie lachte kurz. »Schau mich genau an und komm näher, dann begreifst du es.«

Er starrte gebannt auf Anima, als wäre sie eine göttliche Erscheinung. Die Gesichtszüge des Mannes verwandelten sich.

»Hör sofort auf damit«, bellte Merranas ihn an. »Kiromin!« Er war bei ihm, versetzte ihm einen Schlag in den Rücken. »Was soll das denn werden?«

Wie aus einem Traum geweckt, blinzelte Kiromin. »Ich weiß nicht, was es ist. Sie selbst ist es.« Er schaute über die Schulter. »Da kommen mehr. Wir müssen verschwinden.«

Anima hielt ihm abwehrend den Arm entgegen wie zuvor bei

Merranas. Die Geste wurde ignoriert. Stattdessen ergriff er ihre Hand, zog sie hoch. Ein Laut der Überraschung entfuhr der Magierin, als Kiromin sie hochhob und zum Fenster brachte. Die Brandwunden auf der Haut beachtete er nicht, fühlte nur die unbändige Hitze, kein Schmerzensschrei kam über seine Lippen, nicht einmal ein Stöhnen.

Sie hörte das Zischen auf seiner Haut.

»Schaffst du es, rauszuklettern? Kann Titus dir helfen?« Er setzte sie sanft auf dem Fensterrahmen ab. Das Holz qualmte unter der Berührung ihrer Hände und verkohlte zusehends.

Sie runzelte die Stirn. »Wie?« Kiromin lächelte, als sie ihn am bloßen Arm anfasste. »Wie machst du das?« Verblüfft betrachtete sie seine Haut, die unter der Hitze ihrer Berührung nur eine leichte Verletzung davontrug.

Sein Gesicht war ernst. »Das erklärst du mir lieber. Und warum du diese Lederrüstung benötigst, um dein Feuer von anderen fernzuhalten, warum dieses Leder nicht verbrennt, aber alles andere. Vielleicht in einem ruhigen Augenblick. Vergiss deine Handschuhe nicht. Jetzt schaut zu, dass ihr wegkommt. Aufs Schiff.« Er drehte sich um, verschwand durch die Tür.

An seiner Stelle trat Merranas ans Fenster. »Wie lange dauert es, bis das da vorübergeht?« Er zeigte mit dem Finger auf ihre Augen, Mund und Beine.

»Nicht lange. Ich kann bald wieder laufen. Einige Augenblicke noch, um neue Kraft zu sammeln, wieder ich selbst zu werden.«

Der Kopfgeldjäger runzelte die Stirn. »Hier sehe ich viele neuen Dinge, fürwahr.«

»Mir scheint, du hast noch vieles nicht gesehen.«

Merranas öffnete den Mund, um etwas zu entgegnen, stattdessen verzog sich sein Gesicht. »Bei allen Henkern. Wo kommen all die dunkelblauen Schergen her? Die Straßen sind voll.« In den Gassen unter ihnen waren Rufe und Pfiffe zu hören. Weitere Personen in dunkelblauen Lederuniformen kamen angelaufen. »Wirst du springen oder klettern können?«

Anima saß aufrecht. »Es wird gehen, ja.«

»Gut, wir gehen über die Dächer. Zumindest ein paar Häuser weiter und suchen uns woanders einen Weg nach unten, etwas abseits des Geschehens. Von dort aus, versucht ihr ungesehen zum Hafen zu gelangen und auf das Schiff. Ich gehe zurück und helfe Kiromin.«

Ein anderer Pfiff ließ Merranas aufschauen. Auf dem Dach zwei Häuser weiter erkannte er drei kleine Gestalten, die sich an den Schornstein drückten. Sie winkten. Darunter der kleine Dieb, den er beim Stehlen erwischt hatte.

»Einmal Dieb, immer Dieb«, murmelte Merranas und grinste.

»Was?« Titus blickte verwirrt zu den Kindern.

Die sprangen leichtfüßig auf das Dach des Nachbargebäudes. Winkten ihnen, herüberzukommen, hielten sich geduckt, um nicht von unten gesehen zu werden. Merranas gab ihnen ein Zeichen, das Titus nicht deuten konnte, dabei zeigte er auf Anima und ihn selbst.

»Sie helfen euch, vertraut mir.«

»Wer sind die?« Titus rührte sich nicht.

Merranas nickte zu den Kindern. »Ich möchte sie Verwandte nennen. Geht. Sie werden euch helfen. Ich lege für sie meine Hand ins Feuer.« Er fasste Anima am Arm, nur um sie gleich wieder loszulassen. »Au! Du fühlst dich an wie Brot, das man frisch aus dem Ofen geholt hat.«

Ihre Miene war streng. »Du wolltest doch die Hand ins Feuer legen, oder?« Dann grinste sie. »Das Brot ist der Meinung, dass Kinder nicht die richtige Begleitung in dieser Lage sind.«

»Das sind nicht irgendwelche Kinder. Das sind junge Künstler und Akrobaten. Sie bringen euch sicher über die Dächer. Ich bin bereits mit ihnen gelaufen. Bitte, habt Vertrauen.«

Sie legte die Stirn in Falten. »Du meinst das wirklich ernst, nicht wahr?«

»Wir vergeuden Zeit. Wer weiß, wie lange Kiromin sie aufhalten kann ohne sich...« Er brach den Satz ab.

»Ohne was?« Anima machte den Rücken gerade.

Titus kam Merranas zu Hilfe. »Anima, wir müssen. Du wirst

deine restliche Kraft für den Lauf benötigen. Bitte, wir gehen.« Ihr Blick blieb auf Merranas gerichtet. »Ohne was?«

Der lächelte charmant und unverbindlich. »Wir sehen uns auf dem Schiff. Sputet euch.« Kurz pfiff er durch die Zähne. Gab den Kindern ein Zeichen, während Titus sanft nach Animas Schulter fasste. Er hielt der Hitze stand, sie war nicht mehr so stark.

Anima sah Merranas nach, wie er in den Flur verschwand, Schreie und Schläge drangen nach draußen. Titus zerrte an ihrem Handgelenk. Sie mussten los.

ALS MERRANAS DIE Treppe zum Schankraum nahm, kamen ihm die Schmerzensschreie entgegen. Eine Schlägerei tobte dort, wo sie tags zuvor fröhlich zusammengesessen hatten. Das kleine Tresenmännchen lag mit eingeschlagenem Schädel auf dem Schanktisch. Im Tumult machte er Kiromin aus, der von den Dunkelblauen umringt war. Andere Gäste griffen die Eindringlinge an. Kleine Blitze zuckten durch den Raum, am anderen Ende gab es einen lauten Knall, sofort stank es nach Schwefel und faulen Eiern. Beißender Qualm breitete sich aus, ließ ihn husten wie all die anderen auch. Er hörte Peitschenhiebe, Flüche, fremde Sprachen, ein knurrendes Tier. In dem Durcheinander kämpfte er sich zu seinem Freund durch, verflüchtigte und materialisierte sich an dessen Seite. Kiromin griff nach seiner Hand. *Wir holen das Schwert und dann raus hier! Pass auf das Wasser auf.*

Merranas stimmte im Geiste zu. Sie griffen die Schergen auf der Seite zum Tresen an. Kiromin hatte ein Kurzschwert erbeutet, das mehr als optische Ablenkung denn Waffe diente. Mit schnellen Bewegungen und präzise geführten Schlägen brachte der Drache die Angreifer ins Straucheln oder zu Boden.

Merranas' Paraden und Angriffe kamen nie frontal. Der Kopfgeldjäger wich aus, tauchte unter und schnitt von hinten mit den Messern geschickt in das Körperteil, das sich ihm anbot. Die Dunkelblauen wurden nicht weniger, dafür ihre Gegner mehr. Merranas beobachtete im Kampf einen Raben, der einer Frau in Dunkelblau ein Auge auspickte, erst das eine, dann das andere.

Ein weißer Blitz streckte drei der Schergen nieder. Vor Jahren hatte er solche Magie im Kampf gegen Plutarch kennengelernt. Auf Hyperahmah hatte ein Magus diese beherrscht. Hier waren die meisten Gäste wie sie selbst, und ihre Zahl höher, als er es geahnt hatte. Und sie alle kämpften mit ihnen. Kiromin fluchte wortlos. *Es sind so viele von diesen Dunkelblauen. Wo kommen die her?*

Merranas schaffte es nicht, zu antworten. Ein wuchtiger Schlag traf seinen Kopf, Wasser drang durch Mund und Nase, als er schrie, Wasser umfasste seinen Körper, drückte ihn zu Boden. Er schnappte nach Luft, schluckte stattdessen Flüssigkeit, die kalt wie Eis in seinen Körper drang. Mit aller Kraft versuchte er aufzustehen, doch es gelang nicht. Er wollte husten, aber der Druck des Wassers versperrte den Weg. Verzweifelt ruderte er mit den Armen, als könne er so die Oberfläche eines Gewässers erreichen. Verschwommen sah er die Stiefel und Beine durch das Wasser, das ihn umgab, ihm mit jedem Augenblick den Atem raubte. Mit aller Gewalt probierte er, an den Rand der Wasserblase zu kommen, die ihn gefangen hielt. Eine Druckwelle durchlief die Flüssigkeit. Das Gebilde platzte wie eine Seifenblase überm Zuber an einem sonnigen Waschtag. Ein Arm griff nach ihm, zog ihn hoch, während er kniend Wasser kotzte und würgte. Ruckartig holte er Luft, machte die Lungen voll mit seinem Element.

Alles in Ordnung? – Es war Kiromin.

Merranas nickte, spuckte schweratmend weiter aus, trotzdem die Messer zum Parieren bereit. Sein Freund stand vor ihm, wehrte die Angriffe ab. Sie waren in der Unterzahl. *Zeit zu verschwinden,* dachte Merranas, hustete und machte sich zum Angriff bereit.

Der Waffenschrank hinter den Fässern, gab ihm Kiromin zu verstehen.

Noch einmal spuckte Merranas Wasser, wischte sich halbherzig den Mund, wich einem Schwerthieb aus und rammte sein Messer dem Angreifer in den Bauch. Nasse Haarsträhnen hingen vor seinen Augen, machten die Sicht schwer. Die nächste Explosion füllte den Raum mit ätzendem Rauch. Schnell ging er in das

Luftelement über, es kostete Kraft, wieder die feste Form anzunehmen. Mit Willenskraft zwang er sich in die menschliche Gestalt zurück, wegfliegen wäre einfacher gewesen.

Der Schrank stand gut versteckt und unversehrt zwischen den Fässern. Verschlossen.

»Verdammt!«, fluchte Merranas leise. Er betrachtete das ins massive Holz vollständig eingelassene, gut beschlagene Schloss. Selbst mit Dietrich und viel Übung würde das Öffnen dieses Prachtstücks einige Zeit kosten. Sie hatten weder das eine noch das andere. Er schaute sich um. Das Männlein auf dem Tresen. Vielleicht hatte der den Schlüssel dabei.

Schnell presste er sich zwischen den Fässern hindurch zu der Stelle, an der der leblose Körper lag. Krachend zerbarst ein Fass hinter ihm in Stücke, Bier ergoss sich in alle Richtungen. Durch die Lücke flog etwas Dunkelblaues und prallte gegen die Wand dahinter, blieb liegen. Merranas machte, dass er weiter vorankam, duckte sich unter den Tresen und zog an den schlaffen Beinchen des Toten. Wie ein Mehlsack fiel der Körper zu Boden, das Gesicht zur Seite gedreht, der Ausdruck in den Augen leer. Sie hatten ihm einen Morgenstern oder eine Axt in den Schädel getrieben. Aus Erfahrung riss Merranas am Hemd, machte den Hals frei. Da war die Kette schon, an ihr ein eiserner Schlüssel, reich verziert. »Die wertvollsten Dinge findet ihr oft am Hals, und sehr selten ist eins davon der Kopf«, murmelte er vor sich hin. Die alten Lehrsätze der Straßen würde er nie vergessen. Er zog fest an der Kette. Ein Ring gab erst beim zweiten Versuch nach. »Gut, wenigstens hat er nicht am Material gespart, der Zwerg.« Schnell machte er sich auf den Weg zum Schrank. Vorsichtig steckte er den Schlüssel ins Schloss, der passte. Er drehte ihn zögerlich um, als Holzsplitter und Wasser ihm entgegenkamen. Ein stechender Schmerz traf sein rechtes Auge. Schreiend ließ Merranas vom Schlüssel ab, hielt sich das Gesicht. Es fühlte sich an, als habe ihm jemand ein Messer ins Auge gerammt. Wie durch eine Wand hörte er Kampflärm hinter sich, senkte die Hand von der rechten Seite seines Gesichts. Da war viel Blut. Alles verschwamm vor dem anderen Auge.

Instinktiv griff die linke Hand ein Messer, die rechte presste er auf die offene Stelle am Auge. Der Schmerz zerrte an den Nerven. Am liebsten hätte er sich am Boden zusammengekauert. Als er sich umdrehte, stand Kiromin zwischen ihm und sieben Dunkelblauen. Es waren vielleicht mehr, er konnte es nicht erkennen.

»Seht seine Augen«, brüllte einer und zeigte auf Kiromins Gesicht. Im nächsten Moment griffen sie gemeinsam an.

Verschwommen nahm Merranas die Bewegungen seines Freundes wahr. Der Schmerz im verletzten Auge trieb ihm Tränen in das andere. Den Angreifer zu seiner Linken nahm er mehr als Schatten denn als Person wahr, führte das Messer mit Routine anstatt Präzision. Das reichte aus, um den ersten Schlag abzuwehren. Schemen tanzten vor seinem Gesicht, er wurde angerempelt. Kiromin warf sich auf ihn, bevor die Hitzewelle über sie hinwegrollte. Er blieb liegen, bis ihn jemand packte.

Kannst du laufen? Kiromins Stimme in seinen Gedanken war deutlich.

Seit wann laufe ich mit den Augen? Ich sehe nichts, du dumme Echse.

Kiromin zerrte ihn hoch. *Dann lauf.*

Merranas kam auf die Beine. Von der anderen Seite griff jemand anderes zu, während Kiromin zwei Dunkelblaue abwehrte. Er wischte die Tränen weg. »Titus?«

Eine weitere Hitzewelle verfehlte sie knapp.

»Komm schon, Merranas. Anima wird sie nicht ewig unter Beschuss halten können«, zischte Titus und zog ihn weiter.

»Wieso seid ihr zurückgekommen?«

Der andere schob ihn weiter, drückte ihn an die Wand. Jemand stieß ihn gegen die Schulter. Titus hingegen lenkte ihn zwischen den Kämpfenden hindurch, bis sie draußen standen. Dort lehnte er ihn gegen eine Wand. »Weil wir gesehen haben, wie viele der Wachen kamen. Das hättet ihr nie allein geschafft. Dein Auge, zeig mal her.«

Merranas hatte die ganze Zeit die Hand darauf gepresst. Er wollte sie nicht wegnehmen. Hier draußen trockneten die Tränen, der Schmerz brannte fürchterlich. Nach und nach wurden die

Konturen der Umgebung wieder deutlicher, sein Atem beruhigte sich allmählich. Vorsichtig nahm Merranas die Hand runter.

»Verdammt.« Titus runzelte die Stirn.

»Schlimm?«

Der Junge nickte. »Hier, ein sauberes Tuch. Ob da eine Träne reicht?«

Ein lebloser Körper flog durch die Hintertür, durch die Titus sie aus dem Gasthaus gebracht hatte. Ihm folgte ein zweiter, dann tauchte Kiromin auf. In der Hand hielt er das sorgsam eingewickelte Schwert seiner Mutter. »Zum Schiff.«

Hinter ihm trat Anima durch die Tür. »Schnell. Es kommen noch mehr. Jemand muss uns alle verraten haben. Sie machen in ganz Port Aurum Jagd.«

»Merranas. Er braucht einen Heiler«, setzte Titus an. Doch Kiromin und Anima beachteten ihn nicht. Es war Merranas, der ihn am Arm zog. Sie liefen gemeinsam zum Hafen.

»Der braucht höchstens einen Schlag auf den Hinterkopf. Lauft jetzt.« Kiromin blieb hinter ihnen zurück. Sie hörten Stimmen. Weitere dunkelblau gekleidete Schergen kamen ihnen nach.

»Sputet euch, zum Hafen«, trieb Kiromin sie an.

Sie liefen durch die Gassen, machten sich den Weg frei. Mittlerweile war es Tag geworden, Wärme stieg zwischen den Häusern auf. Hinter ihnen fielen Kisten und Körbe um, Sonnensegel lösten sich und Fässer rollten den Verfolgern in den Weg. Flüche erklangen, lauter Protest. Auf Merranas' Gesicht erschien ein breites Grinsen, doch der Schmerz wischte es hinweg. Die alten Tricks der Straßenkinder. Sie waren in der Nähe geblieben.

SCHWER ATMEND ERREICHTEN sie die Kais, fanden ihr Schiff. Eine letzte Rampe war noch ausgelegt. In der Takelage warteten Matrosen, um die Segel zu setzen.

»Lauft schneller!« Kiromin rief von weiter weg. »Sie sind immer noch hinter uns her.«

Anima erreichte als erste das Schiff mit der roten Flagge, die eine zur Schale geformte Hand mit Flammen zeigte, rannte hinauf, stand an der Reling. Merranas gab Titus ein Zeichen, ihr zu folgen. Er blieb unten. Letzte Kisten und Säcke wurden verladen. Über dem Geschehen kletterten Matrosen umher wie Eichhörnchen auf Bäumen, lösten erste Seile an den Segeln. Wind trug Seegeruch heran. Gegenüber machte ein weiteres Schiff die Taue los. Gelb beflaggt, mit einer eisernen Fackel darauf, selbst die Segel leuchteten in der hellen Farbe. Schiffsglocken läuteten und der Maat ermahnte sie lauthals, endlich an Bord zu kommen. Die Pfiffe waren laut, markdurchdringend. Ein Tau ihres Schiffes fiel auf das Holz des Kais. Unter Segeln würde es direkt Fahrt aufnehmen.

Am Kai waren mindestens zehn Dunkelblaue gegen Kiromin zugange. Sie kamen wie ein Trupp in Zweierreihen auf ihn zu.

»Geh«, rief Kiromin über die Schulter, lief zurück, den Fremden entgegen. Die Gruppe kam mit gezogenen Waffen näher, abgesehen von der vorderen Reihe. Die jedoch liefen, die Arme weit von sich gestreckt.

Von wegen!, schrie ihm Merranas wortlos zu. *Was tun die da?*

Aufs Schiff mit dir. DU BIST VERLETZT. Kiromin war wütend. Selbst im Geist brüllte er als Drache.

Ich lasse dich nicht allein. Merranas biss die Zähne aufeinander. Die rechte Gesichtshälfte fühlte sich bei jeder Bewegung an, als ramme ihm jemand unaufhörlich einen Hammer in die Augenhöhle. Er stöhnte leise, als er zu Kiromin aufschloss. Vor ihm ging der Drache unter zwei Schlägen rücklings zu Boden. Der Aufprall war so heftig, dass es ihn hart auf die Holzplanken warf. Wasser schwappte ins Meer. Verwundert blieb Merranas stehen. Kiromin rührte sich nicht.

»Verdammt, das Schwert. Das Leder wird durchweichen«, zischte Merranas. Mit einem Satz war er bei Kiromin. Die Augen des Drachen flackerten. Er kam nicht zu sich, während ihre Verfolger heranrückten. Hinter ihnen erklangen erneut Schiffsglocken.

»Kiromin, steh auf.« Merranas fasste ihm von hinten unter die Achseln, unterdrückte einen Schmerzensschrei, als er ihn anhob. Ein starkes Pochen gesellte sich zum Schmerz im Gesicht.

»Kiromin, komm zu dir. Wir müssen auf das Schiff«, flüsterte

Merranas ins Ohr des Freundes, dessen Kopf schlaff auf der Brust ruhte. Wasser tropfte aus seinen Haaren. »Was haben sie mit dir gemacht? Das ist doch nur Wasser.« Er blickte auf. Der Trupp kam wie eine einzige Person näher. Der Angriff war präzise aus weiter Entfernung geführt worden. Die vordere Reihe erhob wieder die Hände. Mit einem Schrei zerrte Merranas den leblosen Körper mit sich. »Warum seid ihr Echsen selbst in Menschengestalt so schwer?«

Das Poltern war ein dumpfer, unheilverkündender Rhythmus. Die Planken unter seinen Stiefeln bebten merklich beim Marsch der Dunkelblauen im Gleichschritt. »Mach hin, du dämliche Echse. Komm zu dir«, schimpfte er und schleifte Kiromin mit sich. Hart traf das Geschoss seine linke Schulter. Merranas strauchelte. Eiskaltes Wasser lief an seinem Körper hinab ins Hafenbecken. Er krümmte sich unter den Schmerzen, sie stachen wie unzählige Nadeln. Dem zweiten Schlag konnte er mit Glück ausweichen. Titus' laute Warnung hatte alle übertönt. Er drehte sich um. Anima stand vor Titus auf der Rampe und hielt den Jungen davon ab, den Landungssteg zu betreten, schickte ihn aufs Schiff zurück. Sie selbst kam runter, irgendjemand eilte ihr entgegen, hielt sie auf.

Merranas hatte keine Zeit, sich darum zu kümmern. Etwas schoss an ihm vorbei. Laute Rufe, es gab einen Knall, als sei ein Luftballon geplatzt.

»WENN WIR UNS einmischen, bedeutet das Krieg«, rief Ogjenn. Er hatte eine Rampe ausfahren lassen und war von Bord des gelb beflaggten Schiffes geeilt. Schnellen Schrittes war er zu Anima gelaufen, hielt sie zurück.

Sie drängte ihn zur Seite. »Du übertreibst wieder schamlos. Sie gehören zu uns.«

»Wir sind ab heute auf feindlichem Boden. Wenn wir uns einmischen, erklären sie uns den Krieg.«

»Sie werden die beiden umbringen. Die sind wie du und ich. Titus kennt sie.«

Er hielt sie an der Hand. »Ich weiß, aber unsere Leute gehören in Sicherheit. Mische dich nicht ein. Ich bitte dich.«

»Schau, sie werden gejagt, genau wie wir. Das ist nicht unsere erste Begegnung mit diesen verfluchten Dunkelblauen. Hast du gesehen, wer sie sind? Du weißt es, oder?«

Ogjenn ließ sie los. »Wie meinst du das?«

»Auf dem Weg hierher hat uns jemand verkauft. Wir sollten entweder ausgeliefert werden oder sterben.«

Er blickte zu dem Mann, der den leblosen Körper seines Kameraden mit Mühe zu den Schiffen schleifte. »Wenn wir dazwischen gehen, sind wir samt unserer Schiffe verloren.«

Sie wandte sich von den Männern ab, starrte Ogjenn an. »Was hast du mit ihnen verhandelt, Ogjenn, dass du heute von Krieg sprichst?«

Kurz schaute er besorgt zu den beiden. Der eine zog den anderen schwerfällig hinter sich her. Ein weiterer Angriff der Dunkelblauen ohne jede Deckung stand ihnen bevor.

»Geh auf dein Schiff, Anima. Wir sind viel zu wenige. Sie haben uns über Jahre wie begehrte Wildtiere ausgerottet. Als könne man mit unserem Tod eins der Elemente bezwingen. Ich bitte dich noch einmal. Verlasse das Schiff nicht.«

Anima legte die Stirn in Falten. Der Stab wanderte von einer Hand zur anderen. Ihr Blick blieb auf den schlaffen Körper geheftet. Sie machte einen Schritt auf Ogjenn zu. Sogleich spürte sie seinen festen Griff ums Handgelenk, blieb stehen, senkte den Kopf. »Wenn sie es auf unser Schiff schaffen, nehmen wir sie mit.«

Er zögerte einen Moment, musterte sie von der Seite, hob ihr die Hand zum Handel hin. »So kommen wir ins Geschäft.«

Sie schlug ein. Ohne weitere Worte eilten sie die Rampen des jeweiligen Schiffes hinauf. Sobald sie an Deck waren, wurden die hochgefahren.

Merranas hörte Befehle der Maate zum Anker lichten, Segel setzen. »Aufs Schiff mit Euch!« Es war Anima, die zwischen den Befehlen der Männer nach ihnen rief. Er sah sich nach der Stimme um. Er musste sich und Kiromin dort hinbringen. Verzweifelt zog er den bewusstlosen Freund hoch. Keine Stimme im Geist, nichts regte sich am Körper. Merranas fasste ihn fester unter den Achseln, verschränkte seine Hände vor Kiromins Brust. Mit aller Gewalt zerrte er dessen Körper hinter sich her. Der Schmerz im Gesicht raubte Kraft, die er aus den letzten Winkeln seines Willens holte. Keuchend machte er einen Schritt nach dem anderen rückwärts auf die Schiffe zu. Jeder Atemzug war eine neue Herausforderung, jede Bewegung ein Kampf gegen das Stechen und Pulsieren im Auge.

»Mach schon, Drache. Wach endlich auf. Wir müssen hier weg«, schimpfte er schnaufend vor sich hin. Die Dunkelblauen kamen näher. Merranas schaute auf, alles war unscharf, sich bewegende Konturen erkannte er. Wieder erhoben die zwei vorderen Männer die Arme. Ein weiterer Beschuss. *Wir müssen verschwinden! Wir müssen hier weg, Kiromin, sonst sterben wir. Zumindest ich. Was ist mit dir?*

Im Geiste sammelte er alles, was an Kraft zu finden war, blieb stehen, konzentrierte sich auf sein eigenes Element und hielt den Freund fest an sich gedrückt. *Wir gehen gemeinsam.*

Er hörte Animas und Titus' Stimmen durch den Wind. Angst und Entsetzen darin, als sie ihre Namen riefen und die Aufforderung, aufs Schiff zu kommen. Merranas dachte an seine Mutter. Tränen sammelten sich in den Augen, als er sie vor sich erblickte, in ihrem Element, frei und wild. Er spürte den warmen Körper seines Freundes an seiner Brust, hielt ihn fest an sich gedrückt, das Element Feuer und das eigene der Luft. *Schnell, wie der Wind, Kiromin.*

Die Schläge kamen. Wasser, hart wie Stein, traf ihn und Kiromins schlaffen Körper. Schob sie vor sich her, füllte Mund, Nase und alles andere, drang wie Gift in ihn ein, flutete die Lungen. Er sank auf die Knie, hielt den Freund fest. *Wir gehen gemeinsam.*

EINE FLUT VOM Land ergoss sich über den Landungssteg, eine Welle, wie sie in Häfen noch nie gesichtet worden war, Wind schob die Segelschiffe vom Hafen aufs Meer hinaus. Unter Segeln verließen sie Port Aurum.

Stumm stand Anima an der Reling. Außer den Dunkelblauen

war dort niemand mehr. Nach dem letzten Schlag gegen die beiden Männer stellten sie ihren Beschuss augenblicklich ein.

Auf ihrem Segler liefen Matrosen geschäftig unter den Befehlen des Maats und Steuermanns umher. Die Welle hatte das Schiff leicht gedreht, die Mannschaft korrigierte mit Segeln und Ruder den Kurs. Niemand scherte sich um die Passagiere. Möwen kreischten in die Befehle hinein. Leichter Wind kam auf, die Sonne schickte Wärme auf sie herab.

Titus trat an ihre Seite. »Glaubst du…«

»Nein, Titus. Wasser kann hart wie Stein, scharf wie Metall werden. Dieser Angriff hat ihnen wohl zuerst alle Knochen im Leib zertrümmert, und wenn sie danach noch einen Atemzug getan haben, so sind sie unter den Massen ertrunken.«

Sie hörte, wie er schluckte. Mit den Fingern wischte sie sich unter den Augen die Tränen weg. »Das waren zwei von unseren Leuten.«

»Anima, sieh doch. Dort. Dort drüben.« Er zog an ihrem Ärmel. Zögerlich löste sie ihren Blick von dem Landungssteg, wo die Dunkelblauen regungslos in Reih und Glied standen, als habe eine unsichtbare Macht sie zu Statuen werden lassen. Sie folgte Titus' ausgestreckter Hand. Auf Ogjenns Schiff standen drei Personen an der Reling, blickten dorthin, wo ihre eigenen Blicke zuvor nach den Männern Ausschau gehalten hatten.

»Sieh doch, die Frau mit der Glatze. Die sieht aus wie…«, seine Stimme überschlug sich, »Eunike.«

GLOSSAR

Lasstari ist eine Welt mit drei Kontinenten: **Pjeke-Uh**, die Heimat der Feuerline. Das Bild dieses Kontinents verändern stetig zwei aktive Vulkane. **Grunt** ist der größte und grünste der drei Landmassen, Wälder bedecken große Teile des Landes, das durch hohe Gebirgsketten mit versteckten Tälern geteilt wird. Er ist Heimat der meisten Wesen. Flüsse durchziehen die Landschaft des kleinsten Kontinents **Wodhaa** und speisen große Seen, bevor sie irgendwann in die Ozeane münden.

Die **Inselstadt Hyperahmah** liegt in einem großen Schmelzsee, massive Berge umgeben das Gewässer. Sie ist Hauptsitz des mehrköpfigen Rates, der nach dem Fall Plutarchs – des Obersten Kirchenführers – über den Kontinent herrscht. Ihre zentrale Lage auf dem Kontinent macht die Insel zum Dreh- und Angelpunkt für Handel und Politik.

Dufoss ist ein winziges Städtchen im westlichen Teil des Kontinents und für seine Schmiedekunst bekannt. Manche würden Dufoss eher als Dorf bezeichnen.

Moohpet-Rah ist die letzte Stadt im Nordwesten Grunts. Nur eine Straße führt durch die Berge in diese in den Stein getriebene Stadt, hinter der nur noch das Eismeer liegt, das kaum von Schiffen befahren wird. Dennoch gibt es hier regen Handel mit Erdschätzen.

Port Aurum zählt zu den größten und wichtigsten Häfen. Hier legen Schiffe Richtung Pjeke-Uh und sogar Wodhaa ab. Die Stadt ist Umschlagplatz für Waren aus der ganzen Welt und Schmelztiegel aller Fraktionen, Linien und Zugehörigkeiten.

Kerma ist als Stadt der Münzprägen bekannt. Daher stammt auch ihr beträchtlicher Reichtum. Es ist kaum verwunderlich, warum ausgerechnet hier Wynfreth Statthalter geworden ist.

Linien und Wesen

Drachen sind die mächtigsten Wesen dieser Welt. Sie können eine oder mehrere menschliche Gestalten annehmen. Zudem verfügen sie über die Fähigkeit, in den Gedanken anderer zu lesen. Ihre Tränen besitzen heilende Wirkung. Sie werden im Gegensatz zu allen anderen Wesen ausgesprochen alt, sind nahezu unverwundbar, allerdings nicht unsterblich. Aufgrund des hohen Alters, welches diese Echsen erreichen können, – hierbei handelt es sich um mehrere zehntausend Jahre –, wird ihnen die Unsterblichkeit jedoch gerne nachgesagt.

Als **Mischwesen** werden Sterbliche bezeichnet, die aus der Verbindung zwischen Elementaren – einer lebendigen Manifestation von Feuer, Erde, Wasser oder Luft – und Menschen hervorgegangen sind. Sie gehören einer Linie an. Als Halblinge werden solche genannt, deren Eltern unterschiedlichen Linien angehören, sie haben meist besondere Gaben. Es gibt zudem Mischwesen aus Drachen und Menschen.

Linie/Linien ist die Bezeichnung von sechs Sippen, denen Mischwesen und Halblinge angehören. Die Angehörigen und Abkömmlinge der Linien verfügen über besondere Fähigkeiten, die sich unterschiedlich ausprägen. Bekannt sind die Linien der Elemente – Feuer, Wasser, Erde und Luft –, darüber hinaus die Linie der

Herrschaft, sie entspringt der Verbindung von Drachen und Menschen. Die jüngste und unbekannteste ist die Linie der Zeit. Wer ihr angehört, ist bisher unbekannt.

Magiewirkende – Magier und Magierinnen gehören einer oder mehreren Linien an. Sie beherrschen meistens eins der Elemente und bewahren die Geheimnisse der entsprechenden Linie. Das Wissen um Magie stammt aus den jeweiligen Folianten, die Plutarch während seiner Herrschaft zum Teil an sich gebracht hatte.

Sehende – Seher und Seherinnen sind Personen, die anhand von Prophezeiungen die Zukunft und / oder einzelne Geschehnisse vorhersagen können.

Elementare sind eine Manifestation der Elemente Feuer, Wasser, Erde und Luft in sterblicher Gestalt. Sie können weder vernichtet noch getötet werden, sind allerdings räumlich gebunden.

Der Begriff **Sterbliche** bezeichnet alle Wesen, die zwar ein hohes Alter erreichen können, aber verhältnismäßig leicht zu töten sind. Hierzu zählen vor allem Menschen, aber auch Elfen, Zwerge und beinahe alle Mischwesen.

DRAMATIS PERSONAE

Anima – Rote Lehrmeisterin, dem Feuer verpflichtet

Atiro – Magier, dem Feuer verpflichtet

Eunike – Junge Frau, Glühende, dem Feuer zugehörig

Firim – Lehrer von Merranas, Angehöriger der Linie der Herrschaft

Friedhelm – Schreiber von Wynfreth

Kiromin – Letzter freilebender Drache

Merranas –Junger Mann und Kiromins Freund, Halbling der Linien Luft und Herrschaft

Morgane – Ratsmitglied, Oberhaupt der Linie der Herrschaft

Nadala – Oberhaupt der Linie des Feuers, Mutter von Carl und Gerald, Großmutter von Lissi

Ogjenn – Schwarzer Lehrmeister, dem Feuer verpflichtet

Titus – Fünfzehnjähriger Magier, dem Feuer verpflichtet

Vaticine – Seherin und Ratsmitglied, der Luft verpflichtet

Wynfreth – Befiehlt die Dunkelblauen, Statthalter von Kerma

DANKSAGUNG

Es reicht nicht, eine Geschichte zu schreiben. Wundervolle Menschen haben mit ihrem Wissen und Können dieses Projekt von der Idee bis hin zum fertigen Buch begleitet: Den geschriebenen Worten manchmal die richtige Reihenfolge, zuweilen die korrekte Schreibweise verpasst, mit Bildern und Grafiken dieser Welt Leben eingehaucht und mich angetrieben, weiter daran zu arbeiten. Ohne ihre Unterstützung hätte ich den Auftakt zu dieser feurigen Trilogie nicht geschafft.

Ein herzlicher Dank geht an Katrin S. Knopp. Ich schätze Deine stets konstruktive Kritik. Vielen Dank, dass Du all Deine Expertise mit mir teilst. Ein weiterer Dank geht ebenfalls an Anna Leyk und Sabine Wälz sowie Bettina Gonser, die ihre kostbare Zeit in dieses Projekt investiert haben, um es lesenswerter zu machen.

Mein Dankeschön an Covergestaltung und Illustration: Liebe Marie, lieber Jacob, es sind Euer Können und die Professionalität, die diesem Buch und der Geschichte ein Gesicht gegeben haben. Vielen Dank für Eure Ideen, den Rat und die Umsetzung.

Und zu guter Letzt geht ein großer Dank an meine Jungs. An meinen Mann, der mich mit den besten Arbeitsgeräten ausstattet, und meinen Sohn, der mich immer motiviert, die Geschichten fertigzuschreiben.

ÜBER DIE AUTORIN

Johanna Schließer, geboren 1977 in Kattowitz (Polen), lebt seit ihrer Kindheit in Deutschland, ist verheiratet, wohnt und arbeitet heute in Stuttgart. Den Glauben an Hexen und Drachen sowie die Faszination für alte Mythen und die Magie hat sie nie verloren. Dies findet sich in ihren Geschichten für Jung und Alt wieder.

Seit 2003 schreibt sie Gedichte, mal augenzwinkernd, mal besinnlich. 2012 erschien ihre erste Fantasy-Erzählung Drachenfeuerjagd als E-Book. Es folgten zwei weitere sowie das Taschenbuch der Reihe. Zu ihren Vorbildern zählen unter anderem Astrid Lindgren und Terry Pratchett.

2024 erreichte sie mit ihrem Gedichtband „Briefe an die Zeit" das Finale beim Selfpublishing Buchpreis in der Sonderkategorie Lyrik.

„Jede Geschichte, die wir uns ausdenken,
ist im Grunde Fantasy."

Weitere Informationen auf www.jos-truth.de

Wie alles begann

DRACHENFEUERJAGD

Eigentlich wollte Merranas nichts weiter, als schnell und einfach einen Batzen Drachengold verdienen. Stattdessen muss der junge Kopfgeldjäger seinem Auftraggeber, dem mächtigen Drachen Kallestrus, und dessen Sohn Kiromin dabei helfen, die Welt vor dem Untergang zu bewahren. Auf der Jagd nach der Tochter des Obersten Kirchenführers und damit der berüchtigten Drachentöterin gerät nicht nur Merranas' Welt aus den Fugen – schon bald verstricken sich er und vergessen geglaubte Verbündete tiefer und tiefer in die Machenschaften und Geheimnisse der Mächtigen. Als der Untergang allen Seins bevorsteht, müssen alte Feinde und neue Freunde gegen einen gemeinsamen Gegner kämpfen: die Zeit.

Dieser Band enthält die Teile „Der Auftrag", „Alte Geheimnisse" und „Zwischen den Zeiten" der Serie Drachenfeuerjagd - Merranas.

Als Taschenbuch und E-Book bei amazon erhältlich.

BRIEFE AN DIE ZEIT
Gedichte

Erinnerungen oder Bewahrer von wertvollen Erfahrungen? Wir blicken zurück, sehen, wie die Zeiten sich ändern, verändern uns mit ihnen und staunen manchmal über uns selbst.

»Wir sind vergänglich und doch so anhänglich.«

Gefühlvoll, reizvoll und mit Humor schreiben die in diesem Band gesammelten Gedichte Briefe an die Zeit.